U0123096

呼喚

王拓◎著

王拓作品集3

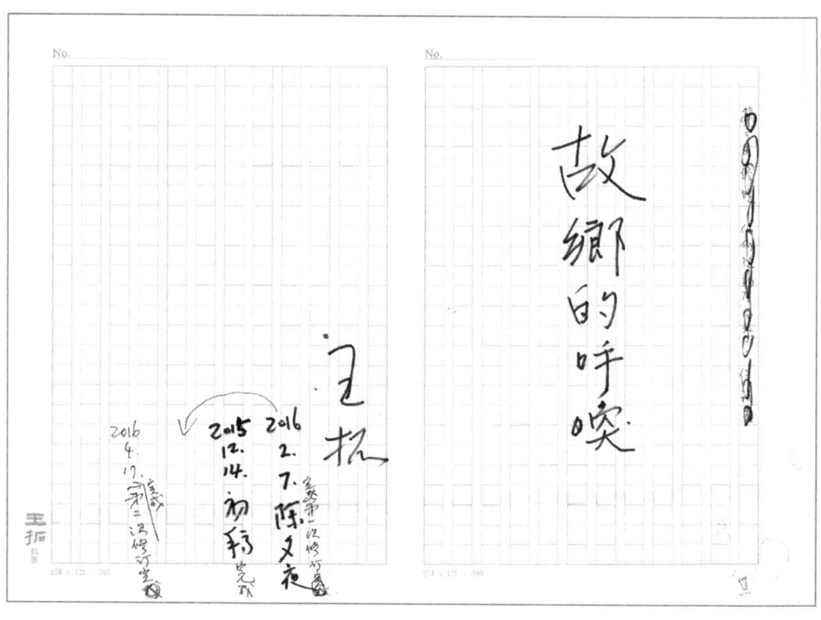

《呼喚》手稿，原書名為《故鄉的呼喚》。

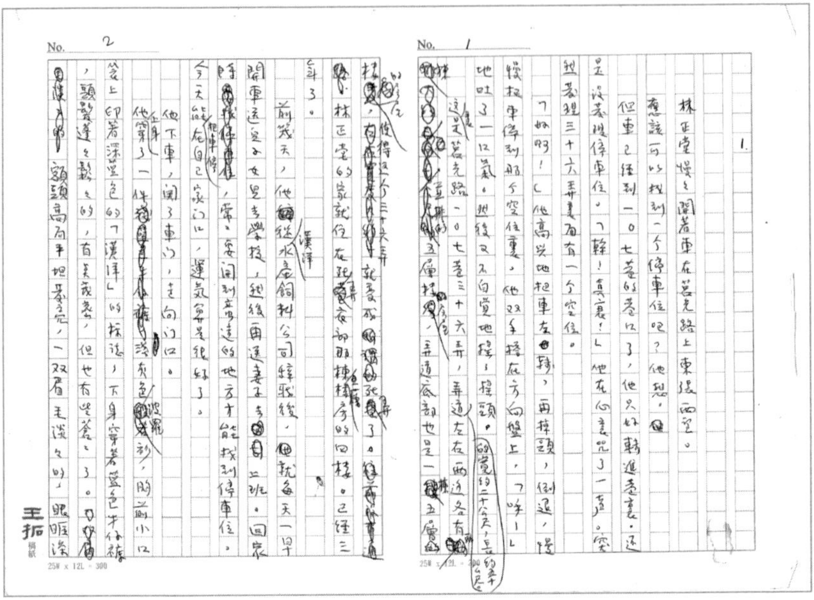

《呼喚》手稿，原書名為《故鄉的呼喚》。

目錄

編輯前言

文學遊子的永恆歸返

無論景仰或敬畏，文字一直被視為一種能夠感染、啟發人們心智的力量，因此總不乏有志者意欲透過文學來介入社會，期盼藉由文字的力量帶來改變。然而介入亦是一種浸染，以文學奮力向社會呼喊的同時，四面八方激盪騰起的回聲，也可能會為創作者帶來不同的思索與覺悟。

台灣七〇年代的鄉土文學論戰也有這麼一道積極而浪漫的身影。被官方媒體點名批判的王拓先生，不僅是文學論戰裡堅定無懼的發聲者，更是一位充滿人文關懷的書寫者，為台灣留下了《金水嬸》、《望君早歸》這般直面社會底層的經典作品。而在銳意創作發表之餘，王拓先生目睹底層民眾的掙扎，並且親身體驗到政治壓迫，在在都鼓動著他以更積極方式去介入社會。從此成為文學的遊子，由文學世界中出走，投身到政治場域，以最實際的行動實踐自己的理念。

除了將理想付諸實現，政治也令他付出過許多代價，不但曾經因此身陷囹圄，也曾以孤鳥之姿奮力飛過擾嚷的政治風波。然而其中最深沉的，或許是台灣自此損失了一位能夠如此貼近底層的小說家。所幸即便經歷政治潮湧的洗禮，王拓先生並未曾忘情文學，歷盡政治生涯的翻騰之後，再度沉澱回歸文學行列。

這次未及在作者生前出版的三部作品《阿宏的童年》、《吶喊》和《呼喚》，便是其念茲在茲重返文學創作的證明與成果。《阿宏的童年》以溫柔筆觸捕捉童幼時生長的八斗子，以及記憶中的漁村、家庭和鄰里鄉人，鮮活重現了王拓先生的童年生活。《吶喊》細數了鄉土文學論戰的交鋒與暗湧，當時社會上躁動又肅殺的政治氛圍，及其投身政治道路心路與點滴；《呼喚》則是書寫經過牢獄磨難後，重新面對社會變貌與昔日戰友的努力與掙扎……。可說是透過王拓先生的個人生命史，映照出社會基層民眾群像和台灣民主化進程。

王拓先生終其一生戰鬥不懈，曾為文學遊子的他，這一次，以點滴文字心血歸返永恆。在其身後留下的三部文學巨著，將其一生的價值信仰與奮鬥歷程，盡皆函納其中。印刻文學以至深的榮幸與敬謹出版這三部作品，期盼能替這位台灣鄉土文學前行者留下最後昂然的背影。

推薦序

王拓與我——追憶我們的時代

吳晟

1.

老友王拓，和我同歲，出生於一九四四年，日本時代結束前一年。我們從年輕時候相識相知，逾四十年，雖然我一直定居農村，王拓則四處奔波，大風大浪，我們的生活形態差異太大，卻長久維繫志同道合的同伴情誼，甚多交集。

二〇一五年王拓來到我家，告知近況，他已辭去所有的職位，淡出江湖，不再過問世事，終於可以安定下來，專心陪伴牽手，沉潛讀書，重執筆桿，創作醞釀多年的長篇小說，從手提包中拿出一大疊手稿，翻給我看，他說計畫寫三部曲，預計至少五、六十萬字以上。我甚為他高興，無限期待。

二〇一六年五月二十日，總統、副總統就職晚宴，主辦單位安排我們坐在一起，同桌都是資深藝文界人士，氣氛熱絡，大家似有默契，不談政治，只談藝文。我告訴王拓，最近剛為一位家鄉醫師小說家的新書《小鎮醫師診療物語》作序，特別提到他一九七〇年代中期的一篇小說〈一個年輕的鄉下醫生〉做對照。他很好奇，要我寄這本書給他。

我因路途較遠，要趕搭高鐵，晚宴未結束，先離席，王拓擔心我這鄉下人、路不熟，好意陪我走出會場，一面走路一面聊天；久未相聚，我們有太多話題說不盡，談興高昂，不知不覺竟走了數十分鐘，忘了搭計程車。

回家隔天，我就把書寄去，王拓接到書打來電話，我再次期待他的巨著早日完成。

不料只隔二個多月，父親節隔天，驚聞他去世的訊息，不勝悲傷。

我和王拓不只時代背景相同、成長經驗類似，性情也很相近，文學風格、社會懷抱，許多不謀而合之處。

王拓出身貧困漁村，十二歲喪父，依靠母親挑擔賣雜細養育長大，做過很多勞力工作；我出身偏遠農鄉，就讀大專一年級的寒假，父親車禍過世，依賴母親做農，艱辛供應我和弟妹完成大專學業，從年少就要擔負農事。我們對底層勞動人民，特別了解，有一份深沉情感。

一樣的出發，不一樣的參差。同時代的文學青年，固然受到整體社會教養的影響，有不少共通性；但因各自不同的性情、出身背景及特殊因緣，而形成差異性。在漂泊文學、現代主義風潮正盛行的七〇年代，我和王拓並不跟隨台北主流文學風尚，而是泛稱的社會主義信仰者，奉行現實主義，立足台灣土地，關注社會結構，貼近大眾生活。是同時代文學青年中，文學信念最近似。

很巧合的是，一九七四年我發表了「泥土篇」系列詩作，王拓一九七五年發表了重要小說〈金水嬸〉，都是以母親為主題。一九七六年，鄉土文學論戰爆發前一年，王拓出版了第一本小說集《金水嬸》，我則出版了詩集《吾鄉印象》。《金水嬸》是以王拓母親的畫像做為封面，而我稍後出版的詩集《泥土》，也是以我母親的畫像做為封面。我們共同的年輕朋友陳文彬導演留意到，這大概是台灣作家中，「唯二」以母親為題材，並以母親畫像做為封面的文學作品。

我常比較王拓與我，社會思想相近、文學信念相合，際遇卻大不同的關鍵。

我偏居農鄉、遠離台北，實際務農，農民性格傾向安定，況且我的個性情緒起伏不定，容易淪陷在無謂的感傷中，不夠勇往直前，又有暈眩宿疾，太激動就很容易發作，天眩地轉、頭疼欲裂、全身冒冷汗，往往要平躺著睡一、二天，才慢慢平復，從年少糾纏至今，苦不堪言。偶爾參與一些黨外活動，每逢選舉，積極為黨外人士助選，自知不足以擔當重任，只能站在第二線，雖然多次被情治單位調查，都有驚無險度過。

但在台北，出身中文系、中文研究所，又與尉天驄等人交往密切的王拓，「海洋」性格強悍開闊，重江湖義氣，社會使命感比我更強烈。在一九七〇年代風起雲湧的民主浪潮中，鄉土文學論戰中，王拓縱身投入，站到第一線戰鬥，意志高昂，從不退怯；他的思想敏捷、才華洋溢、筆鋒銳利、雄辯滔滔，除了創作，同時投入論辯，進而忍不住直接參與選舉，勇猛實踐社會懷抱，終而惹來牢獄之災。

二〇一一年五月十九日，趨勢教育基金會舉辦了一場名為「向愛荷華國際寫作計畫致敬」的活動，主要是歡迎寫作計畫靈魂人物聶華苓返台。主辦單位安排了白先勇、瘂弦、香港董啟章和我（瘂弦戲稱是士、農、工、兵），代表去過愛荷華的作家致歡迎詞。

我特別提到，我是台美斷交後第一位受邀赴美的台灣作家。當年愛荷華寫作班和台灣當局關係不良好，我的邀請函是透過鄭文韜（鄭愁予）悄悄寄給我，瘂弦老師再三叮嚀我不可張揚，低調進行出國手續。我到了愛荷華才知道，原來前一年，一九七九年，邀請王拓，受到阻擾，未能成行，接著爆發美麗島事件，怕我也會有麻煩，才「祕密進行」。我確實遭到重重刁難，因為從縣政府到省政府到教育部的「人二室」，我的「安全資料」都記載：思想偏激、有安全顧慮。每一關卡幸賴「有力人士」出面才得以通過。或許我的資料案底沒有王拓那麼「黑」，「關係」才有用吧。王拓直到出獄後，一九八六年終於應邀赴美，因此也在歡迎會現場。

2.

一九七九年十月下旬，我到台北市耕莘文教院演講，講題大概是「文學與社會責任」，我的措詞頗為激昂，最後交流時間討論十分熱烈。聽眾滿堂，王拓也在座。

演講結束，王拓帶我到他的雜誌社。雜誌社在羅斯福路三段二四〇巷，和耕莘文教院相距不遠，我們步行，一面交談。

七〇年代中、後期，民間泛稱的黨外政論雜誌，紛紛出擊，一波接一波。陳鼓應為名的《鼓聲》，一九七九年九月出版第一卷第一期，被查扣；王拓接辦，重組，更換名稱《春風》，已經編輯完成，預計十一月出版創刊號。我們到了雜誌社，總編輯蘇逸凡（蘇慶黎）也在場。

王拓意氣飛揚，亢奮暢談如何挑戰國民黨威權體制。

彼時，十月三日，我和王拓都敬重的陳映真，半夜被逮捕，審訊數日，因國際人士壓力而釋放，同時間逮捕的還有李慶榮，則被羈押。以「美麗島雜誌社」為核心的民主運動，在台灣各地捲起澎湃風潮。王拓也是重要成員。

黨外聲勢越滾越大，敏感人士隱隱嗅聞得到當權者肅殺之氣潛伏其中。

要去台北耕莘文教院演講前數日，我曾和幾位關心時事的在地文學朋友，去彰化大村民主前輩黃順興家。黃順興憂心忡忡說：這群少年仔不知死活，國民黨不可能如此大度，放任黨外勢力快速蔓延，免多久必定會出手抓人。

許多跡象，依我的直覺和判斷，我也認為這是山雨欲來、暴風雨來臨的前夕。我將這疑慮直率提醒王拓，王拓手一揮，截斷我的話：驚啥小，打斷手骨顛倒勇。他那豪氣干雲的氣勢，我永遠折服。蘇慶黎也跟著說：對付國民黨，不可以說怕。語氣中有些教示意味。我不敢再多言。

一九七九年十二月十日世界人權日，高雄一場大遊行，演變成震驚海內外的政治大迫害「美麗島事件」，執政當局羅織意圖判亂罪名，大肆逮捕，王拓列名第一批首謀重犯逮捕名單。

一九八〇年年初，旅美作家陳若曦，去國十八載，特地首次回國，帶著一份海外學者作家要求釋放王拓、楊青矗二位作家的連署書，透過「社會賢達」安排和蔣經國見面，直陳叛亂罪名的不當。當時講了一句名言：「未暴先鎮，先鎮後暴」，即軍警先有強力鎮壓行動，民眾才因驚慌發生暴亂，顯示事件乃是執政當局存心設局的預謀。

若曦女士返國不久，由陳映真、黃春明具名邀集藝文界人士，舉行了一個歡迎會，中南部作家似乎只有我和洪醒夫北上參加。名為歡迎會，實則是聲援若曦女士回國的重要任務，營救被拘捕的作家王拓、楊青矗。

歡迎會上，多位前輩作家針對事件表達憤慨，我也忍不住起來發言，痛斥媒體勿充當不義政權施行政治迫害的工具和打手。記得王拓夫人也在場。在滿室凝重、戚傷的氣氛下，更催化了我積鬱多日的悲憤心情，即時草擬了一首詩〈不要忘記〉，以兄弟相處做比喻，訓誡大哥要有包容批判的胸襟。經數日修訂，終於完成了這首詩，而於三月間《現代文學》雜誌發表。每當重讀這首詩，其中的隱喻，固然有詩藝的必要性，有更寬廣的想像空間，然則總覺得太軟弱，深憾未能披肝瀝膽、直接表達抗議。

3.

「美麗島事件」絕對不是突發事件，而是預謀已久。至少，早在「鄉土文學論戰」就已埋下導火線，尤其是王拓，當時就已惹禍上身。

「鄉土文學論戰」表面上是「文學」論戰，卻瀰漫肅殺之氣，絕對是政治思想的清算，王拓曾回顧，「因有幾位外省前輩紛紛站出來仗義執言，大力保護」，執政當局顧忌整肅文人的惡名而隱忍作罷，轉而趁勢策劃擴大逮捕行動的「謀略」。

一九七七年四月，王拓在《仙人掌》雜誌上發表了一篇文章，〈是「現實主義」文學，不是「鄉土文學」〉，詳盡分析台灣「鄉土文學」潮流的歷史淵源、社會背景及必然趨勢，引起很大的迴響。同年八月，主張文學應植根於所生所長土地上，進而關注社會現實、關心廣大人民的作家及作品，遭受一批當朝文人結合黨政軍特勢力圍剿，發動一連串誣陷批評。當時，王拓是主要被指名批判的對象之一，他沒有怯戰，挺身而出，接續發表「鄉土文學與現實主義」及「擁抱健康大地」等多篇論述，深入辯正、闡明「我所寫的文字，包括小說、報導和評論，都是從對這塊土地、和這塊土地上的人，堅定不移的愛心和信心出發的」，文意深刻、立論精闢，為鄉土文學奠定更厚實的理論基礎，確定了立足台灣土地的文學價值，啟蒙眾多文學青年，影響至為深遠。

王拓的思想論述，和文學創作合為一體，早在一九七六年，就已出版了《金水嬸》小說集；一九七七年九月，鄉土文學論戰正如火如荼之際，王拓又出版了《望君早歸》小說集。這二本小說集，標誌著台灣寫實文學中新風格的誕生，意義非凡；小說中的人物，不再像六〇年代，通常受壓迫而卑屈認命，而是洋溢著堅韌的生命力、勇敢為公義發聲、新興的正面道德力量。

其實，王拓小說人物的昂揚精神，正是王拓積極強悍的人格投射。

基於「在這個時代做一個作家，只在書房裡寫作是不夠的；應對社會付出更多的關懷、做出更大的貢獻。」這樣明確的信念，王拓研究所畢業之後，短暫教了幾年書，不惜辭去安穩的教職，創作小說之外，花了很大的時間心力，不斷走入漁村、礦場、工廠、各個偏遠的農村，去了解這個社會比較全面的實際情況，並將心得抒發為一篇篇社會評論，為他所關切的漁民、農民、工人等廣大勞動人民，尋求更公平合理的制度。大量文章集結成冊，一九七六年三月出版《街巷鼓聲》、一九七八年八月出版《民眾的眼睛》，真正是「吐盡心頭血、句句為人民」。

時值創作力豐沛的期間，改造社會的熱情，也一再催喚王拓走上街頭，投身社會運動。他訪問北、中、南各自為台灣民主政治犧牲奉獻的「黨外人士」，串連起來，集結成《黨外的聲音》

一書，為「黨外運動」組織的成形，發揮更強大的推波助瀾的力量，本書功不可沒。進而，由於王拓本身強烈的使命感，驅使他，選擇，將文學的道路轉往更直接的政治實踐，加上民主前輩的感召，站上第一線參與公職選舉。選舉，需要的是更大的魄力與勇氣，王拓當時那樣選擇了。也因此，光書寫就會被查禁甚至關押的年代，真正跨入政治參與，那是迎向更狂風暴浪的選擇。

本質上文學應是王拓最大的夢想，他心心念念的還是小說創作。

一九八四年九月王拓假釋出獄，隔年就出版了二部長篇小說，一是《台北．台北》上、下二冊，二是《牛肚港的故事》，都是在牢獄中完成的創作。這二部長篇小說，仍以漁民、勞工等底層社會小人物為生活主軸，庶民語言十分豐富、生動、鮮活，格局開闊，特別是從農業社會跨入工商時代，經濟發展過程中，流轉的勞動人力，如何受雇主壓榨剝削，許多心酸血淚故事，絕對是台灣小說不容忽視的重要作品。

另外還有為想念家中小孩而寫的《咕咕精與小老頭》、《小豆子歷險記》等長篇童話故事。可見王拓的文學能量，何其驚人，四年八個月的牢獄生涯，竟有如此豐碩成果，如果能安定下來寫作，他的成就必可創造更崇高的顛峰。

4.

一九八四年九月，王拓假釋出獄，十分徬徨，短暫任職於友人經營的飼料公司，好像是一份不太重要職務的閒差，我曾去台北他的辦公室看他，聽他講述情治人員如何逼供、如何扭曲人性的手段，我印象最深的一段話，大意是說，人總有脆弱平凡的一面，社會大眾卻是嚴苛要求政治犯要當聖人，未免太殘酷。語氣中流露人世的滄桑，相較於入獄前「打斷手骨顛倒勇」的慷慨激昂，我有深深感喟，牢獄的磨難折騰，豈是平順過日的我們所可想像？

一九八七年五月十二日，王拓第一次來我家。我為什麼日期記得這樣清楚呢？因為他送給我一本《牛肚港的故事》，簽名留念。

吳晟老弟留存
閒時可讀

1987.5.12 於圳寮

王拓總是稱呼我老弟，其實我們同歲，他年頭出生，只大我八、九個月，想必是他向來有老大的架勢，拓哥、拓哥被叫習慣了，在他眼中，平時木訥、鈍拙的我，顯得「年幼」。

王拓第一次來我家，「發生」了我們數十年交情中，最有趣味的一件故事。那天傍晚，王拓剛來不久，我們在三合院曬穀場上聊天，適巧我女兒音寧騎著腳踏車放學歸來。那年音寧讀國三，即將高中聯考。王拓甚為讚賞，私下向我表示，看到音寧這樣健康、爽朗又雅氣的鄉村小姑娘，很是「中意」，一定要介紹給他兒子醒之「認識」。醒之和音寧也是同齡。但說過之後，未再提起。

隔不久和王拓見面，我未忘記他的「建議」，故意問他：你不是要帶兒子來和我女兒認識嗎？王拓有些尷尬：你女兒那麼優秀，讀好學校，我兒子高中聯考考得不理想，不好意思帶來。

我笑他：原來你也有這樣封建世俗的觀念。

此後多年，偶爾有機會在台北聚會，王拓總會公開讚揚「吳晟的女兒」有多優秀、多漂亮，我回應他：因為老爸沒什麼可稱道，只好讚許女兒。

直到音寧大三那一年，某個場合王拓遇到音寧，據說起先認不出來，有人告訴他那是吳晟女兒，王拓嚇了一大跳，不可置信，直說：你怎麼變成這樣呢？

變成怎樣呢？當老爸的當然知道，那幾年是我對音寧最操心的時候。音寧從小耳濡目染，高中就發表「致張學良」等詩作，高中畢業上台北就讀大學，銜接野百合學運，交往的朋友全是一大群當年所謂「最進步」的青年，他們一同推動「廢除刑法一百條」、「反對軍人干政」等等一連串社會運動，生活作息很不正常，熬夜是常態，不只疏於課業，最糟糕的是學會抽菸、喝酒，好像那樣才算「革命青年」，非常不健康，我曾數度專程北上勸導，但傳統父親循規蹈矩的道理，面對一大堆我實在難以理解的「進步思想」，哪有說服力，越爭論徒然「撕裂」感情，只好任由她安排自己的人生了。

王拓遇見音寧時，正是音寧最「叛逆」的階段，我聽多方轉述，「推想」當時最令王拓「嚇一大跳」的是，音寧理了光頭、瘦瘦黑黑，穿著、舉止都很隨便，昔日那位清秀健朗小姑娘的美好形象，完全破滅。

隔了一、二年，我和王拓見面，談及此事，故意問他：還要不要介紹你兒子和我女兒認識？王拓表情尷尬，不做表示。我調侃他：現在換你嫌我女兒了，原來你仍然有封建世俗的一面。

這一樁「有聲無影」的「兒女私情」，是我和王拓身為父親的祕密故事。

5.

一般形容女兒是父親的掌上明珠，音寧形容自己是父親的「掌心雷」，要小心翼翼對待，以免被炸到。據我側面得知，王拓和兒子的關係，很長一段時間很緊張，甚至不少衝突，比我和女兒之間更嚴重、更苦惱。我約略知道，政治立場的歧異是一大因素。

一九七〇年代中期，王拓與我，和夏潮雜誌成員理念相合而有很深的淵源，王拓更是夏潮親密的夥伴。一九八七年王拓出獄數年，終究還是返回社會運動場域，「第一件差事」便是擔任夏潮聯誼會第一任會長，並參與創建工黨，一九八八年擔任陳映真創辦的《人間》雜誌社長，只一年即離開，什麼原因，詳細情形我不了解。

一九八九年王拓加入新建立的民進黨，並擔任黨職，進而代表民進黨參選基隆市長、國大代表、立法委員……。這是王拓繼一九七八年加入「黨外政團」、投入選舉，政治生涯再一次最大轉捩點。相同的是，二次重大抉擇，都受傷不輕。加入黨外政團，遭受牢獄之災；加入民進黨，聽說昔日夏潮夥伴及一起籌組工黨的社運朋友，頗多不諒解，包括他兒子醒之，對父親進入國家體制內的「國會殿堂」，也曾直接對撞。這段歷程，醒之在父親的告別式也有做告白，令人心酸。

政治上的立場，是非恩怨糾葛，我約略知道，但政治場域實在太複雜，我畢竟是局外人，不敢多所論評，況且王拓和我每次見面，文學話題總是多於政治，即便談「政治」，也多是共同關注的社會議題，例如農業、生態環境，甚少涉及人事。不知王拓怎樣去面對昔日同志的批判、甚至嚴厲指責，但我確實未曾聽他說過一言一語的抱怨、不平，我想他的心情必定很難過，卻是懷抱著理解與包容吧。

近日和國立台灣文學館前館長廖振富教授談及王拓，他告訴我有位研究生林肇星，國立台灣師範大學台灣文化及語言文學研究所許俊雅教授指導的碩士論文，正是《王拓的文學與思想研究》，請這位研究生寄贈一冊給我，對於王拓的「立場」爭議，有很精闢周延的剖析，也有訪談王拓自述的記載，我在閱讀中無比感慨。

在我和王拓逾四十年的情誼中，我最深的印象，王拓是直率的血性男兒，一輩子始終懷抱單純的社會熱情，連繫著、記掛著台灣土地和人民，義無返顧投入政治，參與選舉，無非是為了落實文學關懷的信念，具體實踐民主信仰、社會公平正義的理想。在我心目中，他是勇於行動的俠者。

二〇〇八年五月，在民進黨最慘澹時，王拓「臨危受命」，出任民進黨祕書長，協助蔡英文主席整頓黨務、償還債務，為民進黨開創再出發的基礎。但他念念不忘的還是小說創作。年底，民進黨「盤整」底定，王拓毅然辭去祕書長職務，提出辭呈的理由是「將以餘生，努力文學創作」、「此願未酬，死難瞑目！」，歷經多年潛心讀書，預計將一生風浪，融合，轉化為長篇小說三部曲，可惜只完成了二部，第三部未及完稿，留下無比缺憾。

我深切了解，作家不必然要介入社會現實，更不必然要參與公共事務，但強烈使命感的召喚，不得已投入其中，越陷越深，又不能忘情文學創作，內心其實很掙扎。

王拓曾說：「最羨慕從事文學又可以把政治搞好的人，像馬奎斯，是作家，也是革命家。」

實在說，談何容易。但平心而論，在我們的時代裡，既能如此投入政治改革，發揮舉足輕重的影響力；又能如此創作豐沛、成果豐碩的作家，捨王拓，還有誰呢？

今日我們追念他，緬懷他對台灣的巨大貢獻，萬分不捨。我想，他並沒有真正的離去，他就在他的作品裡，等待人們去那裡相會。

王拓喜歡稱呼我老弟，那麼，拓哥，請安心離去，你的一生，已為台灣拼盡心力；你留下來的著作，臺灣文學史必定佔很重要的位置。

不過，年過七十，我更深體悟，聲名悠悠如浮雲，但求此生本乎真誠，竭盡所能，後世如何評價、如何定位，無需在意、也無從在意。

6.

王拓常說：「我本來希望，自己能成為文學教授、成為作家，能整天在書房讀書寫作，我就心滿意足了」，「我也不喜歡政治，我只想搞文學」。是什麼樣的因緣、什麼樣的命運、將他推入「不喜歡的政治」？依王拓自己說：「是無奈、是生不逢時、是生在一個思想要不斷被檢查的時代」

直到二〇〇九年，王拓二度縱身政治風浪二十年，毅然辭去任何職位，遠離江湖，回歸他最愛的書房，閉門讀書、天天讀書。據說經常一天讀一二個小時，至少歷經兩、三年時間的沉潛修練，注入清明活水，世事浮渣逐漸沉澱，重新尋找文學的初心，蓄積寫作能量。

王拓性格直率，曾向多位友人透露，他正在進行的寫作大計畫，預計將一生親身經歷的故事，轉化為長篇小說三部曲，文壇上「盛傳」這個訊息，都無限期待。

不料二〇一六年七月底，王拓猝然病倒，父親節隔天辭世，聽說只完成第一部、第二部；第三部尚未動筆，留下無比缺憾。

前些日，接到王醒之寄來王拓已完成的兩部小說打字稿，我連日專注閱讀，不時攪動複雜的心緒，有低迴感傷、有慷慨激昂、有無限懷思，更多的是欽佩。

書稿上註明，第一部《吶喊》，二〇一二年七月完成初稿，二〇一六年三月二十九日完成修定稿；第二部《呼喚》，二〇一五年十二月十四日完成初稿，二〇一六年七月十四日完成第三次修訂。

王拓這兩部遺著，無疑是自傳體小說，承載一九七〇年代中期到一九八〇年代末，台灣社會民主運動，風起雲湧，王拓身歷其境、縱身其中，真正發生的故事，見證那個時代的歷史脈動。

王拓到底是吶喊什麼？為什麼吶喊？如何吶喊？又是呼喚什麼？如何呼喚？

小說主要人物的思想、言論和作為，在那個時代，都好像「來自地底的聲音，被冰封的大地隔絕了。」他們是一群被打擊、被壓迫、卻又堅持理想、熱情、勇敢反抗的人。

第一部《吶喊》，總計二十一章，從家鄉南仔寮垃圾場的抗爭運動開始，到鄉土文學論戰、《夏潮》雜誌創辦、中壢事件現場的震撼、加入黨外陣營，決定參與選舉，國民黨政府以「台美斷交、中美建交」、時局動盪為理由，終止選舉活動。最後篇章，記述聲援高雄余登發父子「涉嫌叛亂」被逮捕的遊行。

第二部《呼喚》，總計十八章，從一九七九年十二月美麗島事件牢獄之災，一九八四年出獄後，任職水產飼料公司，公司受到情治單位干擾，被迫離職，轉而擔任《民間》（人間）雜誌社社長，籌組夏潮聯誼會，籌組工黨，帶領外省老兵返鄉團回「大陸」，終結於「中國統一聯盟」、國族認同的思想分歧、衝突、爭辯。王拓毫不掩飾表明立場。

這兩部小說，多取材於現實，一個一個章節，敘述一個一個事件，串連起來，和時代脈動環環相扣，思想脈絡清晰分明，情節十分緊湊，時而引人慷慨激昂，時而引人義憤不平，時而溫情感人，尤其是主角與兩位偉大女性的愛情故事，一個是堅強支柱的妻子，一個是曖昧難捨的紅粉知己、革命情侶，細膩纏綿，動人心弦。

王拓的文學風格，最大特色，採取他一貫信奉的寫實主義手法，並大量穿插對話，無論是基層平民，或是小說中幾位要角知識分子，貼近大眾的生活語言，參雜台語，十分鮮活勇猛，暢快淋漓，即使論辯說理，談論時事，也鮮少文人氣，書卷氣，彷如日常開講，親切、清楚而順暢。

對於一九七〇年代、一九八〇年代，台灣社會如何衝撞黨國威權體制，如何捲起民主運動風雲，多少有些了解，甚至曾經參與的讀者，閱讀這兩部小說，等於重新回顧那段歷史，必然心領神會，勾引起一波又一波回憶的浪潮，而有深深感觸。對於那個時代的政治體制，如何劇烈變動，不甚了解的讀者，閱讀這兩部小說，則如同上了一堂非常重要的台灣現代史課程。

這兩部小說中，每一個事件，大多非常真實，我唯一不確定的是，男女主角的情感糾葛，真實性如何，令人尋味。特別有趣的是，小說人物的名字，真真假假、虛虛實實，大半是真名；而男女主角和多位要角，則另取名字，例如《吶喊》主角陳宏和鄭黎明，無疑是王拓和蘇慶黎的化身；第二部《呼喚》則改名為林正堂和顏素如，不知有什麼特殊意涵？其他人物，讀者可以依據自己的認識去猜測、去「對號」、去判斷誰是誰。似乎增加不少小說的趣味性。

依王拓自述：「我寫的是這群人的故事，但它是小說，不是歷史」，為了充分營造文學想像空間，才如此處理吧！

文學不外乎人性，而政治場域的人性最複雜，王拓在故事情節的進展中，不時流露自我省思；我印象最深刻、最悸動的是：在描述審訊、刑求過程中，他一面表現義無反顧的勇氣，一面省視內心的脆弱，他說：「人的肉體是很軟弱的，經不起痛苦的考驗。我終於明白，我不是勇者，我沒有資格成為革命家。」

文人不滿於時政，而介入於實際行動，總是帶一點浪漫的理想主義。然而，在政治的現實中，鬥爭往往打敗理念，算計常常贏過理想，作家從政，回歸文學創作，視野自然更開闊，人性的理解更深入。

台灣優秀作家多以，而直接參與政治者少之又少；為推動政治改革犧牲奉獻的傑出人士多以，然鮮少傑出小說家，兩者兼具如王拓，更是少之又少。依據《吶喊》和《呼喚》的故事情節，第三部已經定名為「糾纏」，情節架構已完備，可以想見應該是從一九八九年加入民進黨，擔任黨職、擔任公職，歷經台灣首度政黨輪替，「縱橫政壇」二十年，糾糾纏纏、恩恩怨怨、權力傾軋的豐富故事，以王拓寫實、率真、敏銳、直言不諱的寫作風格，這部小說如果完成，定然精采可期，必將引起更大震撼。可嘆壯志未酬即離去，誠然是台灣文學無可彌補的大缺憾。

（本文作者為詩人）

推薦序

就是這樣的王拓

尉天驄

我是在一九六九那一年認識王拓的，他給人的第一個印象就是一身江湖氣。話還沒有說完，就讓人知道，他想說什麼。那個時候，我住在台北市寧波西街二十六號。王拓到我家來是由王曉波引進來的，當時陳映真事件和台大哲學系事件都還盪漾於人心。王曉波、陳鼓應和王拓正在辦《新希望雜誌》，推動所謂的「青年自覺運動」，唐文標也在其中。不知是怎樣挑起來的念頭，王拓說：他正沉醉於張愛玲的作品中。而唐文標的一番談話，就給王拓帶來很大的反響。唐文標說：「鴉片戰爭以後，實實在在的上海，經由國際經濟的介入，便由此浸蝕了中國原有的社會結構。從金融大廈、學校、書店到酒吧，無不展現了享樂貪婪的本質，發展下來，使得中國這個社會一步一步的走向沒有光的所在。我愛張愛玲的作品，正是由於這種魅力，但它也使我感到窒息。」這番談話對於王拓以後寫小說，產生很大的鼓勵。

王拓本來的人生構想是從事教育。那時候，他已經從師範大學的國文系畢業，考入政治大學中文研究所。他原想追隨王夢鷗教授學習新文學，但是，系裡的元老們幾經妥協，只准許他去研究清代的袁牧，並指定由成惕軒老夫子擔任他的指導教授。即使如此，這一篇論文仍然為清朝乾嘉時代的危機作了新的剖析，得到成老夫子很大的賞識，只是仍然無法獲得學校的聘請。一九七三年，我應美國愛荷華大學國際寫作中心的邀請，前往作一年的訪問。於是，就把一年的課程交給王拓代理。臨行之前，我對他說：「你老兄上課只要平實，千萬不要激昂。」誰知人的個性是難以改變的，一年過去了，學校仍然不予聘請。這個階段他加入夏潮團體和林俊義、寧明杰、蘇慶黎等人，開始關心台灣的生態。

為了謀生，他有一個時期到南部、東部推銷西藥商品。那個時候，我在聯合報系的《中國論壇》擔任主編。有一天，他跑來對我說：「我這一陣子被東部的一個老先生指名道姓罵了一頓。那位老先生說：『我看你不像沒出息，怎麼成天作害人的勾當。』原來這位老先生講的正是當前醫療制度下的種種弊病，藥品騙人，廣告騙人，記者騙人，一直把我罵得抬不起頭來。」他把收集的資料寫了一篇報導。正好陳映真出獄，在一家大的美國藥廠工作。兩相對照，他決定從眼前的現實作詳細深度的認識。我把他這篇報導拿來發表在《中國論壇》上，得到了很大的迴響，也引起很多親美派的不滿。於是從這時候開始，他的思考有了很大的推展。他笑笑說：「我這個人就是賤，經不住罵。每次被別人罵，都會得到新的啟發。」我笑笑對他說：「這也難怪，你家的兒子不就是取名叫作醒之嗎？」

王拓原叫王紘久。他必然的要一步一步的從基隆八斗子小世界走出來，走向一個較前開拓的世界。像這樣的人，要他不談政治，其實是很難的。但是，要他永遠細綁在政治的漩渦中，也是非常困難的。於是，在兩個世紀之交，王拓成為台灣現實界中的充滿各種色彩的人物。他是出色的鄉土作家，也是青年中的傑出人物。他的不安定性，他的江湖氣都使他的名字成了一個響亮的代號。幾年下來，他的生活經歷了反叛、牢獄，與在底層打滾的粗俗，特別在鄉土文學論戰高潮時的不憂不懼，鑄成一種特殊的堅毅的形象。王拓不僅是王拓，他已經成為眾人傾羡的偶像。但是對於王拓本人來說，他所感到的是另一種體會。他曾經對我說：「當別人把我當作叛徒的時候，當電視上時刻在傳播著抓拿王拓聲音的時候，這些和他們在不久之後忽然改變聲音，卑躬屈膝地叫我王委員的時候，那代表的意思是什麼呢？那是一種對人性的最大的諷刺。能體會到這種滋味，你還能自我陶醉的以為有了什麼成就嗎？在我來說，那不是成就，那是一種對自我的質詢，有了這種質詢，我才真實的認清了這個世界。」我聽了他的話之後說：「你不是把人性看透了嗎？你這不是對人類失去了信心嗎？」

他說：「不會啦！不會啦！如果這樣想，我不是白活了嗎？」所以，到了六十五歲，逐漸離開政壇第一線以後，他沉靜起來。老而彌堅，他想要把自己的歷練，投入寫作之中。這個時期我們又開始更多地互動起來，不時見面，談老友憶往，但更多時候他慷慨激昂地談起他創作中的長篇小說，將他這些年在台灣社會運動以至於從政後的見聞更反省地以虛構的方式敘述出來，講到興奮的時候，還是不改江湖氣地把三字經都飆了出來。有一次去他跟穗英外雙溪的家，他把我跟可可（任之）拉到小書房裡，拿出一大疊手寫稿，說是他即將完成的小說三部曲。別看王拓這傢伙捲袖子幹架時的江湖氣，一首硬筆字卻秀氣得不得了。握著厚厚的手寫稿，王拓很豪氣地說：

「媽的，老哥，我還是文學人哪。」

二〇一四年七月，我車禍後便一直躺在床上，王拓常來醫院或家裡看我，有時跟穗英有時候一個人。說也奇怪，這個時候的王拓和我之間對事物有了很多相似的體會，言談又更深刻。過世前一週，他帶了一盒桃子來木柵看我，告訴我他的寫作又有了很大的進展，很快就可以修改完成。

王拓雖已七十好幾，但身體一向硬朗，二〇一六那年夏天孫女小鑾第一次從法國回來，王拓本來約好某一個星期五來木柵，前一晚還跟可可通電話，直說小鑾這個名字取得好，但隔天等到六點卻一直沒有出現。他在醫院的時候還跟可可通過訊息，說心肌梗塞，出院後再來看望，沒想到隔週的八月八號，他就離開人世，讓人不勝唏嘘。

王拓過世後，醒之費心整理父親的遺作，現在王拓這幾本小說終於要出版了，我特別感到高興與安慰。

謹以為記。

（本文作者為作家、文學評論家、政治大學中文系名譽教授）

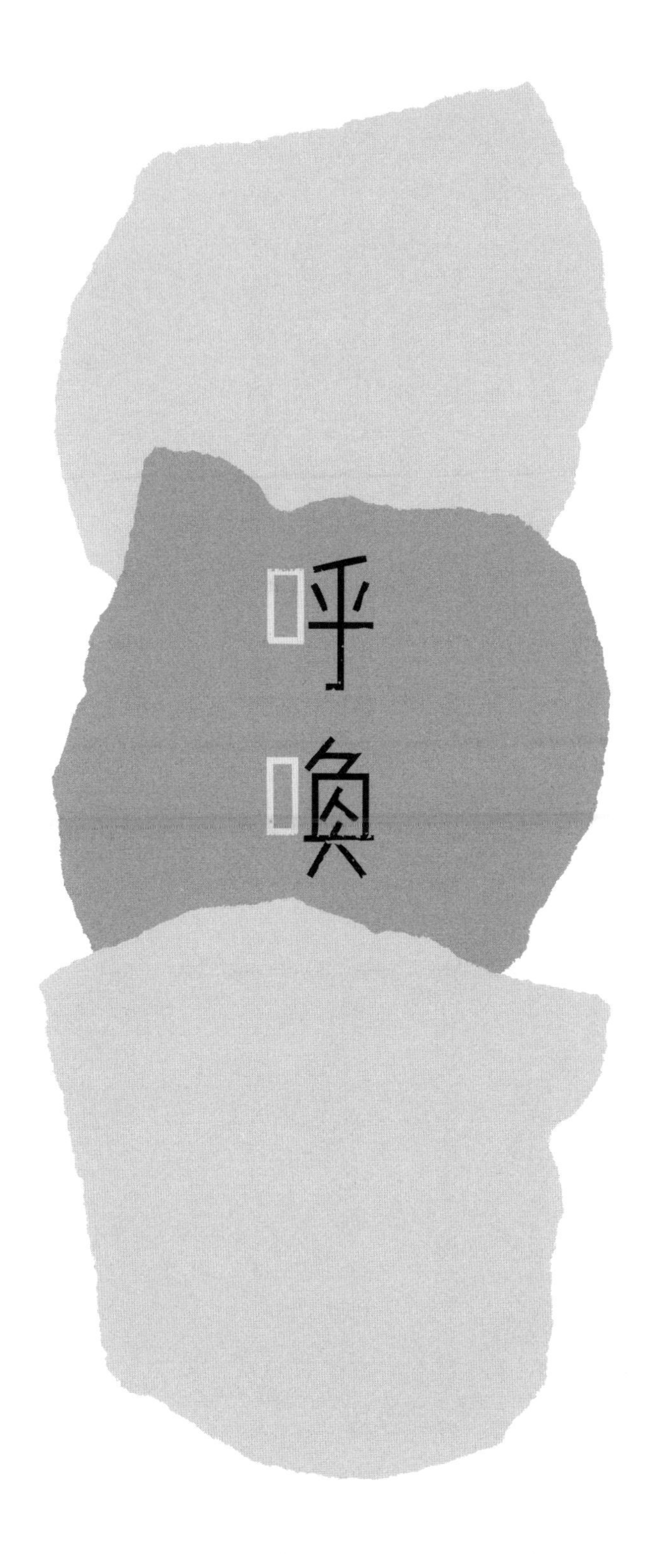
呼喚

第一章

林正堂慢慢開著車在莒光路上東張西望。

應該可以找到一個停車位吧？他想。

但車已經到一〇七巷的巷口了，他只好轉進巷裡。還是沒發現停車位。「幹！真衰！」他在心裡咒了一聲。突然發現三十六弄裡面有一個車位。

「好啊！」他高興地把車左轉，再掉頭，倒退，慢慢把車停到那個空位裡，他雙手搭在方向盤上，「呼！」地吐了一口氣。然後又不自覺地搖了搖頭。

這裡是莒光路一〇七巷三十六弄，弄道寬約二十公尺，長約五十公尺，左右兩邊各有兩棟並排的五層樓房屋，弄道底部也是一棟五層樓的房屋，使得這個三十六弄就變成死弄了。林正堂的家就住在死弄底部那棟五層樓房的四樓。已經三年了。

前幾天，他從漢洋水產飼料公司辭職後，就每天一早開車送兒子女兒去學校，然後再送妻子去上班。回家時，常常要開到滿遠的地方才能找到停車位。今天能把車停在自己家門口，運氣算是很好了。

他下車，關了車門，走向門口。

他上身穿了一件淺灰色波羅衫，胸前小口袋上印著深藍色的「漢洋」的標誌，下身穿著藍色牛仔褲，頭髮蓬蓬鬆鬆的，有點茂盛，但也有些蒼蒼了。額頭高而平坦發亮，一雙眉毛淡淡的，眼眶深邃，鼻梁直挺，有點鷹勾，嘴唇寬大豐厚。臉頰上顴骨有些突出。身高大致一七〇，但有一點習慣性的彎駝。

他推開樓下已經有點鏽斑的鐵門，登上四樓。把鑰匙插進鎖孔，用力向右扭轉，連續「卡！卡！卡！」響了三次，他才把門推開。然後關上大門，聽到「卡！」地一聲鎖上了，再把門裡兩道鐵門緊緊扣上。

「爸爸，大白天為什麼還要把門閂扣起來呢？」

每次，兒子放學回家如果沒把門閂扣上，他都會立刻親自走到門邊來把門閂拉上。

「這樣比較安全。」他說。

「白天又不會有小偷進來。」兒子說。

「只怕萬一，」他說，「還是閂起來比較好。」

一九七九年十二月，高雄發生美麗島事件，國民黨大肆逮捕異議人士。半夜裡，警備總部和調查局的特務破門而入，就把他從家裡帶走了。三年前他從牢裡回來，第一件事就是把家裡大門的鎖換成有三道卡榫的那一種，據說連最專業的小偷都很難打開。他在門後還扣了兩道鐵門。

「你也別把孩子嚇著了。」他太太柯秋潔在旁邊看他認真地親自在門上釘門閂，便笑笑地提醒他，「都什麼時代了，他們哪敢像以前那樣？……」

自從美麗島事件發生之後，又一連串發生了幾件大事，像林義雄家祖孫三人被殘殺的血案、以及台裔美籍作家江南被國民黨派遣的黑道槍手暗殺，等等，都使國民黨的統治威信遭受嚴重打擊。在國內外壓力下，逼得蔣經國不得不公開宣布，放棄已在進行中的讓他兒子依循他的模式：先掌控特務機關、再掌控黨機器、再接政權的接班計畫。所以特務機關從那以後幾乎就群龍無首了。再加上國內的民氣已起，由年輕人辦的黨外雜誌不斷勇敢挑戰國民黨的統治威權，所以，社會就變得比較自由、開放了。

「但是，威權體制都還在，台灣也還在戒嚴中，國民黨隨時可以翻臉的，誰知道啊？」林正堂把門閂最後一個螺絲扭緊了，挺直腰骨站起身，嚴肅地向妻子說，「還是小心一些比較好，國民黨這些人會變好人嗎？不可能的啦！」

他走進屋裡，把出門時來不及收拾的餐桌上的杯盤碗筷拿到廚房，打開水龍頭，嘩啦嘩啦地洗乾淨了，才坐到客廳的沙發上，拿起報紙，把兩條腿擱在茶几上，翻開報紙。頭版頭條的標題立刻引起他極大的興趣和關注。

「民進黨中常會決議，明年二二八將擴大舉行，由二二八和平促進會負責總策劃。」旁邊有一個極小的標題是：「促進會長陳永真醫師說，紀念會將包括在各縣市遊行及演講」。另外有一篇評論，標題是「台灣的戰爭與和平」，文章內容明顯警告民進黨，二二八是歷史的傷痕，舉辦紀念會將再度撕裂歷史創傷，製造社會對立，會使台灣陷入戰爭，破壞和平……。

他仔細看完頭版關於二二八新聞的報導與評論，站起身來走進書房，拿起桌上的菸斗裝滿菸絲，用打火機點燃了，深吸了一口菸。

他把書房兩邊的窗戶都打開了，窗外的車聲喧囂地嘩叫著傳進屋裡，也把白色的煙霧逐出窗外。

他這抽菸斗的習慣從大二就開始了。那時，他和台大哲學系的孫志威們是跨校際的死黨，而台大哲學系的殷海光教授是他們共同崇拜的對象。殷教授經常一邊抽菸斗一邊和他們談哲學、談政治。有一次，殷教授向他們力薦英國哲學家羅素的著作。他受了影響就去買了一本中文和一本英文的羅素的書，封面都是那張羅素手握菸斗的照片。他因此也學他們抽起菸斗來了。久而久之，竟也成了習慣。一直到他因美麗島事件坐牢，才把菸戒掉了。但出獄後去漢洋水產飼料公司上班，常常要獨自開車去督導南部的工廠及各地的外務員，同時也拜訪客戶，沿路實在太單調無聊了，因此，就又恢復抽菸了。

他咬著菸斗，陸續翻著報紙。但腦子裡還是在想著二二八的事。這是國民黨最大的禁忌，民進黨竟然敢挑這個議題到各縣市去辦遊行和演講，還真有勇氣哩。

這些年，黨外運動風起雲湧，黨外雜誌推波助瀾，動不動就發動遊行，抗議政治上各種不公不義的事，直到去年九月，一些黨外人士冒著可能被捕的風險，正式成立了民進黨。到現在還不滿一年，幾乎每個月都有大型的群眾大會，要求解除戒嚴、開放報禁、反政治迫害、要求人權等等，參加人數往往多達幾千幾萬。而國民黨每次都如臨大敵，軍、警、特務全副武裝，也常多達幾百上千，連鎮暴車消防車都出動了，與遊行民眾嚴重對峙。

有一次，他開車經過台北市中華路，親眼看見一群人走過對街，前面一排七八個人，一起拉著一條白布，寫著幾個斗大的紅字：「捉我來當兵，放我回家去！」後面跟著八九十個人，每人身上都穿著一件白布套，布套上寫著：「想家啊！」

他把車停在路邊，和路人一起遠遠地望著對街遊行的隊伍。

「是老芋仔啦！」

「老兵想家也上街頭了？」

「這些老兵大概都是沒結婚的，退伍以後都變成孤單老人了，難怪想家啊！」

「你看你看，竟然有人拿東西丟他們！」突然有人指著對街大聲喊著：「幹你娘哩，你丟什麼？丟什麼？……」

「那麼遠，車聲隆隆叫，伊沒聽到啦……」

「在台灣，不單是外省仔回不去大陸，連台灣人也有很多不能回台灣呀！」

「敢有影？台灣人為什麼袂當回台灣？」

「黑名單呀，若被國民黨列入黑名單，就不能回台灣了。」

「這哪有道理？台灣人不能回台灣？幹……！」

「這些老芋仔，長期來都是和蔣家穿同一領褲仔，現在竟然也敢出來反抗，我看，……國民黨是要敗了啦！」

人們這樣紛紛議論著。

所以，民進黨明年要為二二八舉辦大型群眾演講會，似乎也就沒有什麼太特別了吧？連組反對黨都沒事了，老兵上街頭遊行也沒事了，還有什麼大不了的呢？也就是說，沒有什麼大風險了啦。

林正堂心裡雖然這樣想，但還是有些興奮。

到時，我一定要去參加！他肯定地對自己說。其實，在這之前，他也做過兩件事與二二八有關。

一九七八年他在基隆參與國民大會代表選舉，第一場私辦政見會就辦在基隆市忠二路的媽祖廟口。在那場演講會上，他就情不自禁地公開要求國民黨公布二二八的真相。

第二天一大早，就有三個用頭巾包著頭臉的神色略顯慌張的女人相偕來到他的競選辦公室，交給他一包用報紙包著的東西。

「林先生，多謝你啦！」其中一個用有點哆嗦的惶惶的聲音說：「三十年了，阮的親人，在二二八的時陣，不明不白給國民黨刣死，阮忍……，忍氣吞聲，不敢講半句話。……昨暝，昨暝，……」那女人說著說著竟哽咽了，另外兩個站在一旁也拭著眼淚。

「妳慢慢講，慢慢講，嫒緊……」林正堂也有點慌亂地不知所措地安慰她。

「昨暝，」那女人擦了擦眼淚，緩了一口氣又繼續說，「昨暝在媽祖廟埕，第一次聽到有人公開替阮的親人申冤，實在，實在是足，足感謝啦……」

「這，一點點意思啦，」那女人把紙包塞到林正堂手中，「替你助選，祝你，祝你當選啦！」

她們沒留姓名，沒留電話地址，慌慌匆匆就走了。雖然只有三萬元，卻給他留下永難磨滅的印象。

而也是那個下午，他那個在警備總部當組長的表哥也找上他了。

「怎麼？你活得不耐煩了嗎？敢公開講二二八，你實在，實在……七月半鴨仔不知死活啊！這是國民黨最痛的傷疤，你偏偏去摳它。過去，多少人為了二二八，槍殺的、坐牢的，你不知道嗎？」

公開場合不能講二二八，他當然知道。那一天面對那麼多群眾，他就是忍不住呀。特別是，演講的地方只隔一條街就是忠一路，就是基隆港邊。二二八，多少人，在港邊被槍殺，用鐵鍊把手把腳都綑綁了，一個串一個，從背後開槍，整排的人幾乎同時都栽進海裡了。海水是一整片一整片的紅。

林正堂從小，不止一次聽到村裡的長輩們這樣傳述著。因此，關於二二八，在那樣的地點，那樣的場合，他忍不住就講了，就公開要求國民黨要公布二二八的真相了。

「這有罪嗎？為什麼有罪呢？沒道理啊！」他衝著表哥說，「只是要求真相而已啊！都不行嗎？」

第二件是，他出獄時是九月，十二月剛好要選台北市議員。他因為是美麗島事件的受難者，又是還有些知名度的作家，所以頭上有些光環，就被一些候選人拖著請去助選了。他的口才本就不錯，本身又參選過，所以面對選民群眾，他的演講確實獲得了很多的掌聲。但是，選舉完了，他就沒事幹了。整天在家無所事事，就靠太太養，實在，實在太苦悶了！他幾乎要抓狂起痟了！

雖說特務控制已不像他坐牢前那麼嚴密恐怖了。但是，社會上對像他這樣的政治犯還是有顧忌的。所以，他想找工作，確實很難。

有一次在孫志威家，和那幾個自認為是台灣僅存的左翼《夏潮》雜誌的老朋友吃飯喝酒時，志威就說了，「以正堂的個性，讓他在家吃軟飯給太太養，伊會起痟！我看，不如這樣吧，阿堂，就回你的老本行，幫那些黨外雜誌寫稿吧！」

「等等，等等！」那個更早坐過政治牢的小說家蔡惠德沉聲說，「你叫他給那些黨外雜誌寫稿嗎？我看不妥！」

「為什麼？」

「那些黨外雜誌跟我們不同路，不是嗎？」蔡惠德說。

「別再提那些黨外雜誌了，我已不想再介入政治了。」林正堂說。

「哈哈哈，不介入政治？你一出獄不就介入政治了嗎？」孫志威猛喝了一口酒，大笑地說，「謝長廷、周伯倫、顏錦福，……你不是都去助選上台演講了嗎？我都聽到了，掌聲還不少哩。」

「那是還人情，沒辦法！但是我真的不想再搞政治了。」林正堂皺著眉頭，從高而平的發亮的上額，一直到有點豐厚的下巴為止，都已喝得紅通通了。「我真的不是搞政治的料，我沒資格當革命家。」他說。

「這年頭，哪可能有革命家？」蔡惠德有點不屑的，以他醇厚低沉的聲音說，「台灣真正的革命家都死光了，不死的，也許還有一兩個，也都還關在綠島……」

「是啊，台灣哪有革命家？台灣根本沒有革命的客觀條件，哪來革命家？」孫志威又猛喝了一口酒，臉色已經有點白青白青了，「坦白講，一九七七年鄉土文學論戰和中壢事件幾乎同時發生，那時我曾幻想，台灣也許會發生革命吧。兩年後《美麗島》雜誌成立，在各縣市舉辦群眾大會，一動員就是幾千幾萬人參加，連國民黨出動消防車、鎮暴車都無法驅散。那時，我還真以為，台灣人民要起來革命了，……」

「別說你啦，連我也曾經以為會這樣啊。」蔡惠德把一截菸蒂往菸灰缸按了按，笑笑地說，「那年，《美麗島》雜誌在高雄開國際人權紀念會，我和幾個老同學都去了。和群眾一起舉火把走在大街上，也以為革命好像要來了，興奮得很啊！但是，他奶奶的！國民黨一鎮壓，大逮捕了，就什麼都沒了！」

「但是，一九七八年我在基隆參選，我真的是以搞革命的心情和意志在搞的。我心裡是以台灣僅存的左翼代表自居的……」林正堂喝紅了臉大聲說，「蔡大哥和阿威、阿凱還有顏婆子顏素如，你們一大夥人不是都參加了嗎？」

「不錯，現在在場的所有的人，以及不在場的顏婆子，我們確實都熱情參與了那次的選舉，因為我們都認同，那是我們共同的志業，台灣戰後僅存的左翼的朋友，也想經由選舉來爭取台灣的民心，替社會主義革命播下一點種子，……」下顎留著一撮山羊鬍鬚的陳崇凱熱情地說，他也喝了不少酒，臉色白裡透紅。

「但是，現在我已知道自己不是搞革命的料，我太兒女情長了，放不下我那個家，放不下老母妻子兒女。所以，過去那五年牢，我很辛苦。我表現太差，完全沒有革命家應有的豁達從容。……」林正堂有些沮喪地低了頭說。

「唉呀，不要老是想當革命家啦，台灣根本沒有革命的條件，誰要你當革命家呢？我們當年都犯了左傾幼稚病才會這樣，」孫志威舉起酒杯大聲說，「來來來，喝酒喝酒，阿堂……」

「是啊，我們都把話扯遠了！」陳崇凱說，「本來是阿威好意建議阿堂給黨外雜誌寫稿，可以有些收入，總比什麼事都沒做好吧？怎麼就扯到革命了呢？阿堂應該罰酒，罰酒……」

「好！這酒我喝，但是我也要向大家講明白，政治我是真的不想再搞了。」林正堂仰首把酒乾了，抹了抹嘴說，「在台灣搞政治就算不是搞革命，就說是搞選舉吧，說真的，我也不適合！為了選票，必須見人說人話，見鬼說鬼話，明知是個王八蛋，也要跟他打躬作揖恭維他，太扭曲我的本性了！」

「那你認為，你自己可以做什麼？你想做什麼？我們這群朋友可以幫助你做什麼？」

「這個嘛……說真的，我也不知道。」林正堂苦惱地說，「十年前，當我被國民黨打壓，不能教書、也不能發表作品時，我曾去應徵房屋銷售員，但是，人家看了我的應徵信，就把我打槍了，連考試的機會都不給我。現在，我的專長還是只有教書和寫作，只是又多了一個政治犯的頭銜，再加上年齡已經四十好幾了，誰願意用我這樣的人呢？」

「確實，這有點不好搞。」蔡惠德說，「當年我剛出獄時也差不多是阿堂這個歲數，去應徵了幾個地方都不成，後來是輝瑞這個外國藥廠，是我坐牢前的老東家，我以前有個交情要好的老同事已做到副總了，看在過去的交情才又拉我進去，不然，也是，……」

「台灣人的公司對政治犯還是有顧忌，怕被找麻煩。能不用就不用，誰願自找麻煩啊？」陳崇凱說。

「其實阿堂去搞選舉搞政治是很適合的，十年前大家不就是因為這樣才拱你去選的嗎？」蔡惠德笑著說，「站在講台上自然有那麼一股魅力，口才又那麼好，又那麼有熱忱，……」

「好啦，沒關係啦，大家也不必太為我操心。其實，我還餓不死，我家秋潔在台電上班，也算是鐵飯碗了。」

「哈哈哈，就是嘛，都是你自己虛榮的男性沙文主義在作祟。」孫志威哈哈大笑地說，「我為了照顧你的虛榮心才建議你去給黨外雜誌寫稿，既然你不願意，那我就再提個建議，你乾脆去編選舉書，說不定還會暢銷哩。例如和二二八有關的書，在日本的老戴長期蒐集研究二二八的資料，有一些已經在葉芸芸主編的《台灣與世界》雜誌上發表過了。這雜誌台灣不准進口，我們就拿它的二二八資料來編輯出書，說不定……」

「好！阿威這個建議很不錯，比給黨外雜誌寫稿好。」蔡惠德也笑著附和。

那一天就那樣談出那個結論。林正堂真的就花了大約三個月時間，在孫志威和蔡惠德的協助下，編了三本書，其中一本就是後來在市面上流傳頗廣的那本《二二八的真相》。這就是他曾做過與二二八有關的第二件事。

現在，民進黨要替二二八在各縣市舉辦遊行和演講會，「我一定要去參加！」林正堂興奮地對自己說。

這時，書房的電話突然「歌鈴歌鈴」地響了，他抓起電話筒「喂」了一聲。

「這是副總的家嗎？林正堂副總？……」

「是啦，我是林正堂，你是哪一位？」

「是副總喔，我是詹的啦，枋寮詹水田啦……」

「啊啊，田哥仔，是你哦？你怎麼知道這支電話？」

「是你們漢洋的外務仔說的啦，不然，我怎麼會知道？」詹水田在電話那邊大聲說，「真沒意思，要走，也不講一聲。」

「歹勢，歹勢！代誌有點慌狂，沒去跟你們相辭，真失禮！給你們照顧那麼多……」

「不是做好好的嗎？那些少年外務仔都很佩服你，阮這些客戶，我相識的也都跟你很有話講，怎麼事先都不知，突然說辭就辭了呢？」

「田哥仔，這若要講起來，話頭就很長了，咱們改一天有機會再來談吧，」林正堂抓緊電話說，「我現在先簡單給你講，我若沒走，繼續留在漢洋，會害死江的，會害公司關門。」

「有這麼嚴重嗎？」詹水田說，「你們外務的說，是調查局跟警總找你的麻煩。……但是，你不是已經沒在舞政治了嗎？怎麼還找你的麻煩呢？這些顧面桶（國民黨）的，真夭壽……」

漢洋水產飼料公司的老闆江正德夫婦讀大學時和林正堂是同校同學，他們讀化學系，林正堂讀國文系，和台大的孫志威是同一掛的跨校的好朋友。林正堂出獄後的第一個舊曆年的初一早上，他們夫婦就相偕來拜年了。

「堂哥仔，你出獄已經好幾個月了，到現在才來看你，歹勢……」

「歹勢啥？我知道你做生意很忙，」林正堂緊握住他的手笑著說，「我不在家那幾年，你們夫妻常來關心我家大大小小，已經很感謝了。」

「聽說你們生意做得很好，恭喜啦！」秋潔把茶端上來，也笑著說。

「還好啦，混口飯吃。」江正德長得頗為高大壯碩，年紀輕輕就已經滿頭銀白發亮的頭髮，濃眉大眼，鼻梁挺直，嘴脣有點豐厚。整體看，是個帥勁十足的帥哥。

「主要是，做這一行他有興趣。」他太太劉芬芳，嬌小玲瓏，頭髮削得短短的，顯得很精悍，笑笑地說，「不過，就是太累了。」

「你們兩個都是學以致用，還會覺得累嗎？」

「哈，事情有那麼簡單就好了，」江正德笑著說，「東西生產出來較簡單，但是牽涉到經營管理都和人有關係，就很複雜了。坦白講，我已經搞得很累了。不找人幫忙實在不行了，會累死，事情又做不好。」

「阿堂，我們是二十年的老朋友了，就跟你坦白講吧，」芬芳笑笑地說，「這幾年，我們的生意雖然做得還可以。但是，找不到好人才，正德一個人搞得太累了。所以我們才想邀你加入我們公司……」

「什麼？你是在說笑嗎？」林正堂望著江正德夫婦，不敢相信地說，「做生意，我完全沒經驗！」

「沒經驗沒關係，」江正德認真地說，「你有很好的領導才具，口才好，有親和力，有熱情，又很務實，思考也很敏銳，……這是我長期對你的觀察。我對你有信心。」

「等一下，等一下！」林正堂打斷江正德的話，將信將疑地說，「我們是二十幾年的老朋友，沒錯！但是，我完全沒做過生意，你怎麼敢……」

「我和小芳談過好幾次了，她也覺得你適合。」江正德說，「這樣吧，你先來我們公司看看，先了解一下，你再想想要不要來。」他轉首向秋潔說，「妳看我這樣建議可以嗎？」

年假過後，江正德果然就開車來載林正堂去他們在台北忠孝東路的漢洋公司辦公室。當天，又從台北直接開車去高雄大藍埔工業區的漢洋飼料工廠參觀，還和江正德的大哥——他是掛名的董事長，也是工廠的廠長——見了面。

他們兄弟都明白表示，希望他來擔任副總經理，負責營業部和生產部。

林正堂回家和妻子商量後，還是有點委決不下，他擔心做不好，會辜負老朋友。但是以他的知識和社會歷練，他又覺得這似乎也不是困難到不能接受的挑戰。經驗其實很快就可以累積，重要的是決心和學習能力。再退一步說，人家都敢請你了，你難道真的不敢去嗎？

最後他就是這樣想的，所以就接受了。

他成為漢洋水產飼料的公司的副總經理到上個星期為止，在職時間總共兩年又一個半月，公司的營業額從一年七千萬已增加到兩億多，今年粗估可以到三億。

「副總，兩年來能認識你，我真的很歡喜，你要離開，起碼也要讓我請你吃一頓飯呀，怎麼……」

「田哥仔，多謝啦！你若來台北，一定要打電話給我，我請你吃飯，我們再好好好開講……」

離開漢洋一個星期，這樣的電話已接過好幾通了。大家都在問，為什麼不做了？

「堂哥仔，跟你講這個事，不合理，對你也不公平啦。但是，為著公司，也不能不講。」江正德有點尷尬，也有點無奈地講，「他們說，只要你寫個切結書，保證你不再參與政治，專心做生意，他們就不會再找公司的麻煩了。……三個月，連續查帳兩次，你知道的，我們公司一向都很規矩，該開的發票從來沒漏開過一張，應繳的稅也從來不敢少繳一塊錢。尤其，為了請你來幫忙，我們在這方面更加小心謹慎。但是，中華民國萬萬稅啊，以前查帳都沒問題，最近卻查兩次罰兩次，每次都是一百五十萬，我們是小公司，怎麼經得起，……」

「因為我而使公司遭受這種損失，我很抱歉！」林正堂臉色陰沉，兩眼直視江正德，那樣子，好似被鬥怒的豹子，卻又強忍怒氣，說話都有些顫抖了。「我不會讓公司為難，你放心！我這就打電話給他們，是調查局來查的帳吧？我叫他們有事直接找我。我的事和公司無關了，他們絕對不可以再牽連無辜了，……他媽的！這些狗雜種！」林正堂拿起電話，卻被將江正德給阻住了。

「堂哥仔，你不要打電話給他們。這是我找他們，他們才說的。由我出面比較好。」

「好！公司的事，我尊重你。」林正堂嚴肅地說，「謝謝你們這兩年來給我機會和照顧，為了不要再連累公司，我現在正式向你辭職……」

「堂哥仔，你怎麼講這種話？我需要你協助，公司更需要你建立制度培育人才，你怎麼可以提辭職呢？」江正德伸手用力按住林正堂，「你本來就說你不再搞政治了，來漢洋這段時間，我也沒看過你再去搞什麼政治。你就給他寫個切結書，有什麼關係呢？」

「不行！什麼他媽的切結書，我不寫！」林正堂憤怒地說，「搞不搞政治是我的自由，我不接受這種威脅！」

「謝謝你的好意了，阿德仔，」林正堂故作輕鬆地笑了笑，說，「他們大概是要清算我去年在美國到處演講，公開批評了很多國民黨政府的事……。」

去年六月，美國愛荷華大學由詩人包安格和作家聶華苓夫婦所主持的國際寫作坊邀請他以台灣作家的身分去美國訪問四個月，和來自歐亞非及中南美各國的作家進行交流。其實，早在一九七七年鄉土文學論戰發生，國民黨發動他們的御用作家和學者對他和蔡惠德、尉澄波三人展開圍剿批判時，愛荷華大學的國際寫作坊就曾邀請他去訪問了。但是，那時國民黨政府早已認定他是反政府的異議分子，就不准許他出國了。現在，國民黨的特務統治已經不那麼死硬了，再加上國際的壓力，才准了他的出國申請。

他一到美國，各地的台灣同鄉會、以及各大學的台灣同學會都紛紛邀請他演講或參加各種座談會。

「我是真的不想再搞政治了，但人們問起我的文學主張和政治參與，我能不回答嗎？談起台灣的過去、現在和未來，我能為了不再搞政治了就說假話、說謊話嗎？我只能據自己所知，誠實以對呀！但是，我公開說，我已不搞政治了，國民黨卻不信，所以，現在他們要跟我算帳了，要以傷害公司為手段來逼迫我就範了。……其實我不是早已棄械投降了嗎？還需他們再出手逼我就範嗎？這些狗養的王八蛋！……」

林正堂舒了一口氣，把看完的報紙摺疊好，放回客廳的茶几上。看了看錶，「唉呀，這麼快就十一點了。」他走進廚房，打開冰箱。昨暝秋潔滷的一鍋排骨肉、海帶和豆乾，上面都凝結了一層白色的油脂。

「阿堂，中午你自己就挖一些排骨肉海帶豆乾，加一點青菜煮一碗麵吃吧。」秋潔要去上班時這樣叮嚀他，「青菜在冰箱下層，要洗乾淨喔，有農藥……」他彎腰打開冰箱下層的青菜盒，裡面還有一把菠菜、半棵白菜、幾株青江菜和三四個青紅的番茄。

他關了冰箱，無意識地走進廚房旁邊女兒的臥室。床鋪得很整齊，書桌也整理得很乾淨。這孩子已經讀國中二年級了。去年他在美國時，還接到她寫的信，說她很苦悶，因為不知人生有什麼意義。這信還真讓他嚇了一跳，國一的女生竟然就想這個問題了。會不會想太多了？萬一想不到答案，會怎樣？……於是，他很認真地給她回了一封信，現在還記得信裡有這樣幾句話，「人生的意義是活出來的，不是想出來的。好好地、認真地活著，就慢慢能體會生命的意義了。例如農夫下田努力耕種，在太陽餘暉裡扛著鋤頭走在田埂上，望著田裡的秧苗一天一天長大了，他的內心想必是充滿了希望和喜悅。……」

兒子的臥室在他書房隔壁，兒子已經讀高一了。書桌上有一本翻開的《金水嬸》，和一本《將軍族》，一本《民間》雜誌、一本《前進》週刊。他坐在兒子床上，順手拿起桌上的《民間》雜誌翻了翻。雖然在漢洋公司這兩年又一個多月，他都盡量不再和早期文化界和政治界的朋友聯絡。但是，蔡惠德辦了《民間》雜誌，和林正杰、楊祖珺夫婦辦了《前進》週刊，還是每期都主動免費寄贈。秋潔擔心孩子們的功課，所以比較不鼓勵他們看這些東西，包括金庸的武俠小說她也禁止。但他卻很支持，很鼓勵。

「沒關係啦，妳放心！」他說，「這兩個孩子能讀金庸，能讀《民間》雜誌，很了不起啊！將來一定會很出色，我敢保證！妳放心啦！……」

書房的電話突然又「歌鈴！歌鈴！」地響了。他大步走進書房，抓起電話，「喂，……」

「阿堂，我是水源仔啦，王水源啦！……」

「唉呀，大俠，是你啊？好久不見了……」

「聽說你離開漢洋了？」

「你怎麼知道？消息這麼靈？……」

「哈哈，你忘了我這裡是台灣左翼情報中心嗎？你來吧，中午一起吃飯，還有兩位老朋友在等你哩……」

第二章

林正堂把車開往永和中正路。這是他去上班時習慣走的路。其實經永和或板橋開車去台北市，有好幾條路可以選擇，但他就喜歡走永和中正路，過中正橋，右轉水源路進入台北市。當車開上中正橋時，他就會向右看，用眼角的餘光搜索那個白色恐怖時期，國民黨槍斃政治犯的馬場町刑場。對他來說，這已成為他每天必做的一件祕密的心靈儀式，向倒在血泊中的英靈致敬。雖然他已決心退出政治了，但是，這個祕密的儀式，他卻一直堅持著，從不放棄。

他把車停在汀州路三軍總醫院旁邊的車位裡，走進一個巷仔，再拐個彎，就看見水源出版社的招牌了。白底黑字，白底已有些泛黃了，黑字也有些泛白了。在美麗島高雄事件還未發生前，他是這裡的常客，一星期至少來兩三次，有時甚至一天就來兩三次了。這個出版社的負責人就是王水源。

王水源，師大數學系畢業，是林正堂的學長。原本在台東當數學教員，娶了台東女孩，又喜歡台東的山水，所以就決定當台東人了。第三年，黃順興在台東參選台東縣長，他看不慣國民黨的專橫霸道，便帶了幾個高中生公開去替黃順興助選，從此就被國民黨特務給盯上了。這人從小習武，很有些功夫底子。據說單獨面對三幾個人圍攻，他還能從容不迫，游刃有餘。他性格豪爽，喜歡交結朋友，又喜歡打抱不平，常自許為水滸人物。因此很受學生愛戴，也因此常常被特務騷擾。甚至在黃順興當縣長的時代，他還兩度無緣無故被特務約談。說他在上課時向學生灌輸反政府思想，等等。後來，黃順興縣長連任失敗，他就辭去教職不幹了，回台北和以前師大數學系的同學們合資開了這家專門出版數學教科書和參考書的出版社。這些書的作者或編輯者都是在各校教數學的老師，大部分也都是師大數學系畢業的同學、學長或學弟。由他負責去邀約、蒐集他們的書稿，送去印刷廠印刷成書，再由他負責把書寄送各學校。老師們向學生收了錢，就會通知他去收書款。因此，這個出版社不需要門市部，只要有個書的倉庫就可以了。也不需要其他的職員工，只要他一個人就可以全部打點這些工作了。他的名片上的頭銜是「水源出版社負責人」，他自己卻常笑稱自己是「校長兼撞鐘、還兼掃地倒垃圾。」

「現在這工作比教書自由多了，」他說，「出版數學教科書和參考書，沒有思想問題。國民黨不能再找我麻煩了，而且，我這是在做生意，做生意就要交朋友，特務仔也不能再誣賴我在搞什麼招兵買馬了。所以，我這裡，五湖四海、三教九流的人都有。白道的學者教授、黑道的江湖兄弟，不分階級、不管大小，一律平等，都在我這裡飲茶開講。我就喜歡這樣的生活。」

王水源寬肩厚胸，臂長過膝，兩道短眉，單眼皮，鼻梁有點扁，嘴脣卻豐厚紅潤。林正堂初識他時，說他臂長過膝，像三國時代的劉備。他卻說，絕不願當劉備，卻願替諸葛亮牽馬當護衛。

林正堂稱他「大俠」，還有一個故事。

一九七八年林正堂參選國民大會代表時，國民黨的警總和調查局合謀搞了一個「鎮遠專案」，由調查局的阮局長負責擔任總指揮，說他們接到密報，林正堂聯合當時黨外兩位立法委員黃信介和康寧祥，要從日本和中國走私武器和電台設備到基隆，利用選舉要在基隆製造暴動。警總和調查局就根據這個謠言布局，準備利用林正堂在海洋大學校門口舉辦政見發表會時，派漁市場的黑道兄弟到現場鼓譟鬧事殺人，然後嫁禍給林正堂，再株連康黃和其他黨外人士。

水源出版社常有幾位幫派老大級的人物去喝茶聊天，就有人好意把這消息告訴王水源。其中，有一位四海幫已退隱的大老曾在水源出版社和林正堂喝過茶聊過天，也讀過林正堂寫的文章，對林正堂的才學和形象頗為讚賞。這人年輕時被送過管訓，在綠島監獄和基隆漁市場的老大外號叫「跛腳生仔」，關在同一間牢房長達三年，彼此有過命的交情。他得知這個消息，便不聲不響地親自跑了一趟基隆漁市場找到「跛腳生仔」。由「跛腳生仔」親自向兄弟們下了嚴令，禁止他手下的兄弟們介入選舉，才破解了國民黨的陰謀。

「很好運啊，漁市場的豎仔馬沙沒來現場，」林正堂的助選大將，從小和他一起在漁村長大的黑常，在演講會和平落幕後喘了一口大氣說，「伊若來現場，事情就很大條了……」

「是啊，那個豎仔馬沙怎麼會沒來呢？警總的人不是叫伊來刣人還要給伊獎金嗎？令爸傢伙也準備好要跟伊車拚，伊竟然沒來，幹！」

那個和黑常讀五專時一起打橄欖球，身體壯得像猩猩，綽號叫「牛頭」的李讚生心有不甘地說。

「當然是有貴人來助阿堂，不然，豎仔馬沙哪會不來？……」

「貴人是你嗎？王老師，是你嗎？」

「不是我啦，我哪有這種本事？」王水源笑笑地說。

「是啦，是水源兄的關係啦，雖然不是伊本人，……」林正堂事先已聽王水源講過這件事，便當場證實了。

「哇！有夠厲害喔！」黑常向水源豎起大拇指說：「以後，我要叫你大俠，無形中就化解一場災難了，了不起啊！……」就這樣，林正堂和基隆那些兄弟都叫他「大俠」了。

出版社的鐵捲門開著，面向門口坐著兩個人，背對門口也坐了一個人。林正堂快速向前走了幾步，看清楚了，面向門口的，一個是台大數學系的李文哲教授，一個是他的學生，經濟系畢業的劉世傑。背對門口那人，看背影就是王水源了，正在泡茶。

他看見劉世傑站起來向他揮手招呼了，李文哲教授也站起來了，王水源也轉身面向他。

「堂哥仔，好久不見了。」劉世傑笑著大聲說。

「是啊，好久不見了。」林正堂幾個大步邁進屋裡，一手握住劉世傑，一手握住李文哲，

「你們是事先約好的嗎？」

「水源仔早上打電話給我，」李文哲頭上戴著黑色毛線帽，身上穿了一件淺綠色的夾克，臉色有些黯沉，但兩隻眼睛仍然銳利發亮。「我下午在數學系有課，所以就提早從花園新城下山了。」

「山上很冷嗎？穿這麼多衣服。」林正堂關心地望著李文哲，「最近身體狀況還好嗎？」

「老樣子，還好，就是點畏寒，所以衣服穿得比別人多，尤其是頭，禁不住風吹。」李文哲笑著說，「看到你們都穿短袖，我還穿夾克，實在，哈哈，……」他自嘲地大笑了一聲，又鄭重其事地說，「不過這夾克是秋天穿的，單層的，不是冬天的夾克，還好！」

「李老師年輕時太拚命了，把身體都搞壞了。」劉世傑說。

「阿堂，你剛剛來，要先泡一壺茶再去吃飯，還是現在就去餐廳？」王水源拍了一下拿在手上的茶葉罐笑笑地說，「這是不錯的春仔茶。」

「看文哲兄的意思吧，伊下午有課。」林正堂笑著說，「我，反正沒事，都可以。」

「那麼，就先吃飯吧，邊吃邊聊，回頭再來喝茶。」王水源說，「柯媽媽餐廳我已經訂了四個人的位置。」

這家餐廳在羅斯福路的巷子裡，其實就在水源出版社旁邊拐個彎而已。專作三軍總院和台大學生的生意，中午吃飯的人很多，店裡有些嘈雜。

「你離開那家水產飼料公司了？」李文哲邊卸下他的背包，邊問。

「是啊，再一天就一個禮拜了。」

「跟情治單位有關？」

「自從去年我從美國回來以後，他們就一直找公司的麻煩，……」林正堂有些無奈，嘆了一口氣，又忍不住有些激憤地說，「這些狗養的王八蛋，明著是要逼我，……竟然要我寫切結書，保證不再搞政治！……」

「來，先喝杯酒消消氣。文哲兄不能喝，就我們三個吧。」王水源舉起酒杯笑笑地說。

「你的肝還是不能喝嗎？」

「最好不要，」李文哲從背包拿出一個水壺笑著說，「我用自己帶來的水代替酒吧。」

「國民黨實在太過分了，」劉世傑搖搖頭，憤憤地說，「堂哥仔這段時間都不沾政治了，連民進黨成立，伊都沒加入，……」

「接下去，你有啥打算？」李文哲望著林正堂關心地問。

「哈哈，時到時當，沒米再來煮番薯湯吧，」林正堂苦笑了一聲說。

「國民黨實在吃人太夠了，我認為堂哥仔應該繼續跟伊拚！」劉世傑說。

「我贊成！」王水源笑著說，「阿堂是舞政治的料，不再從政，很可惜！」

「好啦，我的事不急，你們的事情較重要。」林正堂望著王水源和劉世傑說，「世傑仔要組一家證券公司，組成了嗎？」

「差不多了，現在正在找大樓的辦公室。」劉世傑笑著說，「到時，你若要再選舉，公司賺錢就可以援助你了。」

「哈哈，英雄出少年，還是你厲害！你是學經濟的，還是要回到本行較實在。」林正堂向劉世傑豎起大拇指稱讚他。然後又朝王水源關心地問，「你上次說，想把出版社關了，我忙著去南部出差，也沒聽你講詳細，是怎樣？……真的要把出版社關了嗎？」

「大俠堅決說要關，我說，那就來證券公司一起打拚，……」

「這樣也很好啊！」林正堂由衷地說。

「但是，證券公司我外行，股票我也不懂。而且，要那麼多錢，」水源笑著說，「單是公司登記就要幾千萬，阿娘喂，驚死人……」

「這請會計師去處理就好了，真正的資本不必那麼多了，公司執照一下來，只要一些利息給會計師就好了，我們就可以開始營業。……」

「這些，我就是不懂，」水源還是那麼笑著臉，說，「我還是回台東種茶較實在，土地是丈人爸的，免租金，我只要出勞力就好，……」

「大俠，你真的這樣決定了嗎？」正堂表情嚴肅地望著王水源。

「這家出版社搞了快二十年了，是有賺一些錢啦，但是在台北這種地方，你兄我弟每天來相找，賺的錢不夠花呀！」

「阿源仔，你的問題就是太慷慨，朋友開口你都有求必應，錢再多也花完了。」李文哲說。

「是啦，我也知道這是我的問題。但是，我就是沒辦法拒絕兄弟，」王水源獨自舉杯喝了一口酒，又夾了一口菜慢慢嚼著。

「原來你們都有這麼大的變化，」林正堂喟然嘆了一口氣說，「我本來以為只有我自己是這樣的……」

「較沒變化的是我啦，幾十年都一樣。」李文哲笑著說。

「這也沒有比較壞啊。」林正堂帶著幾分羨慕說，「這樣的人生較穩定，較安全、較有保障，……這就是我本來要追求的人生，但是，國民黨就是看我不順眼，……」

「但是，你若真的過這種生活，你一定也會不滿意，」李文哲笑著說，「你不是過這種生活的人啦，你是要打天下、去創造歷史的人。我同意阿源跟阿傑仔的看法，你不再參選，實在太可惜了！」

李文哲教授是林正堂很敬重的朋友。一九七七年鄉土文學論戰時，就在水源出版社由王水源介紹認識的。

一九七一年十月，在台灣的中華民國退出聯合國，許多有錢有勢的人都紛紛變賣家產，拋售房屋土地，大量購買美金，逃去美國或歐洲了。他們都以為中國共產黨要來了，台灣要滅亡了。李文哲卻在這個時候把剛剛拿到手的美國人學教授的聘書放棄了，回到母校台灣大學數學系教書。他說，「台灣是我們的，是我們的祖先留給我們的，我們有責任要好好經營她、保護她，有責任把她好好地交給我們的下一代，再下一代，一代一代永永遠遠……」

他認為拯救台灣要從教育開始。他對當時的數學教育很不滿意，教科書都是抄外國的。這不行！他說。於是，他向教育部申請，要編寫一套中學的數學教科書。為此，他自動要求去中南部當中學數學教員。「必須真正了解我們的中學生，他們是怎麼思考的，是怎麼生活的。有了這些了解，才能編出一套適合他們使用的教科書。……」

李文哲不只是個數學專才，常有這方面的學術論文在國際學術刊物上發表。在文學藝術方面，他也有很傑出的表現。他發表的散文和詩，得過《中國時報》的文學推薦獎。他還替孩子們寫童書，自繪插圖。

一九七八年，林正堂參選基隆市國民大會代表，李文哲和王水源都是他最重要的支持者。劉世傑受他們的影響，也是在那個時候放棄證券公司的工作，來做他義務的隨行祕書，全心全力投入助選工作。

「阿堂，我是認真的，你如果不再參政，絕對是社會的損失。因為，你的確有這方面的才能，口才文筆思想都是一流的，又有群眾魅力，」李文哲表情嚴肅、認真，但又有點尷尬不安地說，「雖然有人講過，要害朋友就鼓勵他去參選，但是，我絕對不是要害你！我是為著台灣！有能力的人都不去參政，台灣就糟糕了，就悽慘了。你不覺得嗎？另一方面，我也為著你的才能有發揮的機會，……」

「我知道，我知道，你當然不會害我。」林正堂笑著說，「但是，現在這還不是最重要緊急的事，現在最緊急重要的是大俠這個出版社，我認為不能關！……」

「大俠，從我認識你到現在，一直聽你說，你這裡是台灣左翼情報中心，這麼多年來也確實如此。除了那些自以為左的朋友會常來你這裡以外，還有那些四海的、竹聯的……。你這裡如果關了，這些朋友大概只有散了，以後再沒機會碰在一起了。因為再難找到像這樣的地方，有像你這樣的主人了。要讓這麼多不一樣的人在一起，多難得啊！」

「是啦是啦，我知道！」王水源還是微微笑著臉說。他已經連喝了好多杯了，臉漸漸有點微紅了，「這些，我都有想過了，但是，我沒辦法呀……」

「是錢的問題嗎？如果只是錢，大家可以來想辦法呀。」阿傑仔說，「我問過大俠，但他不太肯講，一直說沒事沒事，關掉不做就好了！」

「除了錢以外，人恐怕才是最重要的吧？」李文哲說，「阿源仔，我這樣講對嗎？」

王水源突然猛地又自乾了一杯酒，夾了一口牛肉炒豆乾往嘴裡嚼了嚼，說，「這事，我本來不想講，反正，關掉就好，還說它做啥？現在，既然文哲仔起了頭了，我乾脆就把它講白了吧！……反正，我也要離開了，要回台東去種田種茶了，什麼左啦右啦都跟我無關了！」他用手背抹了抹嘴，又舉起酒杯邀林正堂碰了一下，「阿堂，你是我這些年來最親的兄弟，也是當年夏潮這個台灣左翼的主要人物之一，我們很多人都對你寄予厚望。所以，你被國民黨捉去關的那些年，我每天都在等你出來。你基隆那群兄弟，由黑常帶頭，也常來我店裡，像牛頭伊倆兄弟、像陳德生、詹春陽，一大堆人。講來講去都是在講，等你出來後，要怎樣東山再起，再跟國民黨車拚！但是，過去顏素如做總編時的夏潮那些人，……要怎麼說呢？當年，我為什麼說這裡是台灣左翼情報中心？因為我自認我也是左的，當年在台東受順興仙的影響，我認同社會主義。但是，社會主義的內容是啥？坦白說，我也不太了解。反正，就是替窮人打拚，讓窮人翻身，讓社會公平正義。我是這樣理解的。但是，從美麗島高雄事件發生，到你出獄後，這些年，台灣社會已經發生很大的變化了，尤其是黨外。以前有一份《台灣政論》，有一份《夏潮》，大家都寶貝得要命。但是，壽命都不長，國民黨喊關就把你關了。但是，現在，黨外已經出現很多雜誌了，也出現了很多很多年輕人了。這些年輕人在深耕、在關懷、在前進，也有在鄭南榕的《自由時代》。還有老康那裡也有一掛。他們不怕被國民黨關，因為他們早就用不同的名稱申請了好幾個新雜誌在等著。國民黨關一個，他們就再辦一個。他們有市場、有銷路，不怕你關。但是，左翼的《夏潮》呢？完全沒變化，完全跟不上時代、跟不上潮流。現在，要求政治民主化、要求國會全面改選才是社會的主流。但是，夏潮的朋友說，這會變成台獨，所以，他們主張不談、少談！不然，談環境、談汙染、談這些公害問題可以吧？這是順興仙的主張。但是，夏潮的朋友裡也有人說，要小心，談多了也會變成台獨，因為只關心台灣，這也不行啊！那要談什麼呢？談民族主義，伊娘哩，這不是完全跟老蔣時代的國民黨一樣了嘛……他們還說，我這裡已經不是左翼情報中心了，說我這裡是黑道幫派中心，是台獨大本營了！他們也點名，李文哲就是美國回來的大台獨！……」

「這些人都太幼稚了，」劉世傑不平地、憤憤地說，「台獨又怎樣？幹！」

王水源輕輕拍了拍劉世傑，喝了一口酒，沉默了一下才又接著說，「我本來期待你出獄後能來個撥亂反正，所以你編了二二八真相那幾本書，我很高興。但是，後來你去水產飼料公司上班，把書轉交給我，叫我去找印刷廠，去找人總經銷。但是，那時我已經沒有力氣了。我沒錢印那些書。你又說，你不再搞政治了，我了解你的心情，也尊重你的決定。也心想，反正你還有好幾年褫奪公權不能參選，你如果不去上班，誰養你呢？我了解你的個性，養家是男人的事，所以，我也不能反對。後來，我把《二二八的真相》那本書賣給鄭南榕，夏潮的朋友很不諒解，說，那是我們的智慧財產，怎麼給台獨搶奪了呢？所以，這兩三年我們幾乎就不來往了。……」

「唉呀，以前見面你怎麼都不說？我完全不知道……」

「那有什麼好說的？很怨氣的事呀，何必在朋友間傳來傳去？而且，那也只是我個人和他們之間的事而已。……所以，這裡現在已經不是左翼情報中心了。因為，一直以來這都是我自己講的，哈哈哈哈，都是我自己往自己臉上貼金的啦！什麼左派？我自己都不太懂。……」他講著講著，竟有一種難於言喻卻又十分沉深的寂寞和傷感了。林正堂默默地緊握了一下他的手。

「對不起。」他輕聲說。

「唉呀，那些人，我看都是左傾幼稚病，不要理他們！」劉世傑喝了一口酒，笑笑地說。

「大俠，真的對不起，讓你受了這些委屈。」林正堂嘆了一口氣說，「這當中，你有見過顏素如嗎？她有說什麼嗎？」

「美麗島高雄事件以後，你們都還在監獄，不久就聽說她去美國了。」

「所以，你也一直沒和她見面？」

「那時，她不是也被抓了嗎？但是還沒判刑就放出來了，那時有見過一次。後來她去美國，我也是聽說的。」

「她如果在台灣，夏潮那些朋友大概就不會那樣講你了。畢竟我們的想法是比較一樣的。」林正堂說，「其他人只會寫文章，寫文章的人比較會要求思想的純度，比較不會去爭取朋友。如果你是台獨，那，我大概也是了，素如大概也跑不掉，也是台獨了。……文哲仔，你有素如的消息嗎？」

「你都沒有，我怎麼會有？」

「我想，你們都住在花園新城，是鄰居，總會有來往吧？而且，她和阿菊很親近，阿菊和你又常有往來……」

「其實，從以前我就很少跟顏素如來往，但是因為《夏潮》我幾乎每期都看，所以對她的想法有幾分了解。上次你選國大代表時，我有跟她長談過一兩次，覺得她比較務實，不會那麼教條。……」李文哲兩眼發亮看著林正堂，「我好像聽阿菊們說過，她在你們圈仔裡，除了和你親近之外，她好像也很孤單。他們認為她和台獨分子往來太密切了。……不過，阿菊好像也有說到，夏潮那邊最近好像也有叫顏素如回來，好像是說要組一個新政黨，但是我也只是聽說，也沒有進一步問詳細。」

「是嗎？他們有說要請她回來嗎？」林正堂心裡震動了一下，嘆了一口氣說，「我出獄到現在兩年多快三年了，大部分時間都在為生活奔波，很少跟政治圈和文化圈的人來往。偶爾見面也不曾深談。今天沒聽你們講，還真的什麼都不知道。」

林正堂剛剛聽王水源講了那些事，心情很受了些影響。那些夏潮的朋友在白色恐怖時代，跟他確實都有些過命的交情，但他們對人的思想純度的要求也很讓他感到太教條，太不務實了。以前，蔡惠德、孫志威和徐海濤就批評過李文哲是台獨，反對顏素如在召集助選會議時找他來參加。為了這事，林正堂還和當時在台大哲學系教書的徐海濤吵了一架。

「我是很想念素如。去年我去美國，本來以為可以跟她見面，沒想到她又去了大陸。現在也不知她在哪裡了。……總之，我要向你們道歉，他們怎麼可以這麼說你們，怎麼可以就不來往了，太，太過分……」

「我無所謂了，台獨就台獨嘛，回台東種田種茶就不管這些了。」王水源笑著說，然後，又好像想起什麼事了，就鄭重其事地問林正堂，「你有順興仙的消息嗎？」

「順興仙我好久沒見到他了，他怎麼了？」

「順興仙去中國大陸了，你沒聽說嗎？」

「他去中國大陸？幾時去的？」林正堂有點吃驚地說，「他不回台灣了嗎？」

「聽說去了有一陣子了，台灣應該是回不來了。」水源笑著說，「不久前，黨外還有兩本雜誌寫文章把他批判了一頓，那些文章很像國民黨文工會寫的，好好笑。」

「唉，他去中國大陸也好，這不就是他一直想要做的嗎？在台灣，雖然是立法委員，國民黨把他當賊一樣監視著，什麼事都不能做。不過，這樣一來，」林正堂又嘆了一口氣，說，「左翼在黨外就更孤立了，除非投靠國民黨，不然，不是就沒朋友了嗎？」

「台灣現在還有所謂左翼嗎？是哪些人？連你們兩個他們都不認為是同志了，台灣左翼不是就沒人了嗎？」李文哲微笑著，語帶諷刺地說，「以前自稱左翼那些人現在還自稱是左的嗎？現在他們都極右了，是中國右派的民族主義者了。鄉土文學論戰時，他們不是已經和《中華雜誌》胡秋原他們合流了嗎？標準的右派大中國民族主義者。」

林正堂把碗筷擺在一邊，雙手互握支在桌上撐住下顎，微微噘起嘴脣，神色嚴肅地望著李文哲。劉世傑和王水源互相敬著酒，餐廳裡坐滿了人，聲音喧譁嘈雜。

「以當時的情況，他們和《中華雜誌》合作也是不得已的，國民黨動員的黨政軍特的報紙雜誌，每天點名或不點名地批判，簡直是排山倒海覆天蓋地，壓力之大，我是當事人之一，雖然是瞎子不怕槍，憨膽不知害怕，也覺得壓力太大了。那時大家都認為，國民黨要抓人了，抓誰呢？當然是我們三個被點名批判的人，其中以蔡惠德最有可能，因為彭歌的文章明擺著就指控他在走私馬克思思想。而當時他還是有前科的，被假釋出獄不久的政治犯。那時黨外的力量雖然還不夠強大，但在立法院和省議會還是有發言台的。但是，他們也沒有替鄉土文學發聲。敢公開支持鄉土文學的，除了左翼的《夏潮》雜誌，再沒有第二個了。敢寫文章替鄉土文學辯護聲援的，也只有那個中國大陸來的外省仔老立法委員胡秋原，以及東海大學退休的外省仔老教授徐復觀了。此外，台灣文化界、政治界的人好像都他媽的死光了，都惦惦不出聲了，天地一片死寂沉默，沒人敢放個屁！那時去找胡秋原的《中華雜誌》結盟是為了自保啊！你說他是右派的大中國民族主義者，那又怎樣？那時誰又替被國民黨點名批判的鄉土文學者仗義執言了呢？」林正堂說著說著不禁就有些激動了，那是在內心蘊積了很久的一股不平之氣啊！他抓起酒杯猛地乾了一杯，「哇！好辣好嗆的酒！」他張大了嘴巴叫了一聲，從喉嚨到腸肚立刻都熱了起來，連臉孔也一陣燒熱。

「這酒太大杯了，」林正堂吐了一口氣，說，「剛小口喝還不覺得，一大口喝一杯就受不了啦！」

「哈，這是五十八度的金門高粱，你以為是啤酒啊？」王水源笑著說，又自喝了一小口。

「是啦，你講的這些我也可以理解。但是，胡秋原的《中華雜誌》是個大右派，也是事實吧？」李文哲說，「你那批老《夏潮》的朋友自詡為左派，但這幾年左的價值又表現在哪裡呢？一直和《中華雜誌》在中國民族主義上競相唱和，把左的價值全都丟了，還能自稱左派嗎？」

「這一點，對不起啦，文哲仔，從認識到現在，我幾乎從來沒反對過你的意見吧？但是，就你剛才講得這一點，我要替我的老《夏潮》的兄弟們講幾句話了。」林正堂紅著臉，又喝了一小口金門高粱，繼續說，「我剛講了，《中華雜誌》是右派沒錯，是大中國民族主義者也沒錯，但，那又怎樣？我為什麼不跟他結盟？台獨們又有誰公開跳出來聲援過被國民黨迫害的鄉土文學者了呢？沒有啊，他媽的，一個都沒有啊！有一個一向標榜誇稱他是支持台獨的小說家，本來已交了一篇正面論述鄉土文學的稿子給《夏潮》，後來看到國民黨已經動員黨、政、軍、特的力量圍剿鄉土文學了，他就立刻把稿子拿回去了，再也不講話不出聲了。你怎能拿老《夏潮》這些人和《中華雜誌》結盟當成罪狀來批評他們呢？這點，抱歉！我不能同意……至於，你說左的價值表現在哪裡？我告訴你，蔡惠德創辦的《民間》雜誌從第一期創刊到現在，每一期都具體明白、生動活潑地表現了、呈現了老《夏潮》們，尤其是蔡惠德們的左派核心價值了。《民間》雜誌，你看過嗎？你能否認它所表現的理想性嗎？他所凸顯的勞工、汙染、環境、教育、人權，等等問題，不都是很社會主義的嗎？不都是左的核心價值嗎？……」

「是啦，他辦的雜誌，針對台灣這塊土地所發生的問題所寫的報導和批評，是很有社會主義的理想性，我也很認同很稱讚。但是，他敢用相同的標準去報導、去批評發生在中國的相同的問題嗎？」李文哲面帶微笑，但兩眼卻銳利發亮，「他們對台灣和對中國有不同的標準，這是我比較遺憾，不能同意的地方。」

「好！你這樣講，我可以接受。見到他，我會轉告你這個意見。」林正堂認真地說，「對兩岸政府的作為，要用相同的的標準來批評，是應該的，也是合理的。」

「堂哥仔，不要一直講別人的事啦，也講講你自己吧，」劉世傑舉了酒杯邀他，「離開漢洋公司了，接下去，你有什麼打算？」

「剛才文哲仔問過，我不是說了嗎？時到時當，無米再來煮番薯湯。」林正堂笑著說，「怎麼？你的證券公司要賞我一口飯吃嗎？」

「別這麼講啦，堂哥仔。我永遠是開大門歡迎你們的。看是現在要進來做股東，或是執照批准以後願意來一起經營，我都歡迎啦。」劉世傑認真地說，「坦白講，公司確實還需要一些資金進來，不然，執照下來了還是無法營業。上上下下那麼多人拿薪水，股票買賣進進出出，都需要周轉金，……」

「阿傑仔，我也坦白跟你講，入股做股東，我是絕對不可能，我沒那個本錢。」林正堂笑著說，「至於能不能到你們公司上班，那也要看我有沒有那個本事了。已經四十好幾了，我怎麼好意思拖累你。阿傑仔，你的好意我會記在心裡啦。」

午餐接近尾聲時已經下午兩點半了，李文哲有點匆忙地揹起背包，「我三點有課，現在不走，來不及了。」他說，「我五點半下課，水源仔，你還會在出版社嗎？」

「你若要來，我就等你。」水源說。

林正堂跟在李文哲旁邊一起走向餐廳門口的櫃台。李文哲掏出皮夾準備買單，林正堂立刻把他攔住了。「你上課時間來不及了，這裡的事我來處理就好。」

「好久不見了，我該請你。」李文哲說。

「老兄弟了，你請我請還不一樣嗎？」林正堂笑著把他推出餐廳門外，「你要請，以後還有機會。」

「那，我們再找個時間聊久一點。」李文哲說。

「好，我們再約吧！」他望著李文哲略顯消瘦的背影快速在羅斯福路上消失了。他轉身回到餐廳，王水源和劉世傑已經站在櫃台邊把帳結掉了。

「哈！你們手腳真快啊！」他說。

「阿傑仔結帳的啦！」王水源笑著說，「讓少年仔請一頓也是可以的。」他拍拍林正堂的肩，繼續微笑著，「再回出版社泡茶，我們還沒正經講話哩。阿傑仔，你說呢？……」

「我不行，我約了人去仁愛路看大樓辦公室，」劉世傑說，「辦公室要先找定了，才能申請執照，放在銀行三千萬也必須三個月以上，不然，銀行也不給資金證明。沒這些東西，就不能申請執照，這不是開玩笑的！」

「那，你趕快去忙吧！」林正堂向他揮揮手，目送他坐上計程車了，才和王水源並肩向水源出版社走去。

認識王水源整整十年，水源出版社一直都是那個樣子，三片簾捲式鐵門粗糙地把裡外隔開了。從外面進來必須先把中間那片鐵門往上推。屋裡擺了一套黑色的沙發：一只三人座，一只兩人座，一只單人座。沙發對面是一整片木造的牆，開了三個木門，是三間書庫。書庫後面有一個廚房，一間浴室，一間衛生間。擺沙發的地方算是客廳吧。那個單人座的沙發旁邊擺著一個小瓦斯桶，瓦斯桶上面一支鐵架連著一個瓦斯爐，爐子上放了一只銅製的水壺。一張長方形的茶几緊靠瓦斯爐邊，茶几上擺著兩副泡老人茶的茶具，兩個小小的茶壺，幾個小小的茶杯，兩個茶鐘。茶几下面的木架放著幾個茶葉罐仔。整個屋子的裝設、家具、茶具都顯得黯黯沉沉的，甚至有點髒髒的感覺。尤其是茶几旁邊還擺著一個塑膠垃圾桶，桶裡有些倒棄的茶葉，還有些檳榔渣和紅色的檳榔汁。

林正堂還記得十年前第一次來這裡泡茶的感覺，簡直，噁心啊！這哪像是有文化水平的出版社的辦公室呢？這主人，師大畢業，還當過中學老師？來這裡泡茶聊天的還有學者、大學教授？是真的嗎？但是，去過幾次以後，他竟然也漸漸習慣了。而且，他在坐牢那些年，還三不五時地會想念著在水源出版社泡茶聊天那種輕鬆自在，以及經常會遇到一些相見恨晚的朋友那種欣喜的心情。

「阿堂，你坐。我去後面提水。」水源提起銅壺，指了指茶几上一包帶殼的花生說，「那土豆是世傑仔伊爸仔種的，不錯吃喔。」

林正堂坐到沙發上，面向屋外，隨手剝了一顆花生放進嘴裡嚼了嚼，水源已經從後面提了水出來了。

「大俠，你覺得世傑仔組證券公司的事，怎樣？能賺錢嗎？」

「過去證券公司很好賺，因為牌照政府控制很嚴，沒特殊關係拿不到。現在玩股票的人越來越多，連提菜籃仔的都在玩，各家證券公司人擠人。所以，政府現在決定要把證券公司的牌照開放，只要有三千萬資金、有辦公大樓和一些營業設施就可以申請了。世傑仔認為這是一個好機會。伊以前在證券公司做了好幾年，對這算內行。所以就決心去組公司了。……」

「但是市場開放以後，證券公司一多，我看就沒那麼簡單了。」

「哈哈哈，我也這樣說啊。」王水源雙手一拍，笑著說，「但是世傑仔信心滿滿，資金不夠就去找會計師。會計師替他申請執照，也替他弄資金證明，等執照核准了，會計師把資金收回，就得付利息給他了，是高利貸耶。……」

「啊！我懂了！」林正堂雙手一拍，搖搖頭說：「這是空殼公司嘛，我看，……危險！」

「哈！阿堂，你很聰明啊，我只講頭你就知道尾了。」王水源笑著說，「世傑仔很樂觀，認為穩賺。我說，世界哪有穩賺的生意？到時，證券公司一多了，你怎麼吸引客人去啊？當然要比裝潢、比設備、比服務，……要比的，多了！以為只要花利息錢拿到牌照就穩賺了？」

「所以他找你投資，你沒答應。」

「是啊，我沒錢也是真的，如果有錢我也不敢投資。」水源神情嚴肅地說，「世傑仔是文哲仔在台大教過的學生，人很聰明，也很有理想和熱情，但是，最近卻一直想賺錢……」

「想賺錢也對啊，他都三十好幾了吧？」

「也是。人生像我這樣，不懂守住錢也不對，」水源有點感慨地苦笑了一下，說，「但是這是我的性格，改不掉，我只好換個地方住，離開這些你兄我弟，也許就會好一些了吧。但是，也不能想賺錢就不擇手段。世傑仔是有點變了，但是，我也不能太說什麼。」他一向開朗地微笑著的臉，突然眉頭緊縮，搖了搖頭說，「他找了一些我的朋友，多數是在學校教書的人，手上都有一些儲蓄，也都是在這裡泡茶喝酒認識的，你說我要怎麼辦？我能阻擋那些朋友，叫他們不要投資嗎？世傑仔也是十幾年來，從他還在台大讀書時就認識的，幾乎天天在這裡，我如果這樣，不是拆他的台嗎？」

「是啊，這確實很為難。」

「聽說，他跟那些朋友保證，即使在最糟的狀況，把公司轉賣了也可以賺一筆。我覺得，他這樣，不應該。」

「文哲仔知道嗎？伊是伊的老師。」

「世傑仔說，證券公司伊內行，伊保證絕對做得起來，沒問題，一定可以賺錢。我說，為伊好，我這個做兄弟的，也只能講到這個程度……」

「是啦，咱們做朋友的，也只能這樣。」林正堂又剝了一顆花生，端起王水源泡好的茶飲了一口。「這茶不壞，」他說，「有一股清香。」

「這是木柵山上的清茶，宋大師上禮拜從木柵山上下山，去台大佛學社演講，順便來看我送的茶葉，」水源又笑笑地說，「那個宋大師，你還記得嗎？專門研究佛學的。我們都這樣稱呼伊。」

「啊——我記得。高高瘦瘦的，有點仙風道骨。」林正堂笑著說，「那時，我以為伊會出家，現在，伊出家了嗎？」

「沒聽說。」

「大俠，你真的要把出版社關掉嗎？」

「是啊，我已沒辦法了。」

「你欠很多錢嗎？」

「嗯！」水源微微皺眉思索了一下，吁了一口氣，突然又笑了笑說，「也還好啦，欠的都是好朋友的稿費、版稅，像李文哲替出版社編寫了幾本高職的數學教科書，應給伊的稿費和版稅一直沒給，伊也沒開口要。……大部分都像這樣啦。還有，股東也從來沒分到紅。」

「那也不至於要把出版社關掉那麼嚴重吧？」

「我也長期沒拿錢回家，我太太受不了，要抓狂了。我覺得對不起伊。還有兩個孩子，也對不起那些老師和股東。」

「那，讓你太太來出版社管帳，當會計，你就不會亂花錢了。」

「這——，這樣也不行。我以前試過。」水源有點苦惱地說，「我的朋友太多，而且都是沒錢的兄弟，你兄我弟大家在一起，……唉，不能怪別人啦！……最主要的是，以前，我都認為是在替一個偉大的志業在播種。……」

林正堂兩眼直直望著雙手捧著茶杯，臉上雖然保持著微笑，卻抹不掉的那份明顯失落了希望後深沉的沮喪，兩眼空洞無神，黯淡無光的王水源的臉容。「大俠，我一直把你當親大哥一樣，尊敬你，親近你。你是最無私的人。……聽你這樣講，你應該還有比這些更重要的原因，才使你想把出版社關掉吧？」

王水源望著林正堂，沉默了一會兒，才嘆了一口氣緩緩地說，「我覺得，我在這裡已經沒有用了。……做的事，已經沒，沒什麼意義了。」

「是因為《夏潮》那些朋友嗎？還是……」

「還有順興仙去大陸，還有你說不要再搞政治了，……都有關係啦。」

「啊，這些事，有這麼嚴重嗎？」

「對我來講，是這樣的，沒錯！」他說，「我個人沒啥能力啦，但是，因為有順興仙，有那群《夏潮》的朋友，還有你，還有其他一些朋友，大家做伙打拚，那些理想和希望才有可能了。……但是，現在，《夏潮》那些朋友已不把我當朋友了，那也沒關係，因為，伊主張要和中國大陸統一這事情，跟我是有一點不同啦。順興仙去中國大陸，這是伊的選擇，我尊重！但是中國大陸那麼遠，我沒能力去關心，我只能關心台灣，我摸得到、踩得到的這塊土地。但是，你又說你不搞政治了，不要再參選了。而我認為台灣要更好，必須由政治改革做起！跟國民黨車拚，將伊推翻才有可能。而你，比順興仙更加適合選舉，因為你比伊更有群眾魅力，但是，你講，你不要舞政治了，我也不能強迫你。……那我留在這裡做啥？不如回台東種田種茶，這樣，對我和我的家庭都比較好啦……」

「其實，我以後要做啥，我也不知道。我還沒想清楚。離開漢洋才一個禮拜，……我還要再想想，再看，」林正堂放下茶杯，緊緊握住王水源的手，誠懇地說，「大俠，我這世人能認識你，是我的福氣。今後，不論在哪裡，不論做啥事，我都會永遠記住你……」

林正堂離開水源出版社時已經快要下午四點了。黃昏的太陽蒙著淡金色的亮光有點懶散地溫暖著天空和大地。林正堂坐在那台淡青色VOLVO的車上，雙手搭在方向盤上，習慣性地吐了一口氣。三軍總院門口有兩個穿白色制服的護士走出來了，一個身材高挑瘦細，一個略顯豐滿白皙，互相嬉笑著橫過馬路了。一個壯碩的婦女推著輪椅上穿睡袍的白髮蒼蒼的老人在醫院內的廣場曬太陽。一輛計程車「忽咻——」地從他車邊滑過。

這車當初買的總價是五十萬，是他去漢洋的第三個月後，才和公司簽了約，至少要做滿三年，就由公司付一半錢，另一半錢由他每月分期付款七千元，現在還有十二期八萬四千元沒付清。離開漢洋時，他想把這車原價賣給公司，他覺得往後已經沒必要自己開車了。而且停車位也不好找，麻煩得很。但自己開車已將近兩年，想去哪就去哪，如果沒車了，又覺得挺不方便的，好像沒有腳似的。孩子也起鬨說，「不要賣！不要賣！」秋潔就順著孩子的要求，也說不要賣了。但每月還要分期付款七千元持續一年，每天還要汽油錢，還有保險費。如果不小心把車撞壞了弄傷了，還要另加修理費。這樣算算，養一台車真的還滿貴的。這對他來說也是一個壓力。還不知何時才能找到新工作哩。

他小心翼翼把車開到新生南路，轉和平東路，快到梅花戲院了。他剛用水源出版社的電話和蔡惠德通上了，約好下午四點在《民間》雜誌社見。《民間》雜誌社在和平東路和敦化南路交界的梅花戲院後面的巷子裡。

黃昏的太陽慵慵地，馬路上熙來攘往的車流人流在他眼前閃晃，周圍好像蒙了一層淡淡的昏昏的灰塵在空中飛舞。

第三章

那是一幢日式的平房，外面有一道圍牆。大門設在邊邊，小小的好像側門。一進門就是一個滿大的庭院。庭院中央種了一棵大榕樹，榕樹的枝葉把庭院的三分之一都覆蓋了。樹下有個水池，水池裡有一座自來水的噴泉「突突突！」地冒著水。池裡漂流著許多落葉，水底堆積的落葉甚至已經黑了腐爛了。榕樹的周邊堆疊了幾塊石頭，頗為錯落有致。庭院兩邊的角落各種植了兩棵櫻花，現在已過了櫻花的季節，只剩下掛著枯葉的枝幹。旁邊三株較矮的杜鵑花卻開得挺茂盛的，紅花白花交錯著，使略顯荒敗的院落增添了幾分活力和喜氣。

兩年前，蔡惠德拿了自己的房屋和他弟弟的印刷廠的廠房向銀行抵押貸款了三百萬，才創辦了這份以攝影和報導為主的《民間》雜誌。在替雜誌社找辦公室時，他看過幾處在大樓裡燈光照明都很新穎明亮的地方之後，再看了這幢外表有點黯沉古舊的日式平房，走在地板上偶爾還會發出「咕嘰，咕嘰」的聲音，屋裡的光線和照明也都顯得有點昏黯沉鬱，尤其是那座庭院還顯得有點荒涼破敗。他那開印刷廠的弟弟一看就說，這裡不適合做辦公室。但他卻喜不自勝地拍手叫好。房屋的主人似乎也是個讀書人，聽說是要辦雜誌的，不但立刻主動取消了押金，還把租金也略略作了調降。

林正堂在過去這兩年中，總共來過這裡兩次。他雖然不喜歡日式房子的室內格式，但對那座庭院也是情有獨鍾。「蔡大哥真有眼光，這院子是好。」他說。所以，每次來，他都喜歡坐在廊道間的小茶几邊的藤椅裡，望著庭院的的樹木、水池，喝茶抽菸聊天。

蔡惠德的祕書兼雜誌社的財務經理吳文娜小姐帶林正堂走過庭院，走進室內的玄關，換了拖鞋，指著裡面有日式推門的房間，微笑著小聲說，「大蔡已經在他的辦公室等你了，還有孫志威先生。」

蔡惠德有個弟弟在雜誌社廣告部當主任，最小的弟弟開印刷廠，是雜誌社的股東，所以雜誌社的同仁就稱蔡惠德為大蔡，兩個弟弟分別叫中蔡、小蔡。

「喔？阿威也來了？」

「孫先生已經來半個多小時了。」吳文娜身材有點高挑瘦削，頭髮剪得短短的，顯得俐落精悍。原來在一家貿易公司當財務主管，和蔡惠德一家人在同一個教會做禮拜，認同蔡惠德的理想，又是他的小說迷，便辭掉貿易公司高薪的工作來當蔡惠德的祕書。聽說薪水比原來少了三分之一。

「林先生，你自己進去吧，我去替你們泡茶。」吳文娜說完就轉身走了。

蔡惠德的辦公室裡擺了一張大書桌，上面凌亂地堆放了許多郵件和照片，還有各種雜誌和書籍，後面有一張靠背藤椅，椅背上掛著一件外套。書桌前有兩只三人座的長沙發背對著庭院，長沙發前有兩只茶几，茶几的兩端各擺了一只單人沙發。這是蔡惠德的總編輯室，也是他經常召集同仁開會的場所。辦公室外面有一條頗為寬敞的廊道緊靠著庭院，廊道上也擺了一個茶几，兩張藤椅。

蔡惠德龐大的身體歪斜著坐在單人沙發裡，兩腳擱在茶几上。兩道濃眉和一雙深邃的眼睛，一支挺直的鼻梁，嘴唇豐滿乾澀。整個人顯得很疲倦。孫志威坐在靠近蔡惠德旁邊的長沙發裡，兩人都抽著菸。

林正堂悄悄地走向辦公室。聽見孫志威正在興高采烈地講述著台大學生要求修改大學法，已成立了「大學法修改促進會」，以及台中被解聘的兩位中學教員石文傑和盧思岳在各地串連組織「教師權益促進會」的事。

「嗨，蔡大哥，讓你久等了。」林正堂走進辦公室先向蔡惠德打了招呼，再笑笑地向孫志威說，「阿威，沒想到你在這裡。」

「哈哈，你終於來了，」孫志威習慣性地摸了一下鼻子，高興地說，「我是專程來等你的，已等你半個多小時了。」

「正堂兄，歡迎歡迎，」蔡惠德從沙發上站起來，高大壯碩的身體很挺直，幾乎高出林正堂半個頭顱，紳士般微笑著，伸手和林正堂握了握。「請坐，」他說，「志威兄是我請他來的。」

「阿堂，坐吧，」孫志威坐在沙發上笑著說，「這個蔡大頭一直都是那種文謅謅的紳士的樣子，這個兄那個兄的，我很不習慣。我們別理他，還是照我們的老習慣吧。」他往口袋裡掏出一包紙菸，向正堂晃了晃，「要來一根嗎？」

「謝啦，我帶了菸斗。」林正堂選了擺在廊道的茶几旁的藤椅坐下，掏出菸絲袋，「我就喜歡坐在這個藤椅裡，望著庭院，心情就很舒暢了。」他說。

「但是，我們三個人，你坐那裡太遠了。」志威說。

「沒關係，沒關係，」蔡惠德站起來，指著林正堂旁邊那只藤椅說，「志威兄，你坐那裡，我把這只沙發搬到走廊就好了。」他把沙發抬起，放在廊道的茶几前，「我們三支大菸槍在這裡抽菸，空氣比較不會太汙染。」

「對不起，讓你們勞師動眾。」正堂點燃了菸絲笑著說。

「正堂兄，聽說你辭掉水產飼料公司的工作了？」蔡惠德右手拿著紙菸在菸灰缸裡敲了敲，眼睛含著笑意認真地問。

「奇怪，你們的消息怎麼也這麼靈？」

「昨天，我在台大附近碰到江正德，是他告訴我的。」志威又摸了一下他那圓實的有點朝天的鼻頭說。

「那，細節你也都知道了？」

「哈哈，這本來就在我意料中。我只是沒想到，竟然還讓你拖了兩年。」志威笑著說。

「怎麼？你早就料到國民黨不會放過我嗎？」

「國民黨會放過你才怪！何況你自己嘴巴雖說不搞政治了，不是也四處在亂跑嗎？什麼貢寮反核四啦，什麼教師權益促進會啦，你不是都參加了嗎？」志威笑著說，「還有，你去美國兩三個月，不是也四處去演講嗎？……國民黨怎麼放過你？」

「咦？連我參加教師權益促進會你也知道？」

「因為石文傑來找過我。他是台大歷史系的學弟，而當年台大哲學系事件，因為政治的原因把我們幾個人都解聘了，我是受害人，所以我也參加他那個促進會，」志威說，「我建議他們去找你，說你當年在政大也是被李元簇政治迫害過。他們才告訴我，你一開始就是他們促進會的發起人之一。」

「是啊，教師是社會上最弱勢的族群，國民黨要把你幹掉就幹掉了，根本不必有理由，而且沒人會替我們講話！真是他媽——的！」林正堂憤憤地說，「工人被幹掉，至少還有個工會會站出來講幾句話，我們呢？就是孤孤單單，任人宰割！所以，他們搞這個權益促進會，我當然要全力支持！」

「正堂兄，我也聽說，你去美國在各地的台灣同鄉會、同學會演講時，為了替我辯護，還和那些台獨們公開舌戰，真是太謝謝你啦！」

「哈！那些事，你也聽說了嗎？」

「在美國的朋友寄了剪報給我。也有人從美國特地帶了錄音帶來給我。」

「是喔，原來你都知道了。」

林正堂把菸斗含在嘴上，拿了一根火柴把菸絲點燃了。一陣白色的煙霧後菸斗冒升起來。他深吸了一口，然後仰首把氣緩緩吐出，一團煙霧立刻向四周擴散了出去。

「這菸絲真香，什麼牌子的？」

「帆船的啦，」正堂說，「你要嗎？」

「我早就不抽菸斗了。」志威笑著對蔡惠德說，「當年，我們年輕時，少年不識愁滋味，刻意學殷海光先生，哈哈，……後來我嫌它麻煩就不抽了。還是紙菸方便。」

「蔡大哥以前不是也抽菸斗嗎？現在也不抽了嗎？」

「偶爾還抽，特別是寫文章時會想抽。」蔡惠德又把紙菸往菸灰缸裡扣了扣。

「抽菸是有習慣性的。」林正堂又噴了一口煙，「我很想戒菸，但每次開車，坐到駕駛座就不自覺地會拿出菸斗，尤其是開長途，自己一個人，從台北到彰化雲林，到高雄屏東，差不多就菸斗不離嘴，很糟糕。」

「是啊，我聽說你常常要開車全省跑，那可不輕鬆。」志威說，「現在不幹了，不必再這樣了吧？」

「是啦！」林正堂手握菸斗笑著說，「已經一個禮拜了，每天待在家裡，幾乎足不出戶，……」

「那，你不是又要發瘋了？」

「還好啦，也不至於發瘋，」林正堂說，「很不習慣倒是真的，每天無所事事，……」

「那，你有什麼打算嗎？」蔡惠德吸了一口菸說。

「我還沒想這個問題，才一個星期，就先閒著吧，」正堂微皺了眉頭，顯得有些苦惱，卻又想表現得自在些，於是就笑笑地說，「反正，時到時擔，無米就煮番薯湯吧！」

這時，吳文娜走進辦公室來了，一手提著茶壺，一手端了茶盤，茶盤裡放了三個茶杯，默默地把茶壺茶杯放在茶几上，然後，把茶杯都倒了五分滿。

「文娜，信疆來了嗎？」

「高社長今天請假。」

「喔，」蔡惠德微微傾身拿起茶杯，同時面對客人笑著說，「請喝茶吧，」然後又向吳文娜禮貌的說，「謝謝妳啊，文娜！」

吳文娜微笑著，向大家點點頭，走出去了。

「信疆現在是《民間》的社長？」林正堂笑著說，「每期都看你們的雜誌，卻沒注意版權頁。他當社長多久了？」

「是我拜託他的，已經三個月了。」

「那很好，他一向很有創意，人脈又廣，很難得！」林正堂說，「但是，他不在《中時》了嗎？余老闆怎麼肯放他？……」

「余紀忠愛他的才，當然不肯放。但，這些年他也被冰著，在《中時》也沒發揮。」蔡惠德說，「我倒沒想到，余紀忠竟允許信疆繼續拿《中時》的薪水來民間幫忙，……」

「當然這也表示余老闆對你們的肯定，也對你蔡惠德很欣賞才會這樣。」志威說，「我聽說，《中時》內部還討論過要不要把《民間》也接過去辦，把包括你蔡大頭在內的所有《民間》的職員都納入中時系統……」

「我知這是信疆的好意，想叫余紀忠拿錢來投資《民間》，」蔡惠德把菸蒂往菸灰缸一扔，搖搖頭說，「他是國民黨中常委，我是他們的叛亂犯，他怎麼敢？再說，我也絕對不會接受……」

「你這雜誌不是辦得好好的嗎？我聽很多人稱讚。現在聽你這樣講，好像辦不下去了？怎麼回事？」林正堂望望蔡惠德又望望孫志威，一臉疑惑地問。

「大頭，可以跟阿堂講老實話吧？」

「你說吧，正堂兄也是自己人，沒什麼好隱瞞的。」

「那我就老實講了，……這雜誌叫好不叫座，每期都虧，平均至少虧損十萬元，」志威把紙菸往菸灰缸用力捺了一下，望望蔡惠德說，「當初他是滿懷雄心壯志，但是快兩年了，蔡大頭已經快撐不下去了。……」

「還好啦，雜誌雖然虧錢，但培養了一批年輕人，雜誌也得到社會普遍肯定，揭露的問題也都能得到社會大眾關注，……這些，我覺得都很值得。」

「是啊，這雜誌確實辦得好，我也很肯定！」林正堂說，「去年在美國，那些台獨們說，你這個統派最後一定會出賣台灣。我就拿這本《民間》反駁他們。《民間》每期報導的問題都扣緊台灣的文化、教育、政治、環境、勞工……，各種問題，報導都很客觀深入，分析鞭辟入裡，這是推動台灣改革發展的進步力量，也是對台灣最了不起的重大貢獻。你們這些指控他會賣台的人，摸摸良心問問自己，你們對台灣的犧牲貢獻勝過蔡惠德嗎？當場也有很多人替你鼓掌，你這雜誌是成功的！……」

「但是，巧婦難為無米之炊呀！」志威苦笑地說，「蔡大頭的米缸快要沒米了。」

「是喔？」林正堂兩眼望著蔡惠德，「真的這樣嗎？」

「還好啦，還沒到那麼慘啦！……如果能找一個懂得經營管理的人，說不定就可以轉虧為盈了。」蔡惠德笑了笑說，「今天正堂兄難得來，我們就先不談這個了。」

「好吧，反正這是你蔡大頭的事，又不是我的事，我還替你操什麼心呢？哈哈哈，」孫志威大聲笑著說，「這真叫皇帝不急急死太監。來來來，阿堂，我們也很久不見了，先以茶代酒吧。今天你找蔡大頭，竟然沒找我這個老弟兄，是什麼事呀？」

「也沒什麼事啦，」林正堂說，「在家接到王水源的電話，反正沒事，就出來和他見面吃飯。我想，已經出來了，就順便來看看蔡大哥。也想，看完蔡大哥再去找你，沒料到你竟會在這裡。」

「昨晚我一聽說你不在漢洋，就想打電話給你了。但是三拖四拖就接到蔡大頭的電話了，說你要來《民間》，所以我就來了。」

「我真的沒什麼特別的事，純粹只是來看老朋友的。」林正堂吸了一口菸，笑笑地說，「這幾天在家真的是足不出戶，實在也他媽——的太無聊了。」

「你閒得無聊，那好，我們其實有件事想找你談。」志威笑著說，「大頭，你來說吧。」

「啥事？」正堂望望孫志威，又望望蔡惠德。

「這事，我跟一些老《夏潮》的朋友已經有談過幾次了，大家都很贊成，但是找不到適合的人來做。」蔡惠德坐直了身體。有點嚴肅地望著林正堂，「自從美麗島高雄事件以後，這幾年的時間，台灣島內發生了一些重大變化，譬如以前的黨外，已分裂成統派和獨派了。國民黨內部，也發生了一些變化，王昇的勢力被斬除了，江南事件後，蔣經國也被迫宣布不會讓蔣家的人接班。因此，特務統治已經萎縮了，黨外雜誌和獨派勢力也風起雲湧，來勢洶洶了。但是，《夏潮》系統代表的左翼卻日漸消萎，幾乎要聽不到聲音了。我就是在這種情況下，才不得不勉力創辦這個《民間》雜誌。但是，現在只有雜誌也不行了，台獨們已經完成組黨了，而我們呢？還是零零散散，一盤散沙……」這時，辦公室的電話突然響了，「歌鈴，歌鈴……」蔡惠德起身抓起電話，「喂，……」

「所以，我們才想把《夏潮》的朋友集結起來，作者、編輯、讀者、義工，……全部加起來也有不少人吧。把這些組成一個聯誼會，」志威接著蔡惠德的話說，「我建議就叫夏潮聯誼會，阿堂，你覺得呢？」

「那，組這個聯誼會做什麼呢？」

「做什麼？哇塞！台灣僅存的左翼《夏潮》快要被消滅了，你不知道嗎？」

「我已不搞政治了，……」

「噯呀，……阿堂，請你不要再說你不搞政治了好不好！你不搞政治又怎樣？國民黨還是不放過你呀！」志威激動地說，「我的母親是共產黨！是在台灣被國民黨槍斃的！蔡大頭是政治犯，是叛亂犯。你阿堂也是美麗島受刑人，也是叛亂犯。我們都是被國民黨在臉上烙了印的人，你就是不搞政治，他也要搞你呀！你難道連這個覺悟都沒有嗎？」

「志威兄，你啥事那麼激動啊？」蔡惠德放下電話，拿起茶杯喝了一口，以他慣有的低沉且富磁性的聲音笑笑地說。

「我在跟他講夏潮聯誼會的事，他竟然一副事不關己、無動於衷的樣子，我火大了呀！」志威憤憤地說，「這不是都為他嗎？為他下次如果再選舉……」

「你在說什麼啦，阿威，」林正堂抽著菸斗，望著孫志威冷靜地說，「你們組夏潮聯誼會怎麼是為了我？我聽不懂！」

「呵～呵！是這樣啦，正堂兄，我剛才已經說了，台獨們都已經組了一個民進黨了，我們《夏潮》系統到現在卻還是一盤散沙，這怎麼對歷史交代呢？所以，好幾個月了，我們一些老《夏潮》的朋友交換意見，都有一些危機感，大家都希望趕快組織一個夏潮聯誼會，然後再看後續發展，再把聯誼會轉化成一個左翼政黨，譬如工黨或社會黨之類的。」蔡惠德神情嚴肅地、冷靜地說。

「這樣嗎？……我不反對，這剛好說明阿威剛才講的是為我，就更不對了。」林正堂握著菸斗笑笑地說：「但是，要組一個政黨恐怕也沒那麼容易吧？要多少錢養一個黨啊？你們有錢嗎？」

「我們都是一群窮光蛋，有什麼錢？」志威沉聲說，「我也說組一個黨容易，要養一個黨很難啊，蔡大頭就批評我是悲觀主義，說什麼陳獨秀他們當年組中國共產黨時，條件比我們現在還差，……」

「好啦，志威兄，我不是已經接受你的批評了嗎？我承認我太過樂觀，把事情太簡化了，也是一種左傾幼稚病。所以，我現在贊成現階段不組黨了，就先組織一個聯誼會，正堂兄，你認為呢？」

「組一個聯誼會很好，我也可以加入。」林正堂口含菸斗笑著說，「我本來就是《夏潮》的人，跟大家一起。」

「那好，如果我們推選你當會長，你願意接受嗎？」志威又掏出一根紙菸笑著說，「我們討論過人選，都希望由你來當會長，但是，那時你還在漢洋上班，是生意人，大家又怕會對你造成傷害。現在，沒話說了，國民黨竟然把你逼著離開漢洋了，這不是天意嗎？老天叫你要歸隊了！」

「要我加入夏潮聯誼會當然沒問題，但是，要我當會長恐怕不行！我是哪根蔥啊？」林正堂笑著說，「蔡大哥在文學界的聲望不知高過我多少倍，在政治界的輩分也比我高，是屬於老同學這一級的。你阿威也是，已經副教授了吧？著作等身，口才又好又熱情，你們當會長都比我更適合。還有，長期擔任《夏潮》雜誌總編輯的顏婆子顏素如，在《夏潮》圈子裡的人脈最豐富了，在政治圈裡也是。她來當會長再適合不過了。如果你們兩位不肯當，她很適合，順理成章，水到渠成，……」

「阿堂，剛才蔡大頭不是說了嗎？我們是有計畫要漸漸把夏聯會轉化成為左翼政黨，這跟只辦雜誌不一樣，領導人一定要有些實際的政治經驗才行。」孫志威認真地說，「你阿堂現在是《夏潮》系統唯一有實際經驗的人，當年選舉的聲勢好得不得了，如果中美建交時不宣布停選，你就是國民大會代表了。現在又是美麗島受刑人，你頭上有光環，在社會大眾心目中，你和黃信介、張俊宏、林義雄一樣，都是有代表性、有分量的人物。我們夏潮聯誼會要引起社會大眾注目，就必須有一個像你這樣的人來當會長，是指標性人物啦。所以剛才我說這是為你，我承認，我是說錯了，應該說，你是為了《夏潮》，為了台灣僅存的左翼才是。」

「這是你們兩位的意見嗎？別的人……譬如顏婆子……」

「其實，老《夏潮》的朋友討論這個問題已經好幾個月了，大多數人都希望你來當會長，包括那些老同學們。……」

「顏婆子也參加討論了嗎？她現在怎樣了？還在美國嗎？還是在台灣？」

「素如大概還在美國，我也很久沒她的消息了。」志威說，「我都是打電話去海濤柏克萊的家，都是經由珊珊嫂子那裡才知道一點她的消息。」

「那徐海濤的近況呢？聽說也去了中國大陸了？……」

「是啊，在黃順興之後，海濤兄也去了北京了。」

「你們怎麼看這件事？在台灣，對《夏潮》系統有什麼影響？」

「他們心向祖國，能回去也是好事。」蔡惠德說。

「但是，當年我們苦心經營和黨外的聯盟關係……」

「阿堂，美麗島時代的黨外是統獨不分，左右合作，只要能把國民黨推翻就好。但是，現在的黨外已經分裂了，統是統，獨是獨。不但政治上這樣，連文學界也這樣。」志威說，「你沒看蔡大頭關於台灣文學的辯論文章嗎？」

「我有看過一兩篇。不多。」林正堂說，「我還正想告訴蔡大哥，我覺得你不該浪費時間去寫那種文章，你應該多寫一些小說，這才是你千秋萬世的不朽的大業。去爭辯什麼是台灣文學或中國文學有什麼重要呢？重要的是，在台灣從事文學創作的人能不能寫出偉大的作品。」

「是的，正堂兄講的有理。」蔡惠德笑笑地，似乎有點尷尬，又有點無奈地說，「我現在辦這份《民間》，已經完全沒有時間，也沒有心情去寫其他文章了。」

「你不是用了好些個全職的記者嗎？怎麼還把自己忙成這樣？」林正堂不解地說。

「是啊，到底要怎麼經營管理才好？我也不懂。聽說你在水產飼料公司當副總，把公司管理得很上軌道，經營績效也非常好，我很羨慕，改天要專程向你請教才行。」

「現在我們還是回到組織夏聯會的事，我認為先把工作計畫和時程列出來，」孫志威說，「這事就請阿堂來負責好嗎？反正你現在也是閒閒的。」

「這事我來做是沒問題，但是關於聯誼會宗旨、性質等等，恐怕還要進一步討論才行。現在各種社會運動已經風起雲湧，夏潮聯誼會恐怕也不能置之度外吧？」

「哈哈，正堂兄，你也有這種想法，太好了！」蔡惠德興奮地說，「我們組織夏聯會的目的就是要因應現在風起雲湧的社會運動啊，我們不但不能置之度外，還要搶在浪頭前。其實這也是我創辦《民間》的真正用意。」

「對了，對了，這樣就完全對上了。阿堂，」志威抓住林正堂的肩膀興奮地說，「當時我就主張找你來討論，你是我們當中最有行動力的人，我們都是書呆子，雖然會講會寫，但是都沒有行動力。這個問題已經討論了幾個月還在討論。哈哈，今天你一來就不一樣了。」

「別開玩笑了，把我說得那樣，好像，……哈哈，你這個傢伙，我還不知道你的陰謀嗎？要把我拖下水就先替我戴高帽，完全和顏婆子當年鼓舞我參選一樣的手法。」

「好，我們就照正堂兄的意見，再找些人把夏潮聯誼會的宗旨、目標、性質等等，再做一次全面的深入的討論，總結了以後恐怕也要寫在組織章程裡吧？」蔡惠德說。

「那當然！」孫志威笑著說，「現在已經不是二十年前你被關的那種年代了。以前搞組織只能偷偷搞，不能留紀錄，否則，被國民黨逮到就是必死的鐵證了。現在，民進黨都成立了，什麼都可以公開了，不然怎麼去招募黨員和會員呢？」

「哈哈哈，我是心有餘悸，連思考都縛手縛腳了。」蔡惠德有點尷尬地笑了笑說，「至於會長，正堂兄你就不要再推辭了。」

「應該趕快把顏婆子請回來，她在《夏潮》人脈最廣。我聽說，你們不是已經叫她回來嗎？她怎麼說？」

「前些時候是有叫人帶話給她了。她也說要回來，但什麼時候回來？還不確定。」蔡惠德說。

「我想會長的事，等她回來再說吧。」林正堂說。

「不然，在成立大會那天，當場推舉候選人，再由大家來投票決定也可以，你認為怎樣？」孫志威望著蔡惠德說。

「那也行！我贊成！」蔡惠德輕拍了一下茶几，望著林正堂笑著說，「如果大家選你，你就不能推辭了。」

「那當然！」志威也笑著說，「阿堂選過民意代表，這點民主素養絕對是有的，少數服從多數嘛。」

「哈哈，到時我一定推蔡大哥出來選，你一定會當選。」林正堂笑著大聲說，「到時，你可不能賴！」

「好啦，這事就這樣決定了。到時，誰被選上了都不能賴。」志威推了一下林正堂大聲說。

「阿威，我再問你一件事，」林正堂劃了一根火柴，把已經熄掉的菸斗重新點燃了，緩緩吸了一口菸，「這陣子，你們跟水源兄有聯絡嗎？」

「你是說水源出版社那個王水源嗎？」

「我們共同的朋友叫水源的就只有他這一個，難道還有第二個嗎？」

「很久沒聯絡了。」志威說。

「蔡大哥，你有聯絡嗎？」

「我本來就跟他不熟，」蔡惠德又點了一根菸，無意識地用食指把香菸在菸灰缸扣了兩下，說，「以前你選舉，在《夏潮》開會時見過幾次。」

「他不是自稱他的水源出版社是台灣左翼情報中心嗎？以前我去過兩次，都是順興仙約我在那裡見面。」志威笑笑搖搖頭說，「那是什麼出版社啊？還自稱左翼情報中心，我的老天爺……」

「我也是黃順興約我在那裡見面去過一次。在那裡好像還見到一個竹聯幫的兄弟。」蔡惠德說。

「他那裡很複雜，不只竹聯幫，聽說還有四海幫，還有什麼什麼，我也記不得了，好像蠻複雜。」

「他已經決定把出版社關了，要回台東去種茶。」林正堂惋惜地說，「那個出版社我常去，就是因為出入的人複雜才值得珍惜。三教九流，五湖四海的朋友，都因為有王水源這個人才聚在一起。往後，很難再找到第二個王水源了，也很難再有水源出版社這樣的地方讓我們去認識各種不同的朋友了。他是真正無私的、平等待人的、社會主義的信徒。我們要組織夏潮聯誼會，一定要把這樣的人找回來。」

「我不反對！這事就請正堂兄去做吧，」蔡惠德微笑地望著林正堂，像大哥般溫暖地說，「我們每個人都應各自去做自己擅長的事，這樣，這個團體才會壯大。」

「好啦！今天跟阿堂見面很有成績，夏潮聯誼會就這樣說定了。」孫志威愉快地拍拍林正堂的肩，「等下，去我家喝一杯，我還有一瓶茅台。大頭一個，你一個，再把王志軍也找來，四個人差不多，……我還有一瓶約翰走路。」

「等一下編輯部要開會，我恐怕不能去。」蔡惠德也笑著說，「我這裡也有一瓶酒鬼，你們拿去晚上喝，算是歡迎正堂兄歸隊吧！」

「哇！晚上的酒夠我們大醉了，哈哈！」

「現在還有一點時間，」蔡惠德看了看腕錶，認真地說，「正堂兄有興趣看看我們雜誌社嗎？你以前雖然來過，好像也沒跟你介紹過跟大家認識。以後你要做夏聯會會長，可能有些事需要找《民間》的年輕朋友做，你就指揮他們，別客氣。……」

「但是，你們的文字記者和攝影記者都還沒人來，你怎麼介紹？我看，改天吧！」孫志威說，「反正以後時間很多，大家約齊了見面再介紹吧！」

「是嗎？」蔡惠德有點尷尬地笑了笑說，「也好，那就改天吧！」

「蔡大哥，你們雜誌社上班時間不統一嗎？」

「這個啊，哈哈哈，我們的管理部、業務部和廣告部都是早上九點到下午六點上班，編輯部、攝影部採取彈性上班時間，原則上，每個人負責的文章和照片，只要在規定的時間裡繳出來就好。一向，我不太管他們，而是讓他們自主管理，這樣比較合乎人性，也比較能激發他們的主動性和積極性。」蔡惠德有點得意地說，「你看到每月出版的雜誌的水平，就是這樣產生的。雖然還有很大的改善空間，但也已經很不賴了。」

「但是，你們不需要做部門協調嗎？譬如雜誌內容和廣告部，和業務部的關係，有些事一定要協調的，沒有統一的上班時間……」

「喂，阿堂，我們要走了啦。」

「是是是，這都是在漢洋養成的習慣，我隨便講的，不好意思。我們要走了。」

「哪裡，你今天講的對我很有啟發性，我改天一定要找個時間好好向你請教。」蔡惠德說。

林正堂把車頂的氣窗打開了，風呼呼地從頭上灌進來。「阿威，你想在車上抽菸也可以。我自己就常一面開車一面抽菸斗。」

「哇塞！你這車還挺高級的！」

「沒啦！不就是吃飯的傢伙嗎，」林正堂笑著說，「我這車，跟別人比，還排不上檔哩！」

孫志威點了一根菸，吸了一口，習慣性地把菸往車外扣了扣，「我看蔡大頭好像在打你的主意。」他說。

「啥意思？」林正堂瞄了孫志威一眼，立刻又目注前方，專心地開車。

「《民間》每期都虧錢，大頭真的是急了，他極希望找個懂經營管理的人來幫忙。」

「信疆不是來幫忙了嗎？」

「高信疆是人脈廣、有創意，經營管理他其實也不懂。」志威說，「而且，聽說余紀忠也叫他回《中時》了。所以連我都替大頭著急啊。」

林正堂的車已經從基隆路左轉到羅斯福路了。風從車頂的天窗和兩邊的車窗呼呼呼地湧進來。

「你認為蔡大哥需要我去幫忙？」

「你如果能去幫忙，那是最好啦！」志威說，「其實你還在漢洋時，他就問過我，能不能找你來雜誌社幫忙。那時，我反對，因為我認為應該尊重你的選擇。後來他就沒再提了。但是，剛剛他的舉動，那麼熱心，熱切，我就覺得很不尋常了，他一定是有這個意思啦！」

「那你認為呢？合適嗎？」

「當然合適！尤其夏潮聯誼會如果成立，那就更好了！」

林正堂目注前方，左手扶著方向盤，右手把菸絲裝入菸斗，然後把菸斗含在嘴裡，右手拿著打火機把菸絲點燃了，吸了一口，一圈白色煙霧立刻隨風飄出車外。

「哇！你這樣點菸太危險了，」志威提高了聲音說，「車還在開耶！」

「沒問題！我的視線一直朝向前方，」林正堂含著菸斗笑笑地說，「在高速公路上，我也常這樣，一手抓方向盤，一手裝菸點菸，只要視線不離前方，……」一陣煙霧又隨風飄出車外，「熟能生巧，習慣成自然，沒問題的，很Safe！」他說。

已經是下班時間了，羅斯福路上的車輛已有點擁擠了，車速就緩下來了，但是，過橋就是景新路了，車輛明顯又變少了，林正堂把引擎略微踩了踩，車就風一般地向前駛去了。

「怎樣？你願意去幫大頭嗎？」

林正堂又抽了一口菸，呼了一口氣，「哇啊！好舒服喔！」他愉快地大聲說，「以後的事，我還沒想。先休息幾天再說吧！」

第四章

八月，正是台灣暑熱的季節，但是早上氣溫卻很清涼舒爽。林正堂把車停在長興街台大教職員宿舍的矮牆外，走到張文龍教授家的門口，按了一下電鈴。

「阿堂，是阿堂嗎？」門還沒開，就先聽到一個女聲，然後，一張尚未梳理的中年女子的臉出現在門後，頭髮有點蓬鬆、鬢角有點亂。

「龍嫂，好久不見了，我是阿堂啦！」

「進來坐，進來坐。」她熱心地說。這時，一個少年人也在她身後探出頭來，露出生澀的笑容對他笑了笑，叫了一聲「阿堂叔叔」。

「是全哥嗎？以前還是小不點，現在卻長得比你媽還高了，好厲害喔！」林正堂隔著紗門笑著問，「現在是國三？還是高一？」

「我讀建中高一。」

「喔喔，建中，好厲害喔！」

「咱們全哥跟你們家可親不是同年嗎？可親現在讀哪個學校？」

「私立再興高中。」

「進來坐，進來坐！」龍嫂看林正堂還站在門外，便把紗門推開，熱心地說，「你多久沒來了？……」

這時，張文龍教授有點慌張地從屋裡走出來，一條藍色牛仔褲洗得泛白了，一件短袖淺藍色襯衫，頭髮茂盛凌亂，鬢角已有點白髮，有點國字型的臉，一雙單眼皮的眼睛，顯得理性冷靜，也有點銳利。「好啦！對不起，讓你久等了。」他說。

「龍哥，不急。」正堂笑著說，「慢慢來，還有時間。」

「不是九點要到嗎？現在是上班時間，慢慢來就來不及了。」張教授邊說邊穿運動鞋往外走，然後又回頭朝兒子說，「你今天上課來不及了，叫媽媽開車送你吧。」

「哈哈，老爸糊塗了，今天是星期日不必上課啊！」

「啊？是哦？今天是禮拜天？」張文龍尷尬地望了林正堂一眼，又朝他妻子揮揮手，「趕快把門關了，蚊子都飛進去了。」

星期日的早上，高速公路上往基隆的車輛不多，馬路顯得特別寬敞。林正堂把車窗搖下來，一陣強風立刻「唿！」地灌進車裡。「風好大！」他說。立刻又把車窗搖了上去。

「怎麼？你想抽菸嗎？」

「哈哈，以前龍嫂說你精得像鬼，我不信，現在，我一開窗，就被你抓到了。」林正堂笑著說，「抽菸害人害己，在你這個環保專家面前，我哪敢放肆啊？我不抽了。」

「不論抽菸，或開車，都對環境造成嚴重汙染。」張文龍以他一貫的嚴肅神情說，「我是絕不抽菸，現在也盡量不開車，能走路就走路。」

「不過，十年前如果沒有你那台車，我每天要往返台北基隆搞選舉，哪有可能？……」

「十年前台北有車的人確實還不多，但是現在不一樣了，滿街都是車，整個地球已經被汙染得非常可怕了。……」

「是啊，連像我這樣的人都有車、都會開車了。」林正堂說，「我每次開車上高速公路都會想起你，……」

「想起我？」

「是啊！」林正堂笑著說，「那年中美建交，台灣在國際上幾乎成為孤兒，蔣經國下令停止選舉，我不是被國民黨的特務盯住了嗎？連上了高速公路他們也會跟蹤。……」

「那是十年前的事了，」張文龍說，「其實那是場騙局，欺騙台灣人的騙局。美國宣布和中國建交，又沒有宣布放棄台灣，台灣怎麼會有危險呢？真正危險的是國民黨統治台灣的正當性。依據那年的選舉狀況，國民黨一定會大敗，但是那只是中央民代的增額選舉而已，黨外如果全贏了，在國會還是絕對少數，並不能推翻國民黨政權。但是，它統治台灣的正當性、合理性就會被質疑、被挑戰。所以國民黨才會那麼緊張。……」

「是啊，連我這種菜鳥，他們都二十四小時跟蹤，實在……太小題大作了。甚至還在我家門口設崗哨，我一出門，特務就跟上來了。」林正堂笑罵著說，「有一次，你在高速公路上不是就把他們耍了嗎？好像電影裡的諜對諜，……」

「哈哈，經你這麼一說，我好像也有點記憶了，是好像有這麼一回事，在五堵交流道，……」張教授笑著說，「不過，之後你好像就不見了。美麗島高雄事件你被抓，我們還是看報紙才知道的。」

「是我故意不跟你們聯絡，那時國民黨把我當一級戰犯對待，我怕連累你們。」林正堂說。

「你出獄以後，我在貢寮反核看到你一次，你說在私人公司上班，再不搞政治了……」

「我是不想搞政治了，但是國民黨還是不放過我，所以，我已經離開那家公司了。」林正堂嘆了一口氣，把辭職的事又向張文龍講了一遍。「我現在在蔡大哥的《民間》雜誌幫忙。前天在電話中沒時間跟你講這件事，我想，反正今天會見面。」

「你在《民間》做總編輯嗎？多久了？」

「總編輯還是蔡大哥，他請我當社長，幫他管理，」林正堂說，「已經半年了。」

「社長不是高信疆嗎？」

「信疆回《中國時報》了。」

「原來如此，」張教授笑笑地說，「幫他經營管理的意思就是要整頓紀律、提升效率、降低成本、創造盈餘，……」

「是啊，是啊，你很內行啊，龍哥，你對《民間》很了解？」

「《民間》剛創辦時，內容很好，麗芬曾經去那裡當了一年義工。但是她對《民間》很有意見，認為這雜誌遲早要關門，那些年輕人太沒有紀律了，她說。」

「原來如此！」林正堂說，「紀律影響效率，效率影響成本，但我的要求得不到蔡大哥的配合，實在沒辦法！」

「他找的那些年輕人其實都不錯，都很有理想，專業水平也很高，就是太不守紀律，我聽說，通知早上九點開會，到下午兩三點，人還沒到齊。」張文龍笑著說，「這太離譜了啦，你去整頓以後有好一點嗎？」

「是有好一點，但是也沒好太多。」林正堂說，「我盯得很累，搞得大家關係很緊張。」

「這次南仔寮鄉親為了環保請你回去幫忙，也跟《民間》有關係嗎？」

「是，我在開會時講過，蔡大哥對這很有興趣，希望能對南仔寮的環保抗爭做較全面的深入報導。」

「這個你就可以做了。」

「但是，一些和環保有關的專業知識就要龍哥你來幫忙了。你做過台灣環保聯盟總會會長，我希望能經由你來邀請幾個專家學者做我們的顧問。現在國民黨很會搞這一套，花錢買專家，用專家的知識來唬人壓人，所以我們需要專家對專家，……」

「這個，我們環保聯盟是可以幫忙，沒問題。」張文龍說，「但是，你對《民間》的經營管理有把握嗎？」

「我不知道，蔡大哥如果不能配合，就很難了。」林正堂有點苦惱地說，「編輯部那些年輕人只聽他的，他又很寵他們，允許他們只要準時交稿就好。」

「蔡惠德辦雜誌，好像在搞人民公社。人是生而平等的，不能因為能力好壞而有所差別。資本主義社會搞菁英主義，那是錯誤的。人人平等才是真理。……蔡惠德不但這樣說，也這樣做了。所以，工作人員表現不好，他從來不責備，就把自己累慘了。我真服了他，這個人，不像在辦辦雜誌，好像，好像在……，唉，我也不會說他了。」張文龍說，「寫小說，他是天才，辦雜誌，他是個理想主義者，《民間》內容確實不錯，發表的環保文章，連我都佩服。」

「是啊是啊，但是人是英雄錢是膽，沒錢，雜誌就辦不下去了。」林正堂笑著說，「每期都虧錢，成本降不下去，我想從廣告下手，如果公司老闆們願意來《民間》登廣告就好了。但是，《民間》的內容讓那些老闆們很抗拒，談環保、談勞資問題、關心弱勢，等等，願意支持的老闆太少了。而這些文章又剛好是《民間》之所以被肯定、被叫好的地方。我又不能叫蔡大哥不登這些文章，這是蔡大哥思想的核心價值的重要部分……」

「這正是蔡惠德值得我們肯定和佩服的地方。但是，我們都沒有能力幫助他。」張文龍嘆了一口氣，無奈地說，「這，有什麼辦法呢？……對啦，你們還組了一個夏潮聯誼會，他們找過我，但我沒參加，因為他們還想組黨，這個，我不太贊成。但是麗芬參加了，她是會員，你不是會長嗎？」

「我本來推蔡大哥當會長，不然就是顏素如，結果……」

「你當會長很好啊，你們最近辦了幾個活動都很好！」

「組黨的事，我也反對，因為條件不足……」

汽車已經進入大業隧道了，轉眼就看見前面停泊在基隆港的輪船了。如果要去南仔寮，汽車通常在出隧道後會走右邊的東岸高架橋下中正路，就可避開忠四路到忠一路的幾個人車擁擠的紅綠燈。但林正堂似乎是有意地在出隧道後直直順著孝二路開下去，果然在忠四路就碰到紅燈了。

「龍哥，你還記得這條孝二路旁邊就是孝三路嗎？」

「是啊，孝三路不就是你十年前選國代時的競選總部嗎？」龍哥說，「時間過得真快，一轉眼，十年就過去了，連我們全哥都已經讀高一了。」

「是啊，十年過去了，許多人事物都變了。但唯一沒變的，好像就是基隆了。還是那樣老舊的樓房、那樣老舊的街道、那樣臭味四溢的基隆港。」汽車在忠二路口又被紅燈阻住了。林正堂把車窗搖下，海風從港口那邊吹過來。汽車在忠一路口右轉，又被東岸高架橋的紅燈給阻住了。一股強烈的臭腐氣味從旭川河口和海港交界的水面上飄溢過來。

龍哥捏了捏鼻子，說，「怎麼這麼臭啊？」

「前後兩任市長，一個把旭川河加蓋，一個把上面的南榮河也加蓋，不但加蓋，還在上面蓋了大樓。現在大樓裡的人，所有屎啦尿啦、洗碗水洗澡水啦，全都往河裡倒，而這兩條河最後的出口都在基隆港，基隆港要不臭也不可能了。」林正堂臉帶冷笑，譏諷地說。

「我以前讀基隆市立中學，在劉銘傳路山上。以前從七堵坐火車到基隆火車站，火車站是日式建築。我就沿港邊走路，經過旭川河，河兩邊也都是日本式的街燈，河上有四五座橋，都是木造的。旭川河再過去就是郵便局，那是德國式的建築，和基隆火車站隔港相對，我在美國讀書時，想念基隆，就會想到這兩座建築，還有田寮河和兩岸的柳樹，……」

龍哥回憶著，感性地說，「我去美國讀書教書，前後還不到二十年，怎麼一回來，這些美麗的建築、街燈、柳樹、河川，全都沒有了。以前基隆港邊還有很多人坐在岸邊釣魚，看黃昏夕陽，現在卻變得這樣臭到不能聞……」

林正堂的車經過三沙灣、信號台和安瀾橋，右邊的海是以前的基隆海水浴場，原來一大片的沙灘早都消失了，現在已變成基隆港務局東岸十一、十二、十三號碼頭，是中國石油公司專用的卸油碼頭。

汽車經過海洋大學後，張文龍突然指著車窗外靠海的那排建築物說，「這裡，十年前不是垃圾場嗎？」

「以前是垃圾場，現在是海洋大學工學院大樓。」林正堂說，「你還記得我以前寫過文章批評市政府垃圾填海，嚴重汙染南仔寮漁港，……」

「記得！」張文龍笑笑地說，「現在垃圾遷走了，在這裡蓋大樓，對南仔寮比較好吧？」

「好什麼？以前垃圾是在南仔寮外面，現在垃圾場遷到南仔寮裡面，據說已經六年了，每天二十四小時，蚊子、蒼蠅、臭味，南仔寮人哀哀叫！」林正堂大聲說，「現在，聽說台電公司還要把已經停止運轉的南仔寮發電場恢復運轉了，還有中油公司的大油庫，……難怪整個南仔寮都要抓狂了！」

「這次南仔寮鄉親打電話叫你回來，就是為了這些事？」

「是啊，」林正堂憤憤地說，「我只在電話中聽鄉親訴苦，我就忍不住火大了，太欺負人了！吃人真夠啊！……」

林正堂把車停在一家雜貨店門口，一打開車門，兩三隻蒼蠅立刻飛進車裡，同時也聽到雜貨店裡的人大聲叫著，「來啦，來啦，阿堂來了啦！」

一個頭髮已略顯斑白，身材高高瘦瘦、背有點駝的大約六十幾歲的男人笑著臉，走出雜貨店，遠遠就伸出雙手走向林正堂。林正堂一個大步迎上去，握住那人的手，叫了一聲，「漢大哥！」

「哈哈，張教授也來了，歡迎！歡迎！」漢大哥伸出另一支手用力把張文龍的手搖了搖，拉著他一起走入雜貨店。「我們庄腳人需要你們大學教授來支援，不然，都被台電那些人吃得死死的，講不贏他們啊！」

林正堂跟在他們背後走進雜貨店，幾隻蒼蠅嗡嗡叫著在他們的頭上飛舞著。店裡的走廊坐了七八個人，裡面也坐了五六個人，地上有空隙的地方放著兩張黏蒼蠅的黏紙，上面幾乎都已黏滿了蒼蠅，有幾隻還在黏紙上掙扎著抖動細長的腿。雜貨店的老闆許金傳站在櫃台前，張開那張缺了兩顆門牙的嘴巴笑呵呵地對林正堂大聲說，「阿堂啊阿堂，你將阮這些老厝邊都忘記了嗎？你多久沒回來南仔寮了？嗯？我都不時在念你哩，你的耳朵沒癢過嗎？」

「有啦有啦，我也時常在心裡念大家啊，金傳叔仔。這次漢大哥打電話叫我回來，我不是馬上就回來了嗎？還把台灣大學物理系的張教授龍哥仔都邀請來了。」林正堂笑著，對在場的人大聲說，「張教授是咱們七堵人，除了在台灣大學教書，做過物理系主任以外，伊還擔任台灣環保聯盟總會會長，是最專業、最權威的、正港的專家。十年前我選國代，伊就來幫忙過，在場一定有人認識伊吧？」

「認識啦，認識啦！張教授，怎麼不認識？」平時講話很大聲很直爽的杜阿輝說，「十年前我就認識伊了。」

「阿堂，在場這些人，你都認識吧？都是老厝邊，需要介紹嗎？」漢大哥笑笑地說。

「是啦是啦，都是老厝邊，免介紹啦！」

「現在已經十點了，時間寶貴，阿堂和張教授由台北趕來一定很忙，咱們不要浪費時間了。」杜阿輝站起來大聲說，「現在就請杜世漢來報告，今天在這裡請大家來開這個會是要討論啥問題？目的是啥？……」

雜貨店裡裡外外的人都紛紛拍手。杜世漢笑笑地站起來。

「各位老厝邊，咱大家都希望阿堂回來幫忙，伊現在回來了，客氣話我就嫒講了。咱南仔寮四個里，現在有幾個共同的問題，都很大條，第一是垃圾場，第二是中油的大油庫，咱打拚好幾年了，都沒結果，沒人要睬咱們。現在又出來一個更加大條的問題，就是南仔寮發電廠要復廠了，要重新運轉啦！各位鄉親啊！發電廠的黑煙，由日本時代開始，已經害咱幾代人了。十年多前，好不容易，因為阿堂在報紙雜誌寫文章，引起蔣經國注意，才親自來南仔寮考察，才下令將這個電廠關掉，現在竟然講又要復廠了！」杜世漢一面說，一面從口袋掏出一張摺疊的報紙，在手上揚了揚，望著林正堂和張文龍，他大聲唸著報紙，「這是前天八月二十四日《聯合報》的新聞，標題講，『南仔寮電廠復廠沒有反對聲？敦親睦鄰兩受惠，居民樂促成。』阿堂，這張報紙乎你看，」他把報紙遞給林正堂，有點激動地繼續說，「這是講啥咪痟話？地方沒反對的聲音？幹！南仔寮人又不是都死光了！講這種話?!……」

「這攏是咱們南仔寮選出來的議員講的啦！當年我就講這個簡通榮沒啥咪路用，只會捧國民黨的卵！大家不聽！講啥咪再歹也是咱庄仔內的人，現在，你看！飼老鼠咬布袋……」

「幹破伊娘，這個簡仔通榮，畜生啊！作囝仔就跟我國民學校同班，伊沒吃過電廠的黑煙嗎？講這種話?!路頭路尾若乎我看到，令爸就沒客氣！伊試看麥……」住在南仔寮街古井巷山上那個杜彥飛好像喝了一點酒，臉紅紅地憤憤地大聲說。

「彥飛，彥飛，你坐下，讓杜世漢講完嘛！不要插嘴啦！」坐在杜彥飛隔壁的林溪湖，外號叫「大蟬」，是個很熱心的討海人，身材高大魁梧，站起來向杜彥飛搖搖手制止他。

「現在咱南仔寮除了發電廠、垃圾場以外，最最要緊的就是中油的油庫。夭壽啊，中油公司將台灣北部的漁船用油和國防戰備用油，通通儲存在咱南仔寮以前墓仔埔的所在，墓仔埔現在都變成中油的油庫了。這就好像一顆超大型的原子炸彈在咱厝內一樣，很危險！萬一爆炸，夭壽喔！咱整個南仔寮都要消滅了，像原子炸彈一樣。這個問題很嚴重，阮厝就在油庫邊，這些油庫都是違章建築，並沒向市政府申請許可。我好幾次向中油抗議，也向市政府檢舉伊違章，好幾年了，駛伊娘哩，這種政府，官官相護、無法無天，霸占百姓的土地，……」

「天賜仔，天賜仔，這件事等一下再講啦，杜世漢話還沒講完，你又插嘴講這個有的沒的，」杜阿輝不耐煩地站起來，揮舞著右手大聲說，「請大家嫑這樣，你一句伊一句，這個會要開到何時才有結論啊？」

那個杜天賜是個熱心的人，選過兩次里長，因為不是國民黨員，所以都沒當選。他說，他的票是被國民黨做票做掉的。他和中油公司有土地產權的糾紛，為了護產，幾年來一直和中油公司打官司，對中油在南仔寮建立十二座大型油槽，他是最氣憤的，也是最了解中油公司諸多不法內情的人。

「這些問題對咱南仔寮來講，都是大問題，都很嚴重！大家叫我打電話召阿堂回來商量，我前天打電話，伊今天就回來了。現在，咱就請阿堂來發表伊的意見，這些問題，咱到底要怎麼辦較好？……」杜世漢笑笑地說，就率先鼓起掌來。雜貨店裡裡外外的人都跟著紛紛鼓掌了。

「阿堂，免客氣，有話盡量講，不要緊！」

「你有讀書，較有知識，阮都聽你的！」

「為著庄仔裡的事，大家要團結，阿堂怎麼講，咱就怎麼做！」

人們一面鼓掌，一面士氣高昂地七嘴八舌地說。這時，雜貨店裡已經又來了好幾個人了。裡裡外外加起來，總共至少也有二十幾個吧，連門口都站了人。

「各位長輩，各位老厝邊，首先，我藉這個機會再向各位鄉親厝邊道謝。我因為美麗島事件被國民黨抓去關的時候，阮厝內大大小小的代誌都承蒙大家幫忙照顧，尤其是阮老母往生時，我還在監獄裡，咱南仔寮差不多全庄的人都出動來幫忙、來送阮老母；我出獄的時候，各位鄉親也在媽祖廟埕替我辦桌請客，慶祝我出獄。這些事，都讓我非常感動，非常感恩！今天，我雖然為了生活顧三餐，全家住在板橋，但是，我不時都會想起南仔寮的故鄉，想到南仔寮的鄉親。各位厝邊，南仔寮的代誌就是我阿堂的代誌，南仔寮受到傷害，就是對我阿堂的傷害。我一定和大家作伙，共同來打拚！」林正堂說著說著，竟然有點流汗了，用手在額頭上抹了抹，「現在，咱南仔寮面臨的這些大問題，我認為，第一，咱要先有組織，有組織才有力量，才獪像一盤散沙。第二，咱要有具體的行動，譬如，去市政府，去台電、中油，去經濟部，向這些政府機關抗議！將咱的不滿、委屈，講給尹知道。咱也要去市議會、去立法院陳情爭取市議員和立法委員的支持。大家心裡要清楚，咱有組織有行動，不是要跟政府對抗，不是要向政府造反！不是！咱是要給社會大眾知道，政府機關做的代誌對咱小百姓造成的傷害。這樣，政府才會改進。所以，咱不只要把南仔寮的人組織起來，也要把一些有良心、有正義感的學者專家也組織起來，做咱的後盾、做咱的顧問。有一天，咱要去台電、中油，要去尹的主管機關去和尹辯論。政府很有錢，養了很多也很有學問的專家。那好！就請咱的顧問和尹的專家來辯論吧！把報紙、電視的記者都找來，讓電視報紙都來報導！這樣才能引起全社會的注目，是非對錯都艙走閃的，政府想要欺騙也不可能了。大家說，這樣好嗎？」

四周的人都紛紛鼓起掌來，「劈劈啪啪，劈劈啪啪！」還夾雜一片叫好叫讚的聲音。林正堂微笑地兩眼掃視了大家，又繼續說，「那好，如果大家都贊成，現在我們就來決定一個日期，把南仔寮各里的頭人都找來開會，算是咱要組這個自救會的籌備會議。到時，要選召集人、副召集人、總幹事等等，然後還要在各里找出熱心的人，要去沿家挨戶請大家聯署簽名，表示咱都是同一條心。聯署書的內容由我來寫，開會那天念給大家聽。我和張教授負責去找幾個專家學者來做咱的顧問，……」

「這個自救會的幹部，都一定要南仔寮在地人，而且，一定不要有什麼議員或里長。」張文龍突然站起來認真地說。

「咦！奇怪，為什麼不要議員和里長呢？尹卡有分量，講話卡大聲，不是卡好嗎？政府官員會聽尹講，不是卡好嗎？」當場立刻有人懷疑地說。那人就坐在走廊靠牆唯一的一張躺椅裡，凸著一個水桶似的大肚皮，聲音宏亮地說。

「這是根據環保聯盟在各地協助環保抗爭的經驗，這些議員或里長碰到壓力或是誘惑，都會妥協退縮。」張文龍說。

「哪有可能？這種話，我不信！」那人雙手攤在躺椅的外緣，大剌剌地大聲說，「咱都是庄腳人，沒讀啥書，連字都認不到幾個。憑咱的力量就想對抗政府，敢有可能？虻仔叮牛角啦，哪有啥仔路用？搞得不好，就跟美麗島那些人一樣，攏抓去關啦！我講，阿堂仔，你敢真是關不怕？……」

「烏皮，阿你是在講啥啦？這是通庄的大代誌，大家在熱心討論，你做老大的人沒出來贊聲就真漏氣啦，還躺在那裡講啥痟話？要講痟話就去外面不要在這裡啦！」杜阿輝站起來，習慣性地揮舞著雙手，指著那人大聲說。

「杜阿輝，你對我講話很嗆聲喔，……」

「啊——烏皮叔仔，我是後輩啦，站起來講就較失禮啦。但是，我給你講，你這樣不對！這是通庄的大代誌，你要贊成大家才對，怎麼顛倒給大家潑冷水？你真失禮喔，……」那個好像喝了一點酒的杜彥飛站起來，也指著那個叫烏皮的人說。

「陳烏皮，你講這種話，不對時陣了。這幾天，通庄都在說發電廠要復廠，在幹譙，講要去抗議。你不出聲就很過分了，還躺在那裡翹腳講痟話、潑冷水？大家沒幹譙你就已經很客氣了，我甲你講！」店主許金傳露出缺了門牙的嘴，神色莊重地說，「你就是這種性，專門潑冷水，由少年到老，結果呢？老了沒人要睬你啦，性底還不改嗎？」

「大兄，大兄，快要十二點了，你還是趕緊回家吃飯吧，有啥事你想知道，我阿禮再跟你講就好啦……」一個臉色赤褐，身材魁梧高大的人，就站在杜阿輝的身邊。那人叫陳宏禮，是陳烏皮最小的弟弟，「大家不愛你潑冷水啦，講坦白，連我聽了也不滿意。你若要在這裡，就請你褪講話啦。」

這時，張文龍突然用力拍了兩下手，在場的人立刻又安靜地轉眼目注視他。「簡通榮議員不是你們南仔寮的人嗎？他公開替台電的南仔寮發電廠復廠講的那些話，你們贊成嗎？他能代表南仔寮人的心聲嗎？……」

「不行啦不行啦，這個簡通榮，幹！我不贊成啦！」杜彥飛站起來，激動地大聲說。

「所以嘛，我提醒大家，自救會的幹部絕對不能像這種議員或里長，壓力一來，誘惑一來，就妥協了，投降了，」張文龍笑笑地說，「我完全是根據經驗，好意提醒大家。」

這時，陳烏皮在躺椅裡掙扎了兩下，雙手撐住躺椅邊緣，費力地、有點艱困地站起來，身材高大臃腫，年輕時想必也是魁梧精壯的討海人。「大家不歡迎我，那我就走吧！」他自言自語地，從雜貨店另一頭的邊門，擠過人群，腳步有點蹣跚顛躓地向店外走去了。

店主許金傳望著他的背影搖搖頭，感嘆地說，「少年時代是英雄好漢，像一尾龍！古早南仔寮划龍船，看伊站在船尾掌後槳，像一尊大神，彎腰頓腳，雙手用力一撐，船就像箭一樣飛出去了，……現在，唉……」

「阿禮，多謝你喔。若無你出聲，我看代誌恐怕就不能這樣收場了。」杜阿輝伸手和陳宏禮握了握說。

「唉！歹勢啦！伊這樣，我做小弟的人，也感覺見笑。」陳宏禮有點無奈地說。

「彥飛，你也很勇敢，竟然敢那樣對伊講話，你不怕伊搧你嘴巴嗎？」

「伊要搧我嘴巴，我獪反抗。但是，伊不對，我還是要講。」杜彥飛有點害臊地笑笑地說，「烏皮叔仔這種個性很不好，……少年人就是需要長輩鼓勵才敢拚啊，……」

那天，店仔頭的會議開到下午十二點多快一點了，竟然沒人離開。「歹勢，已經過午了。」杜世漢看了手錶笑笑地說，「最後，咱要決定下次開會時間。還有，要找誰來開會？」

「這事要做就要快，」杜阿輝說，「我看，下午咱就分別去各庄頭喊一喊，明天就可以再開會了，怎樣？」

「快是很好啦，但是有些事還沒準備，舞到吃緊弄破碗就不好了。」杜世漢持重地說。

「我建議，咱將平時熱心的、有影響力的、講話大聲有人聽的，都列到名單裡。漢大哥，阿輝哥，大蟬哥，你們要去向尹說明。下次開會，這些人一定要來。」林正堂說，「這可能需要一點時間，所以我建議，三天後咱來開籌備會。籌備會中再來決定何時要開成立大會，要推誰做會長、副會長、總幹事等等，這些，你們都要先參詳好，……」

「就像度天宮管理委員會那樣啦，所有籌備工作都要事先做好啦，」大蟬大聲說，「這，咱有經驗，沒問題！杜世漢就是度天宮媽祖廟的主任委員……」

「好，那就照阿堂的建議，三天後就是九月初一，下午兩點在南砂里民會堂好嗎？」

「可以啦可以啦，場所我和天賜仔負責去借。」杜阿輝說，「名單就由杜世漢和大蟬負責，……」

「名單要大家一起來擬，各位回去若有想到適當的人選，就可以將名單送來媽祖廟或是阮厝，這樣可以嗎？」杜世漢笑著說，「現在，大家可以回家吃飯了。」

「阿堂和張教授若無棄嫌，就來阮厝吃飯了。我昨暝出海有抓到一些大尾的白帶魚和軟息仔，都還活的。」陳宏禮揚起他粗厚的手掌拍了拍林正堂的肩，笑著說，「同窗的，咱很久沒逗陣了，來阮厝喝兩杯沒過分吧？小學六年呢！」

「阿禮，多謝啦，」林正堂握了握林宏禮的手，臉向張教授笑著說，「阿禮和我小學同班。但是，有去伊厝沒去漢大哥厝，沒去大蟬哥厝或阿輝哥厝，對尹都是失禮。所以，阿禮，去你厝，就改天啦，今天由我來請龍哥就好。伊是咱們南仔寮的貴賓，又是我的大哥好朋友，我也是南仔寮人，由我代表南仔寮來請伊最適合，最膾失禮啦！……」

「阿堂這樣講有理，咱們大家就不要再搶了啦。」大蟬笑著大聲說，「就由阿堂陪張教授去吃飯啦！咱就各自回家吃自己！」

林正堂把車停在中正路邊水產水餃店的門口。

「曹老闆，我是阿堂啦，你還記得我嗎？好久不見了。」他朝站在店門外不停地往一個大鍋裡扔水餃的老人大聲招呼著。

「哇啊，哇啊，林先生，好久不見了，俺記得你呀，怎麼不記得呢？老朋友呀。」曹老闆操著濃重的山東口音，側著臉向林正堂笑呵呵地招呼。隨即又大聲向店裡嚷嚷，「惠娟，惠娟，給林先生準備兩個位置。」

店面不大，總共才六張桌子。兩張圓桌，一大一小都擺在店的最裡面，右邊靠牆兩張小方桌，另外兩張稍大一點的方桌在櫥櫃和擀水餃皮的工作台旁邊。那個叫惠娟的是曹老闆的合夥人，大約四十幾五十歲了，也是曹老闆的乾女兒，正在包水餃。旁邊還有兩個年輕的助手，一男一女，林正堂以前也沒見過。

「林先生好久沒來了，老爹常在念你哩。」惠娟雙手在胸前的布兜上擦了擦，微笑著，把旁邊的方桌用手抹了抹，把椅子也扶了一下，「坐這裡好嗎？」她問。

林正堂把店裡瞄了一下，兩張圓桌椅已經坐滿了人，好像是魚市場的船員或工人在聚餐，桌子旁的地上已擺了好幾支空的啤酒瓶。靠牆的兩張方桌也坐了人。

「龍哥，那就坐這裡啦，你覺得呢？」

「好啊好啊，店面雖然不大，還挺熱鬧的。」

「對面就是漁會，漁會旁邊是魚市場，漁船出入都在這裡，所以生意好得很，若有兩艘漁船入港，來吃水餃就要排隊了。」林正堂朝惠娟打趣說，「她老公把基隆碼頭的工作辭掉，靠這個店就不愁吃穿了。」

「林先生愛說笑！」惠娟笑笑地說，「你們要幾個水餃？」

「我十五個，龍哥呢，二十個夠嗎？」

「我也十五個。」

「要炒什麼菜嗎？菜單在這裡。」惠娟把菜單遞給林正堂，正堂又把它遞給張文龍。

「你點就好，」張文龍把菜單推還給林正堂說，「你點什麼，我就吃什麼。」

「我推薦他們的滷味，都在那櫃子裡，可以自己挑選。另外再煮個兩人份的魚湯吧，有什麼新鮮的魚就煮什麼。」林正堂把菜單交還給惠娟，隨後和張文龍走到櫥櫃前，指著裡面的食物，

「那是滷牛肉、滷牛筋、那是滷豬頭皮、豬頭肉、還有雞鴨的翅膀、爪子，等等，妳自己挑吧。還有滷豆腐、豆干、花生……」

兩個人東點西點竟也切滿了三盤，「再炒個青菜好了，」林正堂說，「惠娟，你有什麼青菜？……龍哥，炒一盤高麗菜好嗎？」

「我們吃水餃，菜不必叫那麼多！」龍哥說。

「這哪有多？」林正堂坐下來，拿起筷子邀龍哥，「吃吧！」他夾起一塊滷牛肉放嘴裡嚼著。

「嗯——，味道不錯。」

「喝一瓶啤酒好嗎？吃滷味不喝點酒，怪怪的。」林正堂說。

曹老闆親自把三十個水餃端過來了。人雖然有點老了，身材也有點胖了，但腰桿還是挺直的，手腳也挺俐落。「惠娟，替林先生弄點蒜頭醬油，再加一點麻油。」他說，「嗨嗨，你有兩年沒來了吧？你上次來，說去宜蘭拜訪客戶，一轉眼就兩年了。」

「曹老伯好記性，我是差不多有兩年沒來了。」

「那你最近在忙什麼呢？不久前在電視上還看到你兩次，一次你們去美國在台協會抗議什麼事？我都忘了，只記得你頭上綁著布條，寫了『抗議』兩個字，手上還舉了牌子。」曹老闆微笑著說，「還有一次也在電視上看見你，頭上也綁著布條，寫著『想家』。那一次，俺看著，直流眼淚！林先生，你是在替俺們這些老兵爭取返鄉的權利呀！」曹老闆握住林正堂的手，激動地搖著。

「是啊，成功了，蔣經國已經宣布，台灣的外省人可以回去大陸探親了。中國大陸也接受了。恭喜你啊，曹老闆，」林正堂笑笑地望著他，「什麼時候回山東啊？聽說你有一個女兒在山東，是嗎？」

「是啊，四十年了，確實想回家看看，不然，要來不及了。」他說，「已經快八十了。」

「老爹今年就要回山東過年了，已經和女兒聯絡上了。」惠娟端了魚湯放在桌上，笑吟吟地說。

「那好，那好，恭喜你了，曹老闆。」林正堂說，「我來替你介紹我的好朋友，台灣大學張文龍教授。」

「張教授，你好你好！」曹老闆伸手和龍哥熱烈地握了握，以濃厚的山東口音大聲說，「你這個朋友阿堂，俺喜歡他，是個好人，熱心的人。當年，俺還跑去海洋大學門口聽他演講，實在了不起！在俺山東同鄉會開會，俺就公開支持他。同鄉不認識他，還罵他是共匪！但他卻替俺外省人爭取回鄉的權利，你說，你說，俺這些外省人，是不是……呵呵，呵呵……」

「曹老闆，不要激動，不要激動！」林正堂扶他坐下，安慰他。

「老爹，你不要太激動了！」惠娟把衛生紙遞給他，「每次講起這件事，他都這樣，認為那些同鄉沒良心！」惠娟說。

「好好，你們慢慢吃，俺不陪你們了，俺去忙。」曹老闆站起來，朝屋緣下的大鍋子走去。

「十年前選舉，有些外省人拿到我的傳單，當我的面撕掉，揉成一團，還丟到地上吐口水。但這個曹老闆，卻從來都不諱言支持我，很讓我感動。」林正堂對張文龍說，「今年夏聯剛成立後辦了幾場活動，想不到，媒體都還滿注意、也滿支持，……」

「我在電視上也有看到。」張文龍說，「很好啊！」

林正堂舉起啤酒杯邀他，「謝謝你啦，龍哥！」

這時，一個五十幾歲模樣的人，端了一杯啤酒走到他們這一桌，向他們欠身，臉上漾著和善的笑意，問說，「歹勢，你是林先生嗎？林正堂先生？」

「是，我是林正堂，」林正堂站起來，笑笑地說，「請指教！」

「十年前我在海洋大學聽過你演講，看你處理教官帶學生來鬧場，對你很佩服。」那人說，「我剛才坐那桌，看你半天，感覺就是你啊。咱同桌的也講是你，所以我就大膽來向你表示敬意。」

「不敢當，請問你貴姓？」

「我姓張，張石金。」

「我這位大哥也姓張，台灣大學張文龍教授。」

「張教授，你好。我也姓張，跟你是同宗。」那人笑著又轉臉向林正堂說，「我那群好朋友也都對你很尊敬，你願意跟大家認識一下嗎？」

「好啊，」林正堂說，「龍哥，我去一下就回來。」

林正堂端了酒杯和張石金走向後面那個大圓桌，大約有十個人，都紛紛站起來相迎。

「林先生，歡迎，歡迎！」

「來來來，乾一杯啦！」

張石金微笑著在旁邊說，「阮都是這裡漁市場漁貨裝卸工會的會員，我是理事長。阮這群兄弟十年前都在海洋大學門口聽過你演講，都對你很佩服。後來《美麗島》雜誌和《春風》雜誌阮也都加減有讀到。你坐牢時，你老母往生出殯，棺木在南仔寮地區繞行一圈，阮也都有參加，都有去送你的老太夫人。南仔寮可以講是人山人海，令人感動啊。你出獄時，南仔寮人在媽祖廟宴客慶祝，阮們也都有去參加，……」

「阮石金老大那當時還不認識你，但確實對你已經很死忠了。」其中有一個胖胖的，挺著圓圓的啤酒肚的壯年人笑著說，「阮都是石金大哥的小弟啦，……」

「感謝，讓你們長期這樣愛護，我卻今天才知道，歹勢！……」

那天，離開水產水餃店已經下午三點了。林正堂又開車帶了張文龍去看垃圾場，以及中油的十幾個大大小小的油庫，以及那據說要復廠運轉的南仔寮發電廠。回到台北時，已經將近六點了。

第五章

九月一日下午，林正堂回南仔寮協助鄉親把「南仔寮公害防治自救會」正式組織成立後，就立刻趕回台北《民間》雜誌的辦公室了。

蔡惠德兩天前告知他，這天下午六點，他邀約了幾個朋友到辦公室來聊聊，叫他務必要到。

「什麼事？」

「夏潮聯誼會組黨的事。」

「組什麼黨呢？」林正堂不以為然地說，「單單養一個雜誌都喘不過氣來了，還組黨？」

「大家交換一些意見，無妨啊！」蔡惠德拍拍他肩膀，笑笑地說，「拿出十年前選舉時的氣魄和幹勁，捲起褲管撩落去，路就出來了！這是你常講的，不是嗎？捲起褲管撩落去！呵呵，有氣魄！說不定就成了！」

「你為什麼這麼堅持呢？明明主客觀條件都不足，……」

「等條件都足了再幹，就沒咱們的分了。這也是你以前常講的啊！呵呵，我還真受你十年前選舉的影響哩。」

「和十年前相比，已經時移勢易了，現在情勢對我們不利。黨外已經搶在前頭組成民進黨了，怎麼去和他們搶人、搶資源呢？……」

「正因為如此，我們更要加緊腳步，要對歷史有交代呀！……」

「要對歷史交代？什麼意思？」林正堂還想進一步問他，廣告部的郭秀貞經理已經走到他面前微笑地催促他了，「社長，我們廣告部同仁等著你去講話，已經等半小時了。」

「啊！對不起，對不起！」他匆忙地跟在郭經理後面，又回頭向蔡惠德說，「你是說九月一日下午六點嗎？」

「是！」蔡惠德點頭微笑，「有什麼意見，就那天好好聊吧！」

半年多前，林正堂接受蔡惠德的邀約來接社長時，已事先對《民間》的成本和收入各方面的問題作過一些了解，包括和文化界的一些朋友也交換過意見。雜誌的銷售量要想再提高已經很難了，所以，強化廣告部，提高廣告收入便成為他改善《民間》財務最重要的手段。為此，他把《健康世界》——這是十幾年前，他和台大醫生們共同創辦的一本通俗的醫學雜誌——的廣告部經理郭秀貞也挖過來了。

這位郭經理曾經是他很早以前在世界新聞專科學校兼職時教過的學生，很愛好文學，畢業後去當過實習記者。他創辦《健康世界》時就來廣告部擔任廣告業務員，擅長開發客戶，是業界公認的優秀人才，不久就在《健康世界》升任廣告部經理了。十幾年來，一直跟林正堂維持聯繫，甚至在他坐牢時，也不避忌諱地去牢裡探望他。因此，林正堂想要強化《民間》廣告部，便打電話給她了。她說，她是《民間》的長期訂戶，很認同《民間》的宗旨、方向和內容，對蔡惠德的小說從學生時代就很喜歡了，很推崇他是文學界的大師。所以，沒經過太多考慮，她就答應到《民間》來任職了，還帶了兩位她訓練過的年輕人一起過來。

「對不起，讓你們久等了。」林正堂向大家鞠躬致歉，「郭經理，妳就開會吧！」

「我們的會已經開完了，也對這個月作了檢討，也對下個月訂了新的目標，現在就等社長給大家作精神講話。」郭經理笑笑地說。

每個月的報表，林正堂都已用心閱讀過。郭經理來《民間》比他晚一個月。五個多月來，廣告業績都有在緩緩上升。

「我知道，我們的廣告客戶對我們雜誌的內容都很稱讚、很肯定。……但是，許多公司的老闆們，對我們卻有一些顧忌和疑慮……雖然如此，這幾個月來，我們的廣告業績卻每個月都有成長，這點，我要特別感謝郭經理和各位廣告部的同仁，非常謝謝你們的努力……你們在會議中曾經建議，我們的雜誌能否減少一點對政府的批評，對勞工問題和環境汙染的文章能不能少處理一些？諸如此類。你們的建議都沒錯，但是《民間》在文化界、出版界和社會大眾中能廣受肯定，就是因為我們腳踏實地做對的事，講老實話。……」

林正堂覺得很無奈！這是《民間》在這樣的現實環境中很難克服的困境。但是，也因為這樣，他對蔡惠德的堅持，就更加佩服了。但在辦雜誌都已經這麼困難的情況下，他怎麼竟又想要組織一個黨了，他真的想清楚了嗎？

他進入辦公室時已六點十五分了，吳文娜正要下班。

「社長回來了，大蔡和幾個朋友都來了。」吳文娜微笑著和他打招呼，就匆忙往外走，「我們家今晚有事，我要先走了。翠瑩會留下來幫忙。」

「到底邀了哪些人？」林正堂換了拖鞋走向蔡惠德辦公室，遠遠就看見台大社會系教授張曉春和孫志威已坐在長條沙發上抽著菸，蔡惠德坐在單人沙發上，習慣性地把兩腳擱在茶几上。

「阿堂回來了！」孫志威舉手向林正堂揮了揮。

「哈！還有張教授，是什麼風把你吹來了？」林正堂大聲和客人打著招呼。

張曉春教授大約五十幾歲的年紀，長得矮矮胖胖的，理個平頭，手上夾著紙菸，微笑著。那樣子倒有幾分像外國雜誌上的鄧小平。他和四十年代那批老政治犯一夥，曾經一起關過。據說高中畢業那年，正要大專聯考時，他就被警總給抓了。原因是他曾經在週記上批評蔣介石的國慶文告，「都用文言文，誰看得懂呢？總統講的話，人民聽不懂，怎麼追隨他呢？還說什麼萬眾一心追隨領袖，都是假的！最後的口號，還要喊什麼總統萬歲萬萬歲！都是拍馬屁！太噁心了！……」就這樣，一個少校帶了幾個兵，到他板橋的家抄家！據說他那老爸，從福建汕頭就跟著國民黨到台灣，好不容易在省政府擔任一個職位，差一點因為這樣就丟了。學校老師教過他的，全都被找去問話，全都被嚴格調查。結果，幸虧他祖先有保佑，家世也還算清白，對國民黨一向死忠耿耿，並沒有查出什麼大問題，就判了他一個感化教育，讓他在政治牢房蹲了三年。國民黨一定沒想到，這三年的牢房竟讓這個高中才畢業的張曉春的思想、見識都大開了。

「我太幸運了，能在牢房裡認識那些台灣最優秀的老政治犯前輩們，讓我好像讀了兩三個大學。」他說。

出獄後去參加大專聯考，第一志願就填了台大社會系，「要改革社會，就必須了解社會。」他說。

就這樣，他成為台灣戰後難得有些左派思想的社會系的教授了。但他也不敢公然將他的左派思想在課堂上公開地、大膽地、堂而皇之地向學生傳授。他了解，那是會坐牢的。所以，當年《夏潮》雜誌出版時，他很興奮，自己買雜誌送學生閱讀，還在課堂上公開推薦《夏潮》，也用各種不同筆名替《夏潮》寫文章。林正堂就是因為《夏潮》才認識了他。

「曉春找我和蔡大頭好幾次了，說黨外人士把民進黨都組織起來了，我們《夏潮》是不是也可以組一個工黨呢？專門替勞工兄弟和中下階層的人爭取權益，」孫志威笑笑地說，「今天他就是為了這件事，要求蔡大頭及幾個老兄弟來討論。等一下還有一位你很想見的人也會來。這個張曉春就是有這個本領，跟你磨啊磨啊，連蔡大頭都拗不過他，只好把我們都找來了。」

「其實惠德兄自己很有定見，他是很支持我們夏潮系統趕快要組個黨，就是你這個孫志威，優柔寡斷，……」張曉春表情嚴肅地說，但是，還沒說完就被大門的電鈴聲打斷了。

「哈哈，阿堂，你最想見的人來啦！」孫志威笑了一聲，大聲說。

「翠瑩，妳去開門了嗎？」蔡惠德坐在沙發上，略側著頭朝外面的辦公室大聲說。

「顏小姐來了，還有陳崇凱陳老師。」李翠瑩的聲音從外面的辦公室那邊傳過來，「還有陳寬和前輩。」

蔡惠德立刻站起來，朝外面的辦公室走去。

林正堂忽地站起身，也想轉身朝外面走去，但兩腳卻像被釘住似地，挺挺地站在那裡。一會兒，又坐回沙發裡，眼光望向張曉春，「是你找她回來的嗎？」

「應該是蔡大頭和孫志威叫她回來的，」張曉春說，「昨天我有跟她見面談了兩小時，她很贊成。」

「組夏潮聯誼會時，你不是說應該找她回來嗎？」孫志威笑著說，「現在，他們說要組工黨，她如果不回來幫忙，我保證，工黨就組不成了。」

「你說她贊成什麼？」

「贊成組工黨呀！」曉春笑著說。

「喔？」林正堂應了一聲，轉眼望向庭院的池塘。但耳朵卻清清楚楚聽到外面的講話。

「來來來，走這邊，走這邊。」蔡惠德說，「這屋子雖然有點老，但我喜歡那種感覺，和我童年時板橋的家很相似。」

「我和陳寬和大哥都來過，唯一沒來過的是顏姊，她這段時間都在美國。」陳崇凱說。

林正堂看見蔡惠德陪著陳寬和走過來了，後面跟著陳崇凱和顏素如。他從沙發站起來，臉帶微笑迎向他們，恭敬地向陳寬和微微鞠躬，叫了一聲「陳桑！」

「好久不見了，會長。」陳寬和大約六十歲的年紀，頭髮有點稀疏，兩鬢也蒼白了，額頭寬平，兩頰有點豐厚，但顏色有點暗沉。鼻子鷹勾，下巴微微向上向外翹，給人堅定沉毅的感覺。

據說，他曾兩度被國民黨抓進政治黑牢，第一次是在一九四八年二二八之後不久，因為牽連到當時謝雪紅所領導的台灣共產黨，被關了十五年。第二次是一九七六年，牽涉到當時黨外立法委員黃順興的女兒黃麗娜持日本護照去中國大陸觀光，國民黨認定，她是受了父親黃順興之命，拿了機密資料去北京。而其中的關鍵人物就是有共產黨背景的陳寬和。結果，陳寬和被判無期徒刑，但不知為何只關了十年，在去年就被放出來了。

林正堂和陳寬和不熟，關於陳寬和的事，他都是聽蔡惠德和顏素如說的。蔡惠德和陳寬和好像在綠島曾經關在一起，那時中國大陸正在搞文化大革命，蔡惠德長期了解和接受的、認同的中國共產黨，他認為不應該是那樣的。但事實上，似乎又真的是那樣，因此，他在思想上和感情上很受衝擊，使他陷進一種迷茫和痛苦的掙扎中。後來，蔡惠德自己說，是因為牢裡的前輩，包括陳寬和，在思想上的開導、啟發，和在人格上道義上對信仰的堅持，才又使他對中國共產黨恢復了信心。

陳寬和與顏素如的父親則是舊識，都曾是謝雪紅領導的台灣共產黨的黨員，所以，顏素如在辦《夏潮》雜誌時，就經由蔡惠德和陳寬和接上頭了。據說，辦《夏潮》雜誌所需的經費，經由陳寬和與已經出獄的老同學這個管道，得到相當大的協助。陳寬和在獄中被國民黨特務刑求逼供的許多殘酷的經歷，他也是聽顏素如轉述的。譬如，被灌辣椒水的酷刑，用毛巾蓋在你臉上，慢慢用辣椒水一點一點地滴在毛巾上，等毛巾都濕了，你一吸氣，吸的就不是空氣，而是辣椒水了。辣椒水吸進氣管裡、肺裡，人就窒息了，不但屎啦尿啦拉滿一褲底，辣椒水還吸入肺裡。十二、三年前，林正堂第一次見到陳寬和時，他都一直在咳嗽，陳寬和就說，那是被刑求時，肺裡吸了辣椒水造成的。「永遠都不會好了，除非換一個新的肺。」他說。

因此，林正堂對陳寬和有一份發自內心的尊敬。

「我們不是在一個多月前才見過嗎？在美國在台協會門口，」林正堂笑著說，「我們夏潮聯誼會去抗議美國輸入有毒的農產品給台灣，你也在現場。」

「是啊，但是也有一個多月了，」陳寬和笑笑地說，「夏聯會才短短幾個月，表現不錯喔！」

「都是大家團結的結果啦，」林正堂說，「尤其是民間這批年輕人，和夏聯會少年的祕書長盧思岳的活動力，很了不起的！」接著，他又朝顏素如和陳崇凱點頭招呼，「何時回來的？我以為妳還在美國。」

「我們三個都是應蔡大頭的約，才在這裡不期而遇的。」陳崇凱說，「我本來也以為，顏姊還在美國。」

「我是四天前回台灣，一直在調整時差。昨天覺得好一些了，才開始和外面有聯絡。」顏素如微笑著，望著林正堂說，「因為蔡大頭和阿威都說，咳！咳！……最積極在推動組工黨的是張曉春教授，我想盡快了解內情，所以，昨天就跟曉春先見了一面。其實，咳！咳！……我到現在，時差還沒有完全調適過來。晚上都睡不著，白天卻又昏昏欲睡。咳！咳！……」

顏素如臉色有點蒼白、有點憔悴，而且還咳嗽。

「來來來，各位請坐，不必客氣。」蔡惠德攤開雙手，比著面前的桌椅說，「陳桑是前輩，請先坐了吧。顏婆子是第一次來《民間》，是稀客，也請先坐了。」

「好好好，都是自己人，都不必客氣了。」陳寬和率先坐下笑著對顏素如說，「五月大家組夏潮聯誼會時，有人說叫妳來當會長，但是妳不在台灣，這次要組工黨，妳要多出一些力量。……。」

「你們真的要組工黨啊？」林正堂輕聲地嘀咕了一聲，朝蔡惠德說，「你真的想好了嗎？」

「曉春兄找我和志威兄先談過好幾次了，坦白說，我是贊成的。因為民進黨和國民黨在階級的立場上太相似了，而且，民進黨組黨才一年，看起來，已經明顯地朝台獨的方向在發展了。所以，我和幾位老同學談過這個問題，大家都覺得，《夏潮》系統有必要跟台灣的勞工和中下階層民眾結合，共組一個政黨，……」蔡惠德站在燈光下，高大的身材像一座塑像，身上照著亮光，帶著嚴肅的神情，用他一貫低沉的帶著幾分磁性的聲音，侃侃地說，「但是，我們的朋友在這方面還有一些不同的看法，像志威兄、正堂兄，……也許還有一些其他的人，對現在的社會情勢和未來發展，還有些不盡相同的看法，……」

「阿威，你反對什麼呢？我們不是一直都想跟黨外那些人搶群眾嗎？人家黨都組起來了，我們卻還是一盤散沙。從高雄美麗島事件發生到現在，七八年了，各地的工運、環保、農民、原住民、教師都動起來了，我們還不出手，怎麼跟人家搶群眾呢？怎麼在人民群眾裡發揮影響力呢？」曉春略略提高了嗓門說，「早些年，那些抗爭現場，你們都沒去，沒親眼目睹，沒實際接觸那些群眾，你們才會沒有感覺。但是，那個時候，顏素如幾乎每場都到，你們問問她，聽聽她怎麼講，……」

「但是，最近這三年，我也沒在台灣，情勢變成怎樣了？我也不是很了解。只知道，黨外把民進黨組起來了，咳，咳！……」顏素如說著，又咳了兩聲。

「我也不是反對啦，我只是提醒大家，我們目前有這個實力組一個黨嗎？」志威把菸蒂往菸灰缸一捺，吐了一口氣，說，「民進黨成立後，才一年，就像蔡大頭講的，已越來越朝向台獨的方向發展了，……」

「民進黨有主張台獨嗎？」林正堂望著志威，也看了顏素如一眼，說。

「現階段，民進黨是繼續過去美麗島時代所追求的政治民主化，要求解除戒嚴、開放報禁、要求中央民意代表全面改選等等，……這種民主化的結果必然會朝本土化發展，本土化的結果就會是台獨了。」志威說，「而且，他們的中常會不是有人主張住民自決嗎？」

「志威兄，你這個思考太跳躍了，我不贊成！」張曉春說，「現階段，國民黨還是搞專制獨裁，搞一黨專政，所以，民進黨提政治民主化是能得到民意支持的，只是它的階級性與國民黨太像，都想拉資產階級和中產階級，而忽視了廣大的工農群眾的利益。我們如果能組一個工黨，就是要拉住廣大的工農群眾向我們這邊……」

「曉春，你講的這一套我當然懂，我也不反對！但是，坦白講，我是個民族主義者，是中國民族主義者，從過去的歷史經驗和現在的現實環境來觀察分析，兩岸必須統一，台灣才有前途，……」

「好啦，你想搞統一，我也不反對，但是，這也要人民支持啊，所以，我們如果真把工黨組起來了，也一定要喊民主化，也要喊國會全面改選，才能爭取群眾支持。你沒群眾，光嘴巴講統一，是講自己爽的！」曉春帶著幾分調侃和奚落的語氣，笑著說。

「坦白講，從來國家統一都是靠武力的啦，」志威一副很學術權威的樣子說，「你去翻翻歷史，哪一個朝代的天下統一不是靠戰爭打出來的？」

「這點，我反對！兩岸統一絕不能用武力，不能靠戰爭！兩岸一定要坐下來談，和平解決是唯一可行的途徑。一旦戰爭就玉石俱焚了。這是荼害人民呀！」林正堂堅定地說，「兩岸統一的目的是為了兩岸人民的幸福，如果為了統一而發動戰爭，殺害人民，那又何必統一呢？再說，同一個民族也不一定就要成為同一個國家，美國建國時不是和英國同民族嗎？可見，以民族主義要求統一，沒有說服力。……」

「我講的是歷史發展的客觀規律，你講的是個人的主觀願望，」志威表情嚴肅地說，「歷史發展的客觀規律不會因為個人主觀願望而改變，……而且，……」

「不對，不對，不對！」林正堂大聲說，「大多數人的主觀願望就能改變歷史。每一次的改朝換代，不都是大多數人的主觀願望造成的嗎？」

「嗨嗨嗨！你們不要吵啦！」蔡惠德突然拍手大聲說，「我也是個民族主義者，我支持志威兄的看法。為了國家統一，如果武力是必要的，也只好……，等國家統一了，後面的事情才能迎刃而解。……」

「別太天真了，如果不能以德服人，而以力服人，結果一定讓你灰頭土臉。」林正堂說，「我不是反對兩岸統一，只是提醒，只用民族主義為理由，不能服眾。」

「喂喂，你們都扯太遠了吧？我們要談的是組工黨，你們怎麼都扯到統獨了呢？咳！咳！……」顏素如雖然咳嗽連連，還是面帶微笑地說，「蔡大頭，你認為現階段要把統獨問題扯進來嗎？」

「剛剛，正堂兄還沒回辦公室之前，我和曉春兄、志威兄都討論過，其實，這個問題我們平時也都討論過了，我們的看法其實是很接近的。我們要支持、要爭取工農群眾，所以才要組一個工黨。但是，這個黨在統獨的立場上要很清楚。」蔡惠德以略帶沉思的表情，用低沉的聲音緩緩地說，「國民黨和台灣的資產階級勾結在一起，也和美日帝國主義緊緊勾結，長期剝削勞工與農民的利益，壓榨台灣的土地、河川與海洋。現在，各種問題都不斷爆發出來了。所以，我們如果要組一個工黨，這個左翼的政黨必須站穩民族主義的立場，也要站穩工農大眾的立場，……」

「很好！蔡大頭講得很好！」張曉春拍手，露出笑臉，愉快地說，「我贊成！」

「現在問題是，怎麼進行呢？」顏素如用手指輕輕捏了捏太陽穴，又咳了兩聲，望著大家問

「失禮。」陳寬和突然站起來，笑著臉說，「現在年紀大了，晚上睡眠很不好，八九點就要打瞌睡了，但半夜一兩點醒來又睡不著了，所以，我必須要先告辭。但是在我告辭前，請容許我先講幾句話。……剛才，聽到大家的討論，我很高興，很安慰，也很支持！我想我們那些老同學的心情都會跟我一樣！我們年輕時，都為了這個理想犧牲過，不是被殺就是被關，現在，沒死的也都七老八十了。我們都希望在沒死之前能對歷史有一點交代，這只有寄望於你們了。……如果能在國、民兩黨之外建立一個左派的社會主義政黨，我們這些老骨頭死也瞑目了。……拜託你們了！拜託！……」他向大家深深一鞠躬。

大家也紛紛站起來向他回禮，「不敢當！」蔡惠德說。

然後，他又一一和每個人握手。蔡惠德送他走出辦公室，走向大門口。大家都跟在後面，肅穆莊重地向他鞠躬致敬，直到他的計程車消逝在已經黑夜了的馬路上。

「好啦，現在大家回來討論素如提出的問題吧。」蔡惠德坐到他的單人沙發上，拿出紙菸來，在場的孫志威、張曉春、陳崇凱和顏素如，也都紛紛把紙菸點著了。

「阿堂，你不抽嗎？」志威朝林正堂說，「沒帶菸斗就抽紙菸吧！」

「我不抽！」林正堂說，望著顏素如，「妳咳成那樣還抽啊？」

「沒事！咳咳！……」顏素如微笑著，「這咳嗽和抽菸無關。」她說。

「大家對組工黨既然都意見一致，那就成立一個籌備小組吧。」張曉春把紙菸往菸灰缸彈了彈，說，「我們今天在場的幾位就是籌備小組成員了，另外再邀請一兩個加入，蔡大頭，你有什麼意見嗎？」

「我建議，把林華洲列入籌備委員，再請寬和兄推薦兩三位老同學。」蔡惠德說。

「華洲適合嗎？他意見那麼多。」張曉春說，「讀了一點馬克思，就自認為是專家了。」

「我贊成把他列入，他身邊有幾個年輕人，都滿優秀的，我們需要年輕人。」陳崇凱說。

「我看，近期要有專人去各工廠拜訪工會，例如遠東紡織、李長榮化工、南亞塑膠等等，凡是有抗爭的工廠，都要爭取那些工人加入工黨。」蔡惠德說。

「很對，確實要爭取工人加入工黨。」張曉春指著顏素如說，「這工作由顏小姐來負責最適合。她跟這些產業工會的幹部都熟，工人信任她。……」

「這兩三年我不在台灣，環境已經不一樣了。我恐怕不行！……」顏素如說著，竟笑了。林正堂望著她，覺得她的心情是愉快的。

「從過去以來，妳一直都是《夏潮》系統的靈魂人物，」蔡惠德認真地說，「過去與黨外的關係，以及與工會、與環保團體、農民團體，以及社會運動大大小小的組織，不是都靠妳在串連嗎？沒有在運動裡的人是沒有影響力的，……所以，妳要當仁不讓！」

「其實，這兩年多來，《民間》不只在知識界有影響力，在基層的運動者當中也吸引了不少人。蔡大頭培養的那群年輕人，在運動圈裡都廣得人望。」顏素如說，「這些人是很好的生力軍。」

「那好，《民間》的關係，只要妳想用，我都可以無條件充分配合。」蔡惠德笑笑地指著林正堂，「他現在是夏聯會會長，組夏聯會時就說這是為了組黨作準備的。而且，你們兩個過去也長期合作，現在，組工黨的事也拜託你們兩位了。……」

「哈哈，太好了！這事由正堂兄和顏小姐負責最適合了！兩人都有活動力，都會搞組織，我贊成！」張曉春鼓掌大笑說。

「蔡大哥，你們真的都仔細想過了嗎？」林正堂表情嚴肅地望著大家，「組一個黨不難，但是，要養一個黨，你們算過嗎？單單中央黨部的辦公室租金，人事費用、辦公費用，以及各地黨部的開銷，這不是小數目，每個月至少幾百萬跑不掉，我們哪來這些錢？……」

「這個困難，我也了解。單單辦一本《民間》，每個月的經濟壓力就已經使我喘不過氣來了，」蔡惠德說，「但是，台獨們現在已經組了民進黨了，我們不能讓他們壟斷了反國民黨的勢力，我們一定要加緊爭取民眾的認同和支持。」

「但是，巧婦難為無米之炊啊！我們的米在哪裡呢？這很現實！……」

「當年孫中山搞革命，組興中會、同盟會，也沒錢啊！中國共產黨成立時，不但沒錢，連人都比我們現在少。結果，後來的國民黨和現在的中國共產黨，如何？」蔡惠德以低沉的略帶磁性的聲音，莊重地說，「我們一定要跨出第一步，先把黨組起來，後面的事情，再一步一步來吧！」

「那，組黨的事，我認為應該由你出來號召，因為你在文化界的聲望最高，政治上你也是老政治犯，是前輩。我和顏素如可以做你的助手。」林正堂說。

「我不行！我的小資產階級知識分子的根性太強，太明顯，不容易和工農群眾打成一片。而你是出身漁村的討海人，無產階級的根性是天生的，語言行動都和工農群眾自然接成一夥，你是我們的寶呀，……」

「這是你說的。列寧和毛澤東、和周恩來，不都是和你一樣的嗎？都是小資產階級出身。但是你們都有大腦、有思想、有文化。用你們的大腦來作規劃、擬定策略，我們一起接受你的指揮，……」

「正堂兄，你就不要推辭了嘛。你是我們《夏潮》系統公認的，最有組織能力，最有群眾魅力，又最有知名度的公眾人物。」張曉春說，「新的工黨需要你這樣有知名度的公眾人物來拉抬，加上顏小姐長期在各地的工會都扎過根，由你們兩人在前出面，我們都會全力支持，……」

「其實，我在《民間》已經成立了一個組黨的工作小組，有三四個年輕人可以跟你們一起工作，他們都寫過工運的報導文章，與各地工會也都很熟悉，由你和顏素如來領導他們最適當了。」蔡惠德說。

「蔡大哥，我是很尊敬你，也很崇拜你！但是，這件事，我覺得，……唉！怎麼說呢？……你，你們都太不務實了！」林正堂微微脹紅了臉，有點困難地說，「其實，這件事，我們兩個平時在辦公室都談過好幾次了，我都像今天這樣跟你唱反調！……但是，我心裡不但沒有反對你，反而是很贊成的！只是，只是因為我們的條件還不夠，既沒錢，又沒人，沒有高知名度的公眾人物，如立法委員、縣市長或者議員支持我們。這要怎麼搞呢？現在，雖然蔣經國已宣布解除戒嚴了，但戒嚴時期的各種法令全都還在，都還繼續有效。國民黨一定會拿我們來殺雞儆猴，因為沒人保護我們。所以，你叫我幫忙，我當然義不容辭，但是……」

「好啦好啦，阿堂，別再說那麼多了，等黨組起來再說，說不定，到時會有現成的立委願意靠過來也說不定。」張曉春大聲說，「今天的結論很圓滿，雖然條件很困難，我們還是決定要組黨了，大家一起努力吧！」

「對！大家一起努力！」一直沒講話的陳崇凱也拍掌大聲說。

走出民間雜誌社的辦公室時，已經晚上十一點了。

「蔡大頭，要不要去喝一杯啊，慶祝咱們終於要組黨了，也替顏婆子接接風。」孫志威興致忡忡地說，「整整三年沒見過顏婆子了。」

「我贊成！大家去喝一杯，替顏姊接風。」陳崇凱鼓掌，大聲說。

「曉春兄可以嗎？」蔡惠德笑笑地問，「正堂兄呢？」

「我沒問題。」張曉春笑著說，「今天是值得慶祝，但我酒量不行。」

「我，……」林正堂望了顏素如一眼。

「阿堂，你先回去吧，秋潔和孩子在家，你又沒事先跟他們講。」顏素如不避諱地對林正堂說，「等我咳嗽好一些了，我再打電話給你，我有很多話要跟你講。」

「好！那我就等妳的電話。……蔡大哥，今晚我就不跟你們去了。」林正堂覺得胸口好像被什麼東西給壓住了，喘不過氣來的感覺。勉強和大家揮揮手，便逕自朝停車的地方走去。

已經進入秋天的夜晚，有點涼意了。不知是農曆幾月幾號了，天上的月亮竟有點圓了，朦朦的月光映在天空，灑落在馬路兩旁的大樓和樹梢，路上已經沒有行人了，只有稀疏的車輛搖曳著車燈滑過馬路。

第六章

林正堂把車停在路邊，拿出菸絲袋把菸斗裝滿了，然後把菸斗咬在嘴唇上用打火機把菸絲點燃了，深吸了一口，同時把車窗搖下，把車頂的天窗也打開了，車裡的煙霧立刻隨風飄出車外，一陣清新的微涼的空氣也同時從車外吹進車裡。他感到一種舒緩的、放鬆後的平靜和愉悅的心情。

已經入秋的有點黃昏的夕陽，慵慵地把微微金黃的陽光灑向大地。林正堂以較慢的速度在新烏路上把車向右轉往烏來的方向。路邊的大樹在風中微微招展，公路微微向上斜伸，路邊立了一個告示牌，「彎道曲折，小心駕駛」。

上一次和阿如見面是什麼時候呢？他吸了一口菸，猛然驚覺，是一九九七年十二月十二日的深夜……真的有這麼久了嗎？八年前。

……她的頭髮有點蓬鬆有點亂，臉色也有點蒼白。她把隨身攜帶的皮包抱在胸前，坐在他家客廳的沙發上，微微氣喘著，母親、秋潔和孩子都睡了。他替她倒了一杯熱開水。

「怎麼這麼晚才來？發生什麼事了嗎？」

「阿堂，你覺得今晚在美麗島雜誌社開的記者會，……怎樣？」她望著林正堂，臉色蒼白充滿了憂慮。

「妳擔心什麼？」

「本來是要向社會大眾說明，十二月十日在高雄發生的警民衝突事件，完全是意外，並不是事先有預謀的。是鎮暴警察先動手打人，向群眾施放催淚瓦斯才造成的。」她說，「沒想到林義雄竟然在記者會上說，國民黨是叛亂團體，這，……會不會反而激怒了國民黨呢？……」

「妳擔心國民黨會抓人？」

「你覺得呢？」

「我看，不會吧，」林正堂說，「並沒有比中壢事件嚴重呀。中壢事件不但燒警車，還死了人。這次，不但沒燒警車，也沒死人。……」

「但是，我怎麼會這麼不安呢？……覺得好像就要大禍臨頭了。……」她突然抓住林正堂的手，兩眼直直望著他，「好像，好像過了今天，我就再也見不到你了。……」

「不會的！別胡思亂想！」林正堂拍拍她的手，安慰她，「不會有事的！放心，放心！……」

快午夜十二點了，他陪她在木新路攔了一部計程車。她說她要回花園新城。

第二天，十二月十三日清晨，林正堂就在木柵忠順街的家中，和許多共同參與了高雄美麗島雜誌慶祝世界人權日的遊行的同志，也包括顏素如，一起被逮捕了。

顏素如在美麗島案正式被起訴前就被釋放了，林正堂則被關了四年九個月。出獄至今也已經三年多了。前後總共八年，不算短的時間，他們竟然都沒互相聯絡過。但是，五天前，那麼多人的場合見了面，他們似乎都有點激動了。

往花園新城的山路陡斜而曲折，林正堂放慢了車速，菸斗噴出的白色煙霧和微涼的山風攪和著飄向車外，夕陽已經沉落在山後了，林正堂很喜歡這段山路。坐牢時，趴在牢房那個小小的鐵窗，望著遙遠的天空和青山，便會不由自主地想起顏素如和往她家的這段山路，林蔭夾道，稍遠是一片綠色的田埂，有一種城市街道所沒有的那種恬靜、閒適和安詳。

是很久沒來了，但四周的景物對他來說，還是熟悉的、親切的。他把車停在花園二路的路旁，向前眺望，一條階梯在已經沉落的夕陽餘暉下直直向上延伸。兩旁是一棟一棟歐式建築的別墅。他緩步走上階梯，走向他以前熟悉的素如的家。

來開門的是素如，身上套著一件花紋的長布兜，布兜下是一件淺藍灰紋的襯衫和深藍的牛仔褲，臉上掛著笑，泛著淡淡的紅暈。

「妳親自下廚嗎？」林正堂說，突然又「啊！」地叫了一聲，「我剛在路邊小攤上買了幾樣滷菜，放在車上竟忘了帶下來。」他快速轉身，向山下停車的地方跑去。再跑回來時，天空已經快速地有點暗沉了。她也已笑吟吟地在餐桌上擺好碗筷和一桌的菜了。

「妳速度好快！」他氣喘吁吁地說，把手上的滷菜揚了揚，「還有這些，盤仔呢？」

她愉快地接了他手上的食物，往後面廚房走去。他緊跟在後面，望著她挺直的、卻有些瘦削的背部，和水蛇般的腰，還有左右微微擺動的臀部。他微閉了眼睛，做了個深呼吸，搖搖頭。

她把那些滷菜倒進兩個大盤仔裡，一轉身卻貼到他身上了。

「你讓讓！」她細聲說。

「阿如！」他微低了頭喚了一聲。

她雙手端盤，望他笑了笑，微側了身子，從他身前滑了過去。

「來吧，」她朝他招手，笑著說，「來這裡坐。」

他輕輕「喔」了一聲，有點尷尬地坐到她對面。

那是一個正方形的餐桌，四面各擺了一個椅子，但只擺了兩副餐具。「你坐到這邊。」她指著旁邊擺了餐具的位置，微笑著說，「坐這裡比較好講話，坐對面，距離太遠了。」

桌上除了幾盤菜，還擺了兩瓶酒。他迅速地把客廳瀏覽了一下，還是那個有點長方形的客廳，右邊是通往二樓的階梯，客廳地板上鋪著淺咖啡色的地毯。左邊是個壁爐，旁邊開了一個小窗戶，窗戶底下擺了一個單人小沙發，旁邊有一座立燈。客廳前後兩面牆，都嵌著大窗戶，面對街道的窗戶下擺著一條長書桌，旁邊兩座書櫥都堆滿了書。向著後山那面窗下擺著一架鋼琴，鋼琴左邊也有一座書櫥，也堆滿了書，右邊是一只長沙發。餐桌就擺在客廳中央，圍著四張椅子。

「妳這客廳還是老樣子，一點都沒變。」他說。

「怎麼變？我能怎麼變呢？」她有點詭祕地笑笑，愉快地說，「今晚，我們喝一點酒，也許就能有點變化了。」

「妳喝兩種酒？可以嗎？」

「我自己不可以！但有你在就可以。」她把紅酒往水晶杯裡倒，兩杯都只倒了三分之一滿。

他覺得她是有點變了，跟以前不太一樣。她以前幾乎是不喝酒的，因為她有氣喘病，早期還得過肺病，所以，醫生禁止她喝酒，偶爾興致來了也是淺嚐即止。現在怎麼？……以前她很自制，尤其對感情，很少形於神色。現在似乎……。去美國兩三年，嫁了美國丈夫就學了洋派作風了嗎？

還有，她以前略顯圓潤的臉，竟不見了；往常紅撲撲的臉色，也不見了。變得有點憔悴，有點落寞！昨天，他甚至覺得，她有點徬徨無依的樣子。尤其，一直咳嗽著。「她一定是生病了！」他當時這樣想。

她向他舉起紅酒杯，「歡喜我們再相逢。」她說。仰首就喝了大約一半。

「妳不是還在咳嗽嗎？能這樣喝嗎？」

「咳嗽，我已吃藥了，沒關係。」

「好，那我也喝了！」林正堂仰首，一口就把三分之一杯也喝了一半，「我真的歡喜和妳再相逢，阿如！我真歡喜啊！」

「我們是很久很久沒有單獨在一起了，也很久很久沒喝酒了。」她又舉起酒杯，微瞇了眼睛斜睨著他，微微噘起嘴唇，嬌媚地說，「跟我乾杯吧！」

「好！乾杯！」他說，「但妳喝慢一點，不要嗆到！」他仰首把酒乾了。她也笑著，望著他，把酒杯放到脣邊，微微仰首也把酒乾了。霎時，兩片紅暈立刻在她兩頰浮起。接著，她又把兩個酒杯各倒滿了半杯。

「妳看，臉馬上就紅了。」林正堂笑著說，「來，喝點湯可以解酒。」他舀了一碗熱湯遞給她。

「我不要魚，只要湯。」她說，「那石斑魚是為你煮的，你不是喜歡吃魚嗎？每次看你把魚吃得乾乾淨淨，還用手捏起整條魚骨頭說，這就是畢卡索的傑作啦！我就很開心。覺得你好健康。」

「這就是妳今天去買的魚嗎？」

「是啊，我經常買石斑魚，因為這是你喜歡吃的魚。……你剛出獄時，我還在台灣。我想，你一定會來看我，所以，我每天買石斑魚，燒好了，等你來吃。結果，……結果你都沒來。」她說，「後來，我聽說你決心不搞政治了，去做生意了，甚至連老朋友都不來往了，……所以，後來，我就出國了，不管你了，去美國了！……那時，……我，……有點恨你！」

她兩眼似水似霧，矇矇地望著林正堂，微笑著。

「阿如，阿如，……」林正堂喃喃地說，有點不知所措地，把面前的紅酒又一飲而盡了。

顏素如也端起紅酒杯，兩眼一瞬也不瞬地望著他，嘴角含笑，也緩緩地把酒乾了。

他替她夾了很多菜放在盤仔裡，「多吃一些，空肚喝酒容易醉。」他說。

「我，我是不是已經有點醉了？……怎麼暈暈的！」她提起威士忌酒瓶，把桌上的兩個小酒杯都倒滿了，「來，這次要陪我喝三杯威士忌。」

「三杯，妳可以嗎？」林正堂指著盤仔裡的菜說，「妳先吃些菜吧，喝些湯，……」

「三杯，有什麼不可以？這麼小杯。」她果然連喝了三杯，重重地放下酒杯，吐了一口氣，皺起額頭和鼻子，又張嘴哈了哈氣，「哈！好辣的酒，肚子都燒起來了。」

「快喝些湯啊！」

「好，喝湯，喝湯！」她連喝了兩大口魚湯，兩片臉頰紅得像兩個紅蘋果。「你怎麼不喝呢？三杯！不可以賴！」她望著他，半撒嬌、半命令地說。

林正堂心裡亂蹦蹦地跳。他從未看過她像現在這樣，……這樣講話，這樣喝酒，雙眼這樣如水如霧，又如火如電地望著他。「好，三杯！」他心裡騷亂著，也有些故意地挑逗著，「我如果也醉了，就，……就不回家了。」

「那，你，你就醉吧！就不，不回家吧，」她說，「你又不是沒，沒在這住，住過，……」

林正堂連續喝了三杯，也不自覺地臉熱了，頭暈了，便又大口大口地吃菜喝湯。「沒想到，妳的手藝這麼好，樣樣菜都好吃！好吃！……如啊，……」

「沒，沒想到嗎？你沒想到的事情還，還多著呢，」她邊斜睨了他一眼，邊又替他夾菜，「你要多吃一點，這都是我，我替你煮的菜，你要，要記住！要，要記在心裡喔！」她說話似乎有點大舌了。

「妳替我做的每件事，我一直都牢牢記在心裡。」林正堂認真地說，「我不會忘記，永遠都不會忘記。」

「是嗎？你不會忘記嗎？」她站起來，身體突然顛了一下，又頹然坐在椅子裡。林正堂迅速地扶住她的臂膀。

「妳要做什麼？」

「我想聽貝多芬。」

「這時想聽貝多芬？」林正堂說，「客廳沒音響呀！」

「在樓上，我臥室裡。」她雙手扶著餐桌，搖晃著向樓梯口走去，「我喝了酒，想起你，就想聽貝多芬。」她說，「但是，我現在，又有點……」

林正堂扶著她，「妳醉了！」他說。

「我，我沒醉，我只是頭暈，沖沖水，聽音樂就好了……」她拽住他的肩膀，把身體偎向他，「阿堂，我真的醉了嗎？我……」

他抱起她，「登登登」地上樓，走向她房間，把她輕輕放在床上，她雙手卻緊緊地攀住他頸子。

「我，我去替妳放，放水。」他微喘著氣，頭突然也暈得厲害，便一頭倒在床上。

「阿堂，阿堂，……」

「阿如，……」他跪趴在她身邊，右手哆嗦哆嗦地輕輕摩挲她的頭髮、額頭、眉眼、臉頰、嘴脣，……

「我，我要聽，貝多芬……」

「好！」他仰起上半身，「貝多芬放哪？」

「我，我自己來！」她挺身站起，一手扶在林正堂肩上，一手扶著床邊的書桌，嫵媚地對他笑笑。

他從後面攬住她的腰，把臉埋進她頭髮裡，陶醉在一種特殊的曾經熟悉過的淡淡的體香裡。

音樂響起來了！提琴和鼓聲跋聲齊鳴了，是戰爭的號角嗎？他突然情不自禁地興奮起來，把她身體扳正了，乾澀熱烈的嘴脣印在她濕潤柔軟的脣上，舌頭伸進去，雙手在她胸前輕輕地觸動揉捏……她觸電似地顫動了一下，情不自禁地呻吟著，「啊……堂，堂……」

他心臟劇烈地跳動，喘著氣，雙手哆嗦地伸進她衣服裡，如癡如醉地低語著，「阿如，阿如，……」

大提琴、小提琴、鋼琴、大鼓、小鼓、銅鈸……和諧地奏出奇妙的樂音，忽而細緻纏綿，時而昂揚奮嘶。最後，男女聲的合唱響起來了，充滿歡樂的、莊嚴的、虔敬的〈歡樂頌〉在臥室裡回響。……

醒來，他們光裸著，躺在床上。

「阿堂，」她翻轉身體，把頭擱在他胸上，用一種倦怠的、模糊的、近乎呢喃的聲音說，「我，我還活著嗎？」

「妳，為什麼這樣說？」他深吁了一口氣，仍然閉著眼睛，輕撫著她的背脊，輕聲說，「妳當然還活著。」

「因為，我一直以為，我只有死了才能和你這樣。」

「傻瓜，人死了，就什麼都沒有了，功名富貴、愛情親情，都……沒了！這是人類共同的結局。」他嘆了一口氣說，「老天最後還是公平的，人不能生而平等，但死而平等是絕對的……」

「剛才，我以為我在作夢。因為，這幾年，我常夢見我死了，」她幽幽地說，「我死了，你就出現了。所以，……」她閉了閉眼睛，深深地嘆了一口氣。

「妳別說傻話了。」他把身體略微挺直靠在床頭，伸手輕輕撫著她如瀑布般豐沛，但卻已經有一點蒼蒼的頭髮，關愛地望著她，「妳的身體還好嗎？有去檢查嗎？」

她把身體撐起來，和他並肩靠在床頭，雙手攏了攏披到肩上的頭髮，笑笑地說，「我的身體，我最清楚了，何必檢查？不就是氣喘嗎？肺病早就好了，生理上，絕對沒有其他問題啦。」

「以前，妳的氣色很好，臉上紅撲撲的。但前幾天看到妳，覺得妳很憔悴，還一直咳嗽……」

「我身體沒病，但心理有病。」她望著他，似笑非笑地，像認真又像玩笑似地說，「我的心理一直都有病，只是，沒人知道，我也沒說。」

「心理的病？沒去看醫生嗎？」

「我的病看醫生沒用，只有我自己才能醫治。」她笑笑地說，「我的前夫是台大精神科醫師，你不是也認識嗎？」

「是，我認識。」他皺了皺眉，說。

「他也束手無策，」她又笑了笑，竟有些詭祕，「我告訴他，只要他同意跟我離婚，我的病就會好了。」

「啊？妳真這樣說嗎？」

「後來，我們離婚了。後來，我又去辦了《夏潮》雜誌了。」她把頭靠在他肩上，伸手握住他的手，「那時，我們偷偷相愛了。我覺得生命充滿朝氣，充滿陽光和希望。我的病不是就好了嗎？那時，你覺得我是病人嗎？」

「妳的意思是，那時妳就有病了，但是妳沒找醫生就自己把病醫好了？」

「是的，是我自己把病醫好了。」她望著他，癡癡地笑了，「這事其實很簡單、也很明白，但是要解釋，又有點複雜。……」

他怔怔地望著她，這時，她的眼眸子清澈深邃，但似乎又有點如水如霧。

「我給自己的病取了一個名字，生命意義失落症。」

「啊！我懂了！」他抓起她的手放到脣邊，正色地說，「生命一旦失去意義，那就生不如死了。」

「阿堂，你果然是我的知己。」她反身又把他緊緊抱了抱。

「但是，妳最近難道又舊病復發了嗎？」

「這，大概也只有你才會懂了。」她身體略略掙扎了一下，轉身向床邊的書桌摸索著，拿出一包紙菸。林正堂也突然站起來，抓起一條大毛巾裹住光裸的下體，跑下樓去了。再上來時，手上拿著紅酒瓶和兩個酒杯，還有他的菸絲袋。

顏素如用大毛巾裹在胸前，坐在床頭緩緩吸著菸。

林正堂把兩杯紅酒杯各倒了三分之一滿，遞一杯給她，自己拿了一杯和她並肩坐在床頭。

「我們好久沒這樣聊天了，」他笑著，舉杯和她碰了一下，說，「今天，我覺得好像又重獲新生了。」

她也微笑著，輕輕呷了一口酒，說，「你問我，最近是不是舊病復發了？」她目注酒杯裡的紅酒，把酒杯在手裡轉了轉，微微嘆息了一聲。

「那年，美麗島事件發生。我們是在十二月十三日清晨同時被抓的，是吧？而前一天十二月十二日的晚上，已經深夜了，我突然去你家找你。……因為那時，我有很強的預感，我們大概不能再相見了。我是帶著跟你永別的絕望的心情去看你的。我們兩人大概都會被國民黨槍斃了吧?!我這樣想。……我們，這一生，再也不能相見了。……這對我是多麼不公平呀！……我願以生命相許的人，還不曾跟我真正一起生活過，我們就要永別了嗎？……那時，他們對我疲勞審訊時，他們講的話，我一句都沒聽進去。我只一心一意地想，不斷重複地想，我真的再不能跟你見面了嗎？……」

「難怪，那時審訊我的那些王八蛋，有一次突然問我，妳是不是有突然喪失記憶的病？他們說，問妳任何問題，妳好像什麼都沒聽見，兩眼空洞地望著遠方，沒有任何反應，一句話都不講。他們說，真的被妳嚇壞了。」林正堂說。

「後來，他們為什麼把我放了？我也不知道。……也許，他們真的怕我發瘋了吧？……我本來以為，我會跟你一起被槍斃了。但後來，你也沒有死，你只是被判刑了。」她說，「那時，我常去你家。我覺得，我是在代替你去看看你的兒子女兒，代替你去看看你的母親和妻子。我對秋潔沒有一絲絲的嫉妒，我只覺得，我該幫你照顧她。……但她很堅強，把你母親和孩子都照顧得很好。……坦白說，這使我很沮喪，我竟不能替你做什麼，……於是，我只好再去辦雜誌，再去投入那些黨外運動，去參加關懷夏令營當義工。你的兒子、女兒在關懷夏令營，和我很親密，秋潔也和我很親近。……但那時黨外運動已經有些變化了，台獨的勢力越來越大了，統一的聲音卻越來越小了。……我們那些統派的朋友都太好惡分明了，都太堅持意識形態的純度了，不但不會去敵營找朋友，反而在自己的圈仔裡分派分系。最後，……朋友也變成敵人了。……後來，你出獄了，我很興奮！我想，你也許可以影響他們吧?!把他們的教條主義扭轉過來，務實地搞清楚工作的目標和方向。……但是，後來，你卻什麼都不管了，甚至連老朋友都不來往了！……我等了你很久，卻連一通電話都沒有！……唉！心裡，恨你啊！……這時，徐海濤老師全家都已經去美國了，徐師母也好意鼓勵我出國，還說，這是你在坐牢時，就曾經叫她帶話轉告我了。……那時，你就希望我出國，再也不要回來了，……」

「唉，……我，我不要耽誤妳。」林正堂嘆了一口氣說，「我那時的心情，覺得妳還那麼年輕。……即使我出獄了，我們也不能怎樣，……」

「是啊，我了解你的心情。……所以，我帶著失望，帶著被人遺棄的、些許怨恨的心情，去美國了。……」

「……妳在美國幾年？」

「三年吧？」

「其實，我是常常想妳的。……我聽說妳要讀博士了，妳有男朋友了。……又後來，聽說妳結婚了，……」

「是的，那時我剛到美國，在徐老師家認識他，柏克萊大學的年輕教授，拚命追求我。我那時很寂寞，很孤單，心想，他既然那麼愛我，我就跟他結婚，做美國人算了。」

「後來，怎麼又決定回台灣了呢？」

「我沒辦法，沒辦法做美國人。」她說，「我到底是個很根深柢固的中國人。而且，我愛台灣。……我在美國沒有根，甚至連浮萍也不是。而且，……我也發現，我並不愛他。所以，……

唉！我又回來了。」

「既然回來了，怎麼又舊病復發了呢？」

「這病啊，是當初離開台灣去美國就已經患了。到美國以後，病就更重了。」她說，「這次，阿威和蔡大頭都託人帶信給我，說夏潮系統要組黨了，叫我務必回來。……還說，夏聯會在你領導下，幾個月來表現得很有活力，……」

「所以，這次回來，妳的病就會不藥而癒了。」林正堂寬慰地說。

她靠在床頭慢慢地，一小口一小口地喝著紅酒。

「也許吧，如果全心全力投入組黨的工作，能實現我們當年共同追求一個更美好的世界而奮不顧身的理想和價值，那當然，生命就會有意義了。……我的生命是根植在這塊土地上的，它不是美國，能替它犧牲奉獻當然是有意義的。……但是，現在，這也不能是我生命的全部了。……」她舉杯邀他碰了碰，發出清脆的「噹～」的一聲輕響。她微笑著，仰首又喝了一大口。他又默默地舉杯陪她，靜靜地聽她訴說。

「以前，美麗島事件發生之前，參加改革運動是會坐牢的，甚至是會捉去槍斃的！但是，那時，我們卻還是勇敢地奮不顧身。……而現在，只是這幾年的變化，參加任何改革運動都已經不會坐牢了，更不會被槍斃了。民進黨也已公開組黨成功了。所以，現在也不再需要以前那種奮不顧身的生命情懷了。……但也恰恰是這樣，我反而沒有以前那種百分之百實現了生命意義的感覺了。……這，有一點，怎麼說呢？……唉呀，我也說不明白了。」她又舉杯輕輕喝了一口，

「……應該這樣說吧，追求一個更美好的世界的理想，一直都是我生命最重要的部分。但，不是

全部。……我生命中還有一部分有血有肉的部分，以前都被那份自認為偉大的理想壓抑住了……現在，這一部分已完全醒過來了，不容許我再假裝沒感覺、看不見了。……」她又喝了一口酒，輕輕笑了一聲，「其實，它們是可以共存的，……其實，它們本來就是共存的，不是嗎？……」

她把自己的和林正堂的酒杯都放到旁邊的書桌上，然後，翻轉身，把上半身貼在林正堂的胸前。俯視著他，「你記得我以前說過的話嗎？」

「什麼話？」他仰視著她，雙手輕撫她的背脊。

「我說過，我下了很大的決心，才決定要把你放棄了。」她微微揚起眉毛，雙頰已紅得像兩朵豔紅的桃花，帶著微笑，輕輕地說，「我本來想要，不顧一切把你搶過來。但是，後來發現你那個國民黨權貴家庭出身的外省老婆太了不起了。我就跟你說，我決定要把你放棄了。因為，我如果硬要把你搶過來，我會有罪惡感，我會良心不安。」

「我記得，妳說過這話。」

「我如要跟你在一起，我就必須解決這個良心的問題。」她說，「這對我來說，很難處理。……於是，我對自己說，那我就放棄吧，……放棄想要占有你，就讓你屬於秋潔的吧，……我只要，只要能看見你，只要能和你一起工作，只要，……這樣，我的良心就會好過些，我就不會那麼有罪惡感了。而且，我還可以幫著秋潔看顧你。……」

林正堂吸著菸斗，望著冉冉升起的灰白色的煙霧，沉靜地說，「其實，我的心情也一直都與妳一樣。……我出獄時，聽說妳在台灣，我內心真的很激動，我渴望立刻見到妳。但是，內心很矛盾、很掙扎。我如果去看妳，會不會反而害了妳呢？妳已經為我做了很大的犧牲了，而我卻什麼都不能給妳。我為什麼還要這麼自私，去破壞妳可能追求到的幸福呢？而對她，我不是又要再一次傷害她、對不起她呢？她已經為我付出一切了，為我養兒育女，為我孝順母親，為我照顧那個家免於支離破碎。她沒有做錯任何事，完全沒有對不起我，……我欠她太多太多，我怎能再傷害她？所以，我雖然非常非常想念妳，非常非常渴望見到妳，……但是，我，……還是忍住了！……直到前幾天，……」

「你放心，我不會給你惹任何一點點的麻煩，更不會纏著你，……我自己，其實很忙，現在又多了一個組工黨的事，我的時間已經，已經不多了。……我必須好好運用我非常短暫的、有限的時間，……」她趴到他身上，雙手輕抱他，「我的時間已經很有限了，我必須珍惜。……」

「妳不要那麼忙，不就有時間了嗎？」

「不要那麼忙？怎麼可能？」她撫著他的胸膛，嘆了一口氣，說，「而且，我的時間和忙不忙其實也關係不大，就是那麼有限啊！……」

「對了，說起組工黨的事，妳認為怎樣？我們真有這個實力嗎？」

「組黨，要錢又要人，不像辦雜誌那麼簡單，困難確實很大。但是，不跨出去做做看也不行。」她說，「蔡大頭這幾年很努力，確實培養了一些年輕人，既有知識分子的正義感，又能蹲下去和一般社會大眾、和工人農民攪和在一起。組工黨，初期可以用這些年輕人。另外，工人群眾裡也有一些人才很優秀，改天可以介紹你和他們認識。」

「依我看，組黨不是很困難，要養一個黨才是真正的困難。黨部辦公室的租金，專業黨工的薪水，各縣市黨部的開銷，單單這兩三項，一年就非要有幾百萬上千萬不可。這些錢，去哪裡籌啊？」林正堂說，「工黨，顧名思義就是勞工的黨，是要照顧勞工權益的黨。這樣的黨，有錢的老闆會支持嗎？而且，現在雖然宣布解除戒嚴了，但是戒嚴時期的法令都還沒廢除，隨便栽你一個帽子，說你專門搞勞工和資本家對立，搞鬥爭，……整個社會都怕死了，你還搞得下去嗎？」

「你講的這些問題，我也都有想過。國民黨在台灣搞反共教育幾十年，已造成社會大眾恐共懼共的心理，根深柢固。」她說，「但是，我們不搞武裝革命，也不搞階級鬥爭，我們要走的是英國工黨、法國社會黨，和北歐那些號稱改良式的社會主義國家的政黨那樣，是溫和理性的社會主義政黨，主張照顧勞工、農民和弱勢族群的利益，關心環境、地球永續，……台灣確實需要一個這樣的政黨。」

「但是，誰來養這個黨呢？勞工兄弟的覺悟普遍不高，說這個黨是他們的，叫他們出錢來養，那是癡人說夢，根本不可能。」

「這你就不必管了，你只要負責把他們組起來就好。」她說。

過了晚上十一點，花園新城社區裡的街燈就完全熄滅了。這片屹立在山頂上，硬是使用人工和機械把大自然的森林砍伐殆盡才闢建而成的廣大社區，完全被漆黑如墨的夜空和大地給深埋了。周遭寂靜無聲，平時聽不見的各種微細的怪異的聲音，卻清楚地「吱啾」著、「咕呱」著、「嘟嚕」著，那是屬於黑夜的萬物的呼吸和顫動。

林正堂站在黑暗中，心中突然升起一絲絲莫名的恐懼，就像他小時候夢裡常常出現的景象。——獨自在大海裡游泳，海底森然，漆黑如墨，那麼廣大，無邊無際，而又深不見底，似乎蘊藏了無限大的力量。而他，一個小小的人，卻孤零零地深陷其中，一種即將被吞食的恐懼襲擊他，使他忍不住驚恐地大叫，「救我！救我！」就滿身大汗地驚醒了。

他閉了眼睛，深吸了一口氣，再度張開眼睛時，周遭的黑暗隱隱約約出現了一片如煙似霧的淡淡的暈光，腳下的階梯和路邊也清楚可見了。

他開了車門，坐進駕駛座，發動引擎。「唿——唿——」的引擎聲劃破寂靜的夜空，驚起幾隻夜鳥，「撲撲撲」地鼓起翅膀投向更深更黑的樹叢裡。他打開汽車前後的窗戶，摸出菸絲袋，把菸斗裝滿點燃了，一陣煙霧仍然清晰可見，緩緩在車裡散漫開去。他伸手又開了車頂上的天窗，煙霧立刻向上冉冉飄起，從天窗逸向廣大無垠的寂靜黑暗的夜空。

「終於又像以前那樣了。」他深吁了一口氣，心裡有一種激情後的鬆弛寧靜和微微的罪悔的心情。他打開車頭大燈，把汽車緩緩駛出花園新城，沿著彎曲的新烏公路駛向板橋的家。

第七章

「兒子，快起來啦，校車來不及了。」

林正堂還覺得愛睏，但已經被吵醒了。他勉強睜開眼睛，陽光已經從窗簾的縫隙穿進來。他「哦——」地呼了一聲，把棉被往頭上一蒙，身體略略翻轉了一下，很想再睡，但妻子秋潔的聲音卻仍然從門縫滲進來，「兒子，乖！快點起來！……」

他猛地從榻榻米坐起，又「呼——」地吐了一口大氣。緊靠著右邊牆壁的整座書架，像個既陌生又熟悉的朋友的臉俯視著他。他把背往後一靠，那是衣櫥的兩片門，對面和左邊都開了一個大窗戶。對面窗戶下有一排矮櫃，左邊的窗下是他的書架。這是他的書房，他在書房裡放了一張榻榻米，如果晚上回家太晚了，他就在書房打地鋪。

他把棉被摺好，放進衣櫥裡，再把榻榻米橫著豎起來，放在書架下面的地板上。他拉開兩邊的窗簾，一股冷風從開著的窗戶吹進來，已經是十月底入冬的天氣了。他把掛在椅背上的夾克穿上，打開房門。書房對面就是兒子的臥室。只見兒子坐在床緣，仍然一副惺忪疲倦的樣子。

廚房。

「還沒睡醒嗎？穿上夾克。」走進兒子的房間，他說，「去洗洗臉吧。」兒子揉了揉眼睛站起來，把掛在椅背上的夾克穿上，走過他身邊。

「哇啊！已經比老爸高了！」他拍了一下兒子的屁股，笑著，看他往盥洗室走去，他也走向廚房。

「老婆，」他站在廚房門口喚了一聲。

「你醒了？」她上身披了件橘色毛衣外套，手上端了兩盤菜，轉身對他說，「把這兩盤炒蛋和地瓜葉放餐桌上。」

餐桌上已有一鍋滷肉，裡面還有豆腐、豆干和海帶。還有一條清蒸的白鯧魚，魚上面有幾顆黑豆豉和幾片薑。

「爸爸，早！」女兒打開房門叫他。他轉身，看見女兒陽光似的笑臉，頭髮剪得短短的，穿著白上衣黑裙子的國中制服，白上衣外面也加了一件黑色的外套，顯得清麗脫俗。他習慣性張開雙手，但立刻又把手縮了回去，有點尷尬地笑著說，「嗨！早啊！」

女兒從小喜歡跟他玩抱抱，所以，他每次見到女兒都會習慣性地伸出雙手抱她。但，也不知從何時開始的，女兒竟不給抱了，常使他伸出的雙手就僵在那兒了。

「女兒長大了，身體不准男人碰……」他老婆笑著跟他解釋。

「但，我是父親啊，從小不就這樣抱大的嗎？還替她洗澡哩，怎麼……」

「從小是從小，你不覺得女兒現在長大了嗎？……」

「喔喔，是長大了，長大了，……」

兒子從盥洗室走出來了，跨著大步走進房間，不一會兒，穿著學校制服，白色襯衫、淺藍色的長褲，外面是深藍的外套。手上提了書包，坐到餐桌前。

「你要快點，不然校車就趕不及了。」秋潔把孩子的便當放到餐桌上，對著兒子說。

「吃飯不要這麼趕，都搞出胃病了。」林正堂說。

「這孩子每天起床都像睡不飽，都要叫他才起得來。」

「哥哥說他晚上都會醒來好幾次，睡不安穩。」

林正堂端著飯碗望著兒子，「還是每晚都這樣嗎？」

「是！差不多每天，」兒子說，「但，……沒關係啦！」

「他以前抱怨過，我也沒有很在意，總以為是白天玩得太瘋了，」秋潔說，「上個月我本想帶他去台大看醫生，但辦公室太忙就耽擱了。」

「這樣不行，還是要去看醫生。」林正堂望著兒子正色地說。

「沒關係啦！沒什麼事！」兒子大口扒著飯，不一會兒就放了碗筷站起來，拿了便當塞進書包就要往外走。

「等等，不要急，爸爸開車送你去坐校車。」林正堂說，「還有妹妹和媽媽也坐一車，我一起送。」

「但你這樣不是不順路嗎？」

「沒關係！」

「好啊，我又撿到一次了，爸爸開車送我去上學。」女兒拍著手說，好像她還在讀小學時，老爸也會偶爾開車送她去上學時那高興的樣子。

「妳說她長大了，哪裡有啊？那個樣子，還不是像小學生嗎？……」

他兒子的校車站牌從他家走出去，大概只有十分鐘的路程。但是林正堂把車開到時，校車已經開走了，就在他前面大約十幾公尺的距離。

「糟糕！開走了？」他叫了一聲，立刻跟在校車後面。

「爸。開去下一個站牌把我放下就好了，就在前面。」兒子說，「你現在就可以超過校車了。」

林正堂把兒子放在站牌下，看著他坐上校車，才立刻把車掉頭。再往女兒的學校中山國中開去。

「兒子半夜醒來好幾次，一定要去看醫生，」林正堂對妻子說，「這孩子從小就不好帶，半夜就常醒來，當時也沒想過要為這個去看醫生。後來好像好了，現在是不是又再患了呢？」

「爸爸，我小時候呢？有沒有像哥哥那樣？」

「妳啊，全身都尿濕了也照睡不誤！」林正堂笑著說。

「就是！難怪壯得像頭小牛！」柯秋潔也笑著說，「但是，妳就是太懶，不用功！整天看小說，一套金庸武俠小說，從小學五年級到現在，妳讀過多少遍了，現在還在看？」

「金庸的武俠小說好看呀，媽不是也愛看嗎？還說人家！」女兒笑著說，「我也有看別的書，像爸爸寫的書，我每本都看過了，《民間》我也每期都看，還有大頭伯伯的小說，吳晟叔叔的詩集，我也都有看欸。」

「媽媽的意思是，妳只顧讀那些課外書，學校的功課，以及學校要讀的書，妳都不用功。」林正堂說，「妳今年國三了，再過半年就要考高中了，媽媽擔心妳考不上好的高中。」

「媽，妳是說北一女嗎？」

「北一女妳考得上嗎？還講那麼大聲。」

「好！那我們來打賭。我就考上北一女讓媽瞧瞧！」女兒悻悻地說，「爸，你做見證人！這個媽竟然這麼瞧不起人！」

女兒下車了，朝他們夫婦揮揮手。

「你這女兒太聰明了，可惜就是懶！」秋潔笑著對林正堂說，「她小學三年級時，你還在坐牢。學校替他們做智力測驗，你這寶貝女兒的ＩＱ多少你知道嗎？」

「怎樣？」林正堂側著臉望他老婆一眼。

「ＩＱ一五〇，老師說，已經是天才的ＩＱ了。」

「真的啊！哈哈！太棒了！不愧是我的女兒呀！」

「可佩真的太像你了，反應靈敏，思辨清楚，」秋潔笑著說，「甚至那膚色、還有脖子上的橫紋，不都是你的遺傳嗎？」

「那，兒子呢？」

「兒子比較像我，膚色白皙、反應也沒那麼快，但是他沉著穩定，都像我。」

「唉呀，怎麼顛倒了呢？」林正堂笑著說，「我希望兒子像我，女兒像妳呀！」

「那也由不得你！這都是老天爺安排的。」秋潔笑著說，突然又好像想起什麼事來，側著臉望著林正堂說，「你最近好像很忙是嗎？孩子都說，很久沒跟你一起吃晚飯了。」

「是，最近確實比較忙。」林正堂帶著幾分歉意地說，「除了《民間》雜誌社的事，還有南仔寮公害自救會，現在又多了一項，很麻煩的！他們要我組工黨。」

「什麼組工黨？」秋潔望著林正堂說，「你連民進黨都不加入，還組工黨？」

「是蔡大哥、孫志威、張曉春和顏素如他們的意見啦。」

「你不是說，不想再搞政治了嗎？」

「是啊，但是政治會搞你呀！」林正堂說，「不然我就繼續待在漢洋飼料公司就好了，何必去《民間》當社長？」

柯秋潔側轉身，挺直背脊，望著林正堂正色地說：「阿堂，你做的事，只要你覺得有意義，我從來都沒反對過，像你以前決定參選國大代表，後來因為這樣還坐了牢，我都無怨無悔。半年前去當夏聯會會長，現在回南仔寮組織公害自救會，我也都是支持的。我們欠《夏潮》那些老朋友，和南仔寮鄉親太多人情，我們必須報答人家。但是，現在你說要組工黨，我就覺得不妥。為什麼要你出來組？為什麼阿威和蔡大哥他們不出來？黨外人士組成民進黨，你都不加入，現在反而出來組什麼工黨，這不是唱對台了嗎？對黨外那些朋友怎麼交代呢？一起上街頭，一起被關，……」

「我知道啦！」林正堂說，「我也還沒答應。因為，我覺得，要組一個黨很難。而且，我現在也沒有任何公職，也還在假釋中，搞不好，很容易又被國民黨搞進牢裡了。……」

「不要再讓我為你提心吊膽了，好不好？」秋潔下車時握住林正堂的手，近乎懇求地說，

「工黨的事，你就別管了，……」

「妳放心啦，我不會那麼莽撞，我會小心。」他輕拍她的手，嘴上安慰她，內心卻糾結著徬徨和不安。

到達辦公室時已八點五十分了。他先習慣性地在辦公室裡走了一圈，管理部、業務部和廣告部的人都來上班了。但占去辦公室將近一半空間的編輯部、攝影部卻連一個人影都沒有。他嘆了一口氣，走進自己的社長辦公室。桌上放著幾篇文稿，每篇文稿上面也都放著好幾張照片。他坐下，先把照片看了一遍，再拿起文章逐篇閱讀。……

「社長，中午你要叫便當嗎？」

「喔？已經中午了嗎？」林正堂抬頭望了望站在門外的李翠瑩一眼，把眼鏡放到桌上，雙手捂了捂眼睛，「就幫我買一份牛肉燴飯吧，」他從口袋掏摸了一張百元紙鈔交給她，「還有，這幾篇文章我都看過了，等他們來辦公室時，我要和他們討論。」他把桌上的文章收攏起來也一併交給她。這位李翠瑩是管理部的職員，兼編輯，瘦瘦的，雖然只有高中畢業，但文筆還不錯，工作也非常勤勞務實，在《民間》寫過兩篇短文，還附了她自拍的照片，都有一定的水平。蔡惠德認為她是可造之材，就讓她兼任編輯助理了。

「社長，老兵返鄉探親團的何文德團長說要見你。」翠瑩說。

「妳跟他約時間了嗎？」

「報告大社長，小的何文德已經在你辦公室外恭候你召見了。」

「喔？他已經來了，那就快請進吧。」林正堂笑著大聲說。

何文德中等身材，五十幾歲的模樣，但他說他已經六十好幾了，聲音宏亮地邊說邊已跨進辦公室了，「專程來拜託你一件事。」他說。

「幫你們募的款都交給你了吧？錢不多，聊表心意就是了。」林正堂說，「大蔡自己辦這個雜誌已花了不少錢，還要向老同學開口替你們募款。」

「你們的誠意，大家都很感動。現在就是為了請你大社長要送佛送上天。」何文德說，「我們這個返鄉探親團，除了我是退伍之後去考大學，還當了國中老師以後才退休的之外，其他人都是在軍隊裡被國民黨打成政治犯，判過刑坐過牢的。那天大家在聊天，說，回大陸時萬一不小心講錯話了，會不會又被共產黨抓去坐牢呢？年輕時莫名其妙被國民黨關，老了回大陸又莫名其妙被共產黨關，那不是太悽慘了嗎？大家越想越害怕，所以決定拜託你當我們的顧問。你老兄見多識廣，又會處理事情，請你做我們的顧問陪我們一起回大陸，拜託！……」

「你們不是十二月下旬才出發嗎？」林正堂笑著說，「還早哩，到時再說吧！」

「不行。到時萬一你不答應。我對那些兄弟怎麼交代？」

「好吧！原則上我同意，但必須和大蔡商量，他說可以才可啊，他可是我的老闆。」林正堂笑著說。

何文德千謝萬謝地走了。

「怎麼？你不吃便當了？」

「不啦，謝謝大社長！」何文德說，「那些弟兄們等著我回消息呢！」

「那，你就慢走啦，問候你們那些老兵兄弟好！」林正堂和他揮揮手，站起來目送他離開。

吃完午餐。他獨自坐在辦公室裡，把兩腿擱在茶几上，點燃了菸斗，深吸了一口菸，然後又深深吐了一口氣。

他很自覺，蔡惠德請他來《民間》的目的，就是要他提高效率、降低成本、創造盈餘。所以，他很快就擬了一套改善計畫，包括管理辦法、考核辦法等等。結果，這套改善計畫雖然得到管理部、營業部、廣告部的充分支持和配合，但是在編輯部和攝影部卻遇到很大的阻力。那些會寫文章、會攝影的年輕人會來投效《民間》，多多少少都有一些自由主義的浪漫情懷，既喜歡自由自在、無拘無束的生活，又都自詡為思想進步的社會改革者，要改進這貧富不均、不公不義的社會。他們也都多多少少讀過、或聽過一些在他們中流傳著的那些被稱為進步的左派書刊。因此，對於林正堂所提出、並決心要嚴格執行的改善計畫，便產生極大的反彈和抵抗了。

「這完全是反動的走資派思想，和蔡大哥所主張和踐行的社會主義理想完全背道而馳啊！」他們之間流傳著這樣的講法。尤其是蔡惠德對於所謂的紀律，或許也因為他的小說家的浪漫的、甚至散漫的生活習性吧，也經常無法以身作則。例如，早上十點的開會通告，他也經常在十二點以後才到。這讓林正堂和那些年輕人的緊張關係，就更加火上加油了。他雖然處心積慮想要改善他和他們之間的緊張關係，但是，……唉！除非他對他們不作要求了。……

「文娜小姐，你們社長在嗎？」外面辦公室突然傳來顏素如的聲音。

「在，在裡面。」吳文娜的話才完，就聽到一陣雜亂的腳步聲，「蹦蹦蹦」地，已到林正堂的辦公室門外了。

林正堂從椅子上站起來，笑著臉朝走進來的顏素如叫了一聲，「阿如，……」

「為什麼那麼久都沒看到你？你躲到哪去了？」顏素如一進門，就有點怒氣地問林正堂。

「我每天準時上班，你問他們。」林正堂笑著，指著跟在顏素如後面的吳文娜說。

「那你為什麼把組黨的事都丟給我一個人呢？大家不是說好了嗎？由我們兩個和他們幾個少年的，都是組黨工作小組的成員，而你是帶頭的人，但是，……」

「好啦，坐了再說，」林正堂笑著，拉著她的手坐到那條長沙發上，「不要那麼急，先喝杯茶，」他朝吳文娜說，「麻煩妳泡一壺茶來，謝謝！」

這時，被蔡惠德指定為建黨工作小組的劉嘉展和鄭宏志也匆匆忙忙趕到辦公室了。

顏素如坐到沙發上，從包包裡掏出紙菸來點著，兩眼望著林正堂。

「你們都到了?!進來坐，進來坐！」林正堂笑著向他們招手。

「我知道你們為了組黨的事很辛苦，但是，我在台北也不是閒閒美代子，……」

「你不准耍嘴皮，坦白交代為什麼不要跟我們去拜訪那些工會幹部？」顏素如的神色已稍稍緩和了，但怨氣顯然還沒有全消，「大家都在問，阿堂哥為什麼沒有來？我們都要替你解釋半天，……」

「這是真的，那些工會幹部都說，你是美麗島時代真正了解勞工，也最關心勞工的黨外人士了。他們都說，這個工黨要你出來帶頭才行。」劉嘉展瞇著他的泡泡眼，笑笑地說。

「唉呀，其實勞工問題我也沒懂多少啦，」林正堂說，「當年都是阿如帶著我跑的啦，什麼座談會、演講會，一個接一個，逼得我非去翻書翻資料不可。我這個半調子勞工問題專家是阿如用這種方法把我訓練出來的，……」

「少來！誰要你恭維？」顏素如寒著臉，「大家公推你出來組黨，結果，你兩手一拍，不管了，還揚言你不幹！絕對不幹！⋯⋯」素如說著，情緒突然又激動起來，眼眶也紅了。她吸了一口氣，等情緒稍稍平復了，才低了頭，又從皮包裡掏出一根菸來，沉默地、抬頭望了林正堂一眼。正堂趨前，把她的紙菸拿掉。

「妳不能抽這麼多菸了，妳還在咳嗽。」他說。

她執意地，又往皮包掏出一根菸來，拿出打火機把菸點著了。她望了林正堂一眼，吐出一團煙霧，又微微笑了起來。「好啦，沒事啦！」她說。

「社長，我向你報告，我們和顏姊去拜訪工會幹部，他們都會問起你，說當年那個白色恐怖的時代，真正關心勞工的黨外人士，就只有你和楊青矗，⋯⋯」鄭宏志揚起兩道濃眉認真地說。

「那些勞工兄弟信任他，不是因為他是勞工問題專家，要說專家，張曉春就比他專多了。他們是把阿堂當兄弟，當自己人。」顏素如臉上終於出現了一點點笑容了，「這個人就是有這種本領和魅力，和一般平民群眾在一起，自然而然地就生龍活虎、熱情洋溢起來。講起話來都是他們的語言，連罵起三字經都那麼自然流暢，⋯⋯所以，美麗島時代，除了楊青矗是真正的工人被他們認同之外，就是這個阿堂啦，⋯⋯」

「這大概跟他的出身有關吧？真正來自無產階級家庭的人，生活習慣都和他們一樣，大概是這個關係吧？」鄭宏志笑笑地說。

「那時，國民黨不准人家談勞工問題，雜誌如果多談些勞工問題就被停刊，除非歌功頌德。⋯⋯但是，擋得住嗎？現在勞工爭取權益，風起雲湧，國民黨跟資方聯手恐嚇也沒用！」林正堂神情嚴肅地說。

「是喔，原來如此，」劉嘉展憨厚地笑了笑，有點國字型的臉上瞇著泡泡眼笑著說，「難怪他們見到顏姊就問起你，他們把你當英雄啊！……」

「唉呀，什麼英雄？連狗熊都不如！」林正堂微紅了臉，有點尷尬地說。

「《民間》自創刊以來就發表了不少勞工問題的文章，你嘉展就做得很出色，難怪蔡大頭指名要你參加工作小組。」林正堂說。

「這段時間跑工會，嘉展確實發揮了很大的作用。那些比較有自主性的工會幹部都很信任他，說他是他們的兄弟。」顏素如說，「還有一位夏聯會的祕書長叫，叫盧思岳吧？我在台中見到，很成熟穩重的幹部，羅美文他們也很信任他。他自稱是來工廠蹲點學習的……」

「他是中學教員，寫詩的文藝青年，東吳中文系，……」

「還有小鍾，很會跟工人拉關係做公關，喝酒划拳，真有一套。」顏素如笑著說，「蔡大頭創辦這個《民間》雜誌。確實培養了不少人。……」

「那些工會幹部和一般勞工兄弟，對組織工黨的反應如何？」林正堂關心地問。

「一般來說，反應都很熱烈。但台灣勞工長期被國民黨和資方聯手打壓，以前有意組工會的，不是被惡意資遣，就是被特務機關約談，所以，大家心裡都還怕怕的，」素如嚴肅地說，「連組工會都被打壓了，還能組黨嗎？這是他們心裡普遍的疑慮，所以都難免心存觀望。這也是我們目前組工黨最大的困難。」

「工黨的成員不能只局限在勞工或農民，一般社會大眾只要認同工黨的宗旨、理想和路線，都要積極去爭取，」林正堂說，「台灣的勞工和農民雖然長期被壓制、長期居於弱勢、長期被犧牲，但現實生活也都還不至於吃不飽穿不暖，所以也已養成得過且過的心態，普遍覺悟程度都不高。因此，現階段組工黨不能靠他們當主力，……」

「但是，工黨不就是勞工的黨嗎？把農民拉進來是對的，因為他們同處於被犧牲、被剝削的階級。如果把不是勞工農民的人也拉進來，會不會喧賓奪主，使工黨變色了呢？」鄭宏志皺著眉頭，有點擔心地說。

「這，恐怕要找張曉春、蔡大頭和孫志威他們來討論一下了，」顏素如說，「由什麼樣的人來組黨，會實質影響這個黨的宗旨和方向，這是大事，必須從長計議。……」

「你們真的沒想過工黨應該是要由各種不同的人組成的政黨嗎？尤其是現階段，台灣的勞工和農民的覺悟不高，如果以他們做主力，我認為這個黨不樂觀。」林正堂說，「好奇怪，連中國共產黨號稱是無產階級的政黨，但它的黨員也不是只有無產的工人和農民。毛澤東、朱德、周恩來、劉少奇、鄧小平，……哪一個是真正的工人和農民？你們的工黨竟然只考慮找工人，你們自己也都不是工人呀！……」

「好啦，好啦！你講的對！我們確實要重新思考這個問題，」顏素如笑笑地、有點尷尬地自我解嘲，「我們都犯了左傾幼稚病了。……咳！咳！」她突然連續咳了兩聲，左手撫住胸口，用力喘了一下。

林正堂倒了一杯熱茶遞給她，「咳成這樣，還抽菸?!」

「好嘛，抽完這根就不抽了嘛！」顏素如說著，又抽了一口菸，望了林正堂一眼，就立刻把菸往菸灰缸捺熄了。

「顏姊，今天妳要不要先回家休息呢？妳咳成這樣，……」劉嘉展望著顏素如關心地說。

「我具體建議，找大家來開個會，」鄭宏志說，「自從九月初決定組工黨以後，我們工作小組找過蔡大哥和張教授做了一次匯報，就沒再開過會了，我認為這樣不行。組黨不是只有我們這幾個人的事，是大家的事，我們有責任向大家匯報更多實際狀況，也需要大家共同決議一些事情，……」

「我完全贊成！」林正堂說，「上次蔡大哥好像有講到，希望十一月能開成立大會，時間已經很緊迫了。……」

「你這個鬼！知道時間緊迫，還躲在辦公室，……」顏素如握著拳頭作勢捶了林正堂一下。

「文娜，文娜！」林正堂站起來，朝外面的辦公室大聲呼喊。

「我去叫她。」鄭宏志站起來，往外面走去。

不一會兒，吳文娜踩著大步走進來了。「社長找我嗎？」

「這兩天，我怎麼都沒見到蔡大哥，……」

「他去香港參加大陸作家劉賓雁的討論會，……」

「難怪！」林正堂問，「知道他什麼時候回來嗎？」

「好像是今晚的飛機。」

「那好，」林正堂說，「我們明天，最慢後天，組黨工作小組要向大家報告工作進度，以及接下去的工作指示。請蔡大哥決定參加開會的人，由妳去負責通知。」

「所以，我們今天沒事了嘛？」鄭宏志問。

「你們不必準備開會資料嗎？」林正堂說，「還有，下期《民間》我要負責寫南仔寮公害自救會的文章，嘉展手上還有新的照片嗎？」

「照片都放在你桌上了，你沒看到嗎？」嘉展揚起細長的泡泡眼，望著林正堂說。

「有有有，那些我都看過了，拍得很好！我是說還有別的照片嗎？」林正堂微閉了一下眼睛，帶著幾分思慮地說，「譬如漁船絞到海裡的垃圾，使漁船推進器的螺旋轉不動了，漁船在海上進退不得，被海浪衝擊，撞上礁岩，這一類的照片，你有沒有拍到？」

「這個，我聽社長和當地漁民講過那種狀況，但是，我沒拍到。……不過，我有補救的辦法。」嘉展認真地說，「最近我去南仔寮拍照，有認識一些漁民，其中有兩個，聽說他們的船就是社長說的那樣，船破了沉了，他們自己有拍了照片，我可以借來翻拍。」

「好，那就麻煩你了。」林正堂說，「明後天開組黨工作會報，資料也請你們準備了。」

下午三四點，還不是下班的尖峰時間，從羅斯福路經北新路到新烏路，車輛都還很少。十月底的天氣有點冷了，冷風從敞開的車窗灌進來，吹著頭臉，涼涼的。

「把車窗關了吧，」林正堂說，「妳還咳嗽呢……」

「但我喜歡這樣涼涼的感覺，讓人頭腦清醒，咳！咳！咳！」她又連咳了幾聲，「只是，這咳嗽真的很討厭。」

「那就關了吧，」林正堂扳起車窗的電動開關，輕聲說，「都咳成這樣了，還不懂愛惜自己。」

「一點點咳嗽，吃藥就好了嘛！你放心！」她伸手輕輕拍了拍林正堂握住方向盤的手，遲疑了一會兒，才說，「我問你，你為什麼跟蔡大頭說你不幹了！絕對不幹了！這是什麼意思？大家不是已經說得好好的嗎？當時你也不反對，怎麼突然說翻了就翻了呢？是誰得罪了你嗎？蔡大頭還說，你那麼激動講那些話，都把他嚇壞了。咳！咳！咳！……」

關了車窗後的汽車裡非常安靜，顏素如的乾咳聲在車裡迴盪，讓林正堂覺得有點心神不寧。

「妳怎麼咳成這樣？去看醫生了嗎？」

「我拿了藥了啦，醫生說只是小感冒，沒事！」她說，「我現在就把晚上的藥分吃了，回到家馬上就可以睡了。」她從皮包裡拿出藥包，還有一小瓶水壺。

「水還熱嗎？」

「嗯。」她把藥和水一起吞了。然後，又笑笑地追問，「我的問題，你還沒回答……」

「是嗎？蔡大哥說我很激動嗎？」林正堂有點尷尬地笑了笑，說，「當時大家推我和妳合組工黨，我確實沒反對，因為我喜歡跟妳一起工作，也認為黨外除了民進黨之外也應該有個比較左派的工黨，因為民進黨和國民黨在意識形態、路線和方向都太像了。所以，組一個工黨，我贊成，我也願意效力。但是，……」他沉默了一下，深吁了一口氣才繼續說，「你們想過養一個黨每個月要花多少錢嗎？這些錢從哪裡來？誰要負責去籌錢？……還有，黨如果真的組起來了，由誰來當黨的領導人？誰有這種能力和條件來當黨的領導人？這些問題，你們想過嗎？商量過嗎？……」

「嗯，……這些問題都很實際。那，蔡大頭怎麼回答？」

「他說，當年孫中山搞革命，組織中興會、同盟會，也沒錢啊！中國共產黨成立時，連人都比我們現在少，……」

「哈哈哈，好一個蔡大頭。講得好啊！……」

「其實，這些話，他以前也講過，不只講一次，都講過好幾次了。」

「是，這些話我也聽過，」顏素如笑笑地說，「所以，你就大怒了？就說你不幹！絕對不幹了？……」

「沒有！那是到後面才說的。」林正堂說，「他說要先把黨組織起來，後面的事再一步一步來。」

「他講的也沒錯呀，我們總要踏出第一步啊！」

「哈！你們可真是沆瀣一氣，連使用的語言文字都一模一樣！」林正堂略帶嘲諷地說，「我就真誠地推他出來號召組黨的工作，……其實，類似這樣的交談，我們都重複過好幾次了。……他說他不能，又說這非我不可！又跟我扯到什麼階級出身這一類紅色的教條，……照他的意思，這個屬於勞動人民的工黨，一定要由我這種無產階級家庭出身的人來領導才可以！……我說這是胡扯！我說中國共產黨是無產階級政黨，他的領導人從毛澤東、朱德、周恩來、劉少奇、到鄧小平，一大串人，哪個是無產階級家庭出身的？所以我才對他大聲說，要我當工黨領導人，我不幹！我絕對不幹！……」

「為什麼呢？」

「還問我為什麼？妳這，……」林正堂生氣地、用力捶了一下方向盤，差一點連粗話都要罵出來了，但終於還是……深嘆了一口氣，說，「妳想想，我哪有能力和條件去當工黨的主席？不只是金錢物質的問題而已，還有一個政治身分和政治地位的問題。……我不是立法委員，連縣市議員都不是。我還是一個在假釋中的政治犯，如果國民黨拿我來殺雞儆猴，誰能來救我？民進黨有好幾個立委、省議員、縣市長，最重要的是，他們背後有美國政府保護，我們呢？中國共產黨能保護我們嗎？……叫我當工黨主席，不是詛咒讓我死嗎？……」

「你認為蔡大頭要害你？」

「我當然不認為蔡大哥會故意要害我，憑我們的交情，他怎麼會害我？但是，如果把工黨套在我頭上，結果就會害死我了。」林正堂又認真、又無奈地說，「我不想再坐牢了。」

「我明白了，」顏素如拍了拍他握住方向盤的手，輕柔地說，「我也不要你再去坐牢。……」

十月末的下午四點多快五點了，已經接近黃昏，太陽光還有一點亮，但空氣卻有些涼了，尤其是在花園新城這種遠離城市的山上。

顏素如倒了兩杯紅酒，「這是我昨晚沒喝完的酒，」她說，「想念你的時候，我就特別想喝酒，喝完酒後又更加想念你！唉！……」

「阿如，……」他舉杯和她輕輕碰了一下。

她輕輕呷了一口酒，望著林正堂，「關於組工黨的事，那些老同學很熱心。」她轉移了話題說，「有幾個老同學以前家裡是大地主，現在也經營公司，和美國日本都有生意往來。他們年紀都很大了，竟然還沒忘記年輕時九死一生還沒完成的志業，都寄望這一次，工黨能組起來，他們願意出錢。……他們也很看好你，認為你在美麗島事件已經通過考驗了，所以……」

「蔡大哥也講過類似的話，……但是，其實，……唉！……阿如，我其實沒那麼勇敢，……美麗島事件發生後，到現在，都已經那麼久了，我還經常作噩夢……」

於是，他跟她講了他被刑求的故事……

「他媽的，你還不承認？蔡惠德都承認了，你還不承認，還在替他掩遮？你真傻啊！簡直不知死活！」那個長得比較高瘦，帶著金邊眼鏡、有點斯文相、大約四十幾歲的男人說。

「這傢伙不給他吃點苦頭，還以為我們是好欺負、好欺騙的？」那個理平頭、身體很壯實，大約三十幾歲的傢伙，從一開始，就對我非常凶惡，不但常常惡言相向，有時還對我拳打腳踢。有一次，「站起來！」他命令我。我故作鎮定地笑笑，站起來。「你還笑？他媽的，現在讓你哭！」他突然毫無預警地向我肚子用力捅了一拳。我「啊！」地慘叫了一聲，雙手抱著肚子，身體忍不住向下彎曲。他猛地又用膝蓋往我胯下用力一撞，我忍不住又「啊——」地慘叫了一聲，整個人撲倒在地上，雙手捧著胯下的睪丸，好像捶裂了、破碎了！難忍的痛楚使我側身彎了起來。

「啊——啊——啊——」我聽到自己的哀號呻吟。

那個年紀較大，也理了平頭，矮矮胖胖，戴著方形眼鏡，平時顯得比較和善，大概是他們三個當中的頭頭吧，蹲到地上望著我，「何苦這樣呢？我們好好跟你講，你就不會好好配合嗎？我們也不喜歡這樣對你呀，」他說，「你自以為很講義氣，不肯說，但是，人家蔡惠德是有經驗的，知道瞞不住，都照實說了，坦白從寬嘛，你還……死鴨仔硬嘴板，結果，吃虧的是你自己呀，何必呢？好漢不吃眼前虧啊！……」

他們每次都是三個人一組，大概有三組在輪流審訊我，我仆在地上，那陣難忍的痛楚漸漸減輕了，但我還是閉著眼睛仆在地上。

他們講的是真的嗎？蔡惠德、唐文標、徐海濤和孫志威也都被抓了嗎？顏素如、陳菊和黃信介被抓了，我是知道的。因為我故意喝了很多水，經常要求出去小便。審訊室一間一間排列著，裡面有沒有人？裡面的人是誰？不知道！有一次出去小便時，看見一個房間的門開著，我看見陳菊的側面。從此，我被訊問時就喝了更多水。就這樣，我又看見了黃信介和姚嘉文。都是和《美麗島》雜誌有關的人，至於《夏潮》的朋友，真的也被抓了嗎？

警總和調查局那批王八蛋一直說，我和蔡惠德他們有一個什麼「中華統一救國會」的組織，每兩週開一次會，地點在徐海濤家、或蔡惠德家、或孫志威家。我說不知道，沒聽說過。他們就說我不老實、不配合，就開始對我羞辱凌虐。

有一次，那個凶惡的傢伙拿了一臉盆水，叫我高舉過頭。他坐到對面，把腳蹺到桌上，抽著菸，歪著頭，斜眼瞧我，臉上露出奸邪陰險的笑容，「手抬直一點，沒叫你放下就不准放下。」他說。

但我的手實在太瘦太累了，忍不住就抖顫了。於是，我把臉盆放下到胸前，到腹部，最後到腳下了。他突然從背後踹我的膝蓋，罵了一聲，「媽——的，裝死！」我「噯呀！」地叫了一聲，膝蓋跪到地上，臉盆在地上翻滾了一下，滿地都是水了。他把我的頭壓到地板上，「吸乾！吸乾！」他喝叫著，然後提起我的衣領，用手勒住我的脖子，我又「啊——」地叫了一聲，感到一陣窒息。我本能地掙扎著，雙手亂舞亂撞，發出「唔——唔——唔——」的呻吟，我要死了嗎？我覺得兩眼發黑，不能呼吸了！全身扭動，手腳飛舞，掙扎著，撕扭著，全身力氣都集中到能觸及的東西上了。突然一聲「啊——」的慘叫聲，我的脖子鬆開了，我用力喘了一口氣，眼前有光了，那個傢伙捉住他自己的胸口，也用力喘著氣。我還來不及想，到底發生什麼事了？那個相對斯文戴金邊眼鏡的傢伙，突然用手銬把我雙手銬住了。

「他，……」那個凶惡的傢伙，臉色蒼白地一手指著我，一手撫著他的胸口，「我，我的心窩，被他，被他用手肘……」

我氣喘著，沉默地望著他。

「你好大的膽子，竟敢在這裡動手打人?!」那個戴金邊眼鏡的，突然猝不及防地「啪」地一聲，重重摔了我一個耳光。

我大聲喊叫，「你們是土匪！土匪！」那人轉到我背後，突然一手從後面勒住我脖子，一手捂住我的嘴。另外那個被我用手肘在心窩拐了一下的凶惡的傢伙，又朝我肚子，報復地用力捅了我好幾拳。我「唔！唔！唔！」地悶叫了幾聲，模模糊糊的，整個身體就朝地上癱軟下去了。

當我醒來，雙手已被他們用手銬銬在椅子上了，全身濕淋淋的，我的雙手已經幾乎要斷掉了，腰也瘦到幾乎要斷掉了。「放開我！放開我！……」我軟弱地說，「我要尿尿……」

「怎樣？還要這樣下去嗎？」那個矮胖的裝成好人樣子的傢伙，笑嘻嘻地說，「把他手銬解開吧，帶他去尿尿！」

「他媽——的，讓他尿在褲子裡好了！」那個凶惡壯實的王八蛋，一面解開手銬，一面惡意地拍打我的頭說，「還裝什麼英雄？真英雄就不求饒！這樣就受不了啦，還稱什麼英雄？」

我心裡好孤獨，好害怕，好疲倦！我不知道，如果他們繼續那樣對付我，我是不是還能撐住？我不斷鼓勵自己，一定不能屈服，萬一屈服了，會害死很多朋友。他們講的什麼「中華統一救國會」我根本沒聽過，我怎麼可以承認？這會下地獄的！會受報應的！我絕對不能屈服！……

他們還給我看一張被槍斃的人的照片，照片空白處寫著「匪諜吳泰安」，你知道那個吳泰安就是報紙上說的，余登發老縣長和他一起接受中國共產黨華國鋒主席的任命，擔任南部總指揮，余登發父子就是因為這樣被抓的。結果，這個吳泰安竟然被槍斃了！……那是一個深夜，外面下著雨，雨聲瀝瀝地打在屋頂上。快過農曆年了，天氣很冷。那張照片上的人眼睛睜得很大，嘴巴張開有點歪斜了，胸口心窩的地方有一攤血。我內心忍不住升起一股陰森森的寒意，……真的，我心裡很害怕。……後來，他們還把我帶去槍斃人的刑場，一個空曠的、長滿了雜草的庭院。天地一片黑暗，周遭一片死寂。不久，你就會在這裡，像那個吳泰安那樣，一顆子彈，從你身體這裡，……那凶惡的傢伙用手指戳我的心窩，……「砰！」地一聲，從這裡穿過去，你的母親、妻子、兒子女兒，……永遠，再見了！……

林正堂猛地喝了一口酒，望了顏素如一眼，又幽幽地說：

回到審訊室，他們又繼續審問我，同樣的問題，已經問過幾千遍的、同樣的問題……他媽的！……我咬著牙、硬著頭皮，頂住！頂住！你不能屈服！那都是謊言！我內心大聲告訴自己，你若屈服了，會害死很多人，你就永遠在地獄裡、永遠不能翻身了！……

林正堂猛地喝了一大口酒，顏素如不知何時已跪坐在他身邊，把頭臉擱在他大腿上。林正堂握著酒杯，又喝了一口酒，嘆息了一聲。

「最後，我雖然頂住了。但是，那不是因為我多勇敢，而是因我幸運，……他們沒有繼續對我用刑。……唉！人的肉體是很軟弱的，經不起太多痛苦的考驗。……我終於明白，我不是勇者，我沒有資格成為革命家。……真的！我對自己很失望！」

林正堂又喝了一口酒，目注著酒杯裡紅豔的酒汁，好像自言自語地說：

「我就是因為了解自己，所以，不敢去當工黨的主席。……因為，我沒有那種能耐，也沒有那種偉大的人格特質和犧牲奉獻的精神。……今後，我只想過平凡的、平靜的、平安的生活。……我不想再坐牢了，我已沒有那種，……義無反顧的革命的理想和熱情了。……。」

「我知道，我知道！」顏素如略微仰起身體，雙手抱住林正堂的腰，林正堂低下頭捧起她的臉，不知何時，她已經淚流滿面了。

屋外微微的風聲吹過樹梢，屋裡一片靜寂，只有他們彼此的心跳和輕輕的喘息。

第八章

國曆十一月中旬，已經是冬天了。冷涼的海風從港口的那邊越過中正公園的山頭吹過來。三四百個南仔寮人，有身體粗壯的討海人，也有老人、婦女和小孩，把基隆市議會前的廣場都擠滿了，多數人都已穿了夾克、毛衣，但也有少數幾個只穿了長袖襯衫，臉上的皮膚都顯得赤褐乾燥。

「四個人排成一列，白布條走在最前面，」林正堂在市議會前的階梯上，身上背著手提麥克風，「漢大哥，阿輝哥，天賜哥，還有我，我們四個人走在第一排，一起牽一幅白布條。第二排是薛麗妮、杜惠蓉、阿輝嫂仔和郭娟靜，也要牽一幅布條，第三排是，……」

「喂喂喂，大家惦惦聽阿堂指揮呀，……」大蟬在人群裡指著站在後面的人，大聲地說。

「咱的隊伍排成四隊，盡量靠路邊走，嘜妨害到交通。咱也嘜喊口號，惦惦走！南仔寮二二十年，……」

「堂哥仔，堂哥仔，我有意見啦，」那個年輕的杜彥飛臉上紅撲撲的，好像喝了些酒，高舉著手大聲說，「咱為什麼要恬恬走？為什麼𣍐大聲呼口號？令爸心內未爽，歸卵葩都是火，垃圾場的蟯蚷虻仔野野飛，四處臭墨墨，幹！南仔寮人都是細漢的！垃圾別的所在不倒，偏偏倒在咱南仔寮，這是啥意思？還要咱們恬恬，幹破伊娘哩！……」

「彥飛，彥飛，你恬恬，不要在那起酒痟了啦！」南仔寮公害自救會的會長杜阿輝大聲說，「今日大家推選阿堂做總指揮，咱就要聽伊的，伊叫咱恬恬行，𣍐呼口號，開會他也有說明過，咱一方面要向市政府抗議，一方面也要爭取基隆人的支持，但是基隆人很保守，……」

「好好好，我聽大家的！堂哥仔，我不是反對你，你講啥，我都聽！你是我的偶像……」杜彥飛揮揮手，突然又加了一句，「我要隨你加入工黨啦！堂哥仔萬歲啦！……」

一行人從市議會的斜坡走下來，基隆市警察總局前面站了一兩排大約二、三十個全副武裝的警察，但隊伍在警局前卻向右轉了，沿著信二路向市政府走去。街道兩邊的行人好奇地望著這個隊伍。這在基隆市是從未有過的場面，有人拉著白布條向政府抗議。路邊的行人紛紛議論著，

「這是啥？頭巾上寫著抗議，還有白布條！……」

「是南仔寮人抗議市政府啦……」

「唉呀，是抗議垃圾場啦……」

「垃圾場不遷，海科館不來！哈哈，南仔寮人很聰明啊，海科館預定地就在南仔寮，……」

走在第一排的最右邊是杜阿輝，依次是林正堂、杜世漢，最左邊的是杜天賜。杜阿輝是南仔寮環境公害自救會會長，杜世漢是副會長，杜天賜是總幹事，林正堂是自救會顧問，也是這次抗議活動的總指揮。

「阿堂，剛才彥飛是講啥？要隨你加入工黨？」杜阿輝在林正堂旁邊低聲說，「你不是民進黨嗎？」

「工黨成立大會是阿堂主持的，電視有報，你沒看到嗎？」杜世漢說，「我也想要問伊，為什麼伊要加入工黨不參加民進黨？」

「這，講起來話頭長啦，過兩天我回南仔寮再向你們報告。」林正堂說，「這個彥飛很熱情，但是有一點莽動，伊以為我是工黨的主席。……」

「電視講，工黨成立大會是你主持，大家要選你做主席，你堅持不肯，是啥道理我也想無，……」林世漢笑笑地說。

「這，我找時間再向你們解釋啦，……」林正堂說。

「堂哥仔，堂哥仔，咱們真的要惦惦嗎？」兩個年輕的南仔寮人跑到林正堂旁邊，壓抑著聲音說，「路邊人那麼多，咱們要大聲喊才能吸引人注意啊！」

「你不是阿順仔的後生嗎？另外一位不是標叔的孫仔？」杜阿輝說，「你們沒來開會，所以沒聽到阿堂講的話，阿堂叫大家惦惦，是因為基隆人太保守、怕事又怕死，……」

「基隆雖然是國際港口，有很多機會與外國人接觸，應該是有國際眼光和見識的城市，但是，基隆人的表現卻很保守，很認命，不求改變的個性，包括咱南仔寮人也是這樣。垃圾場和化糞池為害南仔寮一、二十年，大家內心怨恨不滿，但是，從來也沒真正出聲抗議過。過去，發電廠的黑煙，由阮阿祖、阿公、阿爸、阿兄，幾代人，都幹譙在心內，也是長期惦惦受人蹧蹋，不敢出聲反對、反抗！和政府反抗嗎？蚊仔叮牛角啦，有啥仔路用？萬一被抓去關，才衰啊！大家都這樣想！怕事！怕死！這就是基隆人的個性。……所以，這次咱去市議會陳情，去市政府抗議，不要嚇到基隆人，……咱要爭取基隆人支持，這個事才會成功，……」林正堂在南仔寮自救會上，明白地、公開地這樣說。

「在大馬路上呼口號，不必要啦！也沒意思！……」杜阿輝說，「你們少年的，聽阿堂指揮就好啦，……」

過了義一路就是市政府了。

基隆市政府的大樓是日據時代的老建築，二樓有一個閱兵用的觀禮台，有國家慶典，像雙十節，迎神大熱鬧的日子，像農曆七月大普渡的遊行，市長、官員、貴賓都會坐在這個觀禮台上向群眾揮手致意。觀禮台下面是騎樓，大小和觀禮台一樣，像個小廣場，進出市政府必須跨過騎樓的台階。

騎樓下已經站了好幾十個穿制服的警察，還有拿著相機和攝影機的電視台和報紙的記者，一定還有許多穿便衣的調查局或警總的人吧？

「哇塞！南仔寮總動員嗎？人這麼多！」

「連老人、查某人、囝仔都出動了！……」

記者的照相機閃光燈「卡嚓！卡嚓！」地響。警察突然迅速向前形成一道人牆。二分局的林銑治局長站在警察的人牆前，微微笑著臉。

「分局長，你們的速度很快呀，剛剛不是還在市議會嗎？怎麼現在……」杜阿輝聲音洪壯，笑著說，「不准我們進去市政府嗎？」

「職責所在，請諒解！」分局長笑著臉說，「大禮堂太小，三四百人容不下，請你們派代表！……」

「騙痟的！今年漁民節我才來過市政府大禮堂，全基隆市的漁民代表和貴賓四五百人都裝得下，怎麼今天就裝不下？將阮南仔寮人裝痟的嗎？」高叢大漢的陳宏禮鶴立雞群站在人群裡大聲說。

「是啊，這個市政府大禮堂我也來過無數次了，很寬闊啊，怎麼會裝不下咱們這些人？」杜天賜站在前面，和分局長幾乎就是胸對胸、肚對肚的距離了，右手緊緊牽住白布條，左手卻在空中揮舞著大聲說。

照相機的閃光燈仍然一閃一閃地猛照，電視台的攝影記者站在較高的台階上，也一直對著警察和民眾緊貼的場面猛拍。

「分局長，請你上去找張市長下來！」林正堂中氣十足地大聲說，「我們三天前接到市長的正式回函，說歡迎我們來市政府，你分局長怎麼用這種大軍壓境的方式歡迎我們呢？戒嚴不是已經解除了嗎？這是民主時代，……」

「不然，請你們把白布條收起來，把頭巾也解下來，……」

「啥啊？你講啥？叫阮頭巾拿掉，白布條也拿掉？啊？那，阮今日是來做啥？阮是來抗議的啊！你要搞清楚！」杜阿輝左手拿著布條，舉起右手揮舞著，大聲說，「阮是來向張市長抗議的！不是來飲茶吃土豆，蹧蹋阮南仔寮十幾年，這些頭巾、這些布條，就是要乎伊看的啦！什麼拿掉？……不可能啦！……」

「幹伊老母咧，看不起阮討海人嗎？」隊伍裡突然有人大聲怒罵了，「選舉會來拜託，當選就變做阿伯了，明知阮今日來陳情，卻連個人影都不見，這是啥道理？……」

「各位鄉親，請大家冷靜，」杜世漢站在階梯上，面向大家大聲說，「咱們今天是來陳情的，是來講道理的，大家不能衝動。聽說市長辦公室在三樓，伊若不下來，咱們就去找伊。但是，咱們要守規矩，不能亂！……」

「這個市長做校長時很有禮數，怎麼做了市長就不一樣了？……」

「嫑睬伊啦！咱們進去揪伊出來，……」

「進去，進去！嫑睬伊啦！……」後面的人鼓噪著，一面向前推擠。

「不要動！後面的人不要推啦！……」杜世漢大聲喝止。

「好！伊不來請，咱們就自己進去！」杜阿輝也大聲說，「但是，大家要守秩序喔！」

杜阿輝、林正堂和杜天賜帶頭步上台階，向市長辦公室走去。後面的隊伍也跟上來了。杜世漢在旁邊仍然大聲提醒，「大家嫑亂！嫑亂！慢慢來，……後面不要推！……」

四周的閃光燈又「卡嚓！卡嚓！卡嚓！」地亮個不停。電視台的錄影機緊追不捨地對著這支討海人的隊伍，記者的臉上似乎都發亮了，洋溢著光彩。

「哈哈，這是基隆從未有過的場面呀！」

「可以登全國版的頭版頭條了。」

但在走向二樓的入口處，卻站了五六名警察，把樓梯口堵住了。

「怎麼？不讓我們上去嗎？」杜阿輝指著前面的警察大聲說，「這是市政府對待市民的態度嗎?……讓開!讓開!」

「這個市長，歸伊娘哩，這麼囂擺嗎?幹!」杜彥飛不知何時已擠到最前面，雙手抵住前面一個警察的身體，「衝啦!」他大喊一聲，身體跟著向前推擠過去。前面的警察用肩膀抵住他的身體，還出手扳住他的手腕向下一拗，他的身體也就跟著好像就要跪下了。杜阿輝突然向前，雙手用力把警察和杜彥飛的身體撥開了。

「做啥啦?做啥啦?」他把杜彥飛拉到他身後，大聲喝斥，「起腳動手做啥啦?」閃光燈和「卡嚓!卡嚓!」的聲音一直響個不停。

「各位鄉親，請大家冷靜，後面的人不要再推了，」林正堂運足了中氣，用手提麥克風向後面大聲喊著，「不要再推了!大家冷靜!冷靜!……」

「好啦，好啦!黃主祕下來了!」林分局長也拿著手提麥克風，好像突然放下重擔似地，愉快地大聲說。

林正堂轉身望向二樓的樓梯口，三個人正循著樓梯走下來了。其中有一個人他是認識的，是南仔寮的鄭炳煥大哥。台灣光復時，他就在市政府當工友，四十年下來，已經升到民政局長了。他是個熱心的人，在南仔寮風評很好。南仔寮人一般說來，都不懂得跟官方打交道，有了委屈找市政府，他都很熱心幫忙。庄仔裡有紅白帖仔，他也都主動去幫忙處理。所以，當年南仔寮人想推人出來競選市議員時，也有很多人熱心推薦他。但他堅持不參選。

「那不是我這種人能做的，選舉太複雜，也太黑了!……我不適合!」他說。

林正堂十年前以黨外身分競選基隆市國民大會代表時，他就不顧國民黨的黨紀，偷偷地四處替林正堂拉票。「這是阮南仔寮優秀的人才，也是國家的人才，要珍惜伊，愛護伊！……」他說。

「啊！炳煥仔，你們市政府是在做啥啦？……張市長真失禮喔！……」杜阿輝揮舞著雙手大聲說。

「歹勢！歹勢！市長剛剛還在開會，就是討論你們要來陳情的代誌，」鄭炳煥一派穩重斯文的樣子，笑笑地說，「現在，市長派黃主祕來迎接各位，請大家到四樓大禮堂，市長已經在那裡等各位了。」

「我是市府主任祕書黃正堯，歡迎各位！」黃主祕中等身材，大約六十出頭歲了，臉色白皙微紅，有點方正，主動把手伸向杜阿輝，「是杜會長吧？還有副會長，總幹事，三位都姓杜，哈哈哈，南仔寮杜姓是大姓啊！還有這位少年的，是林顧問嗎？林正堂先生，是大作家啊！」黃主祕親切地逐一和大家握手打著招呼，臉上笑容像個彌勒佛，「很抱歉，剛剛和市長開會，來得較慢，真失禮！現在，請各位移駕到四樓禮堂，張市長已經在那裡恭候各位了。」

張市長穿了一套很合身的黑色西裝，繫了一條紅底黑點的領帶，穿著發亮的黑皮鞋站在大禮堂門口，大約一百六十幾公分高，身材瘦瘦的、臉小小的有點黑，但氣質卻顯得斯文沉穩，臉上充滿了笑意，迎著杜阿輝和杜世漢們，主動伸出雙手連聲說，「歡迎，歡迎！裡面坐，裡面坐。」

禮堂講台的牆上掛著國旗和孫中山的遺像。講台下有一只長排的會議桌，有八個座位。面向講台還擺了許多靠背椅，林正堂迅速算了一下，總共十排，每排大約二十個座位。

「來，請坐！請坐！」張市長拉著杜阿輝和杜世漢往會議桌旁的座位，熱絡地說，「請坐！請坐！」

後面跟著進來的南仔寮鄉親，蜂湧著、主動地坐到面向講台和會議桌的椅子上。但是，椅子都坐滿了，還有很多人還繼續湧進來。

「少年的用站的，椅仔要讓給女性和年紀大的歐吉桑和歐巴桑，」林正堂大聲說。

「椅仔不夠嗎？再叫人去搬椅仔。」鄭炳煥站在市長旁邊，指著市府的人大聲問，「你們準備了多少只椅仔？」

「鄭大哥，不必再搬椅仔了，人太多用站的才裝得下。」林正堂說。

「總共來了多少人啊？」

「四五百人啦。」林正堂笑著說。

「張市長，多謝你的好意，」杜阿輝認真地說，「前面這些座位，應該是你市長和你們市府官員坐的，阮們是來陳情，也是來抗議，坐在你們對面較適合。」

「嫑這樣講啦，會長，若來陳情，我很歡迎，若講是來抗議，我就不知要怎麼講才好了。」張市長勉強擠出一抹笑容，有點尷尬地說，「咱們不是都很熟識的嗎？」

「阿輝兄，張市長很好意，你就，嫑乎伊為難了。」鄭炳煥趨前拍拍杜阿輝的肩膀，又拉著杜世漢和杜天賜的手，「就請你們坐這吧，什麼話都可以講，市長很有誠意聽大家的意見。」

「炳煥仔，你是咱們南仔寮大家都尊敬的公務員，連我，雖然大你三四歲，也是真稱讚你。南仔寮的代誌，你最知道，為什麼這次能夠一次就來四五百人？都是為著那個垃圾場和化糞池，大家吞忍不住了呀！……」杜阿輝說。

「是啦，這些我都知道。等一下，市長也會認真聽大家講，也會詳細回答你們的問題，請大家先坐下好嗎？」

「各位鄉親，現在請大家，不論是坐的或是站的，都要守規矩，要講話就先舉手，……白布條都拿到前面來，要展開，……」

杜阿輝講完，率先面對會議桌坐到第一排中間的位置，杜天賜跟著坐到他左邊，杜世漢回頭望了望，向林正堂和張教授招招手大聲說，「阿堂，張教授，請你們來坐這裡，」他指著第一排剩下的幾個空位，「大蟬、許有土大哥，也請你們去坐那裡。」

會議桌前，面向民眾的八個座位，除了市長、主祕、鄭炳煥之外，又坐了三個人。南仔寮的鄉親把三張白布條在市府官員面前展開。

「垃圾遷走　美麗沙灘還我」

「垃圾場不遷　海科館不來」

「強烈抗議市政府　垃圾害阮二十年」

「自救會的杜召集人阿輝兄、副召集人世漢兄、總幹事天賜兄，以及各位南仔寮的鄉親，我是市長張春熙，對各位來市政府，首先表示歡迎。但是，在座談會未開始前，請大家參詳一下，是不是可以將這三幅白布條，以及你們頭上綁的頭巾先拿掉？歹看啦！……」

「張市長，你失言喔！」杜阿輝站起來大聲說，「這三幅白布條，是阮們南仔寮四個里，總共將近三千戶，一萬五千多人共同的心聲。阮的陳情書、抗議書都是一戶一戶去蓋印簽名的，不是隨便亂做的，……市長怎麼說不好看呢？……」

「市長啊！真正不好看的，是市政府沒經過阮的同意，就將全基隆市的垃圾、屎尿都丟到阮南仔寮，那個堆得比山還要高的垃圾山，那個又髒又臭的化糞池，那才歹看又歹味啊！要不要我大蟬帶你去看啊？」大蟬林溪湖坐在第一排邊邊，站起來，聲宏氣壯地說。

這時，鄭炳煥遞了一張紙條給黃主祕，主祕看過後又把紙條遞給市長。張市長瞄了紙條一眼，站起來朗聲說，「既然各位都這樣堅持，我也只好尊重了。現在，我先介紹坐在前面的幾位市府同仁。在我右邊是黃主任祕書，主祕旁邊是你們南仔寮鄉親，民政局鄭局長。我左邊是環保局林局長，再旁邊是工務局陳局長。現在，各位有啥高見，請盡量講，我都會用心聽，……。」

林正堂向坐在對面的鄭炳煥稍稍細聲地問，「炳煥哥，剛才在樓下那些記者怎麼都不見了？是你們市府……？」

「喔！那些記者中午都要回報社發稿，現在都十二點多了。」鄭炳煥笑著說。

「喔，是這樣嗎？」林正堂有點失望地點了點頭，隨即站起來走向站在後面的杜蕙容，「蕙容，妳現在還是《自立晚報》的記者嗎？」

「是，我還在《自晚》。」杜蕙蓉望著林正堂笑笑地說。

「等一下請妳替自救會發一則新聞稿，內容就是我們向市長陳情抗議的經過。」林正堂說，「因為現場沒記者，只好麻煩妳了。」他拍拍蕙容的肩膀，正待轉身，突然瞥見蕙容的母親也在人群裡，便笑著說，「河仔嫂，妳也來了？」

「是啊，當然要來啊，這是咱們南仔寮的大代誌，連阮阿崴也向公司請假來參加了。」

「哈哈，阿歲仔也來了，真好！真好！」林正堂拍拍手稱讚著，也向人群遠遠鞠躬，壓低聲音說，「辛苦大家了！大家要辛苦作伙拚啊！」

「對啦！作伙拚啦！」人們揮舞手臂熱情地回應。

「現在，可以開始了吧？哪一位要先發言？」張市長揚起瘦小的臉，張開那雙細長的眼睛環視了現場，朗聲說。

「我先講吧！」杜阿輝站起來，市府工作人員立刻遞給他一支無線麥克風。他習慣性地拍了拍麥克風，發出「碰！碰！」的聲音，很沉很重很響，又習慣性地對麥克風「喂」了兩聲，才朗朗地說，「張市長，各位市府官員，各位鄉親，講到阮南仔寮那個垃圾場和屎尿窟，天都要黑一半了！你的前任那個陳仔正雄陳市長，在海洋大學旁邊攬一個垃圾填海的政策，將全基隆市的垃圾攏總倒在海底，垃圾也沒消毒，結果海浪一沖，垃圾通通湧入阮南仔寮漁港裡底。阮南仔寮漁港本來有一片很大片的黃金色的海沙埔，阮做囝仔時代都在那個海沙埔奔跳。但是，垃圾湧入南仔寮以後，海沙埔就攏總是垃圾啦，又髒又臭，沒人敢再靠近海沙埔了。而海裡的垃圾，因為攏是塑膠袋仔、耐龍索仔那些廢物，漁船的螺旋槳一絞到，船就不能動了，時常這樣就造成海難，船沉人亡，漁獲流失……還有，台電的黑煙，由日本時代到陳正雄做市長，多少年了？南仔寮每次開里民大會，或是開漁會會員大會，都不斷反映、不斷要求，請政府正視這些問題。但是，一年又一年，狗吠火車，每一次市長選舉、議員選舉，都答應阮，會馬上解決！沒問題！但是，結果呢？你娘哩！若不是阮莊仔內出了一個林正堂這款的優秀青年，在報紙雜誌寫文章，反映批評這些代誌，引起蔣經國注意，親自來南仔寮視察，才決定將台電這個火力發電廠關掉，也命令陳正雄將垃圾填海政策重新檢討。但是，這個陳正雄很過分啊！竟然將海洋大學的垃圾場遷進阮南仔寮的長寮里，人講，侵門踏戶，就是像伊這款，吃阮南仔寮很夠啊，……」

「阿輝兄，歹勢，你講的這些，我都知道啦，可不可以……」

「市長啊，你講你攏知道，但是，知道有啥咪路用？你市長都要做第八年了，阮南仔寮的代誌不但沒解決，甚至比過去更加嚴重！」杜阿輝大聲說，「長寮里的垃圾堆已經比南仔寮山更高了，那個屎尿窟的屎尿滲入南仔寮的大海，整個海洋和地下水都被嚴重汙染了。環境被破壞，百姓健康被傷害，這些，阮的抗議書裡都寫得清清楚楚，請你替阮想看看……」杜阿輝說著，聲音竟哽住了。全場一片靜寂肅穆。

「阿輝，你先坐下來，我來補充。」杜世漢拍拍杜阿輝的肩胛，站起來，接過麥克風朗聲說，「張市長，我正式邀請你來阮南仔寮走一遭，你就會看到家家戶戶的桌仔頂、椅仔頂、土腳頂攏放黏蝿蚺虻仔的黏紙，不到半點鐘，黏紙攏是蝿蚺虻仔黑炭炭，全南仔寮一天黏到的蝿蚺虻仔是不計其數。還有，垃圾的臭味、屎尿窟仔的臭味，整個南仔寮親像一間大便所間，阮南仔寮人都住在便所內。你選市長時，答應阮南仔寮人，選後一定會馬上解決，但是，你做市長快要第八年了，這些問題還是未解決，現在，台電又講，南仔寮已經停止運轉的發電廠，又要重新啟動了。我給你講，我杜世漢雖然很溫和，炳煥仔對我最了解，我今年已經六十出頭了，準備要用這條老命配伊！南仔寮人不能再讓人軟土深掘了！……」

「對啦，對啦！咱南仔寮人這次一定要拚啦！」周圍的人都激動地呼應。

「所以，張市長，關於那個垃圾場和化糞池，你一定要講出一個明確的時間，底時要遷走？……」

「張市長，我是杜天賜……」

「咱們有熟識，你不是常來陳情，說中油公司竊占你的土地、那些油庫都是違章建築嗎？」

張市長笑著向杜天賜點頭致意。

「對啊，張市長既然攏知道那些油庫是違章建築，為什麼沒派人去拆呢？百姓的小違章，市府的拆除大隊攏拆緊緊，中油公司那麼大的違章，萬一爆炸，整個南仔寮都會毀掉，你為什麼不拆？這是啥米道理？你是不是拿到中油公司的好處？所以你才官官相護？……」

「喂喂喂！你怎麼可以這樣黑白講？我哪有拿中油什麼好處？莫名其妙！」張市長站起來，指著杜天賜怒斥。但杜天賜也毫不示弱，也站起來指著張市長大聲說，「你明知中油的油庫是違章，市府根本沒發建照乎伊，為什麼你沒派人去拆？小百姓的違章，你都拆緊緊，為什麼……」

「天賜仔，你坐下去啦！這個問題，市長等一下會說明的啦，」鄭炳煥坐在位置上，向杜天賜揮揮手，請他坐下。杜天賜有點不甘願，且似乎又礙於同鄉的情分，猶疑了一下，才一面嘮嘮叨叨地說，「不公平呀！沒道理啊！」一面才心不甘情不願地坐下。

「我有意見，來來來，麥克給我。」坐在第一排邊邊的老歐吉桑許有土，頭頂差不多光禿了，剩下幾根也全白了，但精神看來還很健旺。站起來拿了麥克風，聲音宏亮地說，「我是老國民黨員，謝貫一做市長的時代就加入了，到現在最少也超過三、四十年了，黨齡比你老吧？張市長。」

「是是是，你是前輩，我失敬。」

「我這個老國民黨，這次也加入自救會做委員，出錢出力！講實在，是咱本黨對不起南仔寮人，選舉都會來拜託，但是，南仔寮人最關心的代誌沒替人做到半項，不但沒做，顛倒壞代誌做一大堆。像那個垃圾堆啦，化糞池啦，就是本黨提拔的青年才俊陳正雄市長的傑作。當年伊選市長，我也很拚命替伊拉票。但是伊要做，也不先來問阮這種老黨員。啊你做市長也要七八年了。講要解決，到現在也無。……」

「老前輩。你想要講什麼，簡單明白講就好，嫑牽太遠，現在已經超過十二點了。……」張市長望著手錶，顯得有點焦躁、不耐煩地說。

「好，我簡單講。……為著這個垃圾場和化糞池，南仔寮人的損失有多大，你知嗎？不但是環境被破壞，連人命也都陪下去了。有人中肺病、有人中癌症。……我記得，張市長你第一次參選時，市黨部主委陪你來參加南仔寮四個里的聯合里民大會，你有公開承諾過，你若當選，半年內垃圾場一定會遷走。但是，現在，十幾個半年都過去了，你還是沒遷呀！……我給你講，你若無即時、馬上遷走，我就公開燒黨證，宣布脫離國民黨了！……」

「讚啦！阿土伯仔，阮支持你啦！這樣才像南仔寮人啊！」有人拍手，大聲呼應。

「來，換我講一下。」長寮里望海巷的蔡金榜，也是漁會的代表，舉手站起來。身材相當魁梧高大，挺著一個圓圓的啤酒肚，接了麥克風就先「幹」了一聲：

「這個阿火仔有夠婊！那個垃圾場和屎尿窟就在伊厝邊沒多遠，伊又是南仔寮唯一的議員，伊的牽手也是長寮里的里長，今天這場面，伊竟然連來伸個頭都沒有！這還是南仔寮的議員嗎？是長寮里的里長嗎？幹！垃圾，實在！……阮厝住在望海巷，也是長寮里的里民，每次風勢若向西邊吹，阮望海巷家家戶戶就攏要關門栓戶，不然就聞到臭味，親像住在屎坑底，實在會抓狂！莫怪望海巷的人紛紛遷走。……所以，那個垃圾場和屎尿窟若不即時遷走，我跟杜世漢同款，用老命配你！我給你講！……」

林正堂看了看腕錶，已經快下午一點了。他想，該講的差不多都講了，而且陳情書和抗議書也在兩禮拜前都寄到市政府了。於是，他站起來，沒用麥克風就大聲說了，「各位鄉親，咱們要講的差不多都講了，再講也是重複，所以，我建議，現在就請市長來答覆咱們的問題好嗎？」

「好啦！贊成啦！都一點多鐘了！」有人拍手大聲說。

張市長站起來，手拿麥克風，表情嚴肅地望了望全場所有的人，瘦細的、有點灰黯的臉上顯出幾許疲憊和無奈。但是，講起話來還是朗朗有聲，「各位南仔寮自救會的前輩、幹部，各位鄉親好朋友，……我恬恬坐在這裡聽大家講一點多鐘，心內很感慨，也很傷心。在座很多人過去和我都是好朋友，像世漢兄、阿輝兄、天賜兄、大蟬兄、還有阿土叔仔，但是，這次為著垃圾場和化糞池，大家都把我當敵人了，……」

「張市長，你這樣講不對！」杜阿輝站起來直率地說，「你是阮選出來的市長，本來就要替阮解決問題，你問題沒解決，卻怪阮將你當作敵人，這哪對啊？你若替阮解決問題，阮都叫你恩公，哪是敵人呢？」

「我做市長這幾年，在你們南仔寮也做了很多事，像南仔寮漁港，政府開幾十億，現在是台灣北部最大的漁港。還有南仔寮山頂那個公園，叫做忘憂谷公園，將來是基隆欣賞海景最好的所在，可以帶動南仔寮的觀光。還有南仔寮國中，方便南仔寮子弟讀書，不必再坐車去正濱國中。

還有未來最大的一項，行政院已經通過的計畫，將來要在南仔寮用五十幾億建設一個海洋科學博物館。單單這幾項，政府總共要用一百億以上來建設南仔寮，並不是像你們所講的，政府不重視你們，……」

「張市長，請你針對大家關心的問題來答覆好嗎？關於垃圾場和化糞池，市政府底時要遷走？……」林正堂舉手，不耐煩地大聲說。

「你們剛才講那麼多，現在也要讓我有時間和大家溝通啊，不然大家都誤會市府不重視南仔寮，這是很冤枉的！」張市長說。

「因為時間已經一點多了，你剛才不是也叫阮許有土委員不要拖太遠了？我是好意提醒你。」林正堂說，「咱們今天是為著垃圾場和化糞池才來市政府。……」

「對啦，阮是為這才來的，請你針對這答覆，……」

「各位，我坦白講，垃圾場遷移的代誌，也不是那麼簡單容易，市府必須先找到新的地點。這方面，市府已經有三個所在可以選擇，現在都已經委託中興工程顧問公司在作評估，這至少也要一年半到兩年的時間，……」

「啥啊？張市長，你剛才是在講啥？單單評估就要一年半到兩年？等你們評估完再遷移，最少也要三四年了，是不是這樣？」杜阿輝站起來，氣呼呼地甩了甩他的手臂，大聲說，「這樣，我反對！哪有這種代誌？我徹底反對！市府一定要即時、馬上將垃圾場和屎尿窟遷走，若無，阮一定抗爭到底！令爸老命配你！……」

「阿輝兄，請你嫒激動啦，好好聽我講啊。剛才你們都講那麼長、那麼久，我都耐心惦惦聽，現在輪到我說明，你們也要有一點耐心才對呀！」張市長面帶笑容地說，「我做市長要管的代誌不是只有你們南仔寮的垃圾場，我還要顧到全市每天有那麼多垃圾，我若無找到新的地點，全市的垃圾要倒去哪裡呢？若找到新地點，我也必須要依照法律走，第一條要委託顧問公司去作評估，作比較，才選出一個大家可以接受的地點，然後，還要請議會通過，……這些都需要時間呀，哪能像你們要求的那樣，要即時、馬上遷移，哪有可能？……」

「我有意見，我有意見！」張文龍教授突然很大聲地打斷張市長的話，「麥克風給我，」他說，「以我的經驗，環境影響評估哪要一年半兩年？你是在騙外行人嗎？」

「你是誰啊？」

「阮自救會的顧問，台灣大學物理系教授、台灣環保聯盟會長張文龍教授。」

「環評快的，一個月內就可以完成，普通的也是三個月內就可以完成了，講一年半兩年，都是在拖延時間騙老百姓的啦！」張教授說。

「伊娘哩，將阮當作是痟的、憨的嗎？幹！」

「張市長，我也有意見。」林正堂也站起來大聲說，「今天你如果是剛剛做市長一年半年，你剛才講的話，我都還勉強可以接受，是應該給你一點時間。但是，今天你市長已經要進入第八年了。南仔寮的垃圾場和化糞池，在你的前任陳正雄的時代，每一次里民大會都有反映、呼籲，直到你選市長也做過承諾，但是，通通跳票，通通沒做到。現在你又說，要給你時間。再給你時間你就下台了，這不是在欺騙我們嗎？」

「怎麼說我欺騙呢？你侮辱我呀，我講的都是實在話。……」

「張市長，我講的難道就不實在嗎？以前要選票時你承諾過選後半年要解決，現在，十幾個半年都過去了，你還好意思叫我們給你時間嗎？再給你時間你就下台了，這不是欺騙是什麼？」林正堂不甘示弱地說。

「好啦，隨便啦，由在你們怎麼說就怎麼說了。我是很坦白告訴大家，市府很誠意，已經找到新的地點了，現在請顧問公司在評估比較，這確實需要時間，你們要我現在、即時、馬上遷移，打死我也做不到呀！」他態度堅決地、頑強地抗拒，瘦小的、有點黯褐的臉突然都漲紅了，大聲說，「至於中油的油庫，是可以討論的，但是油庫也不能全部拆掉，因為漁船也要用油啊，油庫全部拆掉，漁船沒油怎麼辦？還有台電要在南仔寮復廠的代誌，那是報紙講的，我目前還沒接到公文，沒辦法回答你們。……」

「張市長，你的回答，阮不滿意，不能接受。」杜阿輝站起來大聲說，「我們還會再來，到時如果不能得到滿意的答案，我們就把垃圾倒到市政府門口，垃圾場的路，阮也要封死！不准垃圾車進入！……」

「對啦！入口封死，垃圾車、水肥車駛不進去，看伊有啥辦法！」有人大聲呼應，也有人大聲咒罵，「幹伊娘哩，這種賊仔政府，土匪仔政府！」

「無能的市長下台啦！」

「白賊的市長下台啦！」

這時，那個與林正堂小學同班的陳宏禮，挺著他高大魁梧的身軀走向張市長。「市長，我只是一個討海人，沒像你做官的人讀那麼多書，但是，我對人情義理加減也知道一些。若是這樣好好講都沒路用，那就是要逼我們造反了！」他說，「我也是國民黨員，我感覺很見笑，這張是我的黨證，還你們！我用退黨來表示抗議！也表示我保護我的故鄉的決心！你娘哩，用生命配你啦！」

他把拿著黨證的手往桌上一拍，轉身跟著人群向禮堂門口走去。「喂喂，阿禮，你要退黨，要去市黨部，這是市政府，不受理……」鄭炳煥局長追上他，要把黨證塞返給他，他左手向外用力一甩，不耐煩地說，「唉呀，別囉嗦了，你們市黨部和市政府不是都一樣嗎？」他這用力一甩，竟把鄭炳煥甩得顛了兩步，差點就摔倒在地了。他頭也不回地跟著人群下樓去了。

杜阿輝站在市政府大門入口的階梯上，肩上背了那個手提麥克風，面向大家大聲說，「各位鄉親，今天大家辛苦啦！今天咱們沒得到滿意的結果，都是意料中的代誌啦，大家免失望。下次，咱們再來舞一齣更加大齣的，我已經是六十出頭的人了，老命配伊，沒在怕伊啦……」

「阿輝叔仔，阮少年的跟隨你啦！跟伊拚啦！」

「好！現在請阿堂跟大家講幾句話。」杜阿輝把麥克風交給林正堂。林正堂手握麥克風，望望杜世漢、杜天賜，又望望林溪湖和陳宏禮，「各位大哥，……」

「阿堂，你代表講就好，免客氣。」杜世漢說。

「今天這個結果，我也很不滿意。但是，這是本來就意料中的代誌，所以，大家嫑失望，咱們要繼續打拚！」林正堂說，「接下來要怎麼做？咱們回去再來計謀。現在，咱們先來感謝張教授，伊下午要回去台灣大學上課，咱們用熱烈的掌聲對伊表示感謝！」

「多謝啦！多謝啦！」掌聲從四處熱烈響起。張文龍向大家鞠躬握手，離開了。

「下禮拜一，自救會有三台遊覽車要去台北，向台電、中油和經濟部抗議，也要去立法院陳情。要像今天這樣，遊覽車給年紀大的歐吉桑歐巴桑坐，少年的坐火車，坐公路局去，自己有車的就自己開車去，要盡量動員，越多人越好，……」

「咱們南仔寮人給這個賊仔政府欺負太久了，這次，請阿堂回來帶頭，一定要大力爭取咱們的權益，大家一定要團結作伙拚啦！」杜世漢大聲說。

「對啦！咱們一定要團結作伙拚啦！」杜阿輝、杜天賜和林溪湖也大聲呼應。

「團結作伙拚啦！團結作伙拚啦！」四五百個南仔寮人從市政府的大門口溢到大馬路上了，大家齊聲一致地大聲呼喊：「團結作伙拚啦！團結作伙拚啦！……」

十一月中旬的海風，夾著鹹濕的海藻的腥味和冷颼颼的涼意，從隔街的基隆港口呼呼地吹過來。一艘灰色的軍艦突然「嗚——嗚——」地鳴著汽笛，緩緩駛離了碼頭，船首向著基隆港外，船尾拖著一條明顯的水痕，緩緩向港外駛去了。幾隻老鷹斜側著雙翼，在空中盤旋。

第九章

「阿義，現在有空來我家喝一杯嗎？」孫志威手持電話筒大聲說，「我有一瓶茅台，後天阿堂要隨老兵返鄉探親團去大陸，我給他餞行。……那你先過來，八點再去報社。……有顏婆子、蔡大頭和阿凱，都是老朋友。……」

林正堂坐在孫志威的書房，翻閱他出版的新書——《走出台灣歷史的陰影》。蔡惠德、顏素如和陳崇凱坐在孫志威家客廳的沙發上討論工黨內部的人事，他們三個都是工黨中央執行委員，顏素如還兼任祕書長。黨主席是高雄市選出的立法委員王義雄。依照工黨的黨章規定，黨的人事案、預算案、年度工作計畫由中央執行委員會議決通過。

這個黨實質上是由三股力量組成，一是《夏潮》系統，以過去《夏潮》雜誌的讀者、支持者和老政治犯，以及蔡惠德的人間雜誌社為主；一是民間產業工會的領導幹部和他們的支持者；三是王義雄立委在選舉時和立委任內的支持者。黨員人數總共大約三百人。在中執委的選舉過程中，三股力量各自去合縱連橫、拉幫結派，都希望在中執會擁有最大影響力。因此《夏潮》對每一位中執委當選的得票數都經過細算。只要能低票當選就好，以便把多餘的票分給自己或友軍，就能在中執會增加影響力。但選舉結果卻讓蔡惠德很失望，因為陳崇凱的得票太高，足夠讓三個人當選。而那天主持成立大會，公開要求大家不要選他當黨主席的林正堂卻在中執委選舉時以一票之差落選。林正堂本來就不想參與工黨，所以對選舉結果是高興的，但夏聯會內部有人極為反彈，公開指責陳崇凱違反事先的協議，壞了蔡惠德們的布局。

「這是嚴重違反紀律的！完全不顧大局的個人宗派主義……」

「這也不能怪陳崇凱，這是人家要投票給他，……」

「組織配票給他已足夠，他卻去向老同學拉票，還說，林正堂沒有意願，選他也沒用。所以有幾個老同學沒依照配票辦法，……」

「好啦，不必為這樣的事內鬨了，會被人家笑話的！坦白講，這個結果我是高興的，倒是你們當選中執委的人要辛苦一點了，這個黨能不能進一步發展，就全靠你們了。……」林正堂笑笑地對大家說。

蔡惠德悶著臉，坐在旁邊一逕地抽菸。

陳寬和以老前輩的姿態，也笑著臉幫著做和事佬，「少了正堂兄在中執會這一席，是很可惜啦。但已經是事實了，就只好接受。我們為這個爭議、內鬨，傳出去也不好看，對內也影響團結。而且，正堂兄也還是工黨黨員，也還是夏聯會會長，他如果對工黨有意見，可以透過其他中執委在中執會表達，仍然會有實質影響力，……」

「對不起，我不是故意違反組織原先的決議，而是因為有幾位老同學不滿意阿堂公開拒絕當主席，認為他既然沒這個心，何必選他呢？事實就是這樣啦，……」

「好啦好啦，崇凱兄，你不要再解釋了，……」陳寬和制止他，笑著大聲說，「工黨今天能正式成立，值德慶祝啊！……」

「好啦！不要囉嗦了，你快點來就好！」孫志威「卡」地一聲掛上電話，立刻大聲嚷嚷地衝向廚房，「糟啦糟啦！我的蛋花湯溢出來了！」

林正堂手上握著那本《走出台灣歷史的陰影》，從書房走到廚房門口，笑著對孫志威說，「不是已經有整整一桌的菜了嗎？你還煮什麼？」

「我燒一鍋青菜蛋花湯，」孫志威在鍋裡加了一點水，認真地說，「喝酒沒湯不行。」

「呵呵，阿威真行，不但口才文筆一流，連廚藝也一流，」蔡惠德坐在客廳，以略低沉的磁音，笑著，「原來怕老婆也有好處，讓阿威練就一身好廚藝。」

「蔡大哥也消遣我了？我孫志威確實就是怕老婆，」志威把一鍋湯放在餐桌上，哈哈大笑地自我解嘲，「台灣人講，驚某大丈夫！我阿威就是大丈夫才怕老婆呀！哈哈哈……」

「其實，認真講起來，我也算是驚某的啦，有時妙芬一生氣，對我一吼叫，我就，魂飛魄散了啦，哈哈哈！」陳崇凱笑嘻嘻地說，「喂，蔡大哥，你呢？你那個年輕老婆，你真不怕嗎？」

「哈哈，這是個人隱私，恕不奉告！」蔡惠德端起酒杯笑著說，「來來來，喝酒！祝正堂兄一路順風！」

「謝謝，謝謝！」林正堂仰首把酒乾了。志威家的酒杯小小的，很適合喝烈酒時乾杯。以前，林正堂在政大讀研究所，後來又在政大教書，住木柵忠順街，離孫志威住的新店建國路很近，騎腳踏車沿木新路過一個大橋，前後十幾分鐘就到了。志威好飲，也好客，一有好酒，常常呼朋引伴到他家來喝酒聊天。他愛讀書，又過目不忘，所以聊起天來常引經據典，喝起酒來更是熱情洋溢、口若懸河、滔滔雄辯。林正堂一直很喜歡與他一起喝酒。除了感染他的熱情，還有一些知性的滿足。

「但，我們今天不是純粹為了喝酒吧？」林正堂說，「各位兄弟應該會給我一些什麼指示才對吧？……我可是替你們先去中國大陸打頭陣的，……」

「阿堂說的也不錯，我們確實對中國大陸充滿各種懷想或想像，但是，我們都還不方便去。現在，阿堂跟隨老兵返鄉探親團回去，確實有打先鋒的意義，……」孫志威愉快地說，「來，我先敬你一杯。」

「現在，順興仙和海濤兄都在北京，你可以去找他們了解一下祖國的情況。」蔡惠德說。

「國民黨現在雖然宣布解除戒嚴了，但是動員戡亂時期還沒宣布終止，所有戒嚴時期的法令都還繼續有效，所以，順興仙和徐老師去了北京就回不了台灣了，阿堂去北京找他們，我認為還是要小心一點，不要太張揚了。」顏素如右手夾著紙菸，望望蔡惠德，又望著林正堂，慎重地說。

「是啊，我剛才也在想，我去北京如果找了他們，回台灣不會被怎樣嗎？」林正堂微皺了眉頭，望著蔡惠德和孫志威問。

「你這次去中國大陸是合法的，是國民黨政府批准的，所以，你在大陸見誰，誰管得了你?!」陳崇凱摸摸他下顎的鬍子，笑著說，「小平同志如果願意見你，你也可以見啊！」

「開玩笑！小平同志日理萬機，怎麼可能？……」林正堂笑著說，「他真要見我，我還不敢哩。」

「其實，台灣的生意人去大陸做生意，已經不是什麼祕密了。何況，國民黨也已宣布外省人可以返鄉探親。兩岸交流一定會越來越密切。」

「過些時候，我也想帶我外婆回大陸老家去看看。」孫志威嘆了一口氣說，「我外婆這一生，在我媽被國民黨槍斃後，為著養活我們幾個兄弟姊妹，吃的苦也夠多了。最近，她老念著在大陸的舅舅們，我每次聽著，都忍不住心酸流淚，我真不孝啊！……」

「別啦，別啦！阿威，喝酒吧，」陳崇凱舉起酒杯，故作豪邁地大聲說，「後天阿堂去大陸，是值得歡喜的事，怎麼專講傷感的話呢？來來來，喝酒喝酒！」

「好，喝酒吧！大頭，阿堂，還有顏婆子，來，一起乾了吧！」孫志威仰首把酒乾了，還把酒杯倒過來，向大家照了照。

「眼看著這些老兵要回大陸探親了，我的心情其實和阿威很類似。他想起他的母親，想帶他外婆回大陸老家。我也想著我父親，自從我一歲半離開他，到現在剛好整整四十年，我們父女從未再見過。他一直在大陸，我一直在台灣。我好想去看看我父親，好想好想被他抱抱，……」顏素如說著說著，竟哽咽了，原本歡樂的氣氛立刻有點凝重了起來。林正堂坐在她對面，關心地望著她，蔡惠德坐在她旁邊，像大哥似地伸手環抱了她的肩，輕輕拍了拍。她拿起桌上的紙巾把臉頰上的眼淚拭了拭，抬起臉來，笑笑地衝著林正堂說，「沒事啦，我有時候就是愛哭。」

「哈哈，顏姊當眾流淚我倒是第一次見到，英雄有淚不輕彈，只是未到傷心時。」陳崇凱有點職業性地又揚起他的開朗笑聲，大聲說，「這是顏姊的真性情、真本色，來，阿堂，我們一起和顏姊乾了。」

「妳還能喝嗎？不要勉強。」林正堂關心地望著她。

「我們一起陪妳吧，」蔡惠德笑了笑，體貼地說，「妳隨意就好。」

她舉起酒杯，首先和坐在對面的林正堂輕輕碰了碰酒杯，然後又逐一和每個人都碰了杯，笑笑地說，「我沒事啦！只是想起我父親，心裡難過。……」

「好啦，過去的事不必再提了，」志威又再次舉杯邀大家，「今天的氣氛不宜談傷感的事，喝酒吧！」

「阿堂，當你踏上祖國的土地時，記住替我向祖國大地致意！」陳崇凱高舉了酒杯大聲說。

「哇哈！崇凱兄還挺浪漫的！」蔡惠德笑呵呵地向陳崇凱舉杯，轉頭對林正堂說，「正堂兄也替我向祖國的大地致意啊！」

「我也是！」孫志威也大聲搶著說，「我們都是長期嚮往祖國不得其門而入的孤兒，終於等到今天，外省人可以返鄉探親了，不容易啊！阿堂，務必要替我們向祖國的大地致意啊！」

「我們確實對大陸有各種想像，而每個人的想像可能都不盡相同。像我吧，那是父親之國，」素如右手握杯，左手持菸，眼睛望著林正堂，神情好像有點耽溺在某種懷念中，又似乎有些傷感地說，「當我想念他時，中國好像也是我的祖國。但是，感情上我對母親有更深的依賴和牽掛。我從小生長在這裡，養育我、照顧我、陪伴我的，是母親，不是父親。有一天，如果我也像阿堂那樣踏上父親之國的土地，我會有什麼樣的感覺呢？……過去那三年，我在美國，常常想念的是母親，和台灣的親朋好友，……」

「啊——顏姊，妳這次為什麼不跟著老兵返鄉探親團回大陸呢？現在，從台灣去大陸已經合法了，去看看妳父親呀！」阿凱說。

「但是，我父親已經過世了。」

「妳父親過世了？為什麼我都不知道？」林正堂望著顏素如吃驚地問。

「是啊，我也沒聽說。」阿凱說。

「一九八一年，高雄美麗島事件發生後不久。那時阿堂還在坐牢，我也剛被放出來不久，白色恐怖還很緊張。」素如說，「有國外的朋友回台灣才告訴我的。」

「素如的狀況是比較特殊，父親是台灣人，又是共產黨，日本人統治台灣時，他在日本坐牢十幾年。台灣光復後，國民黨來了，因為反共，也要抓他坐牢。他只好跑去大陸。素如從小在台灣由母親撫養長大，對母親感情深是當然的事。」志威嚴肅地說，「我的情形不一樣，我的父母和外婆都是和國民黨軍隊一起撤退來台灣的，那時我才四歲。又說我父親知情不報，也把他抓去坐牢七八年。我從小是外婆拉拔長大的。我很明確，中國是我父母外婆的祖國，當然就是我孫志威的祖國。我不會懷疑，我很堅定。……」

「阿威是因為血緣，因為民族主義而認同中國是他的祖國。那，阿凱呢？為什麼中國大陸是你的祖國？」林正堂笑笑地望著陳崇凱問。

「我嗎？當然，首先我認為台灣人也是中國人，而且，我信仰社會主義，中國不是也實施社會主義嗎？所以，中國就是我的社會主義祖國，這點，毫無疑問。」阿凱笑著說。

「正堂兄，那你呢？」蔡惠德一面抽著菸，一面微笑地望著林正堂。

「我嗎？唉，這有點複雜，」林正堂自顧自地喝了一杯酒，嘆了一口氣，說，「當然，我也認為我是中國人。因為，我的文學的母源來自中國文學，但是，我的另一個文學的母源卻是來自台灣這塊土地。我把社會主義的中國當祖國，是因為年輕的時候，躲在棉被裡偷讀禁書《紅星照耀中國》開始的，後來我又偷偷讀了一些毛澤東的《新民主主義論》、《論聯合政府》，等等。我對社會主義中國就更嚮往了。中國共產黨的領導者不怕死、不怕難，努力要讓窮人翻身，努力把腐敗的國民黨及其背後的帝國主義打垮了，使中國人站起來了。那時，我很佩服中國共產黨，因此，我也把那時的中國當作我的祖國了。……」林正堂又喝了一杯酒，沉思了一下，繼續說，「這當然與統治台灣的國民黨的專制獨裁、反民主、反法治、特務統治、種種不合理、不人道的作為有關。如果台灣的國民黨民主了、法治了，更照顧弱勢的勞工與農民大眾，使社會更公平正義了，我大概就不會那麼認同中國了。至少，我現在是這樣想的。」林正堂又替自己倒了一杯酒，又一口把酒乾了。他覺得全身都發熱了、發燙了，精神也有點興奮起來了。「後來，中國發生文化大革命，我從徐海濤那裡拿到很多文革的資料，我也去國民黨的黎明書局買了一些像《文化大革命實錄彙編》這樣的書。我讀了之後很痛苦、很迷惘。我覺得英明偉大的毛澤東怎麼瘋了呢？中國共產黨和整個中國也都跟著毛澤東瘋了。我告訴自己，這樣的中國我無法認同。從此，我的心情和剛才阿如講的心情比較有點類似了。中國對我已變得太遙遠、太陌生了。所以，我坐牢出來以後，決定不再參與政治，跟這個也是有關係的。我對中國失望極了，對政治也失望極了。但是，台灣這塊土地是我的母親呀，我和我的親人，妻子兒女都要繼續在這塊土地上生存發展，台灣必須更好，政治必須更清明，我們才有希望。所以，國民黨的專制獨裁必須推翻，這是近在眼前的事情，我們只要努力，不怕死、肯犧牲、肯努力就能做到的。所以，我肯定認同蔡大哥辦的這個《民間》雜誌，這都是在為台灣這塊土地打拚啊！不像面對中國時，那種又遙遠又陌生、完全無能為力的感覺，……」林正堂又抓起酒杯，「喂！阿威，倒酒呀！你這主人是怎麼做的？客人都沒酒喝了。」他大聲說。

「啊啊啊，對不起，對不起，」孫志威站起來，提了酒瓶走到林正堂旁邊，笑著說，「我給你倒酒，倒酒！」

林正堂「咕嚕」一聲，又把一杯酒乾了。

「哇塞！阿堂今天酒量變得這麼好，這瓶茅台快被你喝光了。」孫志威大叫著說，「好好好，難得阿堂酒興好、酒量也好，再給你倒滿了。」他把酒瓶搖了搖，「好吧，乾脆把剩下的都放在你身邊，你要喝就自己倒。怎麼樣？夠朋友了吧?!」

「別開玩笑，我酒量哪有這麼好？我喝得全身都發燙了。」林正堂說，「大家一起喝，隨意吧，再乾杯就醉倒了。」

「我還有酒，不怕你喝，」阿威跟林正堂碰了碰杯，臉都已經微微發青了，還笑著說，「再乾一杯吧！」

「不行啦，我不能再喝了，已經茫了！」

「你提到文革，唉！我也讀了那些文革的資料，我也迷惘過、痛苦過，我也問過自己，這樣的祖國你還要嗎？阿堂，我告訴你，那時候，……啊！我家太座回來了。」孫志威突然站起來，迎向門口。

「唉呀，怎麼高朋滿座呀?!」阿威的老婆劉元元一進門，笑瞇著雙眼說。

「報告太座，後天阿堂要去大陸，我邀他們來喝酒，替阿堂餞行。」志威把劉元元拉到身邊，順手關了門。「剛剛要講到妳，妳就回來了，這麼巧?!」他說。

「喂，元元，妳還沒吃飯吧？快來一起吃。」顏素如站起來，殷勤地說，「我們這些酒肉朋友老是來你家打攪，不好意思。」

「快別這麼說了，歡迎都來不及！」劉元元笑起來，眼睛就瞇成一條線，細細長長的。「威哥，你有燒飯嗎？我去添一碗飯，你們繼續你們的煮酒論英雄吧。」

「元，那妳就自己來囉，」志威笑著說，「欸？我剛剛講到哪裡了？這腦袋，……」

「剛才，你說你迷惘過，問自己，這樣的祖國你還要嗎？」陳崇凱笑笑地說，「然後你就叫，阿堂，我告訴你，那時候，……你們元元就回來了。」

「對對對，我就是要告訴你，阿堂，那時候啊，我幾乎每天都喝酒，喝得醉醺醺的，不信，你問元元。我心裡苦悶啊！迷惘得不得了。怎麼辦呢？中國怎麼變成這樣了呢？……」志威又獨自喝了一杯。林正堂站起來，又替他倒滿一杯。「後來，我還是決定，祖國是生病了，我有這個認知，就像父母生病一樣，我能不認他們嗎？能把他們放棄嗎？當然不行！我絕不背棄父母，絕不背棄祖國！」

蔡惠德和陳崇凱都用力鼓掌，「好樣的，志威兄，來，乾一杯！」蔡惠德舉起酒杯和孫志威碰了碰。

「佩服你，阿威，我也乾了！」陳崇凱也舉杯大聲說。

「談起文革，我的心情跟你們都一樣，」蔡惠德用他慣有的低沉的略帶磁性的聲音說，「那時我被關在綠島，和陳寬和、林書揚這些老同學關在同一個營房，警總派了政治教官來給我們上課，來講中國的文化大革命。開始，我們當然不相信。後來，國民黨為了使我們相信，乾脆把一些本來都不准看的外國報紙、雜誌，甚至外國記者拍到的錄影帶都拿來給我們看了。這就不由得你不信了。……那時，我太年輕，還不成熟，我也痛苦、迷惘，不知如何是好。那些老同學，一輩子為了認同社會主義祖國，長期被關在國民黨的監獄受苦受難，但他們卻無怨無悔！這時，信仰的力量就發揮很大的作用了。他們堅定信仰馬克思主義，堅定信仰毛澤東思想，因此，不但沒有迷惘，沒有徬徨，更從毛澤東提倡的大字報、以及炮打司令台這些口號與作為中，看到另一種完全不同於西方資本主義社會所走的資產階級的民主與自由的局限性。每個人都可以貼大字報，這不是範圍更大更徹底的平等嗎？這終於使我從迷惘中清醒過來，我不再為文革感到迷惘與痛苦了，相反的，我為它感到欣慰，我覺得祖國是充滿希望的。……當然，在這過程中，確實有些人被冤枉了，有些無辜者被傷害了。但是，這在歷史進步發展的過程中是難以避免的，……」

「蔡大頭，對不起，我恐怕不能完全同意你的看法。」顏素如臉上紅豔豔的，雖然略顯清瘦，但仍有一份特殊的麗緻和優雅。「在文革結束以後的這些年，毛澤東死了，四人幫早已土崩瓦解了，很多事實都陸續被揭發了。文化大革命是中國歷史上的大浩劫、大悲劇。他所傷害殺害的人數，幾乎是史無前例的。他讓中國倒退至少五十年，比中日戰爭和國共內戰對中國和人民造成的傷害更巨大、更深遠。最可怕的是，他對人性的善良、仁慈、互信、互愛等等可貴的人倫素質的摧殘，至少危害好幾代人。父子相殘、夫妻相殘、兄弟相殘、師生相殘，你說，這樣的文化大革命是可以原諒的嗎？是可以忘記的嗎？說這是歷史進步發展過程中難以避免的，這個說法，我不能同意，不能接受！……」素如講著講著，忍不住就激動起來，「我父親為共產革命犧牲奉獻一輩子，長期坐牢、妻離子散，不但在文化大革命，甚至更早的反右運動中，或其他由毛澤東所發起的各種政治運動中，幾乎，沒有一次不被鬥爭。……這樣對待一個為黨奉獻一輩子的老人，公平嗎？」

「唉呀，不要說妳父親了，連周恩來、劉少奇、彭德懷、賀龍、鄧小平、陳毅，……一大串的開國元勳、革命元老，那一個不被鬥得死去活來？劉少奇還冤死獄中，死得不明不白。鄧小平的兒子鄧樸芳還被紅衛兵從二樓推下，導致終身殘廢。文革確實犯了太多太多的錯誤。但鄧小平重新上台後，已經十年了，不是都糾正過來了嗎？……」志威又喝了一杯酒，臉色白青青的。

「今天這樣的談話，對正堂兄是有幫助的。文革確實很傷了他的心，也傷了素如的心。這次正堂兄去大陸，可以親自去看、去聽、去感受，現在的祖國大陸是不是已經超越了文革時期，是不是展現了一個可以期待的未來？」蔡惠德誠懇地說，「坦白講，我自己也很想去看看，沒有親身去體驗實證，總覺得虛幻不實在。正堂兄，就麻煩你了，多費點心，連我們幾位的分，你也要代替了，千萬不能輕忽，……」

「是，我會記住你的囑託。但是，我也不知道，當我真正踏上那邊的土地時，會是怎樣的心情？我們這一代人，要不是看著身分證上的籍貫欄在懷鄉，就是從書本上懷想那個虛幻的祖國。而我就是那後者，那種虛幻的祖國夢會因為踏上祖國的土地而變得實在起來嗎？我不知道！」林正堂說，「我其實很羨慕阿威，能因為父母的血緣而那麼斬釘截鐵認同中國！我羨慕那種實實在在毫不猶疑的感覺，那真是一種幸福！……」

屋裡的電鈴突然「叮咚！叮咚！」地響了。

「阿義來了。」志威站起來，臉色雖然已經喝得白青青了，但走向門口的腳步卻是穩的。

「哇！你們怎麼都喝成這樣了？臉上紅的紅，白的白，這是怎麼搞的？」李文義一進門就笑嘻嘻地說，「我看我這瓶約翰走走路，可以帶回去了。」李文義一直都有點口給，這幾年已經改進很多了，老朋友聽久也習慣了。

「你怎麼現在才來？都已經八點多快九點了，」陳崇凱起鬨地說，「晚到罰三杯。」

「我才剛出門，報社就連續打我的隨隨身叩三次，這表示報社有緊緊急事故，所以我就坐了計程車先趕趕去報社了。果然是是大事，」他把背包放到地板上，把手上的紙袋放在餐桌上，拿出那瓶約翰走路。「一個老外，前前幾天送送我的。」

「大事？是什麼大事？」顏素如替他倒了一杯酒，全場幾個人都望著他。他卻慢條斯理、有條不紊地坐下、拿起筷子，先夾了一塊滷牛肉往嘴裡慢慢嚼著。

「你還沒吃飯吧？我替你盛碗飯好嗎？」劉元元笑笑地問。

「好啊，我肚子好餓。」他說。

「好傢伙，你在賣關子啊？」孫志威哈哈大笑地說，「這傢伙就是這副德性，以前住台大學生宿舍，我跟他上下鋪。有一次宿舍失火了，大家都慌慌張張往外衝。就他一個人，不慌不忙，穿好衣服鞋子才走出來。當著大家的面，還洋洋自得地說，你們緊張什麼？哪裡失火了？是神經病的人在開大家的玩笑，就這麼緊張了？」

「好啦好啦，威哥，你就讓他把飯吃完再說吧。」劉元元望了望李文義狼吞虎嚥的樣子，笑著說，「你慢慢吃，你們各位也慢慢繼續聊，我要進書房備課了。」

「後來，宿舍真的有失火嗎？」顏素如瞪大了眼睛好奇地問。

「沒有啦！……」志威說。

「又沒沒看到火光，也沒聞聞到煙味，神經病的喊失失火就緊張了，這些人，……」他邊吃飯，邊用筷子點著志威說，「一點都沉沉不住氣，怎麼做做大事呢？」

「哈哈，這次你說的大事，也跟那次失火一樣嗎？」陳崇凱大笑地問。

「不一樣！」李文義邊嚼著飯，邊含含糊糊地說，「這次是真真的大大事了！不是亂亂蓋的。」

「那是什麼大事，你快說呀！」顏素如也沉不住氣了，紅著臉急躁地說。

「蔣經國病病危，可能過過不了今晚。」他繼續吃飯夾菜，連眼皮都沒抬起來。

「哇啊！這是大新聞啊！」陳崇凱跳起來大聲說。

「是大新聞，沒錯！所以《時報》成成立一個小組，余老闆指定我做召召集人，大概會會有連續幾天的大大版面，報導、評論等等，會忙忙死人！」他把碗筷往桌上一放，拿起酒杯朝林正堂說，「專程來替老兄弟餞餞行。去大陸，自己多保重！來，乾一杯吧！」他把酒乾了，立刻拿起背包往肩上一揹，雙手抱拳向大家一揖，「對不起，沒時間跟大家聊了，我必須馬馬上趕回報社。」

林正堂站起來，攬住他的肩膀，「我送你去搭車。」他說。

「現在，大陸和台灣差差不多了，《中國時報》這兩年常派派記者去大陸。徐海濤和黃黃順興都在北京，還有彰化縣那個國國大代表張春男，」李文義塞了一張紙條給林正堂，「這裡面都有他們的電話，你可以找他們。」他說，「聽聽說，那邊很歡迎你，這是我們派去大陸的記者回來說的。但是，你講講話還是要小小心，回來給國民黨找麻煩就沒沒必要了。」他上計程車前，還不忘這樣叮嚀。

李文義，滿腔愛國熱血的外省眷村子弟，一九七〇年台灣退出聯合國，台灣舉國震撼，有錢有辦法的高官巨賈紛紛提領巨款、變賣家產，移居國外，這時，他反而放棄留學美國的機會，把美國愛荷華大學給他的全額獎學金退回，說他在此時，決心留在台灣與一千五百萬人民共存亡。

林正堂和李文義結交，也是經由孫志威介紹，從大學時代就常往來，成為同一掛的死忠兄弟。他的性格和志威有點類似，都有些江湖味，講信用、有義氣。尤其酷愛讀書，他曾自豪說，「十年來，每年平均至少讀一百五十本書，包括中英文都有。」放棄出國留學後，他去考了文化大學的三民主義研究所的博士班。《中國時報》余老闆欣賞他的愛國心和才華，就延請他去《時報》任職。因為從小就有些口吃，所以，平時比較沉默寡言，但文筆流暢、思想活躍，除了經常有文章在《時報》發表之外，各種思想的、文藝的雜誌，也經常可以看到他的大作。雖然才四十出頭歲而已，但在同儕中，已經著作等身了。

林正堂回到孫志威家的客廳，大家還在為蔣經國病危的事議論紛紛。

「好啦，請各位哥們不要喧喧譁譁了，志威兄是國民黨專家，就請教他吧，」蔡惠德拍了拍手，對孫志威說，「如果蔣經國真的死了，你看國民黨會怎樣？」

志威的臉色已經很白青青的了，卻還是拿起酒杯，一口把酒乾了。然後，夾起一塊豆干在嘴裡慢慢嚼著，好一會兒才晃了晃腦袋說，「厲害啊！厲害啊！……我服了你了！」

「你說誰啊？」陳崇凱望著志威，笑笑地說，「你是在說蔣經國嗎？」

「他一定知道自己來日不多了，才把那個野心勃勃的情報頭子王昇調去那個遙遠荒僻的鳥不拉屎的什麼厄爾瓜多當大使。如果小蔣死了，王昇還在台灣原來的位置上，那國民黨恐怕就要大亂了。台灣朝野的對立也會更加劇烈。王昇這時可能就會以穩定局勢作藉口，開始濫抓分歧分子和異議人士了，到時，哈哈，……」志威又倒了一杯酒喝了，指著大家，「我們在座各位，一個都跑不掉，都要被王昇抓去坐牢了。」

「你是說小蔣早已把後事預作準備了？」

「我聽說，小蔣把王昇派去當大使之前，就有國民黨七八個中常委聯名向小蔣告狀了，說王昇恃寵而驕、逾越身分、專橫跋扈，等等，……」

「現在先不談王昇的事，」蔡惠德說，「我們要關心的是，小蔣死後台灣政經情勢的發展，以及兩岸關係的變化，志威兄一向對國民黨頗有研究，……」

「我哪有什麼研究，只是長期被他們監視、看管，為了自保，總得對這個敵人要有一點了解罷了，……」孫志威「呵呵呵！」自嘲地笑了幾聲，立刻又嚴肅地說，「小蔣死後最緊急的兩件大事，一是總統的位置誰接？二是黨主席的位置？……總統依照中華民國憲法，由現任副總統接任，這點比較單純，而且已經有蔣介石死後由嚴家淦接任的前例了。但是，黨主席就比較麻煩了，……國民黨一向以黨領政，黨的領導人才是真正的國家領導人，但是，國民黨的主席，一直都是蔣家人，蔣介石死了，總統由嚴家淦接，但黨主席卻由老蔣的兒子小蔣接任。……」

「所以，你說蔣家的人會出來接國民黨主席嗎？」陳崇凱說，「但是，小蔣不是公開說過嗎？他不會讓蔣家第三代接他的位置。難道他要出爾反爾，失信於人嗎？」

「美麗島事件前，小蔣確實有意栽培他的第二個兒子蔣孝武，依他老子栽培他的模式，先讓他全面掌控情治單位當情報頭子。但竹聯幫的陳啟禮去美國暗殺作家江南，這事牽涉到孝武，小蔣在美國強大壓力下不得不公開說，不讓蔣家第三代接班，這是國內外新聞登過的，現在看來，他似乎也沒這樣安排，」志威又喝了一口酒，吃了一口菜，咂咂嘴又繼續說，「但是蔣家第二代還有蔣緯國，說不定他就會出來攪局，……」

「但是，我看他也不成氣候。」顏素如說。

「依你看，志威兄，李登輝可以全面接班嗎？」蔡惠德說，「既然他以副總統依憲法接任總統，名正言順，沒有問題，他難道不能以現任總統的高度，也把黨主席搶到手嗎？」

「這點我還無法判斷，」志威說，「小蔣還在時，李登輝這個副總統什麼事都不敢做，也不能做。他接了總統大位也是孤家寡人一個，什麼班底都沒有。他如果能和國民黨的大老們分權共治已是大幸，想全面接班？……我看，……難啊！」

「我同意阿威的看法，國民黨大老絕不會甘心讓台灣人當家作主，但李登輝接總統是憲法規定的，美國會支持，因此他們表面不會反對，」顏素如兩眼灼灼發亮，臉頰紅豔，冷靜地分析，「最大的可能是，這些外省大老和軍頭合作搶黨權，以黨領政，讓李登輝只做空殼的、只剩四年任期的總統。四年後，國民黨才提名新的總統候選人，搶回總統大位。……」

「我認為這個可能性很大。但是，黨外的力量也正在崛起，人民支持的力量不可小覷。李登輝會不會有勇氣和智慧去結合黨外的力量對抗國民黨內的既得利益者？或者，黨外有沒有這樣的智慧和遠見，去協助李登輝對抗國民黨內的保守勢力？這也值得觀察。」林正堂說。

「哈哈，如果這樣發展就很有趣了。」陳崇凱笑著說。

「這，難說！但我認為成功機率都不大。……來，」孫志威舉起酒杯邀大家，「別老說話就忘了喝酒，乾啦乾啦！……」他喝完酒，忽然好像又想起什麼事，笑笑地說，「你們知道國民黨內是怎麼看李登輝的嗎？」

「怎樣？」大家把眼光望向他。

他卻慢條斯理地吃菜、喝酒、咂咂嘴，才笑笑地說，「小馬，就是蔣經國身邊那個長得帥帥的祕書馬英九，他就親口告訴過我一些李登輝的事。……大家都很好奇，為什麼蔣經國會選李登輝當副手。小馬說，因為李登輝是學者，又是虔誠的基督徒，對大家沒威脅。我說，你怎麼這麼有把握？他說，你看李登輝的辦公室，全都是書。他每天都在他的副總統辦公室讀書，是純粹的學者、讀書人。經國先生曾問他，將來要做什麼？他椅子只坐三分之一，畢恭畢敬地回答，要去做牧師，當傳教士。國民黨內高層都盛傳這些事，認為他沒有威脅性。」

「他年輕時，據說參加過共產黨，是有宣誓過的祕密黨員。」蔡惠德嚴肅地說，「這樣的人竟然在白色恐怖時代沒被抓，好奇怪！」

「我聽說，四十年代白色恐怖時，國民黨的特務機關曾經想要抓他，但那時他在美國康乃爾大學讀博士，沒法動手。等他回國，風聲已沒那麼緊了，又有當時的台籍行政院副院長徐慶鐘，和農復會的祕書長蔣彥士替他作保，所以就逃過了。」素如笑著說，「這大概就是所謂的命吧？恐怕連他自己都沒想過會有這一天吧？……」

「往後，這樣的命到底是好是壞，恐怕都很難說。搞不好，想要像一般普通人那樣苟活於亂世也不可得了也未可知啊。」林正堂喝了一口酒，笑著說，「不過有這種共產黨背景的人，竟然不但能在白色恐怖那種寧可錯殺一百一千也絕不放過一個的環境下逃過一劫，甚至還能在小蔣這個特務頭子身邊做到副總統的位置，實在太不可思議了！……這人若不是大智若愚，就一定是大奸大惡了！」

「不管他是好人壞人，也不管他將來會如何，有這種背景的人就值得我們期待。說不定，海峽兩岸的關係，從此以後，就會更快地朝向社會主義祖國統一的方向發展了也說不定。……」蔡惠德說。

「希望如此！」孫志威嚴肅地說，「但也不要忘了，他也有強烈的大日本民族主義的背景，也有台灣基督教長老教會的台獨背景。」

「哇啊！這人原來這麼複雜！」陳崇凱說。

「正堂兄，你兩天後就要去大陸了，蔣經國死亡和李登輝繼任總統，你一定要廣泛深入蒐集一些資料，」蔡惠德說，「那邊肯定很多人會問你這方面的問題。因為這對兩岸未來關係，至關緊要，……」

第十章

香港的天氣比預期的還要冷，氣象報告說，因為有東北季風夾帶了冷氣團南下，所以，昨天在桃園機場時，還只穿長袖襯衫，現在就不能不加毛衣和厚外套了。

從台北來的「外省老兵返鄉探親團」的成員總共二十五個人，在旅館裡吃過簡單的早餐，一輛遊覽車已在外面等候了。何文德團長像個部隊指揮官，大聲朝團員們下令，「大家帶好裝備，即刻上車！向機場前進！」領隊黃廣海也立刻應了一聲，「是！」然後又向大家大聲說，「時間緊迫，動作要快！但也不要遺漏了自己的東西。」團員紛紛拿起行李，有揹在背上的、有揹在肩上的、有提在手上的。有幾個人在外套外面還套著那件一年多前，為了爭取返鄉的權利，在台北街頭參加遊行時穿的簡陋的白布背心，前面用毛筆紅字寫箸「想家」，背面寫著「讓我回家」。大家循序上車，最後一位掌旗官，把一支旗桿頂在肚皮上，淡藍色的旗上幾隻白色的鳥，從台灣地圖上展翼飛向廣闊的中國大陸的上空。

馬路上的人都好奇地望著這個隊伍，有人鼓掌拍手，有人好奇地詢問，「你們是台灣來的嗎?」「回大陸探親嗎?」

車一路開著,風吹進車裡有些寒冷。但車裡的人卻精神抖擻。那個老山東蘇兆元竟然情不自禁地坐在車裡引吭高歌:

在大陸上——,高山高——流水長

一年四季不一樣——

歌聲低沉纏綿,有一種滄桑淒涼的況味。車上有人也跟著大聲唱和了起來。

春日柳條細——,夏日荷花香——

秋來楓葉紅似火,寒冬瑞雪兆吉祥……

漸漸的,全車的人都高聲齊唱了。

我的家——在大陸上——

親朋多——常來往——

過年過節喜洋洋……

「喂喂，各位老兄，各位老兄，停停！停停！」何文德坐在巴士的最前面，突然站起來，一面用力拍手教大家安靜，一面大聲說，「這首歌，不能唱，我提醒各位，這歌不能唱啊！……」

歌聲突然停歇了。蘇兆元也從座位上站起來，有點尷尬地說，「各位兄弟，對不起對不起，這首歌確實不能唱，尤其後面那幾段，……我們換別的唱吧！」

「為什麼呢？這歌很好聽啊！我從小就聽小學老師唱過，……」林正堂不解地問。

「這是反共歌曲，後面都是罵共產黨的，怎麼能唱?!」何文德板著面孔，嚴肅地對林正堂說，「你們知識分子平時都不唱這種歌，所以不知道它的內容，我們在軍隊每天唱，回大陸還唱『朱毛匪幫喪天良，害得我家變了樣』，不被殺頭嗎？……」

「好好好，我們來唱別的歌，」蘇兆元站起來大聲說，「我來唱〈虹彩妹妹〉好了，各位老哥哥，會唱的就跟我唱！……」

「好！虹彩妹妹好聽。」大家齊聲鼓掌，又跟著蘇兆元唱了起來。

虹彩妹妹恩愛——喲！長得好那麼恩愛——喲！

櫻桃小嘴恩愛——喲！一點點那麼恩愛——喲！

……

歌聲顯得低沉混濁，但節奏卻是輕快活潑，大家拍手應和著歌聲的節拍，車上洋溢著有幾分歡樂的又有幾分沉鬱的氣氛。

林正堂站起來向車後的空位走去。這首歌他從小就會唱，但今天聽起來覺得怪怪的、不協調。這是快樂的年輕人的歌吧，由這群歷盡滄桑的老男人來唱，不覺得怪異也難了。他這樣想著，走過蘇兆元身邊時，不自覺地就輕拍了一下他的肩膀。

這位蘇兆元是山東昌邑縣人，原是流亡學生自動參軍，對日抗戰勝利後，他以為就可回家了，從未想過會到台灣來，而且一待就是四十年。這人長得高大英挺，五官端正，雖然已經六十歲了，兩鬢都已發白了，但氣質威嚴中還帶點斯文。據說現在有一位上將、一位中將都是他流亡學生時代的同學。他說，「我在軍隊裡如果好好幹，說不定也跟他們差不多了。但是，我就是太想家，太想我爹我娘了，所以我就不顧一切，從軍隊逃亡、設法偷渡。結果，就這樣啦，我在台灣四十年，有一半時間都在國民黨的監牢裡。他們說我叛黨叛國！其實，我叛什麼黨呀？叛什麼國呀？他媽——的，我只是想家呀！……」他說。

幾乎，團員中的每一個人都有說不完的類似的故事。就以那個撐著團旗的陳水清為例吧。他是湖南人，從小跟著父親走南竄北到處去做生意，所以口才特別好。他是走在路上被國民黨抓伕抓來台灣的。

返鄉探親團要出發前幾個月，借住在民間雜誌社的那個王家法，說要感謝林正堂和蔡惠德收留他，特別在大家都下班了之後，邀請林正堂和蔡惠德，還有在那個經常被派去中國大陸採訪的小鍾一起喝酒。那天，蔡惠德去香港參加大陸作家劉賓雁的討論會還沒回台灣，他就千託萬請，把林正堂找了去。這個王家法在政治監獄曾經和蔡惠德關在同一間牢房將近三年。蔣經國前年宣布外省人可以回中國大陸探親後不久，這個王家法就跑來找蔡惠德了。

「來，正堂兄，我跟你介紹，這位王家法先生是我坐牢時的同窗，也是何文德當團長那個返鄉探親團的成員，等著回大陸這段時間沒地方住。」蔡惠德笑著說，「我們地下室好像還有空間，就請你幫他安頓一下吧，……」

那人戴了一頂沒邊的毛線帽，一件已經泛黃的襯衫，一條縐巴巴的黑色長褲，手上提了一個很舊的棕色的大皮箱，臉色黑裡帶紅，滿臉的皺紋，有點怯生生地望著林正堂。林正堂站起來望向他。他把皮箱放在地上，左手把脫下的帽子握在手上，突然挺直了腰桿，舉起右手向林正堂行了一個軍式的舉手禮。

「王先生，不必客氣！」林正堂笑笑地伸手和他握了握，「我們地下室還寬敞，如果不嫌棄，就麻煩你打地鋪了。」

「我老王這幾年都在太平山砍木柴，每晚都住在人家廢棄的豬寮裡，能在這裡打地鋪已經太好了！」他說。

那天，他特地去買了一些酒菜，林正堂本來交代小鍾不可以讓他付錢，結果，他硬是不肯。讓他住在雜誌社的地下室打地鋪，已經是白住了，「大蔡和社長還每個月給我薪水，把我當成雜誌社的員工一般看待，實在，實在太感謝了！怎麼還可以讓社長出錢呢？……」

其實，他每天替雜誌社整理環境，有時候還叫他跑跑腿，到街上去買這做那，正式請一個工讀生或工友都沒那麼好用。

那晚，他就把陳清水和蘇兆元兩個人都請了來了。

「報告社長，他們兩位都是我在綠島監獄時的老師。我本來沒讀過書，不識字，蘇兆元教我識字讀書。我本來也不會算數，只會簡單的加減，不會乘和除，陳水清教我算數，還在紙上畫算盤，教我打算盤。社長，社長，感謝你啊，你和大蔡，還有他們兩位，都是我一生難忘的大恩人啊！」王家法伸出雙手，緊緊握住林正堂的手，滿布皺紋黧黑的臉，激動得有點哽咽了。

「老哥，老哥，別激動啊！」林正堂笑著拍拍他那雙又粗又黑、滿是厚繭的手說，「還沒開始喝酒，就激動成這樣了？」

「社長說的是，老王，先別激動！」那個陳水清請大家坐了，小鍾也殷勤地替大家倒酒。

「這酒很烈，五十八度喔，」小鍾說，「雜貨店給我的紙杯都這麼大，我先給各位倒三分之一杯，慢慢喝，喝完再倒，各位大哥，你們說好不好？」

「好好好，我和小鍾是來敬三位的，祝你們一帆風順。」林正堂大聲說，「大家期待返鄉探親，都等了四十年了，難得啊！……」

「來來來，大家舉杯，能乾的就乾，不能乾的請隨意，祝幾位老大哥老前輩一帆風順、快快樂樂、高高興興，……我先乾為敬！」小鍾高舉了酒杯，仰首，果真一口就乾了。

「爽快，爽快！我也乾了！」那個蘇兆元也一口把酒乾了。

是在那個晚上，林正堂才認識了蘇兆元和陳水清。

「報告社長，我這一生的命，好像都不是我的。當年，我是和父親要去上海做生意，在大街上被國民黨的軍隊攔住，就被抓去當兵了。莫名其妙就跟著國民黨到處跑。後來在戰場上被共產黨俘虜了，他們就送我去勞改，後來我逃出勞改營，卻倒楣死了，又被國民黨給抓了，我這輩子，唉，……怎麼說呢？也從來沒害過人，命運卻這麼擺弄我。國民黨說我思想有問題，把我關十二年，沒天良啊！我怎麼思想有問題呢？我只是在榮團會裡說，我想家啊！想我湖南老家的父母，這樣也不行嗎？還說我做過共軍，被改造了被洗腦了，所以思想有問題了，故意在軍隊傳布消極的思想，煽動軍心……，我說，我就是反對共產黨才逃出他們的勞改營的，我怎麼有問題呢？……這樣關我十二年，沒天良呀！」

「唉呀，老清，你十二年算什麼？我老王被國民黨整整關了二十七年。他們說我是共產黨，我說我不是。他們又說我是人民解放軍，是匪軍。我說，我也是中華民國的國軍，我是在南日島被你們俘虜的，就當了你們的兵了，這也不行嗎？這世界，真他媽——的！我沒讀書，真搞不懂！……但是，那二十幾年在牢裡也不錯啦，有飯吃，有地方睡，而且還有老師教我念書識字、教我算算數，我母親要是還活著，知道我會念書識字了，一定要高興得掉眼淚了。……來，咱們喝酒。」王家法抹了抹嘴脣，高舉了酒杯說，「這次，真的要回家了，真的可以回家了，謝天謝地啊！……」

「喂！雜誌社有人嗎？」

「是顏姊！」小鍾站起來，大步走向地下室的樓梯口抬頭揚聲叫了一聲，「顏姊，」一人跟著爬上樓梯，「大家都下班了啦，妳怎麼，……啊！來找社長嗎？社長在地下室和我們喝酒。……妳也下來吧？」

「是阿如嗎？來來來，」林正堂也站到樓梯口，迎著正走下樓梯的顏素如說，「妳也來喝一杯吧。」

「好啊，有好東西吃都不叫我，你這個鬼，還要我自己找來，」她舉手捶了一下林正堂，隨手把包包交給小鍾，「怎麼會在此時此地喝酒了呢？我怎麼都沒聽你講過？」

「是這位王大哥說，在我們雜誌社住了幾個月，過些天就要回大陸老家了，就請了他兩位獄中的同窗，還有小鍾，還有我，……」

「還有大蔡啦，他去香港參加劉賓雁的討論會，還沒回來。」小鍾說。

「這位王大哥你見過，另外兩位是蘇大哥和陳大哥，也是何文德他們返鄉探親團的團員。」林正堂微笑著介紹大家，「這位顏小姐是以前《夏潮》雜誌的總編輯，現在是工黨的祕書長。」

王家法、蘇兆元和陳水清三個人早已站成一排，動作整齊地向顏素如行了一個舉手禮，大聲說，「顏小姐好！」

「大家好，大家好！」顏素如微紅著臉，笑笑地說。

「你們就不要客氣啦，大家坐，繼續喝酒吧！」林正堂說。

顏素如端起小鍾早已替她倒好的酒杯說，「恭喜三位老大哥，終於可以回家了！我祝你們一路順風。」

「謝謝顏小姐！」他們三個端起酒杯，仰首把酒乾了。

「我們剛剛喝了一些酒了，幾位老哥就談起他們的這一生，都是一把一把的辛酸淚，……」林正堂向顏素如說。

「是啊！在台灣這四十年，真是不堪回首呀！」蘇兆元舉杯，自個兒把酒乾了，又自倒了一大杯，近乎自言自語地說，「當了國民黨的政治犯，成不了家立不了業，孤苦潦倒，……現在，准我們返鄉探親了，但是，探什麼親呢？父母都死了，還探什麼親呢？而且，一事無成，孤孑一身，……我這些年，從牢裡出來以後，幾乎每天都這樣，晚上買一瓶酒，把自己灌醉了，茫茫然、醺醺然，讓世界天旋地轉，讓這世界破了碎了吧！……但是……，但是……第二天醒來又看到自己孑然一身躺在破屋裡，啊啊，……這竟然是我蘇某人的一生！……不甘心啊！不甘心呀！……真叫，真叫，死不瞑目呀！……」

「蘇老師，蘇老師，看開一點啦！我老王回安徽也沒親可探啊。去年，我寫信回家，才知道父母早就死了，兄弟也死了，姪兒都不認識了。……但是，我還是要回家，要回家啊！……」王家法有點茫茫的樣子，朝林正堂和顏素如和小鍾舉杯，「來，三位！我敬你們！感謝你們，讓我在雜誌社住這麼久，實在，實在，……太感謝了啦！……喝酒！……」

「好，喝酒！喝酒！」小鍾滿臉通紅，神情興奮，舉杯把酒乾了，然後，纏著王家法們，「老哥，老哥，我要寫一篇小說，就寫你，王大哥，尤其要寫你在當解放軍那段，你要講多一點啊！……還有，還有你，蘇大哥，你說當流亡學生時，現在國民黨裡有幾個將軍是你的同學，很好！我對這也有興趣！你坐過十二年的政治牢，他們有去牢裡看過你嗎？關心過你嗎？這些政治的人性面，我很有興趣。還有你，陳水清大哥，……」小鍾喝了很多，但似乎還很清醒，也很興奮，講起話來，跟他斯文秀氣的長相完全不相襯。「最近，大蔡一直派我去大陸採訪拍照，……在《民間》雜誌上你們有看到吧？那些關於大陸風土人情的文章，都是我實地去勘查、採訪、拍攝的。還有一些留在大陸的台灣人，跟你們完全一樣，也想家卻回不了家，這是為什麼呢？有家想家還不准人回家，他媽——的！沒道理呀！……還不都是因為政治，因為戰爭嗎？你們在台灣想念大陸的親人卻回不去，他們在大陸也想念台灣的親人也回不來呀！為什麼兩岸都有這種不幸的人呢？不就是因為戰爭嗎？不就是因為政治嗎？」

「是啊！這一切都是因為戰爭，因為政治！而受害的卻是人民老百姓，」顏素如輕輕咳了兩聲，喝了一口溫開水，揚聲說，「三位大哥是大陸來台的軍人，想大陸的家和親人，想了四十年卻不能見。我是土生土長的台灣人，也在台灣想念當年被國民黨通緝而不得不逃去大陸，結果卻不能回到台灣的父親。我想念我父親也想了整整四十年了，一直想到他已經死在大陸了，我還不能見他一面！……我們都一樣啊，都是戰爭的受害人，同是天涯淪落人呀！……」素如說著說著，眼眶就紅了。

那晚，因為如此，酒雖然喝了很多，卻也喝得非常感傷。林正堂因此對他們三個人也有了比較多一些些的了解。

到了香港飛機場，何文德在導遊的指點下，又好意提醒大家，「飛機場的東西是免稅的，而且香港的價錢也比台灣便宜，要送給親友的東西，可以在這裡買。」何文德大聲說，「飛機十點四十分起飛，現在九點半，還有半小時給大家買東西，我們十點準時在這裡原地集合，想買東西，可以跟我一起走。」

林正堂站在隊伍後面看大家，有的人跟著何文德往機場的商店走去了，有的人四處拍照片，有的人坐到候機室外面長條靠背椅上抽著菸。天空被一大片一大片的灰烏烏的雲遮住了，但過一會兒，太陽又露出溫溫的臉來了。空氣有些冷凜，林正堂把夾克的拉鍊往上拉了拉，又把夾克領子向上豎起，雙手在嘴邊哈著氣，在候機室外找了一張沒人的長條靠背椅坐下。

這個機場據說是專門供往返香港與大陸的飛機專用的，顯得小而簡陋。在候機室進出的人的穿著，大多數都是藍色或黑色的棉襖，有點臃腫，下身是布褲也有點肥胖，只有很少很少的人穿西裝和大衣。這倒讓林正堂覺得很自在了。他在穿著上本來就是很隨便的，前年他去美國當訪問作家，沒穿西裝、沒打領帶，歡迎酒會上只有他穿襯衫夾克牛仔褲，他突然就覺得很不自在了。但事後，他又自責自己不夠成熟。別人穿西裝打領帶又如何呢？這次要去大陸，他也沒準備穿西裝打領帶，因為探親團的成員大部分都穿便裝，不打領帶。

他心情輕鬆地坐到椅子上，從夾克口袋裡掏出菸絲袋，把菸斗點燃了，仰望有點灰灰的天上的雲，悠悠地吸著菸。他突然想起剛才在遊覽車上，何文德的反應是不是太緊張了一點呢？只不過唱幾首歌而已，中國共產黨真的會那麼在意嗎？文革都結束十二年了，難道還控制得那麼死嗎？不准講這個，不准唱那個，這不是跟十年前的台灣完全一樣嗎？不過，他當團長的人必須照顧大家的安全，這樣提醒也對！林正堂想著他以前偷偷讀過的文革的資料，中國共產黨如果還像文革時那樣，可不得了了，他也非要小心不可了！否則，恐怕還真回不了台灣也說不定。他這一想，才感覺這趟跟這些被國民黨打成政治犯的老兵們回大陸，還真的，非要小心一點不可了。否則，怎麼孫志威、顏素如、蔡惠德都不來，反倒是他這個與中國共產黨完全沒有任何淵源和歷史關係的人卻來了呢？等他回去台灣，還有國民黨特務等著呢，大概他在中國大陸講什麼話，也瞞不過他們吧！他這麼一想，才驚覺到，原來他答應陪這些老兵們返鄉探親，是不是頭腦太單純了一些呢？怎麼在台灣時就沒想到這些呢？真是豬腦袋！

他長吸了一口菸，又緩緩吐出一圈清白色的煙霧，這才發現，不知何時，他對面的椅子上已坐著王家法，穿著一件有點單薄的夾克，夾克領子外面露出一段已經泛黃的套頭毛衣領子，頭上戴著一頂灰色的掛著中共解放軍的星狀軍徽的帽子，仰首望天，默默地抽著菸。那神情，似乎沉溺在某種極為遙遠的回憶裡。

「老哥，想什麼心事嗎？」林正堂大聲問他。

「這頂八路軍的軍帽，我剛剛買的，」他摸摸頭上的帽子，笑笑地說，「已經四十幾年沒戴了。」

「怎麼？你在重溫舊夢？」

「唉！……老了！」他嘆了一口氣，沉默了一會兒，突然憤憤地說，「他媽——的！已經這把老骨頭了，回家還有什麼用呢？……包袱啊！老弟，包袱啊！……」

林正堂坐到他身邊，握了握他粗糙冰冷的手，安慰他，「不會的，不會的！能回家總是好的，值得安慰啦！」

當天下午一點多，返鄉探親團的飛機終於停到廣州的白雲機場了。飛機上除了返鄉團二十幾個人，別的旅客並不多。這是一架小型的飛機，停在機坪，旅客循著一個鐵架的梯子下機。林正堂還坐在機位上望著團長何文德和那個撐著團旗的陳水清，身上都穿著那件寫著「想家」和「讓我回家」的白布背心，在其他旅客都下了飛機以後，才率先走出飛機門，步下梯子，後面跟著其他團員。每個人手上都拿了一面小型的團旗，淺藍色的天地，幾隻飛鳥從台灣的上空飛向廣大的大陸天空。

這些被戰爭踐踏蹂躪的老兵們，終於踏上他們日思夜想四十年的故國的土地了。

林正堂最後一個下了飛機，雙腳踏上從小教科書上描寫的祖國的土地的那一剎那，他微微閉了眼睛，很用心地傾聽自己身體和心靈的感覺……唉！竟然完全沒有一絲絲他原先所想像的那種應該有的狂喜和悸動。

他對自己搖搖頭，快步跟上了隊伍。有一輛遊覽巴士已在機場外面等著了。年輕的遊覽車小姐身上揹著手提麥克風，以純正的北京話自我介紹，「我的名字叫史紅，歷史的史，紅色的紅，請大家叫我小紅就好了。我是廣州人，在北京工作，是中國旅行社從北京派我來替各位伯伯叔叔和大哥大姊服務的導遊。」她身上穿著藍色棉襖，下身穿著藍色牛仔褲，脖子上圍著一條紅色領巾，身材高挑，大約二十二、三歲的年輕姑娘，臉上紅撲撲地充滿了笑意，指著旁邊一位年輕男子說，「這位是全國台胞聯誼會的徐同志，現在請他自我介紹。」

車上的人都紛紛鼓掌。那位徐同志高高瘦瘦的，頭髮有點鬈曲，臉孔端正清秀，從史紅手上接過麥克風，也是一口純正的北京話，「各位來自台灣的伯伯叔叔，大家好！我是北京全國台胞聯誼會的徐軍，我父親是台灣彰化人，我在北京出生，是北京台胞第二代。各位從現在開始，去西安到北京，所有的交通、住宿、飲食等等問題，都由我和史紅同志負責聯絡和接待。有任何事情，都請大家不要客氣，找我或找史紅就對了！各位今天在廣州的時間很短，下午三點我們就要轉機飛西安，明天從西安去祭拜黃帝陵。所以，今天只能安排各位坐在車上看看廣州市，……」

林正堂一個人坐在車子的最後一排，把額頭頂在窗玻璃上望著窗外的馬路、房子和馬路上騎著腳踏車的人群。他又忍不住想起剛才下飛機踏在機場土地上那一剎那的感覺，竟然會是那樣，幾乎完全無感嗎？那，以前，很小很小的時候，聽小學導師唱「我的家在大陸上，高山高，流水長！……」為什麼就會感動呢？他還記得第一次聽侯德健唱〈龍的傳人〉，台下的年輕人也都跟著唱，他內心也覺得熱情澎湃，忍不住也跟著唱了起來。聽著歌，唱著歌會感動，但踏在祖國的土地上，怎麼就沒感覺了呢？

他想著想著，忍不住就低聲哼起〈龍的傳人〉，試圖要把那感覺找回來似的。

遙遠的東方有一條江，它的名字就叫長江
遙遠的東方有一條河，它的名字就叫黃河
雖不曾看見長江美，夢裡常神遊長江水
雖不曾聽見黃河壯，澎湃洶湧在夢裡
古老的東方有一條龍，它的名字就叫中國
古老的東方有一群人，他們全都是龍的傳人……

「哈哈，我們的林大作家在唱歌啊？滿好聽的！」

「對不起，對不起，吵到你們了！」林正堂坐在位置上向大家揮揮手表示歉意，「史紅小姐，請繼續介紹廣州市……」

「你唱的不就是〈龍的傳人〉嗎？」史紅笑著說。

「〈龍的傳人〉在大陸很流行喔，很多人會唱，尤其是年輕人。」那個高瘦英俊的徐軍同志說。

「這首歌在台灣已經禁唱了。」何文德說。

「為什麼？」史紅瞪大了眼睛好奇地問。

「因為這首歌的作者是侯德健，他後來投奔大陸了，國民黨說他投共投匪了，所以就下令禁唱這首歌。」

「原來台灣也這樣啊？兩邊真像……」徐軍笑笑地說，卻立刻欲言又止了。

史紅拿起麥克風又繼續替大家介紹廣州市。巴士沿著珠江邊的公路行駛，史紅不斷在指指點點說明時，探親團的領隊黃廣海，大家都叫他老廣，在旁邊專注地聽著聽著，忽然站起來指著前面大聲說，「啊——，那棟大樓現在還叫珠江公寓嗎？……走過去就是珠江路了，是嗎？」

「對，再過去就是珠江路，你怎麼知道？」導遊史紅笑著問黃廣海。

「唉呀，我小時候住過這裡，」老廣興奮地說，「過了珠江路就是小學了，我還在那裡念過書哩。」

「是，再過去有一個小學。」

「哈哈，原來都沒什麼改變呀，還是老樣子。」老廣把臉貼在車窗上，努力向外望，房屋、行人都不斷向後退去、消逝，「看不見了，看不見了。」他喃喃地說，然後，坐直了身體，喟然嘆息起來。

黃廣海，廣東花縣人，從十五歲被國民黨徵召入伍算起，離家已經整整四十八年，打過抗日戰爭，也打過國共內戰，到台灣時已經幹到少校了，就因為想家，喝了酒以後講了一些牢騷話，就被政戰的檢舉，以叛亂犯起訴，整整被關了十五年。現在是六十三歲的老人了，但看起來卻像只有五十歲。出獄後，很幸運地竟被他找到工作，替工廠做清潔工，慢慢變成庶務股辦事員，因為勤勞、節儉、正直，攢了一點積蓄。這回返鄉，他買了很多禮物，也帶了一些現金，「父母在時，全由兄弟姊妹代勞孝養，我要向他們表達一些心意。」他說。他在廣州就要離團回家了，不跟大家去祭拜黃陵，也不去北京了。

一九八八年一月十九日，北京下午五點多的天空呈現一片灰藍的顏色，因為沒有雲，而顯得固定凝重地俯視著大地。旅行社的巴士從機場駛進市區，公路兩邊整齊地排列著只剩下光禿枝椏的白楊樹，在北中國的寒冬中顯得有點蕭瑟。騎著腳踏車的人群像靜默的流水不斷向車後倒退流逝。林正堂打開車窗深吸了一口冰涼的空氣，「啊，北京！」他在心裡喊著，這個只有在書本上才讀到的古老的都城，現在把手伸出車外就摸得到了嗎？

「外面很冷的，」史紅同志關心地說，「前天才下了雪，小心著涼了。」

「真的下雪了嗎？」林正堂的目光向車窗外搜索著，突然想起許久前讀過的一本書，叫《北京最寒冷的冬天》，內容早已經忘記了，但書名不知為何卻牢牢地記住了。

「這是北京最寒冷的冬天嗎？」

「今年的北京一點都不冷，」徐軍坐在林正堂前面兩排的坐位，回過頭大聲說，「北京最冷的冬天會凍死人的！」

「是啊，我也覺得沒想像中的寒冷。」林正堂笑著問坐在旁邊只穿了單層夾克的王家法說，「你冷嗎？冷了我就關窗。」

「沒什麼，」老王抹了抹已經凍得紅紅的鼻子大聲說，「不冷，不冷！回來了還怕冷嗎？……安徽也下雪的。」

「別逞強了，老哥，我還是關窗吧，看你鼻子都流鼻水了。」

「沒事！沒事！」他邊說，邊用手指在鼻子擰了擰，又把鼻水往褲子上抹了抹。這個真正幹過共軍的王家法，被國民黨關了二十七年之後，出獄時舉目無親，也身無分文。到處流浪了一段時間，最後跑去花蓮和宜蘭交界的太平山的深山裡做伐木工人，晚上就睡在人家廢棄的已經半塌的豬寮裡。

「媽——的！我是再也不回台灣了！即使做狗，死了也要死在自己的故鄉！」他住在《民間》雜誌社裡那幾個月，經常這樣說。還有其他的團員，在搭上飛機離開台灣之前，也幾乎都是指天畫地地賭咒發誓，「絕對絕對不再回台灣了，死也要死在故鄉啊！」

這也難怪，這些人，一生中從最黃金的青年時期，到垂垂老矣，在台灣除了受盡屈辱與折磨之外，又有什麼值得留戀的記憶呢？

「請各位注意，前面就是天安門廣場了，」導遊史紅小姐說，「這是全世界最大的廣場，兩邊是人民大會堂，中間是人民英雄紀念碑，東邊是歷史博物館，北邊就是天安門了。」

「天安門嗎？在哪兒？讓我看看！」車上有人大聲嚷著。

「天安門上那張掛像不是毛澤東嗎？」

天安門廣場在昏靄的暮色中已亮起一盞盞金黃色的燈光。一座高大雄偉的碑塔挺直地雄偉地在廣場的中央，毛澤東的掛像在燈光下沉默地注視著廣場上身影已經模糊的人群。不知誰突然打開了車窗，讓林正堂突然感到一陣難抑的寒意。巴士很快地駛過廣場，把天安門、把毛澤東、把所有已經模糊的人群都拋落身後，消逝在濃厚的暮色裡了。

一九八八年元月二十日上午九點，返鄉探親團的全體團員在團長何文德的率領下，到了北京市的國際俱樂部。這天，北京的天氣突然就變冷了，據說夜晚最低是攝氏零下十七度，白天最高也在零下三度。風很強勁，人們嘴裡不斷冒著白氣。國際俱樂部外面站了許多人，好奇地望著這群從台灣擎旗返鄉的隊伍，紛紛議論了起來：

「想家嗎？想什麼家呀？」有人說，「想家就回家唄，誰還攔了他不成？」

「唉呀，你不懂啦。他們是台灣來的老兵，台灣跟我們這邊不能自由來往啊！」

「你看，衣服後面還寫了字，抓我來當兵，送我回家去！」

「是國民黨的退伍軍人啦，回來探親的。」

「歡迎你們回來！」圍觀的人群有人這麼大聲喊著。

「謝謝！謝謝！」何文德雙手抱拳，高舉過頭向大家作揖，「台灣的鄉親向各位大陸同胞問好。」

「大家好！大家好！」人群裡響起一片熱烈的掌聲。

這是海峽兩岸人民在國共兩黨長達四十年的內戰中，再加上五〇年代以後國際政治的人為因素，被長期隔絕後，第一次公開的、自發的、以人道的、人倫的理由，在中國的土地上相聚在一起的懇談會。主持人是一九四七年台灣二二八事件後，潛逃到大陸的台籍老一代作家周清先生。周先生的個子有點矮小，但臉色紅潤，滿頭黑髮，沒有一點老態，很有台灣農家子弟溫厚樸實的氣質。他首先代表現在生活在大陸的二萬七千名台胞，向來自故鄉的探親團表示熱烈的歡迎後，懇談會就正式開始了。

團長何文德把每位團員逐一向與會人士作了介紹，並把台灣「外省人返鄉促進會」成立的宗旨、經過與奮鬥過程的遭遇作了簡要的說明。

「美國人為了到月球去，不斷研究，也不過花了十七年。而我們這些為了國共兩黨打內戰的老兵們，為了回鄉看看自己的親人，為了能觸摸故鄉的土地，卻苦苦等待四十年。」他努力控制著情緒，但聲音卻漸漸高亢了起來，「我們的返鄉運動是台灣社會運動的一部分。如果台灣過去沒有像在座的各位前輩那樣，一批又一批為台灣社會的公平正義、和台灣人民的幸福作了重大的努力和犧牲，那麼，台灣的社會不可能有今天這樣開放進步的局面，我們返鄉促進會也絕不可能在此時此地與各位鄉親見面。……現在，我們這些在台灣的外省老兵，已經可以從台灣回到大陸的故鄉了，希望你們也能很快從大陸回到台灣的故鄉。以前，因為政治因素的阻擾，我們只能心連心，現在，我們回來了，大家就可以手牽手了！全中國的同胞，團結一致，手牽手、心連心，共同爭取返鄉探親、定居、自由來往的權利，……」

老何的講話幾次被熱情的掌聲打斷，老何也幾度聲音哽咽，滿眶熱淚。

主持人周清介紹了一位出生在苗栗縣的黃清照先生，今年已經六十歲了，略顯瘦小的個子，兩鬢都已花白了，在北京住了四十年，雖然講的是一口標準的北京話，卻仍聽得出幾許台灣的鄉音。他說：

「……看到來自台灣的鄉親在衣服的胸前寫著『想家』兩個大字，我真想抱著你們大哭一場。我在內心裡寫著同樣的兩個字——想家，已經四十一年了，人生有幾個四十一年呢？因為人為的因素，我們有家歸不得，……」他哽咽了，強忍住眼淚繼續說，「……我原是糖廠的工人，台灣光復時，我們都是滿腔熱血的青年，要愛國家，再也不要做亡國奴了。所以，國民黨在招兵時，我就毅然決然加入軍隊了，但是沒想到，一入了軍營就像進了監獄，不准對外通信，不准走出軍營。不久，就連夜被送去基隆碼頭，送到冰天雪地的華北戰場和共產黨打內戰了。家裡人到現在都還不知道我真正的死活，……我急切希望國民黨能趕快讓我回家，……騙我來當兵，為什麼還不讓我回家呢？……我要告訴我的親人，我還活著，我沒有死呀！……」他激動又感傷地說，「再過十幾天就要過春節了，依據我們台灣人的風俗，全家人要一起圍爐團圓，不在家裡的人也要替他留個位置，擺一副碗筷。已經四十一年了，我多麼希望能回家去，坐在那個四十一年空著的椅仔上，……」黃清照的話觸動了在場許多人的心，只見那些頭髮已經花白的老人，頻頻擦拭著眼淚。

「國民黨政府以安全的理由拒我們於家鄉之外，是沒道理的。我們這些人，有的是國民黨徵來當兵的，有的是被國民黨派來大陸讀大學的，也有一些是因為二二八事件逃難來大陸的，國民黨於情於理都應該讓我們回台灣。我們回家只想探親掃墓，盡一點人倫孝道，國民黨為什麼沒自信呢？我們這些人都這麼老了，能在台灣造成什麼安全問題呢？」原籍台灣高雄市的葉紀東老先生，戴著一幅黑框眼鏡，穿戴標準整齊的西裝領帶，頭髮梳得油光滑亮，十足的紳士派頭，說起話來抑揚頓挫，中氣十足，「我們希望國民黨能夠站在人道倫常的立場，讓我們回去看看吧，不要在歷史的恩恩怨怨上糾糾纏纏了，允許兩邊的人民有來往，只會使整個民族更進步、更和諧，……」

周清老先生也在懇談會結束時公開呼籲：「國民黨以人道理由，開放在台的大陸人回來探親，這是值得讚揚的，雖然開了半邊門，我們希望，另外的半邊門也能很快地打開，讓我們在大陸的兩萬七千多名台灣同胞，也能很快地回去台灣。」

一位在場的台灣老鄉親鄭鴻溪先生即席擬了一副對聯：

四十年，恩恩怨怨，風風雨雨；
從此後，說說笑笑，來來去去！

但是，這群逃離台灣土地已四十幾年的燕子，真能在有生之年飛越海峽，飛回台灣嗎？林正堂坐在會場邊邊的角落裡，望著這群兩岸相隔四十年後首次在北京相聚的大陸人和台灣人熱情擁抱的場面，他內心有很深的感慨。往後，海峽兩岸一定不能再有戰爭了，不能再有對立了，和平統一這條路一定要成為兩岸人民共同努力的方向。他想。

「喂，阿堂，你坐在這裡發什麼呆啊？」突然有人拍了一下他的肩膀說。他立刻從沉思中驚醒，抬頭一望，「哈哈，海濤，好久不見了！」他站起來，把那人緊緊抱住。

「真的好久不見了，快十年了吧？」那人高高瘦瘦的，穿著一件棉襖外套，臉色紅潤，戴支黑邊圓形的眼鏡，顯得很斯文，充滿了書卷氣，笑著，扳住林正堂的雙肩，仔細盯量了一番，「還是很結實精壯啊，在牢裡沒怎樣吧！總共多少年？」

「四年九個月，」林正堂笑著說，「都過去那麼久了，你還問啊？」

「當年我就是和你，還有素如，三個人在七九年十二月十二日晚上，在美麗島雜誌社一起參加林義雄開的記者會以後分手，到現在才再見到你，七九、八〇，八一，……今年是八八年，沒有十年也有九年了。」

「是啊，是很久了，珊珊嫂子沒來嗎？」

「兩個孩子都還在上學，所以珊珊不能在北京長住，過幾天我也要去美國和他們一起過年。」

「喔，你這樣兩邊跑，很辛苦吧？」

「還好！這邊對我還算很優待，有特別照顧。」徐海濤說。

「順興仙呢？他不是也在北京嗎？」

「順興仙，在那裡呀，」徐海濤指著人頭鑽動的人群，說，「剛剛我是坐他的車來的。」

林正堂往他手指的方向望去，果然看見頭戴著鴨舌帽、身穿黑色大衣的黃順興從人群中向這邊走過來了。林正堂高興地向他揮揮手，叫了一聲「順興仙！」

「哈哈，阿堂，你終於來了！」黃順興揚起額眉，堆疊著滿臉的深刻的皺紋，笑著，一把抱住林正堂，然後，又扳住他雙肩把他稍稍推遠了，兩眼盯著他直瞧，又點點頭說，「嗯！還是很勇壯呀，那幾年在國民黨監牢裡，沒把你怎樣吧？」

「還好啦！跟白色恐怖時代的政治犯前輩比起來，我們算幸運了。國內外那麼多人關心，國民黨就比較不敢無法無天了。」林正堂笑著說，「你們怎樣？住在北京還習慣嗎？這麼冷的氣候，……」

「阿堂，你們一起來的人都興高采烈，很興奮的樣子，但是，……你怎麼讓我覺得，好像有什麼心事？……有點落寞是嗎？」

「有嗎？」林正堂沉默了一下，嘆了一口氣，說，「唉，我的心情是有點亂，也不知為什麼，……我原以為，我會很興奮、很激動，但是，……」

「社長，」王家法突然走到林正堂身邊，拉了拉他的衣袖，「我有事，要請你幫忙，不好意思！」

「什麼事？」王家法逕自拉著他走到旁邊，林正堂只好轉頭向徐海濤和黃順興說，「我們等一下再談。」

「社長，這是我當年參加解放軍的兵籍號碼，」王家法黧黑的臉上漾出一抹奇特的表情，有點緊張，又有點興奮，但態度是誠摯和熱切的，「我希望能認祖歸宗，我死也要恢復我的解放軍身分，……」

「是喔?!」林正堂望了一眼王家法遞到他手中的寫著兵籍號碼的紙條，「這事，……」他遙望了黃順興和徐海濤一眼，向王家法說，「好！我去替你問問看，有消息會馬上告訴你。」

王家法向他行了一個舉手禮，大聲說，「謝謝社長！」

「這事找統戰部，閻部長跟我好朋友，我馬上打電話給他。」順興仙說，「晚上，你就到我住的地方，海濤也一起來，我們聚一聚，我有幾瓶茅台和酒鬼，……」黃順興說。

「晚上我不行，有學生要來找我，而且我也要替阿堂安排一些人見面，」海濤笑著對林正堂說，「你人還在台北，北京的新聞界和文藝界就已經有人在打聽你的行程了。我想，這幾天除了順興仙之外，你也不會有別的約了吧？所以，我就自作主張，替你安排了一些人要跟你見面了。」

「好，都聽你的。」林正堂笑著說，「能見到劉賓雁嗎？」

「他最近又被點名了，並且又被開除了黨籍，比較敏感。」海濤說，「我找朋友來設法吧，這位朋友和劉賓雁很熟，在共產黨內也還說得上話。」

「那就麻煩你了。」林正堂說，「但是，如果會給他惹麻煩就不要了。」

「現在的氣氛應該還好吧，前一陣子胡耀邦被批，氣氛有點緊張。但是，現在大勢已定，胡下趟上，自由的氣氛又回來了一些，應該沒問題。」海濤說。

「你真的不能去順興仙那裡聚一聚嗎？我很想知道，你是怎麼跑來北京教書的？台灣你還能回去嗎？你難道不想再回去台灣嗎？……」

「唉！……這都等以後再說了。」徐海濤臉上雖然還笑著，卻有點無奈地嘆了一口氣說。

現場的人慢慢散去了。導遊史紅和台聯會的徐軍一直在會場裡照顧探親團的老兵們。「這裡結束了，我們要回北京飯店，中午由統戰部宴請各位鄉親前輩，……」徐軍說，「下午大家自由活動，想在北京飯店附近逛逛的，我和史紅同志可以一起當你們的嚮導。」

「當然要逛逛，明天我們就要各自回家了。」何文德團長開心地說，「要逛街，大家一起走！」

「好，好！能在北京城裡逛逛，這一生也值得了！」有人大聲說。

北京的天空仍然繼續在飄雪，路上也已鋪了一層厚厚的雪花。

林正堂坐在王家法旁邊，「已經給統戰部長打電話了，你放心！……」他喃喃自語著。

他點點頭，把視線轉向窗外，望著天上飄下的雪花，「安徽也下雪的，……」

那天晚上，林正堂在黃順興住處作客時，統戰部的閻部長給順興仙打了電話說，那個王家法確實是他們解放軍的同志，他們還查出他在安徽合肥老家，父母兄弟姊妹都不在了，但是有一個親姪兒，竟是他們安徽省統戰部的部長。所以，統戰部在徵得他本人的同意後，就派了專車專程把他送回合肥的姪兒家裡了。

「啊！原來如此！那太好了！太好了！」林正堂帶著幾分酒意，高興地大聲歡呼，「這老哥，太棒了！他的這一生，回到祖國後，終於也苦盡甘來了！」

窗外還繼續下著雪，林正堂想起王家法坐在車上，望著雪花飛飄的街道，喃喃自語，「安徽也下雪的，……」

「老哥！……」林正堂獨自乾了一杯酒，心裡覺得暖呼呼的。

第十一章

那天晚上林正堂回到北京飯店時已經超過十一點了。要不是黃順興的司機小賴下車去和負責門禁的人解釋，並且還亮出了什麼證件給他們看了一下，還真的差一點就進不了飯店了。北京實在冷，小賴說是零下七度。林正堂進了房間就立刻把暖氣機開了。但是，等他洗臉刷牙後躲進棉被裡，房間還是冷的。他下床，把暖氣機檢視了一下，用手觸摸了一下暖氣機的欄柵，也是冷的。他戴上眼鏡，把暖氣機的英文說明書又讀了一遍，也又操作了一遍。等了一會兒，暖氣還是沒出來！他忍不住生氣地把暖氣機用力踢了一下，咒了一聲「他媽──的！」看了一下手錶，已經午夜十二點半了。想打電話去問櫃台，又怕吵了人家，就有點負氣地鑽進被窩裡，用棉被把頭蒙住了。但兩邊的太陽穴又「突突突」地跳，腦海裡也不斷映現出黃順興邊喝酒邊比手畫腳地講著話的影像。

「我不是為了做官才來大陸的，都這把年紀了，還有多少年好活呢？什麼名啦利啦，對我都沒有吸引力了。我只希望趁現在還有一些精神力氣，把我的知識經驗貢獻給祖國，希望能替廣大的同胞做一些有意義的事。……來大陸這兩年多，我已經走遍二十四個省分了，只剩四個省還沒去。我每到一個地方，一定要看當地的農業、環境保護和公害的問題，我一定把考察的結果寫成文章給相關單位，也在媒體上發表。……」黃順興有些自豪地把他發表的文章剪貼和照片，逐頁翻給林正堂看。「這些文章，最近就要在北京出版了。」他說。

「現在，中國共產黨為了中國統一，處處對台灣的國民黨政府和台灣人民示好，這是他們目前的政策。所以，我要趁這個機會大聲放炮，……那些共產黨的官員已經過慣了太平日子，不客氣地說，一半以上都腐敗了啦，你不大聲批評他，他還真以為天下太平了。……整個大陸，不同的聲音沒有公開的管道可以表達，領導人說什麼就是什麼，這不是太危險了嗎？人又不是神，再偉大也會犯錯啊！……」林正堂腦海裡浮現黃順興講話時，滿臉激動和焦慮的神情，漲紅了臉，雙手在空中比劃著，「面對舉世聞名的桂林山水，我就親眼看到化學工廠的廢水，毫無顧忌地向江裡傾倒；站在長江的堤岸，看到重慶造紙廠將滔滔毒液投入長江，連綿百里。長江沿岸的居民說，整條江、整片土地被嚴重汙染、毒化，已經會致人於死了。這些，我怎麼忍心視而不見？怎能裝聾作啞？……還有更嚴重的哩，」黃順興又猛喝了一杯酒，痛心疾首地說，「在長春、鄭州、西安、泉州等城市的化工廠汙水，還被人引入農田灌溉系統當肥水用，無數的農林企業將高含毒素的電鍍與製革的廢水也引入農田。想想看，這將造成什麼樣的後果？不要以為中國人口十億五千萬，死一些沒關係。……這些事情，伊娘哩！沒人知道嗎？沒人看到嗎？為什麼不能制止？為什麼不能改？」

這位已經六十五歲來自台灣的民主運動與環保運動的先驅，一談起這些事，立刻顯得鬥志昂揚，臉上也顯現了一抹亮光。「剛來到這裡時，我確實失望過。心想，這個號稱偉大的社會主義祖國，經過三十幾年快四十年的建設，怎麼還是這樣落後？」他說，「但是，經過這兩年多來的廣泛接觸，我發現在中國大陸的每個角落，都有許多和我抱持相同理想的人，在這片物資條件極為落後的土地上，為了整個國家民族的前途和人民的幸福在默默地努力奮鬥，貢獻他們的心血、智慧和生命，就像我們在台灣所作的努力一樣……」

他還特別提到兩岸關係，「台灣和大陸本來就是一家啊，有什麼深仇大恨不可解的呢？連國共兩黨的世仇都漸漸在解凍了，我們身為台灣人和大陸同胞有什麼仇恨呢？如果說是因為大陸比較窮，比較不民主，那也不會永遠這樣，只要再給他十年、二十年的安定，大陸也會變的，也會富起來的。……現在，由鄧小平領導的這個執政團隊很出色，趙紫陽、胡啟立、閻明復……，都很優秀，都很務實苦幹。喔，對了，台灣現在由李登輝接掌總統大位了，我是在這裡看到台灣報紙寫的，好像有點奇怪，還不太確定是不是？國民黨內部好像還擺不平是不是？……李登輝我認識，那時他在美援的農復會。我在台東推廣農業，後來做縣議員、做縣長都和他常有來往。這個人思想很進步，很敢批評國民黨。最近在北京聽到一些老台共講起他年輕的歷史，才證實他早年也參加過共產黨，……真厲害啊！有這種背景的人竟然還會被那個大特務頭子蔣經國選為副手，有時想想，連編故事都不可能這樣。……今後，台灣會怎麼走下去？會和中國大陸變成怎樣的關係？這些，……你們想過嗎？討論過嗎？……」

他也不知自己是幾點睡著的，醒來時，頭還覺得重重的。翻了個身，望了望手錶，才早上六點鐘。但街上好像已有一些微光透進屋裡了。他掀開窗簾一小角，隔著霧霧的玻璃，從飯店樓下大馬路延伸到天安門廣場，都鋪滿了厚厚的積雪。

他放下窗簾，又躺入被窩裡，很想再睡一會兒，但屋裡不夠暖。一整晚大概就因為這樣才沒睡好的吧？他把棉被拉到頭頂，把整個頭蒙住了。但，過了不久，他又把頭上的棉被掀開了，望了一眼手錶，「幹！才七點！」他從床上坐起，拿起床頭的電話撥到飯店櫃台。

「喂，我房間的暖氣一夜都不能動，怎麼回事啊？請你們派個人來看看，……請送一壺熱水瓶來，謝謝！」

大約十分鐘，服務人員敲門進屋了。是一個高高瘦瘦的年輕人。

「噯喲，昨晚暖氣沒開，怎麼睡啊？這這這，……」

「昨夜我回來晚了，不好意思打擾你們，」林正堂穿了夾克走到暖氣機旁邊說，「這暖氣怎麼開呢？我搞半天，暖氣就是不來，……是機器壞了嗎？」

那人把熱水瓶放在茶几上，走到暖氣機前，指著上面，「開關在這裡，按下去就好。」他說。又指著旁邊一個圓形的刻著數字的轉盤，「這是調整溫度的。」

「是啊，我照這上面的英文說明，就是這樣弄，但是暖氣就是不來呀。」

「是嗎？」那人伸手在暖器上像柵欄似的裝置上摸了摸，「咦！是不熱，……肯定是機器壞了，我馬上給你換一個。」他說。

過一會兒，那服務生推著一台暖氣機進來了，插上電源，按了開關，又調整了溫度。

「這個，好的！」他說，「你摸摸看，開始熱了。」

林正堂靠近暖氣機，果然感覺到一股微微的熱氣，「謝謝你啦！」他微微笑著，從口袋裡掏出一張五元的人民幣遞給那服務員。

「別，別，……」他推辭了一下，臉一下子漲紅了。

「是我謝你的，別客氣！」林正堂說，「我還要在這裡住幾天，請多關照！」

「是是是！應該的！應該的！」他紅著臉，收了錢，向林正堂微微鞠了一躬，「往後有事打櫃台找我，我姓邱，大家叫我小邱，這一層樓的客人都歸我服務，你甭客氣！」

屋裡漸漸暖和起來了，林正堂脫了外套，又躺到被窩裡，不知不覺就睡著了。直到電話鈴響了，他才驚動了一下，匆匆忙忙抓起床櫃的電話，「喂，哪一位？」

「阿堂，我是海濤，你還在睡啊？」

「醒了，醒了！」他說，「昨晚沒睡好。」

「我在樓下櫃台打的電話，現在就到你房間了。」

「好！我房間沒上鎖，你就自己進來吧。」

林正堂掛了電話，立刻衝進衛生間。不一會兒，就聽見徐海濤的聲音在房間響起。「你在哪？」

「來了！」林正堂把臉擦乾，走出衛生間。徐海濤還是昨天那身打扮，藍色的棉襖、黑色長褲，戴著那副黑邊圓形的徐志摩式的眼鏡。

「怎麼？昨晚在黃老那裡搞很晚嗎？」

「回來差點進不來，」林正堂笑著說，「北京這麼大的飯店也搞門禁？」

「最近全國人民代表大會和全國政協會議，都在北京開議，一年一次，全國各地的大官全到齊了，當然要維護公安。所以，我晚上通常是不出門的。」徐海濤說。

「你是何時來北京的？平時都沒聽說。我要來北京前兩天在志威家和蔡大頭們喝酒，才聽說你在北大教書了，真厲害啊你！」

「蔣經國去年宣布外省人可以返鄉探親，我在美國，也藉這個名義，就回來了。」他笑笑地說。

「就這麼簡單？我才不信，」林正堂發現他語帶保留，便捶了他一下，但也立刻轉了話題說，

「怎麼？混得還不錯吧？我聽說。」

「在北大哲學系教老莊，我的老本行。」徐海濤說，「總比在台灣好。台灣不准我教書，讓我去國關中心掛個研究員，但美麗島以後，國關中心也不給聘書了，我只好去美國。在柏克萊大學拿到兩次三年期的研究員聘書。前年八月，聘約滿了，我就搭上外省人探親潮回來了，也才一年多，還不很習慣，……」

「聽說北京住房很緊張，你自己租房？……」

「北大對我很優待，有給我宿舍，兩房一廳一衛浴。」徐海濤笑笑地說，「和黃順興比起來，有差一點。但順興仙在台灣幹過縣長和立法委員，所以這裡給他正部級的待遇，就是比照這裡的部長。我是北大教授，能這樣已經很好了，很幸運了！多少老北大，呵呵！能兩房一廳一衛浴的也不多。……北京住房確實緊張，有些家庭，四五口人，擠在一個房裡，你去看看，簡直不能想像。……」

「怎麼可能？沒廚房衛浴？」

「那都是公共的啦，公共廚房、公共洗澡間、公共……，反正，……」徐海濤好像突然想起什麼好笑的事，先自己笑了一下，立刻又表情嚴肅地說，「我認識一對朋友，夫妻都是北大講師，結婚三年了，還分配不到宿舍，夫妻倆分別住在相隔兩三百公尺遠的北大男女教職員的集體宿舍，兩人要見面，就請室友配合，暫時幾個小時別回來，好讓他們兩口子能聚一聚。……哈！你看看，這在台灣可能嗎？簡直匪夷所思！」

「這樣說，還是你有辦法。」林正堂笑著說，「要是我啊，想在北大謀個教職，我看，連門都沒有。而你呢，這一路走來，雖然風波不斷，但好像都有神在保佑你。台大哲學系事件，別人被台大解聘了就得自謀生路，但你老兄就能獲得國關中心的聘書；美麗島事件，你不但沒被抓，還能到美國柏克萊當六年研究員；現在回中國大陸，立刻又有北大聘你當教授，……你實在太厲害了。」

「其實，我還是最喜歡在台灣。但是，台灣活不下去了嘛，只好這裡跑那裡跑，你以為好玩啊？」徐海濤說，「我要是能在台灣安安穩穩，就不會老遠跑來這種冰天雪地、天寒地凍的地方了。」

「但是你在台灣會甘心過安穩的生活嗎？國民黨叫你投靠，就讓你過安穩的生活。但是，你不肯呀，不是嗎？所以，人生走到這裡，都是我們自己的選擇，沒什麼好怨的。」林正堂笑著大聲說，「你這個大統派，回到祖國的心情一定是歡欣鼓舞的；怎麼還牢騷一堆呢？還說什麼最喜歡在台灣，故作違心之言吧？……」

「好好好，我的事情改天有時間再聊，」海濤伸手作了一個制止林正堂繼續說下去的手勢說，「我今天是有重要的事找你的。」

「什麼重要的事？」

「等一下我帶你去參加一個聚會，都是北京文化界的精英，……」徐海濤笑著，有幾分得意地說，「這幾個人，平時不太露面，但這次為了劉再復先生，他們都聚在一起了，很精采的！……」

「是嗎？」林正堂好奇地問，「劉再復是誰？」

「他是北京社會科學院文學研究所的所長，文學理論家，也是詩人。是文革結束後，這十年來在北京文化界竄起的重要人物。尤其是最近，他在社科院內部的會議上公開替劉賓雁辯護，當場被黨的上級指導怒斥，說他沒有資格擔任所長！他因此就憤而辭職了。」徐海濤講到這，突然就有點興奮起來了，像以前在台灣講述類似的事情時那樣，邊講邊雙手比劃著手勢，兩朵眼睛發出亮光，聲音也自然地高亢了起來，「哇塞！真是帶種！我就佩服這種人，有骨氣！……」

「我聽說，在這裡，如果被黨點了名，不是就很難生存了嗎？」林正堂說，「黨控制一切，不是嗎？他辭職，能在別的地方找到工作嗎？……」

「那倒沒有你想的那麼嚴重，因為他又不是真正的反革命，只是對待劉賓雁看法和黨不一樣而已。你講的是文革時代的作風，現在已經不會再那樣幹了。」徐海濤笑笑地說，「現在對意見不同的人，或是在工作上犯錯誤的人，都已經較寬容了，……」

「那麼，這個聚會劉賓雁也會去嗎？」

「聽說會。但是，主辦這場聚會的人很保密，怕消息走漏了會有麻煩。」徐海濤說，「劉賓雁是最近才第二度被開除黨籍的人，正在風頭上。另外的那個劉，也才公開違抗了黨的上級領導，而且還被《光明日報》大幅報導了出來，所以，……這次聚會很祕密，是小型的，對外面都說是小型音樂會，主辦人是剛從美國回來的年輕學者，是劉再復那個文學研究所的副研究員，他說他認識你。……」

「認識我？他叫什麼名字？」

「蘇偉，搞英美文學的。」徐海濤說，「你八六年在美國訪問時去過他學校，他說他聽過你演講，還當場跟你交換過意見。」

「蘇偉，……啊！我想起來了。」林正堂拍了一下手，笑著說，「耶魯大學的中國留學生，……」

「對，聽說他是耶魯大學的比較文學博士。」

林正堂點點頭，想起了那個蘇偉，戴著一副黑色寬邊眼鏡，一頭烏黑茂密的頭髮，鼻子很挺，鼻頭有點圓，嘴唇豐實飽滿，一對大耳朵。聽他講話就覺得他是個才華橫逸而又熱情奔放的人。「他說，文革時，他讀中學曾下鄉十年，在深山裡耕讀才開始學習寫作。在聽演講的學生當中，他好像是唯一的大陸留學生。所以，我對他印象很深。會後，他還一起去台灣留學生家裡喝茶聊天。」

「蘇偉還找了北京《光明日報》的頭牌記者戴晴來幫忙這件事。這個戴大小姐值得你認識，是個熱心正直的人，在這個北京城裡，人脈特廣，在共產黨內又說得上話，我在北京這一年多，都靠她熱心幫助……」

於是，林正堂坐上徐海濤向朋友借來的汽車，駛向北京雙榆樹的「青年公寓」蘇偉的住處。

「北京住房嚴重不足，而蘇偉在北京單身一人卻擁有完整的一個單元：一房一廳一廁，那真是得天獨厚！要不是有個留美的博士頭銜是不可能的。」徐海濤說。

「我也聽說北京的交通很不方便，公車班次很少，只能騎單車。只有大官才有轎車有司機，」林正堂笑笑說，「那你是怎麼搞到這車子開的？還有司機？……」

「哈！坦白說，我就是運氣好，這也跟我是從美國回來的有點關係，」徐海濤搓了搓雙手，在嘴上哈哈氣，笑著說，「我在北大開的老子哲學竟然很熱門，有點出乎我意料。後來我才知道，原來有些學生，這幾年家裡變得很有錢了，就想往美國跑。所以，我這個美國回來的教授也跟著熱門了。他們想，經由我這條線，去美國也許可以有一些方便。……」

「你說有些學生家裡變得很有錢，他們家是做什麼的？地主、生意人和有錢人不是都被清算鬥爭了嗎？」

「你講的是中共建國後的第一個三十年，包括文革時的中國，大地主、生意人、有錢人確實幾乎都被鬥爭清算了，變成大家都平等了，也都一樣窮了，吃的、穿的，大家都一樣。但是，鄧小平重新上台後說，這樣不行！我們要平等，也要富有！讓人民過富足的生活，這是政府的責任！所以，他開放個體戶，讓人民可以做生意。以前，個人不能做生意，生意都是國營的，但是國營企業搞不好，反正薪水都一樣，認真不認真沒差別，因此服務不好，效率也不好。台灣也有國營企業，也都不如民營的賺錢，因為服務品質和工作效率都不好。中國大陸過去連開一家牛肉麵店都是國營的，私人不准做生意。到鄧小平重新上台以後才改變，開放個體戶，讓私人可以做生意。現在，這些個體戶都發財了。現在你坐的這部車就是我向學生的哥哥借的。他們家原來是黑五類，在社會上是被歧視的，政府是不照顧的，不給工作不給飯吃，讓他們自生自滅，遇到政治運動還要被拉出去鬥爭。這種人在政府開放個體戶以後，就搶先去幹個體戶了，別人都有政府照顧，保證工作保證吃，他們黑五類什麼都沒有，就義無反顧，就奮勇爭先搶做個體戶了，賣雞賣肉賣鴨賣麵，甚至賣書，樣樣都來，只要能掙到錢。……你怎麼想都不會想到，中國這麼大，人口這麼多，糧食還是用配給的，想多吃一點、想吃好一點，過去是辦不到的，也不允許的。現在開放個體戶，想吃多吃好的，就向個體戶買了。所以，個體戶幾乎個個都賺大錢了，……」

「原來如此！」林正堂像在聽故事那樣，聽得津津有味，頻頻點頭。……

到達青年公寓，下了車，徐海濤立刻迎向站在門口的一位女士，跟她熱切地握手，抱歉地說：「路上有點塞車，不好意思，遲到了！」然後側身指著林正堂，「這位就是台灣來的林正堂。」那人立刻伸手和林正堂握了握，「這位是北京《光明日報》的戴晴，今天的聚會都是她安排的，……」

「好啦，我們先進去吧，其他的，以後還有時間說。」戴晴笑著，蓄著短髮，臉圓圓的，笑起來像一朵燦開的圓菊花。「裡面已經開始了。」她說。

蘇偉住家的客廳不大，擺了一套沙發：一只三人座、兩只單人座，中間一個茶几。客廳靠牆的地方還擺了一架鋼琴，就把整個客廳差不多塞滿了。客廳沙發上已坐滿人，沙發扶手也都坐了人。林正堂和徐海濤一進去，就聽到鋼琴錚錚錝錝地響著，好像是蕭邦的什麼曲子。

「好啦，我們暫停一下吧，」那個戴了黑色寬邊眼鏡、一頭烏黑茂密的頭髮的蘇偉站在鋼琴邊，笑吟吟地望著林正堂說，「我們先來歡迎這位來自台灣的好朋友林正堂先生。」一屋的人立刻都站了起來，鼓掌。

「哎呀，賓雁大哥、劉所長，你們都坐著吧，站起來幹什麼呢？」徐海濤擺動著雙手，請大家坐下。戴晴趨前站到林正堂身邊，指著站在長沙發左邊的一位高大魁梧的人說：「這位是劉賓雁大哥，他最近跟黨的關係有點敏感，但是北京文化界大家都尊敬他。」

劉賓雁長就一身高頭大馬，和一張很威武的臉，頭髮茂盛蓬鬆、廣額濃眉、眼睛深邃有神、鷹鈎鼻，已六十了吧，還很挺拔英俊，是東北英武的男子漢。

「我們民間雜誌社在台灣出版了幾本劉先生的大作，我都拜讀過，我向台灣的朋友介紹劉先生，都說他是現代的魏徵。」

「哈哈！大家果然都是英雄所見，北京文化界很多人也這樣認為。」戴晴笑著說，然後，再介紹旁邊一位，「這是劉再復先生，社科院文學研究所所長，最近跟黨的關係也有點敏感，……」

劉再復站在劉賓雁旁邊就顯得有點矮壯了，有點方型的臉，顯出南方人那種溫厚篤實的個性。

「今天，我們邀請大家來欣賞，由劉再復先生朗誦他最近發表在香港《八方》雜誌上的一首長詩《尋找的心曲》，也請兩位年輕朋友朗誦劉賓雁先生最近也發表在《八方》雜誌上的一篇散文，〈但願我生命的衰竭不要來得太快〉，在場的幾位，像戴晴、李佗、石鐵生、黃子平都是當今北京文學界和文化界最具代表性和批判性的人物。」蘇偉朗朗地說：「就我所知，林正堂先生在台灣文學界也是最具代表性和批判性的作家之一，一九七七年鄉土文學論戰被國民黨的御用文人和學者圍剿得很厲害……今天這樣的交流，可以說是四十年來兩岸第一次，是很有意義的，現在我們朗誦會就重新開始吧。」

屋裡的燈光忽然暗了，鋼琴架上亮起一盞微紅色的檯燈，把周遭映照得有點昏沉暗鬱，琴聲又輕柔地響起了，錚錚鏦鏦地，如行雲流水。劉再復先生站到鋼琴的燈座邊，朗聲誦讀〈尋找的心曲〉：

如果上帝在他的右手握有一切真理，在左手握著那簡單的尋找真理的衝動，然後對我說，「選擇吧！」

那麼，即使必須永遠留在錯誤中，我也將謙卑地跪在他的左手之前說：「父親，請給我這一手吧！因為純粹的思想是屬於你一個人的。」

接著是由兩個年輕人，一男一女朗誦劉賓雁的〈但願我生命的衰竭不要來得太快〉。

女：是什麼東西，緊緊跟隨著我像上帝的魔咒一樣？一九五八年春，當我服服貼貼戴著右派帽子被開除黨籍，到山西省太行山的一個村莊開始勞動改造時，有一件事給了我心靈以極大的衝擊。那就是《北京日報》上發表的一篇社論，題目是「共產黨員應該是黨的馴服的工具」。按照當時大陸的風習，對於共產黨員的要求，也便是對於人民的要求。因而，一個已經不是黨員的我，便設想起作為一個「馴服的工具」，今後的生活將會是什麼樣子？

這麼一想，我就不寒而慄了。……

男：這意味著，放棄用自己一雙眼睛看世界，放棄用自己的頭腦去判斷各種現象，和放棄用自己的語言去表達自己的思想感情，人云亦云，唯唯諾諾。……

在微紅的燈光下，林正堂逐一擬視著在場的每一張臉孔。有的微揚著頭，有的微閉著眼睛，顯得專注而沉溺，那種氛圍立刻使他不能抗拒地感動了。……

離開蘇偉的住處時，林正堂在車上問徐海濤，「你在中國大陸也一年多了，你覺得中國未來有希望嗎？」

汽車往北京飯店的方向開去，天空的飄雪雖然已經停了，但是天氣還是很冰冷。路上行人很多，都穿得厚實臃腫，但是走在路上都還挺俐落的。已經過了中午了，大家都匆匆忙忙的，都像在趕路。

「你覺得呢？」

「我到北京才第二天，怎麼說得準？不過，我很喜歡今天的聚會。」林正堂說，「那些人讓我覺得，這個國家有文化的厚度，那些人也都有生命的厚度。而這種感覺，我在台灣卻很少感覺到。」

「我在北京這一年，經常有機會認識這一類的人，老的不僅經歷過文革，還有經歷過一連串的反右整風運動，吃的苦、受的罪、遭遇的屈辱，你有機會聽他們講講，簡直匪夷所思！再看看他們現在怎麼活著，怎麼看未來。……我覺得，只要這些人的精神不死，中國就會有希望！」

「是啊！我完全同意你這個看法，」林正堂興奮地說，「就像我剛剛在現場講的話，那樣的場景，讓我很自然地想起，我在中國歷史上讀過的屈原和魏徵，也讓我想起中國知識分子憂國傷時的傳統精神和價值。中國大陸雖然經過十年文革浩劫，但我覺得中國文化精神的根並沒有斷絕。今天，我看到中國大陸老中青三代知識分子，竟自自然然地繼承了中國最寶貴的文化精神和傳統價值。這讓我好像在黑暗中看到了一絲光明，中國是有希望的！」

「中國幅員太廣，人口太多，文革十年傷害太深，必須讓人民休養生息了，也應該讓人民有些生活上的自由。這一路來，鄧小平提拔了胡耀邦和趙紫陽，提了一些改革開放的政策，例如開放個體戶，要先讓少數人富起來，再帶動全國人民。開放沿海省分對外通商，先讓少數省分富起來，再帶動全國。這都是好的政策，因此，社會的活力和元氣都上揚了，知識分子也對未來充滿希望。現在，言論自由的程度，甚至比台灣更開放了。……但是，去年我剛到北京不久，聽說胡耀邦被檢討了，並且也下台了，他是黨的總書記，很得民心，為什麼下台呢？共產黨也沒講清楚。社會因此變得有點緊張了。……中國的問題就是沒有法治，這事很嚴重，社會上大大小小的事，都聽鄧小平和少數幾個共產黨元老們的話就定了，但是，……」

「那種厚度是怎麼來的呢？是悠久的歷史與文化所涵養累積的嗎？只要這種文化的和生命的厚度不消失，不消滅，這個國家就會有希望，……」林正堂說。

「我們說的不到一塊去了嗎？各說各話？」

「不，我們說的是一件事，只是我剛剛想到了台灣。」林正堂說，「台灣怎麼就沒讓我感覺到那種文化的和生命的厚度呢？當年鄉土文學論戰，我們多孤單呀！……」

從早晨一直飄著的雪雖然已經停了，但路上還鋪著厚厚一層積雪，汽車在雪地上輾出一條條明顯的胎痕，人們在雪地上匆匆地行走。路邊的樹梢幾乎都光禿了，掛著的一點雪花也在強勁的冷風中颼颼地抖顫。

「對了，你什麼時候回台灣？」

「還不一定。我想多了解一下中國大陸的實際狀況，可能還會代表我岳父去他們廣東老家看看。所以，大概會在這裡再住幾天吧。」

「那你住北京飯店太貴了。」徐海濤說，「你們這個團的接待是全國台聯負責的嗎？」

「好像是，我也不太清楚。」

「我去幫你了解一下，」海濤說，「你如果想多了解大陸的實際情況，住在北京飯店絕對是緣木求魚，不可能的！那是國際觀光客和外地來的大官們住的地方。你最好能找個民間的房子住，和他們生活在一起。但這也不容易，因為每家的食物都還是配給的，沒糧票沒肉票，就是有錢也買不到米買不到肉。……」

「那怎麼辦？我本來以為很簡單，……」

「這在中國大陸可就不簡單了。」海濤說，「我來替你問問看，找這裡的人來想辦法，他們熟門熟路……」

「不然，我就早些回家。」林正堂說。

「還不急，再等幾天吧，」徐海濤說，「今天下午全國台聯說帶你們去遊長城，明天我再來接你去參加兩個活動，讓你多了解一下北京的文化界。……飯店快到了。」

林正堂望著車窗外的馬路，這條開往北京飯店的馬路很寬，好像有十線道，再加上路邊的人行道，就顯得更寬敞了。台北市的仁愛路直通總統府，也沒這馬路寬。兩邊的人行道旁還種了樹，雖然樹葉在寒冬裡都掉光了，只剩下光禿的枝椏，但挺直的樹幹在風雪中簌簌挺立的風姿，和一片廣袤的雪地輝映成一幅北國特有的景象，對林正堂這個來自南方台灣的人而言，自有一種稀有的魅力。路上的行人幾乎都推著自行車，車把上掛著的籃子和車後座上的置物籃裡都堆滿了各種蔬果米糧和肉品。

是有些過年的景象了。

第十二章

林正堂一連在北京待了三、四天，也參加了北京文化界的一些活動，最讓他覺得奇怪不解的是，為什麼北京這些號稱文化界的精英們，對台灣才發生的重大變局，怎麼都沒人提起呢？甚至連徐海濤也沒主動問起。

「蔣經國前幾天死了，你知道嗎？」

「我聽珊珊在電話中說了，但我沒看到報紙。」海濤說，「我們在北京很少機會看到台灣的報紙。」

「順興仙怎麼看得到？」

「他是正部級的待遇。」

「北京有故意封鎖這個消息嗎？」

「應該不會。」海濤說，「台灣發生的事情，一般大陸人不會太關心，……」

「是喔？……那他們關心什麼？」

「關心家裡的吃穿、孩子的教育、住屋的問題、生病能不能得到醫治，……多著啦！」海濤笑著說，「蔣經國死了，對台灣是大事，與大陸人有什麼關係？只有中南海那些大官才會討論吧，……」

「我了解了，難怪參加了幾次討論會，都沒人提起這件事。……」林正堂有點失望，但，想想，又覺得那才是正常合理的反應。「本來就與他們無關呀，不是嗎？」

但是，台灣同胞聯誼會就不同了，他們邀請林正堂參加的討論會題目卻是明明白白的「台灣局勢與兩岸關係」。而且，他還是應邀的唯一主講人，主持人是台聯會的會長林麗韞女士。林女士是台灣人，留學日本時參加共產黨，周恩來訪問日本時，她是周總理的日文口譯者。後來長期追隨周恩來夫婦擔任祕書。台胞聯誼會是共產黨以外的組織，和非屬共產黨的其他黨派一樣，都屬於統戰部管轄。參加的人都是台聯會的幹部和工作人員，總共大約三、四十個人。黃順興和徐海濤也都被邀參加了。

「……這是我們內部的討論會，黃老和徐教授因為都是林先生的好朋友，也都是不久前才從台灣或美國回到祖國，想必對台灣最近的局勢很關心，所以，我們就特別邀請他們兩位一起來參加，也想聽聽他們兩位的高見。林先生是台灣的知名作家，幾年前台灣發生鄉土文學論戰，林先生是最主要的參與者之一，又是後來的美麗島事件的受害者，被國民黨關了五年。工黨成立時，許多朋友要推他當黨魁，他卻堅拒不接受。為什麼原因不肯做工黨的領導人？我們在場很多人也很好奇，可以一併請教林先生，……」林麗韞大約五十幾六十歲了，中等身材，梳了一個學生式的清湯掛麵式的短髮，臉上沒有任何修飾，穿著淺藍色的外套和黑色長褲，十足像個才進城的鄉下婦女，但舉手投足卻另有一份優雅從容，顯示了深厚的文化內涵與修養。

會議室裡簡單地擺了一張長型會議桌，沿著長桌的四面擺了一些靠背椅。會議桌前面是一個講桌，講桌上擺了一支麥克風，一個保溫杯。

林正堂站在講桌前，抓起麥克風，「林會長、各位遠離故鄉四十年以上的台灣鄉親、前輩、各位好朋友，大家好！」林正堂向大家微微一鞠躬，「首先感謝全國台聯對我們這支來自台灣的老兵返鄉探親團的招待和照顧，現在，老兵們都各自返回他們的故鄉了，還留在北京的，就只有我這個不是老兵的顧問了。謝謝林會長今天這樣的安排，讓我有機會向在場各位鄉親長輩、和好朋友們報告台灣最近的局勢，更高興有這個機會來聆聽各位關於台灣局勢與兩岸關係的高見，……

「蔣經國在不久的幾天前過世了，這對台灣是一件大事，是一件很大的事件，因為他死後由誰來接班，勢必會帶來台灣內部重大的爭執。權力鬥爭是否會影響內部的安定？是否會帶來外力介入？接班完成後是否會對國家的方向與重大政策帶來重大的改變？等等，尤其是對兩岸關係會造成什麼樣的影響呢？這是大家都很關心的……」

結果，討論會最多的發言幾乎都圍繞在李登輝的過去與未來。……

「李登輝跟我是熟識的朋友，早期我在台東推廣農業，他在美援的農復會任職，也經常去台東協助農民。後來我當台東縣長和立法委員，也常在一起喝酒聊天。這個人很聰明，很有頭腦。早期對國民黨很批判，後來，蔣經國需要農經方面的人才，那時農復會祕書長是蔣彥士，行政院副院長是台籍的徐慶鐘。就把李登輝推薦給蔣經國。後來，一路走來，為什麼會變成蔣經國的副手，這是很多人，包括他自己都沒有想到的吧？」黃順興在林麗韞會長的邀請下，針對李登輝這個人也說了一些話，「聽說，他早期還參加過共產黨，所以國民黨的特務機關曾經想動手抓他，但那時他在美國讀博士，已經四十歲出頭了，等他拿了博士回到台灣，白色恐怖的氣氛已經沒那麼緊張了，而且，那時又有蔣彥士、徐慶鐘這些人保他，所以他就逃過一劫了。……」

「不錯，李登輝確實跟那時的地下黨有關。前幾天，我才從早期台共地下組織的吳克泰先生那裡證實，吳克泰就是李登輝宣誓加入地下黨的監誓人。但是，這事統戰部已下令，還不宜公開，……」一位台聯會的幹部說。

「我在來大陸的前兩天，和夏聯會的朋友一起聊天，也有人說到他早期與地下黨的關係的這種傳聞，因此對他如果能在台灣順利掌權，對兩岸關係的發展都持比較正面的看法，甚至認為會更早地促成兩岸統一也說不定。」林正堂說，「但是也有人提醒他的日本背景，在日本受教育，當過日本皇軍，顯然是認同日本的侵華戰爭。但他又是左派，又與地下黨有關，可見這個人很複雜，不單純，他如果在台灣掌權，兩岸關係會如何發展？恐怕還有待觀察。……」

「我也認識李登輝，那是在七〇年代初期，海外保釣運動興起以後，《大學雜誌》也請他擔任社務委員與編輯委員，那時他已被蔣經國網羅到行政院擔任政務委員了，專門負責農業問題。」徐海濤說，「那時蔣經國才剛擔任行政院長，正準備要接班。老蔣的一些老臣對蔣經國還有些不服，有些不同意見。蔣經國就利用《大學雜誌》去對付國民黨那些老保守派。李登輝和張俊宏、許信良、關中、施啟揚，都是蔣經國派去《大學雜誌》的人，我就是那時和李登輝認識的。農業問題他確實是專家，但他的思想太保守，謹小慎微，不能大開大闔，跟他早年在台大教書時經常對國民黨放炮的傳聞不太一樣。後來他由台北市長，到台灣省主席，到副總統，我們就問了一位在蔣經國身邊當祕書的朋友，小馬，就是馬英九啦。蔣經國真的要讓李登輝當接班人嗎？小馬說，蔣經國先生有信心能掌控李登輝，因為李登輝平時的表現，讓大家認為，他是沒有政治野心的人，也是不敢有野心的人，在蔣經國面前坐椅子都只敢坐三分之一，平時在辦公室也不跟任何人來往，只是看書讀書，辦公室好像圖書館。問他退休以後要做什麼？他說要去當傳教士，傳上帝的福音，……這樣一個人突然在蔣經國死後要接掌大位，他能做什麼呢？國民黨那些實力人物，像李煥、郝柏村、俞國華……甚至蔣緯國、蔣宋美齡，能讓他平順接掌大位嗎？另外還有一個林洋港，曾經在蔣經國時代排班在他之前的地方實力派人物，這些人、這些事，夠他昏頭轉向了，……」

「聽起來，李登輝這個人還滿複雜的，我們會把這些資料交給統戰部參考，……」林麗韞會長說。

林正堂來到北京已經第五天了。一大早，他拉開窗簾才發現，北京竟然又出大太陽了。馬路上的積雪在陽光下閃閃發亮。馬路上的行人仍然都穿了厚實的大衣、外套，戴著帽子、圍巾、手套，匆匆地在陽光下的雪地上行走。偶爾，幾輛汽車在馬路上捲起泥漿和雪花飛駛而過。對面遠處的天安門廣場，有一些人彎著腰在清除廣場上的積雪。屋裡的暖氣一直開著，維持在攝氏二十六度。林正堂穿著睡衣，提著電熱壺到衛生間把水裝滿了，插上電插頭。然後從門縫的地板上撿起《人民日報》。頭版頭條的文章標題立刻吸引了他的注意，國務院總理、黨的總書記趙紫陽署名發表的文章，〈社會主義初級階段論〉。好像就是昨天吧？中國共產黨中央召開第十三屆全國人民代表大會，趙紫陽以中共中央總書記的身分，發表了這篇〈社會主義初級階段論〉的主題演講，總結了文革結束以後，實施鄧小平同志的改革開放政策十年來的一個整體的全面的論述和報告。

他坐到沙發上，點燃了菸斗，邊抽著菸，邊專注地把整篇文章詳細地讀了一篇。這幾年來，雖然在台灣已經讀了不少簡體字版的大陸書刊，但是這篇登在《人民日報》上的〈社會主義初級階段論〉，他讀起來還是有點吃力。但讀完報紙以後，他的心情卻是非常的激動和興奮。

「太好啦！太了不起啦！這文章，實在，實在太厲害了！」林正堂雙手把《人民日報》捧到頭頂，閉了眼睛大聲說，「這是太了不起的論述了！面面俱到，又清清楚楚！實在太了不起了！……」

這時，屋裡的電話忽然響了。

「喂！哪一位啊！」林正堂抓起電話筒問。

「我是海濤啦！你不出去吧？我現在就去找你。」

林正堂掛了電話，又拿起報紙，再一次把趙紫陽的〈社會主義初級階段論〉從頭到尾詳細讀了一遍。

「厲害！高明！」他獨自在房間裡繞室遊走，興奮地自言自語，「中國要改變了！中國有希望了！」

「叩！叩！」聽到敲門聲，他立刻衝到門口，把房門打開。

「哇！蘇偉、戴晴，你們都來了。」林正堂看到海濤旁邊站著那個臉圓圓，笑得很開朗的戴晴，和後面那個戴著黑色寬邊鏡架的蘇偉，高興地說，「進來坐！進來坐！」

他有點手忙腳亂地從桌上拿起茶杯，剛好四個杯子。把茶包撕開放入杯中，然後提起剛已燒滾的電熱壺，一不小心，熱水卻倒歪了，把桌子弄濕了，還灑了一地的水。

「我來，我來！」戴晴笑著，搶過電熱壺，「你們這些男生做這種事，天生的笨手笨腳！」

「啊！對不起，台灣現在已經很少用這種電熱壺了，都用一種熱水器，要加開水，在上面蓋頂上一壓，熱水就出來了，不用提著電熱壺往杯子裡倒水。而且水煮開了就自動斷電保溫，很方便的，……」

「是啊是啊，我去年也從美國帶了一個回來，確實很方便，只要把水加滿，它就自動加溫了。」蘇偉指著那個電熱壺說，「怎麼北京飯店還在用這種老舊的、已經落伍的電熱壺呢？有礙觀瞻。」

「你在看趙紫陽署名的這篇文章嗎？」徐海濤坐到沙發上，隨手把沙發上的報紙收拾好。

「蘇偉，你坐沙發吧，還有，戴晴，茶我來泡，妳也請坐吧！」林正堂拉著蘇偉坐下，又搶著戴晴手上的電熱壺。戴晴把左手輕輕一揮，「別吵，茶不都泡好了嗎？」她笑著，把電熱壺放在茶几上，坐到蘇偉對面的沙發裡。

房間很寬敞，除了一張雙人床，窗下擺了一套沙發，一張三人座、兩張單人座、一張茶几。雙人床的床頭，一邊擺了一個小化妝桌、一把椅子。另一邊擺了個書桌，也有一把椅子。

「這房間很闊氣啊，住一天多少租金？」蘇偉好奇地問。

「不知道，我沒問。」

「這是全國台聯招待的，我看幾十塊人民幣跑不掉。」徐海濤說，「我剛回來時住在友誼賓館，對外國來的，他們不收人民幣，收美金。這裡是不是也這樣？不知道。」

「是這樣沒錯，對外國人只收美金，但全國台聯招待就算人民幣了，一天收多少錢要問一問才知道。」戴晴笑著說。

「喂，阿堂，你在這裡住一天的租金，可能是大陸工人一家三四口人一個月的生活費，……」

「真的嗎？」林正堂吃驚地說，「那太浪費了，應該住便宜的地方。」

「前幾天我說，你想了解一般大陸人的生活，住在這裡不行。你要住到老百姓家，跟他們一起生活。」海濤笑著說，「現在機會來了，蘇偉說他明天就要回廣州，過完舊曆新年才回來。這段時間，他的房子可以借給你住。……」

「真的嗎？那太好了！」林正堂高興得大叫，「太謝謝你了，蘇偉！」

「甭客氣！」蘇偉熱誠地說，「我屋裡的東西你都可以用，我還有半個月的糧票和肉票，都放在桌上，足夠你半個月吃的！」

「真的太謝謝你了。」

「好啦，先生們，喝茶吧！」戴晴端起茶杯，笑著說，「徐海濤講到這房間的租金，我看林正堂真有點坐立不安了。」

「真是有點不安，不好意思！住這麼貴的地方。」林正堂說，「我還要謝謝你們三位，這幾天要不是你們熱心協助，我大概半步都離不開北京飯店，根本人生地不熟，怎麼闖啊？」

「戴晴在這方面是很神通廣大的。現在北京看《光明日報》的人比看《人民日報》的還多，她是《光明日報》全方位、最出色、最活躍的記者，政治的、經濟的、文化的、教育的、社會的，幾乎什麼題材都能寫，而且都寫得極好。現在是《光明日報》的頭牌記者，前幾天還寫了一篇黃順興在全國人民代表大會上的發言，要求選中央常務委員和委員長、副委員長時要祕密投票。共產黨建國四十年，自從有人民代表大會以來，從來沒人敢作這樣的發言。戴晴形容黃順興的發言是，大地驚雷，石破天驚，民主大躍進。」徐海濤兩眼閃著亮光，說著說著，雙手也跟著比劃起來，「哈哈，看了報紙，連我都興奮起來了。學生們競相走告！」

「這在台灣或任何西方國家不是都是常識嗎？」

「是啊，但是在中國大陸就不是這樣啊！你這一票要投誰，要聽上面指示，而且要在大庭廣眾之下寫上你要投的人的名字，或在大庭廣眾之下圈選你要投的人。一切都要公開，不能有祕密，……」徐海濤說。

「這怎能行使自由意志呢？」林正堂說，「這就是他們說的中國特色的社會主義民主嗎？」

「我們在這方面確實需要大改進，太落伍了！」蘇偉說，「在美國住了幾年，尤其覺得……」

「我為了寫這篇新聞，又被報社的黨組書記約去談話了，還要我寫篇檢討。」戴晴說，「已經下令不准我再跑新聞了。」

「為什麼？」

「怕我揭發太多事實，上面受不了！」她說，「為了那本《梁漱溟與毛澤東》，早都被黨組書記警告好幾次了。」

「這是學術論著，有這麼嚴重嗎？」徐海濤說。

「大陸情況就是如此。」蘇偉說。

「是不是和我們台灣白色恐怖時期差不多？」

「但是，妳有護身符，不是嗎？」徐海濤笑著問戴晴。

「牽涉到毛主席，那也不管用。」戴晴搖搖頭說。

「戴晴是有後台的，普通的黨組書記應該還不敢對她怎樣。」徐海濤對林正堂說，「戴晴的父母在共產黨搞革命時就為黨犧牲了，所以，她從小在葉劍英家長大，是由葉帥代替黨把她照顧大的。因此，她是烈士遺族，許多現在中央做大官的，都與她父母有點關係，再加上葉帥今天的地位，扳倒四人幫他是最關鍵的大功臣，所以，……」

「現在，這種關係也沒用了，鄧小平文革後復出，十年來努力推動改革開放，雖然深得民心，但是黨內阻力還是很大，有些黨內還在掌權的既得利益者還是堅持社會主義計劃經濟，都集結到陳雲老人家身邊，極力反對小平同志的市場經濟。但因為小平同志的威望，他們不敢反他，不敢批判他，就不斷攻擊他起用的人，像胡耀邦同志，就被那些人指控，反資產階級自由化運動不力，是資產階級復辟的總代理。其實這都是四人幫在文革時批鬥小平同志講的話。現在胡耀邦已經被他們逼得不得不下台了，……」

「我聽說，這幾年胡耀邦平反了很多過去冤假錯案的受害者，替很多黨內同志恢復名譽、恢復工作，替黨作了很大的貢獻，是一個心胸寬廣、有魄力、有擔當的開明的領導者，很得民心，不是嗎？」林正堂望著戴晴認真地問。

「不錯，胡耀邦確實很得民心，小平同志更是威望在天，但是他們還是很辛苦。這十年來，共產黨內部極左的思想言論，還是會不斷地冒出來，而且還都引用《毛語錄》、《毛思想》，不斷要求辯論，中國共產黨是姓資還是姓社？」戴晴有點無奈地說，「連胡耀邦都被逼下台了，我父母的那些老關係還有用嗎？葉帥的老關係還有用嗎？他們早都已認為我就是該被肅清的問題人物了。」

「原來早在去年就已經是胡下趙上了，我這個台灣來的沒搞懂。」林正堂說，「但是，我還是替中國共產黨惋惜，……」

「這都過去了，惋惜也沒用了。不過，現在局面還算不錯，因為趙也是個開明能幹的領導人，所以，趙上來以後，整個社會的氣氛又活起來了。言論自由的程度會讓你嚇壞了，年輕人批評共產黨簡直毫無禁忌。」蘇偉說。

「不過那也只在私人聚會的時候才沒人管你，如果公開演講或寫成文章發表，還是不容許的。」戴晴說。

「那倒是，公開寫文章批評還是不行。」蘇偉說，「我們所裡最近不就鬧了風波嗎？」

「蘇偉，我看我們換個話題吧，聽聽這個台灣來的人對趙紫陽署名的這篇人大報告有什麼看法。」戴晴望著林正堂笑著說。

「你們，這是要考我了。」林正堂端起茶杯喝了一口熱茶，態度認真地說，「我認為這篇

〈社會主義初級階段論〉的內容很高明，很厲害！我剛剛讀了兩遍，很興奮，簡直不能自抑，就在房間裡繞室遊走。我覺得中國是有希望的！」

「怎麼說？」戴晴微笑著，圓圓的臉像一朵燦開的圓菊花，但一雙銳利的眼睛卻望著林正堂追問，「為什麼這篇文章就讓你覺得中國有希望了呢？」

「嗯——，這樣說吧，你們有些辭彙用語跟台灣不太一樣，我在使用上還不太習慣，我就用我的習慣用語來說吧，」林正堂整理了一下思緒，認真地說，「根據我的了解，中共領導人在全國人民代表大會上的講話，就是國家現在與未來的方向和路線了。這篇〈社會主義初級階段論〉是先把中國現在與未來若干年定位在社會主義的初級階段。這一方面是向黨內左的基本教義派表態，黨現在與未來要走的仍然是社會主義，不是資本主義。但是，處在這個階段的國家和社會最大的問題就是貧窮，因此，我們現階段的政府最大的責任與任務，就是要解決貧窮問題，要替國家、社會、人民創造財富。為了解決貧窮、創造財富，政府提出兩個政策，一是開放沿海地區，與國外通商貿易，讓沿海少數地區先富起來，再來帶動全國各地區也一起富起來。二是開放個體戶，讓個人可以去經商做生意，自負盈虧。這樣可以調動個人創造財富的積極性。讓這些少數人富起來了，再來帶動全國人民也富起來……以前，中國大陸長期實施計劃經濟，讓人民吃大鍋飯，雖然大家一律平等，但個人的才智、能力與積極性卻調動不起來，無法發揮更大更高的生產績效。現在政策上作了這樣的改變，我相信，全國人民的積極性和才智能力一定能發揮更大的效用。……」

「你認為這已經走上資本主義的道路了嗎？」戴晴以記者的專業提出銳利的追問。

「小平同志不是講過黑貓白貓的比喻嗎？只要能捉老鼠就是好貓。」林正堂笑著說，「現在解決貧窮問題才是中國大陸最重要、最急迫的問題，反對改革開放的人把鄧路線說成走資派，但經濟上不走資，這個國家就完了，人民也沒希望了，不是嗎？我對中國不是很了解，但我認為這次十三大的這篇總結報告，〈社會主義初級階段論〉，在中國共產黨歷史上的重要性，絕對不亞於當年在遵義會議中確定毛澤東路線的重要性。這是中國共產黨長期在毛路線後，終於能跨過毛的影響，替中國找到一個新的路線和新的發展方向。從此以後，中國會和過去毛的時代完全不一樣了。這是很了不起的，在歷史上是很偉大的，很有遠見和智慧的一個決定。除了鄧小平之外，沒有第二個人能有這樣的智慧、氣魄和擔當了。」

「正堂兄你講的對，這個社會主義初級階段的提法是小平同志的創見，是他為了減低保守派的阻力，從毛澤東的新民主主義中尋根覓源，苦心創造出來的。」蘇偉嚴肅地說，「我們社科院也有人專門為社會主義初級階段寫過論文。聽說小平同志在十三大之前交代過趙總理，要好好替這個社會主義初級階段作好理論詮釋。」

「這是趙紫陽親自寫的講稿嗎？」林正堂好奇地問。

「趙身邊有一個理論班子，由他的祕書鮑彤領導。看起來這篇文章是集體創作，最後由鮑彤總其成。我見過鮑彤幾次，」戴晴說，「這個人頭腦清楚，思辨能力很強，很有見識，也很有謀略，文筆又快又好，是趙總理最倚重的人物，基本上是一個堅持改革開放的人。他們把小平同志推動改革開放十年來的實驗，作了一個階段性的總結和論述。」

「好啦，這個話題講到這裡為止了。」徐海濤突然站起來笑著說，「我們今天來，要跟你講三件事，一是我下星期就要回美國了，本來應該請你去住我那裡，但有兩位平時幫我整理資料的研究生已住我那裡了，所以就不方便讓你去住了。還好，現在有蘇偉的房子可以免費讓你住，他的地方你去過，比我的地方好，因為我還有很多書一箱一箱堆在屋裡，亂糟糟的。第二，我和蘇偉不在北京以後，你有事可找戴晴幫忙，她在北京人面廣、關係多。我在北京這一年多，也都靠她幫忙打點，在各個方方面面替我穿針引線，我實在很感謝她。我現在把你託給她，我才能放心回美國過年。」

「沒問題，你放心把林正堂交給我。」戴晴笑著說。

「還有第三件事，」海濤的神色突然有點嚴肅起來，認真地說，「昨晚北大有幾個學生來找我，他們問候你，也希望邀請你去北大向學生們做一次公開演講。」

「請我去北大公開演講？真的嗎？」林正堂有點不敢相信，這是事先完全沒想到的事。

「因為《光明日報》從你還沒下飛機前就開始報導你的消息了，從鄉土文學論戰寫到美麗島事件，也訪問了兩年前你去美國愛荷華大學一起參訪的北京作家邵燕祥和蒙古作家烏熱，談你們一起在美國幾個月的生活。所以，這裡的年輕人對你已經不陌生了，他們對鄉土文學論戰和美麗島事件特別感到興趣。」徐海濤說。

「這是學校邀請的？還是學生邀請的？」

「這是一群比較活躍的北大學生自發性的活動，他們剛好都是北大燕園新聞社的成員，他們就以這個學生社團的名義邀請你。當然，這是要學校當局事先批准才行。」徐海濤說，演講題目與內容可以由你自己決定。」

「這……方便嗎？」一想到國民黨再三強調的三不政策，第一條不就是不接觸嗎？林正堂不能不考慮在北大公開演講，返台後會不會被國民黨找麻煩呢？違反三不政策，會不會坐牢？會不會影響以後出國？……

「你可以不談政治只談文學，」徐海濤說，「這是個千載難逢的機會，面對北大學生，把台灣的文學與社會現況介紹給他們，對大陸的青年一定有啟發性。而且，他們真的很熱情、很誠懇，如果你不答應，不但使他們失望，也會使他們有一種印象，台灣的思想控制很嚴厲。這對國民黨的政治宣傳反而很不利。所以，你如果答應了，回台灣以後，我敢保證，國民黨一定不會對你怎麼樣的，因為這是最好的宣傳啊……」

林正堂望著徐海濤，又望望戴晴和蘇偉，他是很希望有機會進一步了解大陸青年的思想、感情與生活，以及他們對政治、社會的看法，對未來有什麼理想和夢想，等等。但是，他內心，隱隱約約的，對這件事還是有些顧慮。

「這會對學生造成困擾嗎？會給他們帶來麻煩嗎？」

「這點，百分之一百不會，我敢保證。」戴晴笑著說，「這幾年，由胡耀邦當黨的總書記，由他抓思想、抓意識形態，整個社會在思想上已經大解放了，尤其是年輕人，各種思想都有，批判共產黨比誰都凶悍，簡直不留餘地。」

「確乎如此，」蘇偉笑著補充，「年輕人加入共產黨被發現了，還會被同學們譏笑、奚落，和我當學生時，簡直不可同日而語。……不過，剛才我也講了，這還是只限於私底下談話聊天時，如果公開演講批評，或寫成文章或大字報發表，或上街請願，還是不准的，還是會被約談，被檢討，甚至被抓。你看方勵之和劉賓雁，不是就被開除黨籍了嗎？……」

「所以我說，只談文學，不談政治。」

「如果只談文學不談政治就不會給學生惹麻煩，我可以考慮。」林正堂望望戴晴和蘇偉說，「你們覺得呢？」

「很好！我舉雙手贊成！你去給北大學生談台灣文學和台灣經驗，肯定對他們有啟發性。」戴晴興奮地說。

「我也贊成！」蘇偉說，「我在美國聽過你演講，你很有群眾魅力，北大學生肯定會瘋了！」

「好！那我就接受這個邀請吧！」林正堂望著徐海濤說。

「哈哈，太棒了！」徐海濤興奮地說，「據我所知，你是真正從台灣來的，第一個到北京大學演講的台灣作家。」

「那，去吃涮羊肉吧，我請客，一方面給蘇偉餞行，」林正堂說，「另一方面也讓我嚐嚐北京涮羊肉，我對它聞名久矣。」

「別急，蘇偉明天才走，吃涮羊肉就等晚上吧。」徐海濤說，「我現在立刻給那幾個北大學生打電話，他們說，如果你答應了，他們希望能先跟你見面談談。」

「好，讓他打電話，我們就喝茶聊天吧，」林正堂說，「晚上吃涮羊肉的事，就這樣說定了。」

「我不行，今天我們家的寶貝女兒從學校回來，我得下廚給她做菜。」戴晴說。

「她多大了?帶她一起來呀。」林正堂說。

「明年升初三，外表已經像個大人了，但還是孩子脾氣，不愛跟陌生人來往，有點孤僻，跟她爹一樣。」戴晴笑著說。

「現在大陸的孩子不得了，都被大人寵壞了，一對爹娘，兩對爺爺奶奶，六個大人爭著都把一個小孩當寶貝，能不寵壞嗎？」蘇偉說。

「大陸長久以來都實施一胎政策，難怪大家爭著寵小孩，物以稀為貴呀，哈哈，」林正堂笑著說，「台灣比較沒這問題，你想生幾個都行！但是，現在台灣的父母也都寵小孩，因為現在也頂多生兩個就不肯生了。像我那女兒，跟妳女兒差不多大了，也變得古古怪怪的，連我這個老爸都不許抱她了，哈哈……」

徐海濤右手抓著電話，大聲朝林正堂說，「那幾個北大學生說，現在就要來飯店拜訪你，可以嗎？」

「這麼快啊？」

「你今天如果沒有其他計畫，就讓他們來吧，反正吃涮羊肉是晚上的事。怎樣?可以嗎？」

「現在快十一點了，我看這樣吧，叫學生多買一個便當來，就在你房間邊吃邊聊，這裡準備茶水也方便。」戴晴說。

「這個建議好，我看就這樣！」徐海濤向林正堂點點頭，對著電話大聲說，「你們買便當來林先生的房間，邊吃邊聊好了，記得替林先生多買一個便當。」

「便當錢我出，我請他們。」林正堂說。

「這是小事，無所謂啦。」蘇偉說。

「等一下你好好跟那些年輕人聊聊，傍晚我和蘇偉來接你，一起去涮羊肉，……」徐海濤說。「現在我送戴晴和蘇偉回去。」

林正堂穿了夾克，送他們下樓。徐海濤借來的轎車已經在大門口等著了。大門一打開，一陣冰涼的風立刻鑽進衣服裡。他拉起衣領，把夾克裹緊了些。

「外面冷，你進去別送了。」戴晴說。

「游師父，麻煩你了！」林正堂向司機揮揮手，打了一聲招呼。看著轎車向灰濛濛的冰涼的天安門那個方向開去了。

這就是北京嗎？他覺得有點不太真實的感覺，自從踏上中國大陸的土地，他一直有這種好像在作夢的感覺，不太真實。但，在這裡遇見的這些人，這些事，卻又都是真實的，黃順興、徐海濤、蘇偉、戴晴……都是真的，不是嗎？

他對自已搖搖頭，走向飯店，進入電梯。……

第十三章

北大來訪的學生總共八個人，一下子就把林正堂的房間給塞滿了。

「對不起，房間太小了，來，這個沙發上可再擠一個，」林正堂把沙發上的報紙拿起來丟到床上，「床上也可以坐。」他說。

一個理了平頭的高中生模樣的學生坐到床上，順手把床上的報紙拿起來看了一眼，「林先生也看《人民日報》嗎？這篇社會主義初級階段的文章，還畫了線，你讀得很認真啊！」那學生笑著，很認真地說。

「你們的簡體字我還不太習慣，還有一些詞彙，跟台灣也不太一樣，」林正堂坐到他們空出來的一只單人沙發上，笑著說，「這樣一篇文章，我得讀兩三遍才讀得懂。」

「那，能不能請林先生談談你讀了這篇文章的感想呢？」那個就坐在他對面的單人沙發上年齡稍大些，長得很清俊的人，神態莊重地說。

「別急，先別急，先讓我們向林先生自我介紹吧，」一個身材有點高大，坐在那只三人座大沙發的扶手上的青年站起來，邊解下他領子上的紅圍巾，邊笑笑地說，「我是北大燕園新聞社的社長顧長天，今天來拜訪先生的都是燕園新聞社的幹部，我先介紹坐你對面這位學長，是我們的前社長、北大經濟研究所博士生、也是燕園社現任顧問，邱紅兵。坐他旁邊這位是……」

在談話中，讓林正堂很驚訝的是，這些年輕學生除了那個年紀稍大的博士生邱紅兵以外，所有的人竟然都不看《人民日報》。趙紫陽在全國人民代表大會上的演講〈社會主義初級階段〉，他們也都不看。

「為什麼呢？」

「他們這些年輕人，都不相信共產黨了！」邱紅兵說。

「共產黨在中國大陸是永遠的執政黨，而共產黨的黨中央，不論是文革時期的四人幫，或現在的鄧小平，都是騙子，都是暴徒！」那個理了平頭坐在床上，像個中學生模樣的年輕人說，「他們對人民和學生們所主張的改革開放的要求，都沒有給予適當的尊重，我們毫無私心的愛國理想，沒有受到應有的重視。只要中央的既得利益者覺得人民和學生的要求和他們的利益不合，使他們覺得安全受到威脅了，就立刻暴力相向！逮捕、囚禁、開除黨籍……這哪裡是個法治國家的表現呢？這完全是獨裁、專制、蠻橫不講理啊……」

原來，他們深受發生在一九八六年底至八七年初的「八六學潮」的衝擊。

安徽合肥的中國科技大學學生，因為反對黨委包辦大學校區的人民代表提名，並要求市長、區長由人民直接選舉。學生為此發動遊行，兩千五百多人走出校門，高呼「喚醒民眾」、「要真正民主」等口號。這個事件迅速向全國各大學傳播，武漢、上海好幾個大學亦發生類似的學潮。

在這同時，共產黨中央的幾位保守派的元老，彭真、王震、薄一波、胡喬木、鄧力群等，一起去拜訪鄧小平，將學潮的爆發，歸咎於自由化知識分子的煽動，以及胡耀邦的姑息。於是，鄧小平發動了「反對資產階級自由化運動」，人民所愛戴的胡耀邦被逼下台了，開明的進步的方勵之、劉賓雁、王若水等作家、學者、教授都被開除黨籍了。

這件事是這些年輕學生身歷其境的遭遇，所以對他們的衝擊也特別大。鄧小平是他們支持愛戴的國家領導人，但是，處理這件事，和文化大革命時期的四人幫也沒有什麼不同呀！都是一樣的專制、威權、蠻橫不講理呀！

「所以，我們對現在正在開會的第十三屆全國人民代表大會，完全沒有興趣！反正，都是一群騙子，口是心非，說一套做一套的偽君子，……他們說什麼不重要，我們要看他們到底做了什麼！這才是最重要的！」

然而，這一代的大陸青年學生是否就對現實、對未來都完全冷漠、絕望了呢？

「不！絕不是！我們的社會現實固然不能令我們滿意，但是，我們的理想和熱情絕不會滅絕！」一位身材略胖，戴著眼鏡的碩士生這樣說，「今年秋天的北大，確實受了反對資產階級自由化運動的影響，正處於一個政治熱情的谷底，對十三大採取一種比較淡然的反思的態度。因為殘酷的現實教育了我們，使我們明白了理論與現實是有差距的，也讓我們明白了個人與國家的位置是不同的。我們正在認真地、冷靜地揣測著十三大所帶來的一切。這應該也是一種成熟的表現吧？這是被現實教育的結果。」

「是的，這是北大的現狀，也是今天大陸青年學生的現狀。我們仍在關心國家民族的前途和人民的幸福，只是不再狂熱了，而是注進了冷峻！我們在谷底中蠕動，孕育著一種新形式的熱情。再沒有表面的躁動，有的是冷漠下的關注，一種成熟的關注。」另一個看起來也只有十七八歲的中學生模樣的學生說。所用的辭藻極為華麗而豐富。

他說，他已經是大三的老生了。

然後，他們又列舉了幾次在北大校園所舉辦的，有關十三大報告的講座與討論會座無虛席的盛況作為佐證。

「不可否認，中國大陸已經漸漸在朝向一個多元化的社會發展，因此，對於同一件事情，必然就會有各種不同的反應，有人熱烈有人冷漠，有人贊成有人反對，這是一件好事，是一種進步，不是嗎？」

「但是，要求更多的民主與自由，要求更大幅度的改革與開放，卻是大家一致的心聲。」另一個學生堅定地說，略顯瘦削的臉上顯得有些冷峻。

「想到八六學潮，確實令人感到冷寂和失望。但是，冷寂的只是我們的眼睛，透過它，我們才能看得更清醒。我們看到了現實政治的殘酷、實際與理論的隔閡，也同時看到了作為知識分子的自已的進步性和巨大的局限性。」那位博士生邱紅兵以沉著穩定的聲音說，「我們必須更多地認識到理想與現實、理論與實踐的差距，認識到歷史的進步有時確實必須是以惡為代價的，歷史的順利發展往往是以緩慢的方式來實現的。這一點認識對我們很重要，因為，我們面臨的是一個在劇痛中尋求變革的世界。」

林正堂點點頭，深吸了一口菸，有點沉重地說，「我相信這話是對的，這樣深刻的反思也真的代表了一定程度的成熟。然而，這當中是不是也帶著深沉的無奈和苦悶呢？」

屋裡的暖氣，加上熱烈的談話氣氛，有人已經忍不住把毛衣、外套都脫了。但是，屋外仍然是凜烈酷冷的寒冬，天空仍然飄著雪花。

那天他們共同決定，元月二十九日晚上，林正堂在北京大學的學生禮堂演講，講題是：「文學與社會——從台灣經驗講起」。時間很緊迫，主辦單位只有三天時間可以宣傳，而且，現在又是期末大考的時間，他們擔心聽講的人會不會太少了？林正堂安慰他們說，不必太緊張，順其自然吧！

那天晚上，林正堂和徐海濤、蘇偉他們吃完涮羊肉。第二天一大早，林正堂就在全國台聯的徐軍同志陪同下，把行李搬到北京雙榆樹青年公寓的蘇偉的住處了。他把簡單的行李往客廳地板上一放，就認真地向徐軍說，「我可以去看看你們這裡的菜市場嗎？」

「你看菜市場做啥？那地方很骯髒的。」徐軍皺了皺眉頭說，「前幾天我騎車經過那裡，遠遠就聞到臭味了。」

「沒關係，你帶我去。」林正堂說，「蘇偉給我留了一些糧票和肉票，我拿了去買點米和肉什麼的。」

「好吧！那就現在去吧。」徐軍說，「我們騎車去，蘇偉的腳踏車有留下來吧？」

那個市場距離青年公寓不遠，只騎了五分鐘不到就到了。和台灣比較偏遠的鄉鎮的傳統市場差不多，有些髒亂，一股菜市場特有的很濃的腥臭味道，遠遠就聞到了。攤位不多，賣菜、賣水果、賣米、賣雜糧、賣魚、賣雞鴨、賣豬肉的，林正堂數了數，大約就是七八個攤。每攤前面都圍了些人。他站在賣米的攤位前，拿出糧票在手上揮了揮，「我要買米。」他說。一個臉上長了青春痘的大姑娘伸手拿了他的糧票，從米桶勺了兩把米裝在紙袋裡，手上提了秤，秤的一端掛著一個籃子，她把裝米的紙袋放到籃子裡，提起秤，移了移秤錘，又一手從米桶裡抓了一把米放進紙袋裡，讓秤桿平衡了，「好咧！十兩米！」她說，收起秤桿，把米袋交給林正堂，「外地來的？」

「是，來依親的。」徐軍搶著說。

「難怪，沒見過。」

「謝啦！老闆，」徐軍拉著林正堂走到賣肉的攤子。「把肉票給我。」他說。

「豬肉賣完了！雞鴨也賣完了。」

「都賣光了？生意真好呀……那，還有魚嗎？」

「魚也賣光了！」

「生意這麼好啊？這一大早就都賣光了？」徐軍嘀咕地說。

「不是生意好，而是東西少。」肉攤的老闆揚聲說，「一天只給我半隻豬，只賣親戚朋友都不夠……」

「這老闆講的是真話，」徐軍說，「農村養的畜生少了，這裡市場自然就缺貨了。前天我外婆從鄉下來，給我們家帶來三斤豬肉，我媽簡直如獲至寶。這年頭，糧食缺啊！有錢還買不到哩。」

「哦，我了解，《人民日報》上好像有人反映這問題。」林正堂笑笑地說，「徐軍同志，我想逛逛你們的寺廟，可以嗎？」

「逛寺廟？……北京以前是有寺廟，但文化大革命時破四舊，都被紅衛兵砸光砸爛了。」徐軍說。

「你是說北京城沒寺廟了嗎？」

「有是有啦，但是，不好看啦……」

「為什麼不好看？」林正堂執意地說，「不好看也可以看呀。」

「好吧，你如果一定要去，我可以帶你去附近一家天王殿。我們把旅行社的史紅同志也找來。」徐軍笑笑地說，「不過，我很奇怪，你一下要看市場，一下要逛寺廟，你到底想幹什麼呢？」

「我是台灣民間雜誌社的社長，《民間》專登報導文學，看市場、逛寺廟最接近庶民生活，不是嗎？」林正堂也笑笑地回答。

徐軍向北京台聯會借調了一輛車，和史紅，一共三個人，開了大約半小時的車程。徐軍把車停在寺廟門口鋪了碎石的廣場上，迎著寺廟大門，一排水泥砌成的階梯直直向上伸展。

「這天王殿供的是玉皇大帝。每年過年，眾神都要回天庭向玉皇大帝述職朝拜。這些階梯是給眾神建的，總共有三百六十五級，表示一年三百六十五天。」徐軍說，「文化大革命十年，剛好是我小學到高中一年級。我也當過小紅衛兵，也跟人家來砸過這家天王殿。當年我們說，這就是反映中國傳統的封建思想，所以，廟裡的玉皇大帝的頭是被紅衛兵砍斷的，所有廟裡的神明都斷頭了。……」

林正堂走完階梯有點喘，也有點熱。天上已經出著太陽了。林正堂把羽毛外套脫了，拿在手上。史紅同志也爬得氣喘吁吁，微紅著臉，也把身上的羽毛大衣脫了，露出一身紅色的毛衣和黑色的長褲，身材高挑，曲線玲瓏。

「史紅同志，我說啊，妳要生在歐美或香港，一定是個出色的模特兒，」林正堂笑著大聲說，「妳們大陸女青年的身材都像妳這樣嗎？」

「林先生愛說笑，」她紅著臉靦腆地說，「早知道天氣這麼好，就不要穿大衣出門了，真累贅！」

這天王殿是一座宮殿式的建築，一排黃色的屋瓦，有點老舊了。殿門外三棵大樹，每棵樹圍至少都要三個人合抱，樹幹又粗又直，直透天空。樹葉茂茂密密覆蓋著廟宇。殿門上掛著一塊木匾，刻著「天王殿」三個黑體字。有點新，不像整座廟宇那麼老舊。

「這木匾是最近新做的，舊的匾和這廟一樣老，文革時被我們砸了燒了，連同那些神明的頭一起。」徐軍說。臉上帶著一點尷尬。

一走進殿裡，立刻感到一陣陰寒森冷。林正堂覺得剛剛流的汗黏黏地貼在身上，使他有點冷，有點不舒服，便順手穿上羽衣外套。殿裡沒有燈，光線有點暗。但仍依稀可以辨識，正面坐著一尊巨像，赫然是無頭的，旁邊站著兩尊神明，一尊手上按住劍把，一尊手持戟槍，也都是無頭的。雖然事先已聽徐軍講過，但是，在昏暗的光線下，氣氛森然的陰冷的大殿裡，面對巨大無頭的神明，林正堂內心仍然禁不住震動了一下，感到一種巨大的恐懼、荒謬和震驚！

「果然，果然沒頭，這些神明，……」他有點結巴地、嚅囁地、低聲嘀咕，「恐怖！荒謬！……」

他慌張地、踉蹌地走出殿外，對著那幾棵枝葉茂盛的大樹深吁了一口大氣。

「這廟，沒人管理嗎？」林正堂問。

「是，大概是沒人管理。」徐軍說。

「但是，這裡裡外外都很乾淨，怎會沒人管理呢？」史紅說。

「從文化大革命到現在，已經十二年了，怎麼還這樣擺著沒人管呢？總有人會來燒香拜拜吧？」林正堂說。

「共產黨都是無神論，一般民眾對文革也還餘悸猶存，誰敢冒著被批迷信來這裡燒香拜拜？」徐軍面帶愧色地說，「當年我雖然年紀小不懂事，和大伙一起來砸廟砍神明的頭，但不知為什麼，這麼久了，我內心還一直為這事感到不安。……」

「其他廟宇也都一樣嗎？」

「差不多，那時破四舊是全面的，全國都這樣搞。」徐軍說，「不只打砸燒廟宇，連線裝書、連古字畫、古董，……唉！我外公到現在都還在惋惜他那幾本線裝書，說是很珍貴的宋版書，也被紅衛兵給燒了。土匪啊！土匪啊！他說。我連大氣都不敢喘！」

「史紅同志，妳那時呢？也是小紅衛兵？」

「我那時啊？更小了，」她臉色有點蒼白，邊穿上羽毛大衣邊說，「我是文革開始那一年出生的，文革結束我十歲，根本什麼都不懂。……但是，剛才廟裡的無頭神明，真的把我嚇住了。……」

剛出來的太陽又不見了，天空突然陰森了起來。

「好像又要下雪了。」史紅臉色青蒼地望著車窗外的天空喃喃地說。

蘇偉的住處幾天前林正堂來過一次，但那時人很多，屋裡的家具也移動過。他搬進去住的那天晚上，獨自坐在那屋子裡，一房一廳、一個衛生間，雖然都有點小，但是很溫暖。客廳有一套沙發、一個餐桌，兩把靠背椅，有一面牆整個被落地的書架占滿了，另一面牆下擺著一架鋼琴，鋼琴旁邊一個落地的櫃子，裡面有一套音響以及幾十張唱片，衛生間旁邊有一個小廚房，廚房裡有一個小小的水槽、流理台、和一個瓦斯爐。廚房後面有一個陽台，陽台上有曬衣架，陽台盡頭有一面窗。

林正堂替自己泡了一杯茶，從唱片櫃裡挑了一張貝多芬的第五號交響曲，打開音響，把屋裡的燈都關了。雄壯的音樂在黑暗中流動衝撞，像命運在用力地敲門。

他又一次覺得，自己好像在作夢一樣，不是真的。

但，在天王殿陰暗森冷的殿堂裡，巨大無頭的神像，排成一列站在他面前，歷歷如繪，真真實實。在他的內心造成的強大恐懼、荒謬和震驚，直到現在都還讓他餘懼猶存！這怎麼會是夢呢？

第十四章

元月二十九日，北京竟意外地一大早就出現了一片燦爛的陽光，蔚藍的天空飄浮著片片白雲，像一群群綿羊緩緩走過藍色的草原。但是，地上積雪猶在，天氣仍然非常寒冷，尤其到了傍晚時刻，天空漸漸陰暗下去，冷風就顯得更加強勁了。

這正是北大學生期末考最緊張的時刻，但是寬廣的禮堂在林正堂進入時就已經擠滿人了，連窗戶邊的走道都是攢動的人頭。這樣的場面，在台灣恐怕只有明星級的黨外人士在競選時的政見發表會才能見到的吧。可見，中國大陸的青年學生是多麼渴望地急於了解台灣，這個與中國大陸隔絕已經四十年之久的小島的一切。

演講會在徐海濤簡短地介紹了林正堂的學經歷之後拉開了序幕，林正堂坐在講台旁邊的椅子上，望著眼前滿座的北大學生，思緒突然掉入歷史的洪流裡。在近百年的中國近代史裡，曾經在這裡孕育、誕生過許許多多偉大的人物，他們曾經為了國家民族的前途呼號奔走，為了數億人民同胞的幸福努力奮鬥。他們的思想、人格和志業，已經深深影響了中國近百年來的發展，已成為歷史最重要的一部分。因此，北京大學是林正堂從年輕時代到現在都一直嚮往、敬仰的神聖殿堂。而現在，他竟然真的站在這裡了嗎？這不會是作夢吧？

禮堂裡突然響起一陣熱烈又持久的掌聲，他轉頭望了望站在講桌旁邊正微笑地看著他的老友徐海濤。

「現在，就開始了吧！」徐海濤說。

他定了定神，站起來，心裡充滿了虔誠的敬意。

「各位，我所景仰的北京大學的、親愛的年輕朋友們，大家晚安，大家好！……」禮堂裡立刻又響起一陣熱烈的掌聲。林正堂望了望禮堂裡專注地望著他的學生們，習慣性地以眼角餘光迅速地瞄了一下放在講台上的演講大綱，然後，輕輕把它推到一邊，即席作了這樣的開場白：

「北京大學對於像我這樣一個在台灣土生土長的知識分子來說，它所代表的意義，不僅僅是一個大學而已。它是中國近現代史上，整個中華民族在被壓迫、被欺凌的，在痛苦、黑暗中追求生存與發展、追求解放與自由最偉大的象徵。在我心目中，具有無比莊嚴、偉大與崇高的意義。……今天，能站在北京大學這個神聖的講壇，向各位同學報告，從台灣經驗來探討文學與社會的關係，是我一生到此為止，最大的光榮與驕傲，是我以前連作夢都不敢想像的事。所以，我首先要向各位表達最深的感謝，感謝你們給我這樣一個機會。……今天，我之所以敢接受各位的邀請，無非是想藉這個機會向我心目中景仰已久的北京大學的偉大傳統表達敬意之外，同時，也希望在海峽兩岸，由於國共兩黨的內戰所造成的，長達四十年不幸的民族與歷史的隔絕後，在兩岸人民的和平往來剛剛略現曙光的這個時刻，充當一個過河卒子的角色，來做一點拋磚引玉的工作，希望藉此能促進海峽兩岸人民的和平交流有更快更好的發展，希望將來有更多來自台灣比我更優秀、更具代表性的傑出人物來到這裡，和大家交換意見，共同為中華民族的未來，朝向更進步光明、更富裕幸福、更民主法治的現代化社會而共同努力……」

那天在北京飯店訪問林正堂的北大學生，幾乎都以「敏以政而勤於思」的北大傳統校風而自豪。在林正堂結束演講後的自由發言與討論中，這些北大學生也確實展現了強烈的政治性格。他們的發言幾乎都集中在，比較中國大陸與台灣的政治現狀。

「從你的演講中，我們聽到了，台灣這些年來，從黨外的民主運動一直到民進黨建黨的過程中，不斷發起街頭的示威抗議，要求民主自由、要求解除黨禁報禁、要求解除戒嚴等等，中間也發生了美麗島事件的大逮捕、以及林義雄母女被殺的慘案，等等，最後，終於在一九八六年九月，台灣的在野黨終於建黨成功了。而，我們中國大陸，在一九八六年發生的八六學潮，卻在去年的反對資產階級自由化運動中，人民愛戴的胡耀邦總書記被罷黜了，開明進步的學者教授作家被開除黨籍了，學生只是要求多一點的民主自由的聲音也被鎮壓了。請問，你作為台灣民主運動的開拓者與參與者，怎麼看待海峽兩岸政治現狀的差異？」這個提問竟然引起全場熱烈的掌聲與叫好聲。

林正堂站在講台上，神情嚴肅地望著全場騷動的情緒，足足靜默了大約半分鐘，整個禮堂突然也跟著悄無聲息地靜默了下去。

「……各位同學，這是我第一次來到中國大陸，到今天，還沒超過一個星期。在這個土地上，我是一個陌生人。再過幾天，我也要回去台灣，我的故鄉，所以，對你們來說，我也只是一個陌生的過客。……因此，我完全沒有資格對此地發生的事情作任何的評論。我只能告訴各位，台灣今天的現狀，是經過長期以來，無數台灣的先知先賢，幾十年甚至上百年的犧牲奉獻、流血流汗，被殺被關，許多人流離失所、家破人亡，才能有今天這一點點的進步。而這個現狀，也絕對不是台灣人已經滿意的現狀，我們一定還要更加努力。根據我們的台灣經驗，我可以很明確地告訴你們，民主不是天上掉下來的，它是要流血流汗去爭取的。……還有一點，我可以告訴你們的是，你們今天在這個場合提出這樣尖銳的問題，就我所知，與你們的過去比較，不是也已經是很大很大的進步了嗎？這樣巨大的進步，實在值得你們給自己最大的掌聲了！你們是很了不起的，中國大陸現在的進步是值得肯定的，我覺得中國大陸是很有希望的！……」

整個禮堂突然又響起一陣轟然的巨大的掌聲，像一陣洶湧的海浪沖撞著礁岩，久久不歇。

在中國近現代歷史裡，有多少次沸騰的運動從這裡掀起，又有多少次運動的結果是苦澀而辛酸的。然而，北大的精神卻永遠不會退縮，他們仍然以沛然難禦的年輕的熱情在關注著國家民族的前途和同胞的幸福。只要這精神不死，熱情不熄，中國大陸的改革開放、人民的生活幸福與法治人權就能多一份保證。人類的文明進步，便能在曲折的道路上，度過柳暗走向花明的前程。

演講結束後，林正堂帶著這樣的期待與信念，頂著刺骨的寒風，在沒有星光的黑夜裡，踏著滿地尚待融化的積雪，揮手告別了北大，告別了站在階梯上揮手相送的一群熱情的北大青年。

這是他住到蘇偉住處的第三天，北京的天空已經天亮了。是個太陽高照的晴天。

他看見幾個似曾相識的年輕人結伴向他走來，還遠遠地就向他揮手了。走近一點，那個主演

《人・鬼・情》電影的女明星徐守莉竟然走在那些年輕人的最前面，略顯靦腆地微笑著，也向他揮著手。他是在戴晴的安排下去看了《人・鬼・情》的首映，並參加了他們的討論會才認識這個女主角的。「啊！」他興奮地、略微激動地叫了一聲，快步向她迎去。但，剎那間，所有的人都消失了。他感覺自己躺在床上，心還「不通！不通！不通！」地跳著，全身竟然都冒汗了。

他張開眼睛，用腳把棉被蹬開，躺在床上深吸了一口氣。放在客廳的電話突然「叮鈴叮鈴」地響了。他猛地從床上坐起，光著腳丫衝進客廳，一不小心大腿竟撞到茶几了，他忍不住「噯喲！」地叫了一聲，也顧不得疼痛，一個踉蹌就撲到書桌旁，一手抓起電話筒，「喂！」地叫了一聲，「哪一位呀？」

「阿堂，我是海濤啦，你還在睡嗎？」

「海濤哦，現在幾點了？」

「快九點了，你可以起來了。」徐海濤在電話那一端說，「你昨天的演講很成功，剛剛台聯會聯絡部的陳主任給我打電話，說中央統戰部閻部長聽完你的演講錄音帶後，很稱讚你。……」

「是喔?!……謝謝啦！沒有惹出麻煩來就好。」林正堂用手在額頭上抹了抹，還有一點汗液。

「我今天下午的飛機，要去美國和珊珊和孩子們過年了，所以打電話通知你一聲，……」

「什麼？你要回美國了？喔喔喔，你……」

「我本來訂了前天的飛機，因為你在北大演講，我就延後了兩天。……」

「那我在北京就是孤家寡人了，……」

「你還有黃順興可找啊，還有戴晴，她很熱心的……」

「是哦，順興仙我怎麼就把他忘了呢？但是，戴晴，不好意思麻煩人家，……」

「戴晴很熱心的，你有事情找她沒問題，我已經交代過，把你託給她了。」

「那，我乾脆就去廣東好了，去我老丈人的故鄉。我這次來大陸，我說我會代替他去故鄉探望他的親人，……」

「你要去廣東，可找全國台聯幫忙，他們在每一省、每一縣市都有分會。他們可以通知廣東省台聯會幫你解決交通和住宿問題，也可以事先找到你要見面的你岳父的親人，……」

「是哦，那太好了！……」

林正堂果然在全國台聯會的協助下，不但順利到達了廣東，還順利找到了他岳父的故鄉廣東省平遠縣，而且也找到了岳父的親弟弟和他的家人。

那是廣東省平遠縣一個偏僻的農村。他岳父的老家是一座長排的磚砌的低矮房屋，屋前有一大片泥土的廣場，沒有樹也沒有草，顯得荒蕪沒落，廣場的正中央有一座池塘，池塘的水色汙黑，是一池死水，像一個巨大的臉盆放在地上，下雨天用來承接雨水。池塘有兩隻鴨子在游來游去。

「這地方，四十年了，都這個樣子，沒變。」岳父的親弟弟，林正堂該叫他三叔吧，長得不高，有點瘦，頭髮已經全灰了，但背脊還是挺的。五官清正，和他岳父有幾分神似，只是臉色有點晦暗，不像他岳父那樣圓敦豐實，臉上還光澤發亮。

「這是我大哥，你岳父結婚時住過的房子，」三叔走在前面，在跨過門檻時稍微低頭彎腰，

「這房子是我父親還在時蓋的，年代很久了，沒有門窗，只有屋頂有個天窗……」

林正堂也低頭彎腰跟著進了屋裡。屋裡沒有電燈，只有屋頂上一個小小的天窗篩進一點亮光。

「和我小時候的故鄉的房屋很相似啊。」林正堂說。

屋裡一座簡單的竹製的櫥櫃，櫥櫃裡放著幾個碗盤茶杯，一張小桌，幾張椅子。在邊邊的地方有一個土灶，土灶旁邊有一個木造的門窗。廚房的另一邊是一個高起的平坦的平台，用木板隔成好幾間，每間的門口都有布簾遮住。

「那是臥室嗎？」林正堂好奇地問。

「是，是臥室。」三叔掀起其中一間的布簾，把門推開，說，這間就是你岳父岳母結婚時的新房。」

林正堂把頭伸進去望了望，黑模模的，沒門沒窗沒燈光。

「老天，這怎麼住啊？」他說。

「當年就是這樣住的，」三叔說，「後來我們也一直都是這樣住的，一直到現在。」

三叔從屋裡的小桌旁拉出兩把沒靠背的椅子，用手在椅面上抹了抹。「坐！」他說。一面示意一直跟在旁邊的一位和林正堂年紀有點相近的人說，「替姊夫倒水呀！」

「這位是？……」

「我最小的兒子，建國那一年生的，小你太太秋潔兩歲吧。」三叔說，「那時，我也在廣州，在中山銀行當經理，大哥在國民黨廣東省黨部。」

「那，三叔是何時搬回平遠的？為何要搬回平遠？」

「那是沒辦法的事啊！大哥在國民黨省黨部做事，又做了國民黨的國民大會代表，又去了台灣，我就被打成黑五類了。不但被銀行開除了，連一般民眾分配的糧食都沒有了。共產黨說，黑五類是人民的公敵，連我的孩子都不准上學，左鄰右舍都瞧不起你，說你是壞分子，是人民的公敵！那真是……慘啊！」三叔講著講著，忍不住眼眶也紅了，聲音也哽咽了，「……後來，只好回鄉下，自己耕田種菜養活自己。」他說。

「姊夫，請喝水。」堂弟把水杯端到桌上，有點嚅囁地說。

「你沒上過學嗎？」

「他們說我黑五類，不准我上學，」他說，「但爸爸有偷偷教我識字，所以我也會看報紙，會寫信。」

「這四十年裡的前三十年，實在不堪回首。……我身上揹著大哥的原罪，頭都抬不起來，腰都直不起來。隔幾年就被拉出去批鬥一次。頭上戴著反革命的帽子，頸子上掛著反革命的牌子，遊街示眾！……人民政府不給你配給糧食，讓你自生自滅！……」三叔說著說著，又哽咽了！他用衣袖拭了拭眼角的淚水，突然有點激憤地說，「做國民黨走狗的又不是我，反對共產黨的也不是我！但是，我卻要揹負這樣的罪名，在新社會裡，號稱人民的政府的時代，受盡欺凌、受盡壓迫，連我的妻子兒女都要為此受苦受難，……這樣對待我們，是公平的嗎？是合理的嗎？沒天良啊！……」

「三叔，你恨我岳父嗎？」

「……開始，開始是有恨啦，怎麼能不恨呢？要不是他，我們就不必受這種罪。……但是，現在，都這麼久了，也習慣了！……」他深深嘆息著，幽幽地說，「大哥是很善良的，但是，政治，太殘酷了！……」

林正堂在平遠只待了半天，臨走時，把身上所有的美鈔現金都給了三叔。「一點心意，代表我岳父岳母向你們表達最深的關切和歉意……」

他懷著無比沉重的心情，直奔廣州。在廣州住了一晚，第二天就搭機回北京了。這一路上，三叔和他兒子的影像，以及他們所講的每一句話，以及其他，他們沒有講出來的那些無言的激憤和傷痛，一直不斷地重複地在他的腦海裡出現，像一團夢魘，不招自來，卻又揮之不去。

他急著想回家。快過年了。他渴切地思念著妻子和孩子。「我要立刻回家。」他說。

第十五章

在舊曆年除夕的前一天，林正堂從北京飛香港，再從香港回到台灣，已經是下午六點了。當他走出機艙，走下飛機的扶梯，兩腳踏上台灣的土地，他情不自禁地閉上了眼睛，做了一個深而長的呼吸，心中湧現出像戀愛中的男女短暫分別後再相聚時的心情，溫暖而甜蜜。機場的風很大，但沒有刺骨的冰冷，只有輕輕撫過皮膚的涼意，但空氣有些潮濕，貼在皮膚上有點黏，因此使人覺得不太舒爽，暮色已經濃濃地罩住大地了。出關後，他推著行李，有點迫不及待地在機場的大廳尋找公用電話。他先給家裡撥了電話，女兒接的。

「……啊！爸爸，爸爸！」女兒在電話裡興奮地嚷叫，「媽！是爸爸，爸爸回來了！……我們在吃飯。……媽問你要不要回家吃飯？……啊……，好，……媽，爸叫妳聽電話，……」

林正堂拿著電話筒，滿臉漾著笑，「……我在飛機上已經吃飽了，妳不必再替我燒什麼菜了，我這就回家了，但最快恐怕也要八點才能到家吧，現在已七點多了，……好！好！……」林正堂掛了電話，推了行李才想往門口走去，突然又停了，返身又抓起電話筒撥了一組號碼，電話那頭「鈴——鈴——鈴——」地響著，他耐心地等著，等著，……他後面有個中年婦人和一個手上持著銅幣的年輕男子，都一直望著他。

「怎麼這麼久？她不在嗎？去高雄了嗎？……」他掛斷電話，向後面的人說了一聲：「對不起！」才繼續推著行李向大門走去。「她去哪裡了呢？……快過年了，一定是去高雄姨媽家了。……」

「頭家，就單單這只行李嗎？」計程車司機打開車後面的行李蓋，把林正堂的行李接過去。

「是，就這只行李。」林正堂應著，坐進車裡，習慣地望了一下手錶，七點半。車外已經黑夜籠罩著了，天空顯得陰暗低沉，似乎要下雨了嗎？空氣裡的潮濕和濕黏，使他覺得渾身不舒服。他突然覺得有點躁鬱不安了。「運將，中和監理站，你會走嗎？」林正堂問，「多少錢？」

「照表跳啦，頭家，……」

「長途跳表有打折嗎？」

「頭家，過年過節，歹勢啦！……」

「好啦，就照你講的吧！」車裡有點鬱悶，還混雜著濃濃的菸味。他把車窗搖下，一陣強勁的風，「忽！」地一聲，猛烈凶悍地灌進車裡，還發出「唬—唬—唬—」的響聲。

「頭家，你會熱嗎？我來開冷氣好啦！」

「車裡空氣不好，」林正堂說，「還有菸味。」

「你沒吃菸嗎？」司機略微側了頭望他笑笑地說，「我有聞到你身上的菸味。」

「我不喜歡紙菸的氣味，我抽菸斗。」林正堂說。

「歹勢！歹勢！」司機說，「剛才等客人等到很無聊，才抽了一根菸。」

「沒關係，沒關係！」林正堂笑著說，「那我也可以在你車上抽菸斗嗎？」

「你抽，你抽！」他說。

林正堂拿出菸斗，塞滿菸草，先把車窗關了，用打火機把菸斗點燃了，再重新搖下車窗，深深吸了一口菸，再緩緩地舒暢地吐出一圈白色的煙霧。

「啊——，這菸味很香啊！」司機讚嘆地說。

高速公路上車輛很多，但還沒到塞車的地步。車速很快，風強勁地從開著的車窗吹進來，發出「轟隆！轟隆！」的有點震動的聲音。林正堂用手把車窗略略向上搖了搖，只留下大約兩個指幅寬的空隙。

「運將，最近台灣有什麼大代誌嗎？我出國十幾天，台灣的代誌都不知道了。」

「台灣的大代誌？第一大條的就是蔣經國死去了！你知道嗎？那個蔣經國一死，台灣好像要發生什麼大代誌那樣，整個社會……」

「怎樣？你有感覺台灣要發生大代誌了嗎？」

「是啊！蔣經國未死前，台灣已經有一點亂糟糟了！」運將說，「工人啦、農民啦！民進黨啦！還有什麼工黨啦，還有山地番仔啦、退伍兵啦，……都逡逡出來了，上街頭遊行啦、抗議啦，一大堆，……」

「老兄，你認為這些人上街頭抗議無理嗎？」

「這喔，有理啦，哪會無理，這都是被國民黨壓迫太久了啦！……但是，我的意思是，不要太亂！抗議當然要抗議，但是社會不可以亂，社會一亂就歹討賺了！你講對嗎？」

「對對對！運將，你講得很對！」林正堂吸了一口菸說，「你剛剛講什麼？退伍兵仔也上街頭抗議嗎？」

「對啊，那些是退伍的老芋仔，他們也上街頭了。」

「退伍老芋仔？尹逡出來抗議啥？政府不是已經很照顧了嗎？」

「那天民進黨發動遊行，要求人權，要求國會全面改選，夭壽，人真多，人山人海，我將車靠在路邊，也站在旁邊看。老芋仔都舉牌仔，牌仔上有一張影印的戰士授田證，下面用紅色毛筆寫四個字，拒絕欺騙。他們前一天開記者會，講國民黨以前要他們賣命，給他們每人一張戰士授田證，說反攻大陸以後，就可以拿證換土地了。但是現在，老蔣死了，小蔣也死了，國民黨已經不會反攻大陸了。尹要求國民黨用現金將尹的戰士授田證買回去。……」

「蔣經國死了兩個禮拜了，社會很不安嗎？」

「我感覺有些不安，謠言一大堆，胡亂飛。」司機說，「很多人在講，郝柏村控制軍隊，想要奪權。伊對台灣人的總統不服、不放心！」

「只有郝柏村不服嗎？」

「我看不止吧？現在，四處都有人在講，尹國民黨內的外省掛的都嘛不服。講台灣人怎麼可以做總統？伊娘哩，台灣人為啥就不能做總統？幹！——騙痟的！」運將說。

「運將，你不簡單，真有見解，令人佩服！」

「這哪有啥？黨外雜誌整天都嘛在講這些！」司機說，「自從美麗島事件發生以後，這幾年，台灣人都有覺醒了，滿山滿海，四處都是黨外雜誌。國民黨雖然一直查禁查禁查禁，但是，禁不了啦，黨外雜誌也是一本一本一本一直出，一直出……」

「運將，阿你有看過一本《民間》雜誌？……是不是有很多相片那本？」

「《民間》雜誌？……是不是有很多相片那本？」

「是啦，伊有很多相片。」林正堂問，「你有看過嗎？感覺啥款？」

「我有看過一本啦，是坐車的人放在車上忘記拿走，」司機說，「我個人是感覺不壞，但是阮開計程仔的沒人在看，講伊太貴，都講一些環保、勞工、農民和下階層的問題，較少講政治，大家較沒興趣。」

「喔——？這樣喔！」林正堂不禁有些失望，「但是，這本是很有內涵、很有深度的雜誌啊！伊反映的問題，都嘛是政治，嘛都是社會最重要的問題，……」

「這嘛，台灣人最關心的是，那個戽斗輝仔，咱台灣人的總統的位保得住嗎？那些，四十年沒改選的老賊會退嗎？會下台嗎？……」

「是啦，你講的也有理啦！」林正堂難掩失望地想，《民間》自以為討論的問題都是台灣社會最根本、最重要的、也是和最大多數人的利害最息息相關的問題。結果，社會上最基層的民眾，像計程車司機，他們最關心的卻是政治事件。這在雜誌社裡其實也討論過，例如國會全面改選、例如總統由人民直接選舉、廢除國民大會，以及廢除憲法臨時條款、廢除戒嚴等等，蔡惠德認為，這些都是從黨外時期到現在，一直是批判國民黨最有力的議題。但他的最基礎的核心卻隱含著台獨思想，台灣人民選自己的總統、選自己的國會，不就表示台灣是一個主權獨立的國家了嗎？因此，他堅持不讓《民間》碰觸這些政治議題。

「也有人講，《民間》是統派的雜誌。」司機說。

「統派雜誌？誰講的？」林正堂吃了一驚，不覺提高了聲音說，「伊有公開主張和中國統一嗎？」

「我不知啦，我只看過一次。是阮那些駛計程車的，有人這樣講。」司機說，「若是要和中國統一，我是反對啦，國民黨就是主張要統一，是咱統伊？抑是伊統咱？用屁股想也知道。自己主人不做，顛倒要去做對方的奴才，……這，我反對啦！」

「運將，你對這本雜誌有誤會，我是伊的長期訂戶，我每期都有看。伊從來都沒有主張統一，怎麼會說伊是統派雜誌，你們很奇怪喔！」林正堂努力辯解說，「現在，黨外要團結才對啊，怎麼會去分統分獨呢？黨外自己搞分裂，國民黨會爽死！……」

「對對對，你這樣講，我有甲意聽，我也不愛去分啥統啦獨啦，」司機說，「錢賺多一點，生活好一點，管伊是統抑是獨？國民黨是吃咱台灣人夠夠，我才反對伊，不然，管伊是什麼黨？有飯吃卡要緊啦！……」

只顧著講話，林正堂手上的菸斗早已熄滅了。他把車窗關了，把菸斗塞進夾克的口袋，不自覺地打了一個呵欠。

「運將，我瞇一下，到中和民生街三十五巷才叫我，」林正堂說，「民生街你知道嗎？在中和監理站後面，……」

他在車上閉了眼睛，雖然有一點累，但是，其實也睡不著，腦子裡一直惦著顏素如。

他突然想起幾年前，國民黨製造了一個吳泰安匪諜案，把余登發和他兒子余瑞言逮捕了，黨外人士臨時聚集了一些人，連夜趕赴高雄縣橋頭鄉余登發的老家聲援。在國民黨的戒嚴體制下，聚眾示威！不只會被逮捕判刑，也可能會被當場格殺。那天傍晚，比這個時候還稍早一些吧？大約五六點，他和顏素如去參加那個由施明德和許信良所主持的，去橋頭鄉向國民黨示威抗議的會議後，一起走出會場，從台北市杭州南路走向信義路的東門市場。大約也是這樣的天氣，已進入冬天了，台北街頭有點風，也有點冷。他穿著夾克和牛仔褲，她穿著一件黑色大衣，領子上圍著一條灰色的毛織的圍巾。她挽著他的手臂，頭靠近他的肩膀，叮嚀他，「阿堂，你要小心喔！不可以出事！……」她說，「秋潔和孩子在家等你平安回來，……我，我也等你，……」他用力摟了摟她的腰。她送他坐上計程車，已經要開車了，他突然又下了車，把站在車邊的她忘情地擁入懷裡，在她耳邊說，「阿如，萬一，萬一我回不來了，妳要幫著秋潔照顧我的母親和孩子，……」然後，他坐回車上，計程車開走了，他轉首從車後的玻璃窗望她，只見她瘦削孤零地站在馬路邊，一下子就消失在暮色裡了。

「她怎麼不在家呢？去哪裡了呢？」他不安地，煩躁地想著。對了，問問阿威和大蔡，他們也許會知道。

「頭家，民生街三十五巷到了。」司機在駕駛座上大聲說。

「喔，到了嗎？」林正堂朝窗外望了望，「再前面一點點，在那個協興雜貨店門口停就好了。」

他下車。司機把行李箱交給他。他付了錢，總共一千零二十五元。

「多謝你啦，運將！」他說。

他把行李推到雜貨店的走廊下，雜貨店裡的燈光有點昏暗，有三四個人在裡面買過年祭祖拜神用的金紙銀紙和香。他抓起掛在雜貨店門口牆壁上的公用電話，又一次撥了電話到花園新城。電話還是「鈴——鈴——鈴——」一直響著，沒人接。他只好掛了電話，把肩上的背包掀到地上，拉開背包的拉鍊，把手伸進背包裡掏摸了一會兒，拿出一本記著電話號碼的小簿子，找到蔡惠德的電話號碼。

「大蔡嗎？我是阿堂啦！……是，剛下飛機。……好好好，……等過完年，……我會向大家報告，……」他聽著，終於找到一個間歇的空隙，插入他急著想問的事情，「你知道素如去哪裡了嗎？……」

「怎麼？找不到她嗎？……我也不知道耶，自從那天在阿威家一起喝酒替你餞行之後，就好像再沒見到了。但是她有打電話來說，她已辭掉工黨祕書長了，……問問阿威吧，他也許知道。」

「喔！喔！好，沒關係啦，她也許去高雄她阿姨家了。」

他掛了電話，又撥去新店孫志威家。

「哇！阿堂回來了！好啊！」孫志威在電話那端嚷嚷著，「怎樣？明天來我家喝酒吧，我家有茅台，也有威士忌，也有金門高粱，咱們哥倆好好喝喝酒，我也要好好聽你報告回祖國的見聞。……」

「明天是除夕，你急什麼呢？大家都待在家過年，」林正堂說，「你知道阿如去哪裡了嗎？

我找不到她。……」

「哈！你這傢伙，剛下飛機就急著找女朋友，像話嗎？你不怕我跟秋潔告狀？……」

「阿威，你別胡說八道好不好！我現在在我家……」

「啊，你到家了，對不起對不起！……上次在我家替你餞行之後，就再沒看到她了，……不過，我有聽說，她已辭掉工黨祕書長，不幹了！……」

林正堂掛了電話，心想，她一定是去高雄她姨媽家過年了。他翻翻那本電話號碼簿，他記得有把她表妹的電話寫在簿子裡。但是，她表妹叫什麼名字呢？糟糕，忘記了。他把小簿子貼在胸口，想了一會兒，啊！想起來了，她姓蕭。他慌慌張張地哆嗦著雙手，終於找到蕭表妹的電話了。他又抓起牆上的公用電話，撥了那個號碼，電話「鈴」了兩聲，林正堂高興得心臟幾乎都要停止了。「……林大哥，我表姊出國了，暫時不會回來。」對方說，「但她出國前有交給我一封信，這信是要給你的。我立刻就用限時掛號寄給你，……」林正堂悵然若失地掛了電話。推著行李向對面的他家的巷弄走進去了，心裡不安地狐疑著，她為什麼一聲不響就出國了？……信裡寫什麼呢？

第十六章

農曆新年正月初一，天公作美啦，一大早就天氣晴朗，藍色的天空，一片片飛飄的白雲。空氣中隱隱約約地，仍然飄浮著昨天除夕夜的鞭炮的煙硝味，地上四處仍然散落著鞭炮的殘骸，到處瀰漫著一幅新年快樂的氣氛和景象。雖然，除夕夜的電視和報紙新聞都發布了新任總統李登輝在新年賀辭中的提醒，國殤其間，全國人民要知所節制……。但是，另一種熱烈的期待，——台灣人終於做總統了的興奮也早已在新年的氣氛中祕密地醞釀發酵，而正月初一早晨如此晴朗的天氣也沖淡了國殤的哀傷，而助長了傳統的新年的歡樂氣氛了。

林正堂開著車，一大早就攜家帶眷，一家四口歡歡喜喜地回到南仔寮的故鄉了。這是她母親在世時樹立的傳統，每年的正月初一，一大早，全家人在老人家的帶領下，帶著三牲四果，虔誠地感恩地回到南仔寮故鄉的媽祖廟參拜媽祖，謝神還願，感謝媽祖的保佑，也祈求媽祖繼續保佑全家人健康平安。

他把車停在許金傳雜貨店的門口。「這裡好臭喔！什麼味道啊？」他兒子一下車忍不住就叫了出來。「是垃圾的味道啦，你沒聽爸說過嗎？」女兒比較小聲地對哥哥說：「不要那麼大聲啦，不禮貌！」

「阿堂回來了！阿堂回來了！」雜貨店老闆許金傳站到店門口，張著缺了兩顆門牙的嘴，笑呵呵地拉開了嗓門大聲說。一方面是向林正堂打招呼，一方面也像是告知店裡的其他人和隔壁的厝邊。

果然，在雜貨店隔壁兩三家的杜世漢的太太都探出頭來張望了，「阿堂，你回來了！」漢嫂仔親切地笑著和林正堂打招呼。

「阿姨和漢大哥在家嗎？」

「尹都去媽祖廟拜拜了。」漢嫂仔說。

「那，我去媽祖廟看尹。」林正堂說。然後笑著和坐在雜貨店裡的鄉親們揮手，熱烈地、大聲地招呼，「大家早啊！新年快樂，大發財啊！」

雜貨店裡有個人也走到店門口向林正堂揮手，笑著大聲說，「大家發！大家發！」

「新年快樂啊！阿堂，孩子都這麼大了！」

「是啊，一個讀高中，一個讀國中啦！」秋潔也提高了聲音，用不很純正的台語笑著回應，「大家新年恭喜啦！」

他們從許金傳雜貨店向媽祖廟的方向走去。沿途一家家都有人站在門口跟他們揮手，大聲打著招呼。

「嗨，同學，你不是去大陸嗎？」那個郭松雄里長笑著，大聲問，「這麼快就回來了？」

「哈，你的消息很靈啊，」林正堂笑著說，「恭喜你，新年快樂，升官發財！……」

「阿堂哥、阿堂嫂，新年快樂！」郭里長的太太許燕鳳突然從丈夫身後冒出來，笑著說，「那是你們的後生和查某囝嗎？都長得好漂亮喔！你妹妹寶華有回來過年嗎？」

「寶華在美國啦！」秋潔笑著回答，回頭對孩子說，「叫嬸嬸！」兩個孩子笑笑，對林正堂說，「爸，你們都是同學喔？」

「郭里長是我同學，里長的老婆和姑姑是同班的。」林正堂說，指了指隔壁說，「這是黑松哥哥家，我們進去看看。」

「阿舅，新年快樂，」一個年輕的少婦穿了紅色的棉襖從裡面迎出來，笑著說。

「啊，是阿花喔，」林正堂驚喜地說，「好久不見了，新年快樂啊！這麼早就回娘家了？」

「阮阿母痛風啦，我不放心，透早就回來看伊。」

「這是黑松的妹妹，吳梅花，妳記得吧？」林正堂向秋潔說。

「記得！當然記得！」秋潔笑著向前拉住她的手，說，「越來越漂亮了！」

「舅媽，謝謝啦！」

「妳爸媽呢？黑松呢？」

「爸媽去媽祖廟拜拜啦，黑松去大陸做生意，沒回來。」

「喔！那我們也去媽祖廟。」林正堂說，「黑松大陸做生意連過年也不回來？」他搖搖頭，牽著秋潔的手向媽祖廟走去，邊向路上的人揮手致意打招呼，兩個孩子已跑上媽祖廟的階梯了。

媽祖廟前的廟埕排滿了臨時搭建的長方形的木桌，桌上供奉了一簇一簇的供品，大多數是三牲四果和鮮花，也有拜乾糧的，像生力麵、餅乾、素雞素鴨素魚，正對著廟門口的有三個竹編的高架，高架上供著三隻完整的已拔了毛、掏空內臟的豬公，豬公嘴裡各塞了一顆柚仔。豬公的四周飛舞著許多蒼蠅。置放供品的木桌從廟埕向右延伸到左邊的停車場，再過去是焚紙燒香的大鼎爐。到處都是人，人聲喧譁嘈雜，夾雜著和尚、道士語意含糊的唱誦，和木魚、磬鼓、銅鈸的聲音。

杜世漢高高瘦瘦的身材站在媽祖廟右邊的偏門，面向廟裡雙手比劃著，不知在說什麼。旁邊是他的弟弟杜世遠，還有杜阿輝。廟裡的正殿圍擠著一些人。秋潔已經把供品整齊地擺在桌上了。

「我去廟裡買香和金紙，可親可佩陪著媽媽。」林正堂說。秋潔一向怕曬太陽，她臉上流著汗，從包包裡拿出小洋傘遮著太陽。「媽，我替妳打傘。」兒子貼心地說。「爸，我要跟你去。」女兒一向好奇好動，望著父親的背影大聲叫著，大步跟在林正堂後面。

「漢大哥，阿輝哥，你們都在忙啊！」林正堂站在杜世漢旁邊揚聲說。

「啊！阿堂，回來了！」杜阿輝拉開嗓門，愉快地大聲叫嚷，「這是你的查某囝仔嗎？這麼大了？」

「是啦，這是阮查某囝仔啦。」女兒緊緊拉著林正堂的手臂，好奇地望著四周其他的人。

「回來拜媽祖啊？很好，很好！你要香和金紙嗎？你們四個人嗎？那要四副。」杜世遠高興地說，朝廟裡走去。

「人真多啊！」林正堂讚嘆地說，「大家都信仰媽祖！」

「是啊，這是咱祖先傳下來的基本信仰，若無媽祖保庇，咱南仔寮怎麼能家家戶戶，大大小小都健康平安？」杜世漢說。

「來，這是四副香和金紙，一副二十元。」杜世遠把香和金紙交給林正堂，「先把香點好，再去廟裡參拜媽祖，拜完，再把香插在牲禮上面，等香快燒完了，再拿了香和金紙去左邊那個爐子燒掉。」杜世遠耐心地說。

「多謝你啊，世遠哥，我以前每年都有陪阮阿母來拜拜，我知道啦！」林正堂笑著說，邊把香紙錢交給杜世遠。

突然，正殿那邊湧出一簇人，後面跟著一前一後抬著神轎的兩個童乩，步履蹣跚踉蹌，跌跌撞撞地闖出廟門口了。神轎兩旁，一邊一個壯漢抓住童乩抬著的神轎的桿仔，以防童乩亂闖亂撞傷到旁人。前面那個抬著神轎的童乩的意識想必已經被媽祖附身了。「將童乩帶去大場，要過火啦！」身材瘦小的阿土伯仔是媽祖廟長期負責解讀童乩在桌上書寫媽祖的指令的人，他匆忙地跟在神轎後面大聲指揮。於是，那兩個壯漢抓住神轎的桿仔，帶領了童乩和神轎往媽祖廟的停車場奔去了。停車場上除了幾排供桌之外，還有一片空曠的土地，堆置了一大堆如小山一般高的金紙，已然熊熊地點燃了。火光在太陽光的炎照下，騰騰地升起一片淡淡的左右晃動的熱氣。旁邊一個高舉了獅頭的弄獅人，在鑼、鼓、鈸組成的樂隊配合下，好像是在做暖身操般，望著媽祖廟那邊已經奔跳著來到廣場的神轎，把高舉到頭頂的獅頭，時而向上向下，時而向左向右地擺弄著。鑼聲、鼓聲、鈸聲突然強烈地撕裂了天空和大地般地號響了起來，「痛！痛！痛痛痛——」「狂痛猖！狂痛！狂痛猖！」旁邊有人把沾了油的火把伸向已經燃燒著的金紙堆，「煌！煌！煌！

煌！」紙堆更加凶猛地燃燒了起來，發出「劈劈怕怕！」的爆裂聲。原在廟門口祭拜的、燒香燒紙的人群也都跟著童乩抬著的神轎湧向停車場那邊了。

秋潔撐著小洋傘，旁邊是她的丈夫林正堂和兒子女兒，還有杜世漢和杜阿輝。

「今年拜媽祖的人是不是有比較多？我看媽祖廟內內外外都是人，比起往年，今年很熱鬧喔！」林正堂說。

「差不多啦！」

「我看，好像是有比較多，許多面孔都沒見過。」杜阿輝說。

「你說是外地來的嗎？」林正堂問。

「不錯，原來是外地，但是現在都變在地的啦，」杜世漢說，「這次為著要抗議發電廠復廠運轉，以及長寮里的垃圾場，你講要叫在地人簽名連署，我和杜天賜一戶一戶去鼓吹，才知道，現在咱大南仔寮地區，自從十年前發電廠停止運轉以後，因為沒有煤煙汙染了，很多外地人都搬來咱南仔寮，有的本來住和平島、住漁市場、以及住祥豐街的，都就近搬來南仔寮了，所以，人口增加不少了。」

「所以，正月初一這些人也都來媽祖廟拜媽祖了。」林正堂說，「莫怪，我感覺現在拜媽祖的人較多了。」

鑼鼓喧天地響著，乩童抬著神轎在燃燒著的金紙堆周圍奔跳，舞獅的也在鑼鼓聲中豎起單腳，搖頭擺尾，突然又凌空躍起，雙腳在空中連番踢出。鑼鼓聲「情痛狂！情痛狂！」地響，燃燒的火堆稍許崩塌了，但是抬轎的乩童的情緒和舞獅人的熱情卻反而更昂奮了。鑼鼓聲也敲打得更響亮了，「痛！痛！痛痛痛！」「狂痛猖！狂痛猖！狂痛猖！」……

「撒鹽啦！」阿土伯大聲指揮著，幾個人提了裝鹽的木桶，不斷用杓仔將白色的鹽巴丟進還閃吐著紅色火舌的燃燒著的紙堆裡，「準備喔！準備喔！」那兩個牽著神轎的壯漢大聲吆喝著，「過火啦！過火啦！過火啦！」拉著神轎和乩童躍入燃燒著的火堆裡了，擂鼓敲鑼掀鈸的也在「狂痛猖！狂痛猖！」的鑼鼓聲中躍入火堆裡了，還有舞獅的也大聲喝叫「過火啦！過火啦！過火啦！」高舉著獅頭向火堆裡奔跳過去。過火的人群跳踏著還在燃燒的火堆，喊叫著「過火啦！過火啦！過火啦！」突然，一大串的鞭炮聲響起來了！「拚拚碰碰！霹靂啪啦！……」迸發出一陣濃烈的白色煙霧。鞭炮聲響完了，火堆也大致熄滅了，只剩下些微的幾縷黑煙從殘餘的灰燼中升起。

「哇啊！這些人不怕火燒嗎？」兒子拉著林正堂有點發顫地問。

「好可怕哦！」女兒大聲說，「但是也好興奮喔！」

柯秋潔用力挽住丈夫的手臂，臉色顯得有點蒼白。

太陽兀自在天空照耀著。媽祖廟的廟埕和停車場的人群漸漸平靜下去了，人們忙著收拾祭品，準備回家了。許多義工拿著掃帚幫忙掃地。

「阿堂，有時間聽我報告咱自救會的事嗎？」杜阿輝說。

「今天嗎？」

「是啊！你難得回來，我們往後還有很多事要做哩。你看，這正月初一，媽祖廟內廟外蒼蠅蚊子也是四處野野飛，還有那股垃圾的臭味，驚死人！你敢沒聞到？長寮里這個垃圾場若不關掉，咱整個大南仔寮地區就無法超生了啦！……」杜阿輝拉著林正堂往廟裡走。杜世漢陪著秋潔和兩個孩子跟在後面，也走進廟裡。廟裡有一個簡單的招待室，坐著幾個人，看到杜阿輝和林正堂們走進來，立刻紛紛站起來，「阿堂，回來啦！坐，坐！」他們讓著位子，親熱地打著招呼，「帶牽手和囝仔回來拜媽祖喔！」

「喂喂！阿堂，回來南仔寮怎麼也沒講一聲？」背後突然有個熟悉的聲音大聲說，「這是阿堂嫂仔嗎？我是杜彥飛啦，自小和阿堂光屁股一齊長大的啦。」杜彥飛從背後攔住林正堂的肩膀，親熱地說。身上散著酒氣。

「彥飛喔，你早上怎麼沒來拜媽祖？」林正堂笑笑地說，「還滿身酒氣，要給媽祖打屁股了。」

「有啊，阮某有帶囝仔來拜媽祖啊！」彥飛有點尷尬地搔搔頭，笑著說。

「這裡太擠了，漢仔，咱們去對面的會議室吧。」杜阿輝說。

「好啦！會議室較大間，我去開門。」杜世漢說著，向對面廂房的會議室走去。

杜阿輝走在前面跟著杜世漢，林正堂牽著柯秋潔的手也跟著過去，後面還跟隨著包括杜彥飛在內的好多人。

會議室很簡陋，就只一張長桌，長桌四邊擺著人約二十幾張椅仔。

「漢仔，你是媽祖廟管理委員會負責人，主席的位你來坐。」杜阿輝說，「阿堂，你們全家坐在漢仔旁邊，其他人隨便坐啦。」

「現在是要討論南仔寮自救會的代誌，你是自救會召集人，主席的位當然是你來坐。我坐在旁邊就好。」杜世漢說。

「唉呀，不要客氣來客氣去啦！……好啦，這位我來坐啦！——各位鄉親，大家隨便坐啦。少年的用站的就好，座位讓給年紀大的阿伯阿叔阿嬸。」杜阿輝說，「我首先要向大家報告，自從咱自救會成立以後，動員鄉親去市政府，也去經濟部、去中油總公司、台電總公司，以及立法院以後，現在，台電和中油都已經有正式的公文給咱自救會，台電已經宣布南仔寮發電廠不要復廠了。而中油公司也同意咱的要求，原則上只留南仔寮漁港漁船需要的用油量就好，所以南仔寮的大油槽全都拆除，只剩下兩個中型和兩個小型的油槽而已，所以，咱們的訴求只剩下長寮里的垃圾場啦，……」在場的南仔寮鄉親突然「霹霹啪啪」地鼓掌，大聲叫「讚啦！讚啦！」

「這都是咱南仔寮優秀的子弟林正堂，以及咱南仔寮人團結一致，才有辦法完成的任務，……」大家突然又一起用力鼓掌了。

「實在實在，若無阿堂幫忙，這是不可能達成的任務啦！現在，長寮里那個畚圾場，把咱們大南仔寮地區害得很悽慘，現在要怎樣才能圓滿解決呢？」杜世漢指著在屋裡野野飛的蒼蠅說，「不單是蝛蚻虻仔，還有那個臭味，風向若押向咱們南寮里這邊，歸莊就像浸在便所的臭屎仔坑裡一樣，伊娘哩！這敢是人住的？……」

「講到那個畚圾場，令爸就歸卵巴都火啦，你看這桌上、地上的黏紙，蝛蚻黏得滿滿的，三餐吃飯看到這就想要吐了，再加上空氣中那些臭味，幹破伊娘哩！」住在杜彥飛隔壁的陳木盛忍不住就破口大罵了，「咱好好一個南仔寮，祖先留下來的，乎尹這些做官的，害成這款！真的會抓狂啊！……」

「這不趕快解決不行啦！親戚朋友過年想來走春都不敢來了，」住在古井巷巷口的郭錦添也大聲嚷嚷，「阮爸仔去年要斷氣前都還在問，那個畚圾場底時要遷走呢？你看，連要死的老人都還關心這個問題，咱，實在，——尹娘哩，不趕緊來解決不行啦！……」

「是啦！漢大哥、阿輝哥，還有堂哥仔，你們來帶頭，歸莊都聽你們的，不能再拖了啦！……」

「各位鄉親，各位鄉親，大家惦惦聽我講，……」杜阿輝張嘴大聲說，「今日是新年正月初一，歸莊大家都來拜媽祖，阿堂也恰恰好回來，全家也來拜媽祖。這次是因為伊帶頭，替咱組這個自救會，帶領大家去經濟部、去台電、去中油、去立法院，去抗議、去陳情，現在，台電和中油都有同意咱的要求了。這，我剛才已經講過了。現在只剩這個畚圾場。上次，咱歸莊去市政府抗議到現在，尹都還惦惦沒回應。我跟杜世漢、杜天賜心內也都很急，今天看到阿堂回來拜媽祖，我就將伊抓住，希望大家趕緊來參詳，下一步到底要怎麼做，才能逼市政府將畚圾場遷走，還有那化糞池，……」

「駛伊娘哩，吃咱真夠，畚圾倒咱這，屎尿也倒咱這，我想到這，就忍不住要抓狂了！不跟伊拚！還以為咱都是死人嗎？」住在媽祖廟下面的漁民住宅的黃阿鐵憤憤地說，「十幾年前講，咱南仔寮地區因為無議員才被人欺負，現在，不是選一個張通達議員嗎？也是沒啥屑仔路用啦！……」

這時，會議室的門被推開了。陳宏禮和林溪湖一前一後地站在門口，雙手插腰，「你們在開會嗎？怎麼沒通知阮？很沒意思啊，阮都是媽祖廟的委員，也是自救會的幹部呢！」陳宏禮大聲說。

「不是正式的會啦，臨時的啦，」杜阿輝大聲回應，「因為看到阿堂來媽祖廟拜拜，我臨時起意邀伊來講畚圾場的代誌。來來來，你們進來進來！……」

幾個年輕人立刻站起來讓位，自動站到靠牆的邊邊。

「真的，這畚圾場的代誌，沒解決不行了！」林溪湖說。

「阿堂，莊仔內大家的意見差不多都一樣，沒馬上解決不行了，你認為呢？」杜阿輝神色莊凝地望著林正堂問。

「我看，若沒下重藥，這個張市長還是皮皮的，」杜世漢冷靜地說，「反正，一年內伊就做滿要下台了，能拖就拖，下台後就沒伊的代誌了！……」

「確實，伊是要拖，但是，」林正堂笑笑地說，「伊還有一年，一年內伊不解決，咱就舞到伊車畚斗（翻跟斗），……」

「怎樣？你已經有步數了嗎？」杜阿輝興奮地問。

「今日是新年正月初一，新春年頭，讓大家好好過年啦，過完年再來討論好不好？」林正堂說，「我是前天才由大陸回來台灣，有很多事情要做，也有很多人要見，等大家過年完了，忙完了再來，好嗎？」林正堂微笑著望望杜世漢和林溪湖和陳宏禮，「大蟬哥，阿禮，你們認為呢？」

「對了，過完年再講啦，新春年頭，想要動員也找無人啦！我贊成過年完再講啦！」林溪湖聲音宏亮地說。

「好啦！好啦！既然大家都這樣講，那就過完年再講吧，」杜阿輝說，「但是，過年以後什麼時陣呢？要不要講個時間？」

「時間由你們幾位大哥去喬，到時通知我就好啦！」林正堂說。

「那，這個代誌暫時就這樣決定啦！」林溪湖嗓音嘹亮地說，「我還有一件事要請教阿堂。」

「啥代誌？」

「我每天透早都騎機車去基隆中正公園參加早起會，跟尹都市人一同唱歌跳舞開講。最近大家都很關心，蔣經國死了後，台灣的情勢會有什麼變化嗎？咱的台灣總統孱斗輝仔坐得穩嗎？國民黨那些外省掛的，會造反嗎？那個軍頭郝柏村會政變嗎？聽講，李煥、郝柏村尹這些外省掛的，都很不服孱斗輝仔，講伊沒資格做總統。我聽了很火大，講啥麼台灣人沒資格做總統，……伊娘哩，騙痟的！阿堂，這項代誌，你的看法呢？我真想要聽你的意見，你是讀書人，較有見解，……」

「你們的看法呢？彥飛、阿禮、阿燦仔，……，大家有什麼看法可以拿出來講，給大家作參考，……」杜世漢說。

「我認為，講台灣人沒資格做總統，是廢話啦，我不服！為什麼台灣人不能做總統？啥道理？國家稅金都是咱台灣人在繳，做兵也是咱台灣人在做，最多數，為什麼做總統台灣人就沒資格？幹！騙痟的！令爸聽到就不服啦！」

「我也不服！」彥飛滿臉紅通通地大聲說，「我沒讀什麼書，沒資格做總統，沒話講！但是，在座的，像堂哥仔，讀到研究所，在大學教書、又會寫文章，伊來做總統足適當的，為啥不行？所以，我也不服呀！……」

「阿堂，你的意見呢？」杜阿輝認真望著林正堂問。

「是啊，同窗的，你較有讀書，你的意見如何？講出來給大家參考一下，怎樣？」陳宏禮笑著說。

「大家要我講嗎？報紙不是都有寫嗎？」林正堂笑笑，望了望會議室裡的人，又側了臉望望坐在身邊的妻子和站著的兩個孩子。

「唉呀，報紙講是報紙講，那是尹家的代誌。大家信你，要聽你講呀！」陳宏禮也笑著說。

「好啦，那我就把報紙講的和我心裡想的，綜合起來講給大家參考啦。」林正堂站起來，有點嚴肅地說，「根據中華民國憲法的規定，李登輝已經在總統府宣誓接任中華民國總統，這點是確定的，沒問題！……現在大家關心的是，咱這個台灣人的總統做得穩嗎？有人講國民黨外省掛的對李登輝不服，郝柏村會帶軍隊政變。我告訴你們，這是謠言！郝柏村絕對不敢帶軍隊政變！為什麼？……」林正堂望望大家，語氣堅定地說，「第一，因為美國政府不會同意，美國若不同意，任何一個有野心的將領都不敢叛變！為什麼美國不會支持政變？因為阿輝仔是留美的博士，會聽美國政府的話，美國可以控制伊。第二，現在軍隊裡的兵仔都是台灣囝仔，郝柏村說要用政變推翻台灣人總統李登輝，台灣兵仔也不會聽伊，所以，這點也請大家放心。現在還要觀察的是，國民黨最近就要由尹的黨代表選出新的黨主席，到底誰會做下一任的國民黨的主席，這才是關鍵。因為國民黨一向是以黨領政，由蔣介石到蔣經國，在台灣四十年，都是國民黨的主席才是國家的領導者，蔣介石死後由嚴家淦做總統，但是國民黨主席是蔣經國，所以嚴家淦雖然是總統，但是也不過是加禮（傀儡）而已。李登輝總統做得穩嗎？要看伊能不能搶到國民黨的主席這個位仔，這點，我現在無法判斷，……」

「嗯——，你這樣講有道理，早起會那些人都沒講到這點。」林溪湖笑笑，很滿意地說，「阿堂，還有一項代誌，我也想要聽你的意向，」林溪湖突然壓低了音量，認真地望著林正堂問：「你有想要再參加選舉嗎？你坦白講不要緊，在座攏是莊仔內自己人。……十年前你有選過一次國大代表，可惜那次因為美國和中共建交，蔣經國才會停止選舉。若不是那樣，那次你就當選了！……」

「這個問題，我還沒想過，……」林正堂望了旁邊的妻子一眼，「選舉要錢，要人，哪有那麼簡單說選就選？……」

「選舉不簡單，我知道。要錢又要人，很困難。但是候選人的意志、能力、條件，各方面也很重要。坦白講，這次你回來南仔寮幫助大家組織自救會，帶領大家去台北陳情抗爭，已經得到的成果，大家對你都很肯定，也很感恩！我問你這個問題實在是替大家問的啦，阮大家都希望你能夠再出來參選，……大家認定你是人才，人才就要出來替地方打拚，替國家人民打拚！……」

林正堂把車開到南仔寮山的山頂上，一片平坦的廣場，四處零散地停著幾輛轎車。太陽光兀自在天頂閃耀著，冬天的太陽給人懶散的感覺。他指著窗外正前方，一片廣垠的墨綠色的大海，在太陽下發出粼粼亮光。

「看到海平面上的小島嗎？那就是基隆嶼，基隆嶼上面有一座燈塔，輪船進出基隆港，都要經過基隆嶼。我小時候，南仔寮的漁船是用手划槳的，從南仔寮划到基隆嶼要五、六個小時。我常常聽大人說，基隆嶼島上有很多很多海鳥，島上滿地都是鳥蛋，還有很多猴仔和羊仔。我就很好奇，很想去基隆嶼看看。但我年紀太小，沒有船員證，不准出海。有一天，我偷偷藏在我爸的小漁船的船艙裡，就睡著了。船到基隆嶼了，我才醒來。我爸把我罵死了，恐嚇我說，要把我丟到海裡餵魚。……我一登上基隆嶼，果然滿天的飛鳥，展開翅膀，撲啦撲啦撲啦地飛上天去了，整個天空都被遮住了，兩腳踩到地上都是鳥蛋，噗啦噗啦，腳底都是蛋黃，……」

「哇啊！那很可怕嗎？那麼多鳥如果攻擊你，怎麼辦？」兒子說。

「那種鳥很溫和，不會攻擊人，」女兒興奮地大聲說，「我在書上讀過這種海鳥的介紹。」

「下車吧，」林正堂打開車門說，「這裡就是我小時候生活的地方。後面很遠那座山就是九份，九份產金礦，晚上站在這個山頂就會看見九份一簇一簇的燈光，我小時候常常幻想，能長出翅膀飛過去就好了。」

「這裡很漂亮，可以鳥瞰漁港，還有那邊的公路，以及，……但是，就是太臭了！比剛才在媽祖廟聞到的還要臭，……」秋潔撐著傘，走到前方圍著的欄杆旁，用手指捏了捏鼻子說。

「但是，這是爸爸的故鄉，爸的老家啊，他有很多美麗的回憶在這裡。對不對？」兒子說，「像你剛才講的基隆嶼的鳥……」

「對，」女兒也有點興奮地提高了聲音說，「所以，雖然很臭，但是，對爸來說，這一切還是美好的。」

「你們跟我來，」林正堂向他們揮揮手，率先向右邊突出的山岬走去。周圍的欄杆下面是一片荒蕪的長著雜草的坎坷不平的峭岩，峭岩中間有一座已經廢棄的碉堡，再下去就是一大片一大片堆集如山的垃圾，兩部推土機正在辛苦地把垃圾推向海裡。

「這裡就是南仔寮人詛咒的垃圾場，南仔寮幾個里的蒼蠅蚊子，以及大家咒罵的臭味，都是從這裡發出來的！全基隆市三十幾萬人每天製造的垃圾以及屎尿，全都集中在這裡，旁邊就是水寮里，大南仔寮地區十幾年前到現在選出的唯一的市議員張通達，國民黨的，就住在這個里！他媽——的，這個狗屎！……」

「你是有意帶他們來這裡？機會教育？」柯秋潔緊緊挽住丈夫的手笑著說，「或是也想用這個說服我？」

「啊啊啊，我懂了啦！這個老爸好厲害、好奸詐哦！」女兒拍手興奮地嚷叫，「爸，被我猜對了吧？」

「什麼嘛？妹，妳在說什麼啦？」兒子拉著妹妹的手問。

「兒子，你知道那個碉堡嗎？」林正堂指著那個廢棄的碉堡，微微翹起嘴脣，答非所問地說，「記得爸坐牢寫給你們的兒童故事嗎？咕咕精與小老頭，咕咕精離家出走不是住在一個海邊的碉堡嗎？就是這裡，就是這個碉堡，我小時候，讀小學的時候在這裡面住過。到現在，到現在，我都還記得清清楚楚，碉堡裡的土堆、石頭放在哪裡，還有碉堡外面，再過去一點的礁岩那邊，現在已經被垃圾埋住了，看不見了，大家站在那個海邊，我和我的同學，以及我的老師，李愛華老師，對著大海喊叫，小老頭加油！小老頭加油！他去救掉到海裡的秦美惠了，結果，結果，秦美惠被救起來，但小老頭，小老頭卻死了啊！所有，所有的這些事，……我永遠永遠都不會忘記啊！……」林正堂說著說著，竟哽咽了，甚至，抓住太太的手臂，情不自禁地哭了。

秋潔把他的頭摟在懷裡，輕輕撫著拍著。

「阿堂，你很幸福，因為你有故鄉可以讓你這樣愛戀，而我，我是沒有故鄉的人。……」

「媽，妳怎麼沒有故鄉呢？妳的故鄉不是在廣東嗎？妳說在廣東平遠，……」

「不，那是我爸爸媽媽的故鄉。……就像這個南仔寮，是你爸爸的故鄉，但是，你們覺得，這也是你們的故鄉嗎？」

「好像是，又好像不能說是，……但是，為什麼呢？……」

「廣東平遠是我的父母出生長大的地方，他們會常常想念那個地方，以及那個地方的親戚、朋友、同學、鄰居。寂寞時想起那個地方，他們會覺得安慰，會覺得快樂。這樣，那個地方就可以說是你的故鄉了。」秋潔沉靜地對孩子們說，「我出生在廣州，兩歲到台灣，先住苗栗大湖，再住桃園平鎮，最後和你爸和阿嬤住台北木柵，再住板橋中和，然後……那麼多地方，沒有一處會讓我有像你爸爸對南仔寮他的故鄉那種深情。所以，……我很羨慕他。」秋潔用力挽住林正堂，把臉靠向他手臂，「還好我們有一個家，這個家應該比你的故鄉更親吧，它是我的安慰和快樂的源泉，也是我生命全部的意義。……」

林正堂終於開車離開南仔寮的山頂了，天空也漸漸有些黑雲籠罩了。

「爸，我剛才說我猜對你的心思了，你一直沒有回答。」她女兒說。

「喔？那我的心思是什麼？」

「你想繼續從政，對不對？」女兒說，「但是，你擔心媽媽會反對，所以才故意把我們帶到山上，才故意講那些話，對不對？」

「想要利用這個來說服媽媽嗎？」兒子終於明白了。

「不然，還有為什麼嗎？」女兒說，「我覺得爸爸到大頭伯伯的雜誌社以後，就一直很不快樂。我覺得他是想再去搞政治，但是又怕媽媽反對，所以，……」

「女兒女兒，不要自作聰明好不好？胡說八道什麼嘛？」林正堂有點不安地望望坐在旁邊的秋潔，低聲地喝斥著女兒。

秋潔側著臉，認真地望著林正堂說，「女兒說的是真的嗎？」

正堂雙手把著方向盤，兩眼直視前方，抿緊了嘴脣，沉默了一下下，才有點煩躁地用力拍了一下方向盤。

「噯呀，孩子的話，妳怎麼也信呢？」他說，「我如果要參選，一定會徵得妳同意，妳如果不同意，我絕不會選！」

車速突然加快了，已經上高速公路了。兩個孩子坐在後座，不敢吭聲了。林正堂兩眼望著前方，抿緊了嘴脣。秋潔仍然側著臉望他，突然嘆了一口氣，幽幽地說，「你想做什麼，你就去做吧，我不會反對你的，……」

林正堂伸出右手去握了握她的左手，有點冰涼。

「其實，我也還沒有想清楚。」他說，「如果能有別的路可走，我就不去選舉了。但是，……看起來，……唉！再說吧！……明天是初二，我們全家回新店向爸媽拜年，我也要向他們報告你們老家廣東平遠的狀況，……」

秋潔把正堂的右手貼到自己臉上，涼涼的。她微微閉了眼睛。

天空突然下起雨來了，點點滴滴飄在車窗上，林正堂按下雨刷，發出輕微的「刷——刷——刷——」的聲音。

第十七章

今年春節由於蔣經國總統才死了不久，全國都在國殤期間，所以春節的假期也縮短了，只有除夕到初二共三天而已。林正堂在大年初三一大早，把妻子送去上班後，就直奔《民間》雜誌的辦公室了。路上車輛不像往常上班時間那麼多，大概有些回家度假的人都藉故請了假，還繼續待在家裡和親人相聚吧！

他一進雜誌社的大門，就看見李翠瑩提了掃把在院子裡掃地，「社長早！」她清秀的臉上漾著笑意說，「恭喜新年快樂，萬事如意！」「早早早，」他也笑著大聲和她打著招呼，「新年快樂！萬事如意！」突然他的身後又響了一聲，「社長！恭喜新年快樂！」他一回頭，看見劉嘉展方正的臉上瞇著一對笑眼，緊跟在他後面。

「哈！你怎麼也這麼早。」他說。

「今天要截稿了，這期封面故事由我負責。」劉嘉展笑著說，「有些南仔寮的照片，和封面故事都還要給社長先看過。」

「你寫的文章還需要我看嗎？」林正堂邊進門換了拖鞋邊說。

前面，吳文娜提了一支熱水瓶從總編輯辦公室走過來了。

「社長早！」她微笑著打招呼，「新年快樂！」

「大蔡今天會來嗎？」

「他說要來，所以我給換了一個熱水瓶。」吳文娜說。

「有我的信嗎？」

「有，有一封掛號信，我剛進門郵差就送來了，已放在你桌上了。」吳文娜說。

「喔！謝謝妳！」他大步走向辦公室，劉嘉展在後面說，「社長，我等一下去你辦公室好嗎？」他沒回頭，卻大聲應著，「我會去找你！」

他進了辦公室，立刻拿起桌上那封掛號信，高雄寄來的。他心裡突然有點緊張，雙手忍不住竟有點哆嗦了。他用力把信封一撕，一種好像大禍臨頭的惡兆突然襲上心頭，心臟跟著不能抑制地「狂突！狂突！」地撞擊著胸膛。他深吸了一口氣，微閉雙眼，哆嗦著把信抽出來了，一張黃色的信箋。

堂：

我在美國時，醫生已百分之百確定我得了肺癌，已經第四期了。他沒有替我開刀，也沒有給我吃藥。不必治療了，他說，妳想過什麼生活就好好去過吧。很殘忍，但是，也很坦白。我問他，還有多久?他說，半年到一年。我問他，還有什麼建議嗎?他說，好好去過妳想過的生活，就是這樣啦！

於是，我決定回台灣了，回台灣去找你。

我很感恩這段時間你所給我的一切，我會很珍惜地把這個記憶帶進天國，（如果進了天國還有記憶的話。）我也會在天國時時刻刻望著人間的你，給你最深的祝福。

我知道，在政治上你一定會繼續向前走。雖然，這條路你走得並不順利。但是，我深信，那都是你將來要完成安邦治國、濟世安民的大事必要的磨練。只可惜，我已不能陪你走了。……你也許會寂寞，但你絕不會孤單。

我選擇在你去中國大陸時離開台灣。然後，我會去中國，那是我父親的祖國，我一歲半離開他，一直到現在，未曾再見過一面，他就已經走了。我決定要去陪伴他，與他永不分離了。堂，我的父母已在天國等我多時了，我即將可與他們團圓了，我們已四十年不曾團圓過，所以，這於我是難得的、值得期待和安慰的事。

親愛的堂，我唯一放不下的是你呀！……

我相信，你的才能是不會被埋沒的。但是，不能與你共創未來，是我最大的遺憾。

堂啊，堂啊，如果能有來生，我們，我們……

林正堂淚眼模糊了，他終於明白了，為什麼她一直說，她的時間不多了，……他把信握在手裡，霍然站起，用手抹了一下眼睛，大步朝外面走出去。

劉嘉展手裡拿著稿件和照片走到門外，正好和林正堂正面相遇，「社長，這些稿子……」他才說了一句，林正堂已經和他擦身而過了，似乎沒聽見，便逕自向庭院走去了。李翠瑩從管理部走出來，手上也拿了一些稿件，剛好看見林正堂走出庭院的大門。

「社長外出了？」

「是啊，」劉嘉展應了一聲，「妳也是有稿子要社長看嗎？」

「社長有說底時回來嗎？」

「沒啦。」劉嘉展皺了皺眉頭說，「社長今天怪怪的。」

「他去了一趟大陸，回來又放了三天年假，這些稿子，今天不送印刷廠就來不及了。」李翠瑩有點苦惱地說。

「好啦，沒關係，社長一定會很快回來，妳放心！」嘉展又滿臉笑容對李翠瑩說，「妳把稿件給我，我先看過後，會放在社長辦公桌上。」

中午過後，林正堂果然就回來了。雜誌社的同仁，有的出去吃飯了，有的在休息。他沒驚動任何人，就悄悄把自己關在社長辦公室裡，花了幾個小時，把桌上的稿件和照片都用心看完了。

他站起來，舉起雙手，深吁了一口氣。然後，拿出火柴把菸斗點著了。

他微閉了眼睛，深吸了一口菸，顏素如的影像又在腦海裡，和他口中吐出的嵐嵐向上飄升的煙霧一起浮現了。他頹然坐到藤椅裡，猛然又吸了一口菸，然後，又堅決地站起來，推開辦公室的門，向記者室那邊大聲呼叫，「嘉展，嘉展在嗎？」

「哈！社長回來了……」劉嘉展歡喜地跨著大步朝社長室走過去。

「嘉展，你這些照片拍得真好！」林正堂把照片一張一張展示在桌上，「只要寫上照片說明，不必再寫什麼文章了，就可以讓讀者對南仔寮垃圾場對南仔寮人所造成的傷害一目瞭然了！」林正堂神情嚴肅，語氣凝重地說，「這一期的《民間》就以南仔寮垃圾場作為封面文章。我們南仔寮人在下個月就會有強烈的抗爭行動了。」

「真的啊？你們想要怎麼抗爭？」劉嘉展興奮地說，「社長，你需要我怎麼配合嗎？」

「這事，你已經很了解了，到時你就好好寫一篇深入的報導吧！一定要讓整個基隆都抓狂了才行啊！」林正堂握緊拳頭，堅定地說，「南仔寮是我的故鄉，是阮的祖先傳給我們的。我從小在那裡長大，那個海、那個山、那個沙灘、那礁岩、那些街路巷道、那些……，以前多麼美麗啊，而現在呢？都被毀了！被蹧蹋了！被消滅了！……我們若是不抗爭，就對不起祖先，更對不起以後的子孫了！嘉展，……」林正堂拎起背包朝門外走去，「你是我們南仔寮村的好朋友，我們需要你的協助，……」

「我一定全力以赴，社長，……」

農曆正月的新年的氣氛已在元宵節過後就結束了，現在已經是正月底了。天氣還很冷，尤其是在沒有太陽的陰翳的午後，林正堂穿了毛衣、夾克，還圍了圍巾，坐在蔡惠德的辦公室靠近庭院的廊道上的藤椅裡，都還覺得有些蕭瑟的涼意。院子裡，除了那棵大榕樹和杜鵑外，其餘的花樹幾乎都光禿了。但池塘的噴水池卻還「突突突……」地冒著水。

蔡德惠穿了一件草綠色的大衣，匆匆忙忙從外面走進來。「抱歉，我來晚了。」他說。聲音低沉，有點沙啞。

「啊，蔡大哥！」林正堂聞聲站起，面向蔡惠德笑笑地說，「對不起，禮拜天還讓你跑這一趟。」

蔡惠德坐到林正堂旁邊的藤椅裡，微笑著對林正堂說，「你請坐吧！」然後，從口袋掏出一包紙菸，向林正堂揚了揚。林正堂搖搖頭，他才抽出一根來點著，「正堂兄，那你就抽你的菸斗吧。」他說。

「好，那我就不客氣囉。」林正堂笑著，把菸斗點著了，長吸了一口菸。

蔡惠德默默地望著夾在手指間的紙菸，上面微微飄浮著淡淡的白色煙塵，林正堂則仰首望著剛從嘴裡吐出的一大口煙霧在空中擴散，然後又整片地向下沉落。沉默和煙霧互相糾繚著，空氣顯得有些混濁凝重。蔡惠德習慣性地用食指把紙菸上的菸灰往菸灰缸裡彈了彈，又吸了一口。

「正堂兄，我們是在哪一年認識的呢？」他望了望林正堂，有點尷尬地說，「感覺上，我們好像認識很久了，在高中時嗎？我和尉大哥是在成功中學時認識的，……但，那個時候沒有你呀。開始辦《文學季刊》時，好像也沒有你。我們應該是在那以後才認識的吧？……啊！……我想起來了，……」

「其實，我認識你很久了，應該是在你剛坐牢以後不久吧？我在牯嶺街的舊書攤買了整套的《筆匯》和《文學季刊》，還有幾本零星的現代文學。應該說，那時我就認識你了。」林正堂手握菸斗，認真地說，「但我第一次見你卻是在你坐了七年牢，假釋出獄以後，我去你們台中的家登門拜訪。……」

「是啊，你來台中看我，這件事我記得。」蔡惠德笑著說，「一個好結實的漁村子弟，熱情開朗，而又頭腦清楚，完全沒有小資產階級的包袱，……我們這樣也有十幾年了吧？」

「這一路走來，我很感謝你！不論在寫作上或思想上，你都給我很多指導和幫助，……」

「正堂兄，怎麼這樣說呢？你太客氣了！……」

「真的，我講的是實話，是我內心的真心話！你和尉大哥一直在這方面拉拔我，我很感謝！」林正堂誠懇地說，「尤其是，我母親過世時，我還在坐牢，都虧你和《夏潮》的朋友們，當然，還有我的南仔寮的鄉親，以及一些黨外的朋友，……這事我一直感念在心……」

「正堂兄，你快別這樣說了，」蔡惠德又把菸灰彈了彈，說，「美麗島事件發生前的那年的九月，警總第二度把我逮捕時，你為我去警總踢館要求放人，這份勇氣和情義是很不得了的，我蔡惠德永遠都不會忘記！……還有，你在美麗島事件被捕以後，國民黨企圖利用你，把我們這些左派人士通通羅織了抓進牢裡一網打盡，結果，也是因為你在牢裡挺住了，不受威脅、不受利誘，我們這批朋友才沒被抓，……」

「不要再說了，蔡大哥，其實我很慚愧……」

「蔡大哥，孫先生和陳先生已經到了。」李翠瑩亭亭地站在辦公室門外揚聲說，「要請他們進來了嗎？」

「哦？阿威和阿凱都來了？」林正堂望了蔡惠德一眼，「你約了他們嗎？」

「是，是我約他們來的，」蔡惠德說，「請他們進來吧！」

「恭喜恭喜，新年發財！」孫志威和陳崇凱一走進來，就不約而同地，笑嘻嘻地拱手作揖。

「都什麼時候了，還在新年發財？」林正堂笑著說。

「噯噯噯，你別忘了，按照台灣人的風俗，整個農曆正月，從初一到三十都是過年。」陳崇凱說，「我媽還交代，正月三十晚上還要我們放鞭炮哩。」

「是啦是啦，想要過年，每天都可以是新年。大家歡喜就好。」林正堂笑著說，「蔡大哥，你約他們來，有事嗎？」

「哈哈哈，不就是為了你的事嗎？」孫志威大笑地說，「蔡大頭，你還沒跟他說嗎？」

「還沒，我還沒說，你們就來了。」

「那好，你不好說，我來說。」孫志威大聲說，「阿堂，我們聽大頭說，你向他提辭職了，……這社長你不幹了？」

「真的嗎？」陳崇凱望望林正堂，又望望蔡惠德，「《民間》在文化界的口碑是很好的，幾乎讀過的人都很稱讚。你們把名片亮出去，社長和總編輯，可不是蓋的！你不幹，後面一定有很多人想要搶著幹哩！」

「我不想再辜負蔡大哥的期待了！」

「我認為，你做得很好啊！」蔡惠德嘆了一口氣，摸了摸鼻子說，「只是還沒有達到你的期望，我也有責任啦……」

「蔡大頭今天約我們來，就是想跟你好好談一些事情。」孫志威表情嚴肅地說，「其實，這個雜誌社社長也不是主要的啦，我們要和你談的事，比這個重要多了。」

林正堂望著孫志威，把菸斗含到嘴裡吸了一口，火已經熄了，他掏出打火機再度把菸斗點著了，再長長地吸了一口。

「阿堂，我們認識幾年了？我讀大一是一九六三，到現在，哇塞！二十六、七年了！」

「是啊，孩子都讀高中了。」

「所以，我們的交情是夠的，是可以互相信任的殺頭兄弟了，是不是啊?!」

「那當然！還用說嗎？」林正堂笑著，伸出右手掌去和他互擊了一下，「所以，今天你想講什麼，就不必拐彎抹角了，直說吧！」

「正堂兄到底是討海人的本色，坦白直率！」蔡惠德激賞地說，「志威兄，那就請你直說了吧！」

「我說嗎？」孫志威望了望蔡惠德，搖搖頭，「不，還是由你來說比較好！因為這件事是由你起意的，我不過是贊成者之一而已。……」

「好，那就我說吧，」蔡惠德在沙發上把身體坐直了，神情嚴肅地說，「我們夏聯會和王義雄們合組的工黨，我們不得不承認，我們失敗了。……」

「失敗了？怎麼說呢？」

「顏婆子提出辭職書以後，就出國了，她是我們夏聯會派在工黨的祕書長，她跟王義雄不能合作，我們也只好撤出工黨了。」孫志威說。

「這其實也不能怪素如姊，王義雄只想利用工黨搞立委選舉，而夏聯會是要搞工運的，為了勞工權益不惜和政府、和資本家對抗的。」陳崇凱說。

「等一下，」林正堂擺了個請大家靜默的手勢，沉吟了一下，說，「我是在去大陸前在阿威家，和你們一起喝酒，素如也在場。之後，我就沒再見到她了。她是我去大陸時出國的。但是，現在她在哪裡？」

「她大概在中國大陸了。」孫志威說，「你從大陸回來那天打電話問我，那時我還不知道她去大陸。」

「她去中國大陸幹嘛？」陳崇凱說，「她父親在大陸已經過世了。」

「聽說去檢查身體。」孫志威說，「你知道她一直有病，氣喘病、心臟病，……最近她又一直咳嗽，看醫生吃藥，一直沒好。所以，聽說去大陸檢查了。」

「正堂兄，她都沒告訴你嗎？」蔡惠德神情凝重地望著林正堂。

「我是有收到她的信，她是生病了，」林正堂低頭望著地板，深吸了一口氣，語氣遲緩地說，「她也有說會去大陸。……」

「她不會有事的，不必替她擔心啦，」陳崇凱笑著說，「素如姊是九命怪貓，生命力強韌得很。」

「好，現在回頭再來談我們的事。」蔡惠德說，「現在台灣內部的情勢已經越來越明顯了，台獨已經越來越強勢了。連李登輝都變成他們台灣人的總統了。我和那些老同學談起來，大家都很憂心，情勢這樣發展下去，對兩岸統一很不利。所以，我們要有一些具體的作為來扭轉這種情勢。……」

「蔡大哥，你認為我們該怎麼做？」陳崇凱瞪大了眼睛，熱心地問。

「自從素如辭了工黨祕書長，夏聯會人馬都退出工黨以後，我就和一些朋友討論過了，咱們《夏潮》系統不能再借用人家的殼了，我們必須有自己的組織，」蔡惠德認真地說，「所以我們夏聯會必須改組……」

「怎麼？夏聯會要組黨嗎？」

「你的看法呢？」蔡惠德又點了一根菸緩緩地吸了一口，微瞇了眼睛望著林正堂問。

「養一個黨不容易呀，這事我們以前就談過了，不是嗎？」林正堂嚴肅地說，「沒錢，什麼都別談了！」

「如果不組黨，還是組個聯誼會呢，但不叫《夏潮》，」蔡惠德說，「夏聯會對象只限夏潮雜誌的作者、讀者、支持者，範圍太小。如果把範圍擴大，針對越來越強勢、越大聲的台獨勢力，加以反制，跟他分庭抗禮，叫兩岸統一聯盟，或中國統一聯盟，你認為呢？……」

「你是說民進黨已經變成台獨黨了嗎？」

「差不多了，我覺得。」蔡惠德憂心地說，「他們最近辦的演講會、遊行，我幾乎每場都到。聽那些在台上演講的人，雖然在言詞上為了閃避法律問題，還有些節制，但是台下民眾的反應就完全沒有掩飾了，像台灣是主權獨立的國家這種話，大家都在講。台灣怎麼是主權獨立的國家呢？台灣是中國的一部分，它頂多是一個地區，或一個省，怎麼會是一個國家呢？……」

「這個統一聯盟是個政治團體？學術團體？社運團體？還是……」林正堂問，「它要參與實際的政治活動嗎？譬如說，選舉時要推出候選人嗎？有些議題要動員上街頭嗎？或是，……」

「除非你想出來選，否則，我們暫時不推候選人。但不排除上街頭，」志威說，「我們先把志同道合、理念相同的人結合在一起，先辦一些聯誼性的活動，也可以辦定期性演講或座談會，也一定要辦一份雜誌，來宣傳散布我們的理念和主張……」

「這——，我不反對，」林正堂表情嚴肅地望著蔡惠德和孫志威，「這對兩岸未來發展應該會有些幫助。」

「我們認為兩岸都是中國人，因此，兩岸不搞分裂，大家統一團結在民族主義的旗幟下，才不會被帝國主義侵略欺侮。」陳崇凱有點興奮地說，「前天晚上你在蔡大哥家，向大家報告你去中國大陸的觀感，你說兩岸統一是未來必然的趨勢，又說必須用和平的方式。這兩點，依我所接觸到的，不論在台灣或在海外的中國人，幾乎都很一致，這是大家的共識。所以，我也贊成把夏潮聯誼會擴大，組一個中國統一聯盟，凡是贊成中國統一的都進來……」

「我覺得夏潮聯誼會不必改組，而是重新組織一個中國統一聯盟，夏聯會可以成為發起的團體之一，這樣比較好。」蔡惠德說。

「很好，蔡大頭講得有道理，夏聯會還是原來的樣子，可以維持我們的主體性，然後由夏聯會來發起組織一個中國統一聯盟，」志威突然用力拍了一掌，興奮地說，「噯呀！現在如果有酒喝多好！蔡大頭，你的辦公室沒酒嗎？要為這個構想浮一大白才過癮啊！」

「有有有，我這裡還有酒，」蔡惠德從沙發上站起來，拉開辦公桌的抽屜，笑著說，「上次小鍾從大陸帶回來的酒鬼，還沒有開，夠你喝吧？我還有一些花生，……翠瑩，翠瑩……」蔡惠德朝門外大聲呼叫，「拿四個小杯來。」

「你們都坐著不要動，這種事由小弟來服務吧。」陳崇凱站起來，邁著大步朝門外走去。不一會兒就拿了幾個杯子，和一大包的帶殼的花生進來了。李翠瑩亭亭地跟在後面，站在門口笑吟吟地問，「蔡大哥，還需要什麼嗎？我立刻就去外面買。」

「不用了，不用了，我們有酒有花生就夠了，」志威把酒瓶開了，興奮地說，「這酒，香啊！來來來，杯子拿來拿來……」志威端起酒杯，開心地說，「為統一大業乾杯！」

「好！乾杯，」陳崇凱也興奮地說，「為統一大業乾杯！」

林正堂喝了一小口，酒鬼的味道他是喜歡的，不像五糧液那麼香，也不像茅台酒那麼清醇，他喜歡酒鬼入喉那一點點輕微的辣和騷的感覺。他專注地望著孫志威和蔡惠德。

「這事，我聽胡秋原談過，他說民進黨的台獨傾向已經很明顯了，他們反對國民黨的專制獨裁，要求民主、自由、法治、人權，這些都是進步的。但是，他們要搞台獨分裂中國，這是中了美日帝國主義的圈套，我們要反對！他說，他和費希平委員也談過，費希平是民進黨中常會裡唯一的現任的外省籍立法委員，只差一票就當選黨主席了。」志威喝了一口酒，遺憾地說，「很可惜，如果費希平當選民進黨主席，也許民進黨就不會去搞台獨了。而且，民進黨裡有很多人都是黨外時期的老朋友……」

「哈哈，阿威原來還滿溫情主義的。」陳崇凱說。

「正堂兄，我有個問題想請教你。」蔡惠德點了一根菸，習慣地向菸灰缸裡彈了彈，神情有點嚴肅地說，「往後，你還會參選嗎？」

「這個問題……我是想過啦，但是，坦白說，我還沒想清楚。」

林正堂獨自喝了一口酒，深深嘆了一口氣，「如果有別的路可走，坦白說，我是不願參選的。但是……嗳！如果沒有路走了，……我也不知道啊……」

「好，那我再問一個問題，」孫志威舉起酒杯邀林正堂，「咱們幾十年的交情了，我的問題請你務必要誠實回答好嗎？」

林正堂仰首跟他乾了一杯，有點不爽地說，「怎樣？是什麼大不了的、會砍頭的、或是會抄家滅族的問題嗎？還怕我說假話嗎？這不像你阿威平時的作風啊！」

「如果你想再參選，你願意用中國統一聯盟的身分參選嗎？如果你不想參選了，你願意來擔任統盟的主席或祕書長嗎？」孫志威說完，又猛喝了一杯酒，「這就是我發自內心的問題，請誠實回答！」

「你他媽——的孫志威，你可真深謀遠慮呀，中國統一聯盟連影子都還沒有，你就想找人代表統聯去參選了？好啊！你去選，我阿堂支持你！」林正堂猛喝了一口酒，罵了一聲，「他媽——的，白癡！」

「噯噯噯，你怎麼罵人了呢？」孫志威尷尬地笑了笑，說，「你是認為統聯沒有市場？沒有票？」

「你這個中國統一聯盟是誰統誰呢？台灣統一中國？那已經有國民黨在台灣喊了幾十年了，而且，那也只是騙人的口號，誰信呀？如果是要中國統一台灣，那就去請中共的百萬大軍跨海來打吧！」林正堂冷冷地望著孫志威，堅定地說，「那時，我一定捲起衣袖跟你的祖國對幹了！」

「噯噯噯，你怎麼這樣說呢？」陳崇凱在旁邊突然插嘴說，「那不是也是我們共同的祖國嗎？你才說過的，兩岸統一是必然的趨勢……」

「不錯，我是這樣說過，但是，我並不贊成現在就由北京來統一台灣。我是認為，有一天，當中國大陸經濟發展起來了，人民生活富裕了；當中國大陸的社會更民主了，更落實法治，更能保障人權了，那時，兩岸統一就水到渠成了。……而這一天，我相信以十億人民的智慧，一定是會實現的。」林正堂嚴肅地說。

「正堂兄，這點你儘可放心，我們未來要組這個中國統一聯盟，當然是以和平方式進行的。」蔡惠德笑著說，「剛才志威兄問你，如果你要參選，願意用統聯的身分參選嗎？或者，你願意專職來擔任統聯的會長或祕書長嗎？我們是認真的，也是很有誠意的……」

林正堂猶疑了一下，神色有點為難，但語氣卻又很堅決，斷然地說，「我不適合！」

「哦？……這是為什麼呢？」陳崇凱望著林正堂笑笑地問，「你反對兩岸統一嗎？」

「除非中國願意放棄統一，否則兩岸統一是逃不掉的，反對也沒用。但是，那必須是和平的，才能水到渠成。」林正堂認真地說，「現階段的台灣，組中國統一聯盟宣傳統一的理念，我不反對，但要推人參選，坦白說，我反對！……」

「你是說統聯沒市場？沒票？」

「這點，你們也都清楚的，不是嗎？」林正堂說，「現在，蔣經國才死不久，李登輝會怎樣？還不知道！但是，往後的台灣要再回到兩蔣時代那種強人專制、獨裁統治，大概很難了。台灣將來一定是個多元社會，各種政治團體、社運團體，甚至各種奇奇怪怪的、現在想不到的團體都會出現，譬如中國統一聯盟吧，就是其中之一，這在一兩年前，我們連想都沒想過吧，現在都要出現了。因此，各種不同的政治主張都會出現，都要經由人民去選擇，誰能吸引最多人民的支持，誰就有影響力。國民黨、民進黨、工黨、中國統一聯盟……到底誰最能贏得台灣人民的支持和信任呢？……」

「好吧，就如你所說，統聯不參選，只宣傳理念就好，你願意來擔任統聯的會長或祕書長嗎？」蔡惠德仍然不死心地說，「請你繼續留在雜誌社當社長，也希望你來幫忙統聯……」

「蔡大哥，你的好意，我謝謝你啦。但是我真的不適合，真的！我也沒這個能力。」林正堂望著蔡惠德誠懇地說，「你辦這個雜誌很了不起，在台灣社會是有影響力的！雖然每期都虧錢，但是，影響力確實是存在的。你如果全心全力來辦雜誌，而不去分心搞什麼工黨和現在的統盟，把全部資源和精神、力量來辦《民間》，我認為會更好！更有影響力，許多人都會因為這樣尊敬你！……」

「阿堂，你講的這些，我孫志威其實也都想過，也都知道！現在講中國統一，在台灣當然沒市場，因為現在時機和條件都還不成熟，我當然知道，我又不是白癡！」孫志威猛喝了一口酒，把酒杯重重往桌上一放，大聲說，「正因為條件不成熟，我們才要努力來創造條件啊！所以才要有一個組織來宣傳我們的理念和主張……」

「但是，我認為兩岸和平統一的客觀條件的創造者在中國大陸，不在台灣。有一天，中國大陸經濟繁榮了，民生富足了，政治上落實民主、法治、人權了……，兩岸和平統一的客觀條件就成熟了。……」

「一切都看中國大陸的發展，那，我們在台灣就不必努力了？太消極了吧？」孫志威喝了一口酒，望著林正堂繼續大聲說，「我們也要讓台灣人民知道，台灣不是只有國民黨那種口號似的統一，也不是只有民進黨那樣的台獨的聲音，台灣還有一些像我們這樣，撐住中國民族主義的大旗在吶喊前進，支持祖國統一的人……」

「吶喊中國民族主義的口號能說服台灣人民嗎？能讓台灣人民相信統一是好的嗎？會帶來幸福嗎？」林正堂又喝了一口酒，也有些激動地大聲說，「這樣的口號如果能使台灣人民幸福，我也願意跟著你喊。但是，我認為單單以民族主義，並不能說服台灣人民接受統一，人民還須要看到、聽到別的東西……」

「那你認為我們該做什麼？能做什麼？才能對祖國統一大業有所幫助？」陳崇凱問。

「傾聽台灣人民的聲音，盡量替他們做到他們想要的，爭取他們的信任和支持。這個過程就是在累積兩岸和平統一的有利條件。等到有一天，條件成熟了，而竟有人明目張膽搞分裂，搞破壞時，我們才能發揮影響力。因為，那時人民是信任我們、支持我們的，我們講的話才能發揮作用。」

「這，我也同意。但是，」蔡惠德又把菸蒂向菸灰缸彈了彈，說，「你為什麼不願留在雜誌社繼續幫我？也不願到統盟擔任職務，為兩岸統一盡一些力呢？」

「蔡大哥，其實我已講得夠坦白了。雖然我自認為是有些能力可以在民眾裡爭取到他們的信任和支持，但要我向台灣人民說，台灣應該和中國統一，肯聽我這樣講的人一定也是很少很少的，所以，我加入統聯有什麼用？」林正堂又端起酒杯來喝了一口，他的臉已經很紅了，「至於留在《民間》繼續當社長？我真的很感謝你的好意，但是，本來要替雜誌降低成本、增加收益的目標，已經證明我的能力不夠，無法有效達成，所以，我只好辭職了。……你大概要去找一個金主，願意每年替你賠個一百多萬，讓你專心搞這個雜誌，否則，這雜誌也是遲早要關門的。……但是，噯！這樣又太可惜了！這是一本很好的、很有內容和深度的雜誌啊！是會得到人民支持的……」

「阿堂，你真的要去加入民進黨了嗎？」陳崇凱說。

「我還沒想過這問題。」

「有些老同學都說，你當時不願做工黨主席，就是在考慮要加入民進黨了。」陳崇凱說，「他們也認為你一定會再選，等褫奪公權期滿後，你就會選了，是這樣嗎？」

「我講過了，這事，我也還沒想清楚。」林正堂舉杯邀大家喝酒，喝完酒，抹了一下嘴唇，皺著眉額，有點苦惱地說，「選舉哪有那麼容易？要錢要人，別開玩笑了！……」

「我同意老同學們的推測，阿堂，我也認為你會再參選，如果參選了，你一定會加入民進黨。你如果參選又加入民進黨，恐怕就很難再回頭了。」孫志威舉杯邀林正堂，「我們乾了這一杯吧，今天還是兄弟，以後就很難說了。」

「怎樣？如果我參選而加入民進黨，我們的友誼就斷了嗎？」林正堂猛地乾了杯，望著孫志威狠狠地說，「他媽——的！有這麼嚴重嗎？」

「會，就是會這麼嚴重！」蔡惠德一手夾著紙菸，一手拿著酒杯，以沉重的聲音說，「因為你的選舉不是為了宣揚理念，而是為了當選。當你的選民大多數是台獨時，你想不變也不可能了，不是嗎？」

「哈哈，原來你們是這樣想的！……沒關係啦！」林正堂又把每個人的酒杯倒滿了，然後，高舉了酒杯說，「我會不會再參選？等我想好了，我會告訴各位老兄弟。現在乾了這一杯，我就要回南仔寮了，我們最近會有一場強烈的抗爭，我會讓基隆人抓狂！滿地都是垃圾！」

他把酒乾了，站起身來，緊緊握住蔡惠德的手。

「謝謝你啦，蔡大哥！從下個月開始，我就回南仔寮了，雜誌社不必再給我薪水了。」他說。

「你真的不再考慮了嗎？就這樣決定了？」蔡惠德再一次誠懇地說，「雜誌社需要你，未來統聯也需要你，……」

「謝謝你啦，蔡大哥！」林正堂再一次向蔡惠德鞠躬稱謝。

「那，往後，你要做什麼？」

「有些事，還沒想清楚，……以後再說吧！」林正堂說，「我先把下個月抗爭的事搞好，為了故鄉，……」

然後，他又逐一和孫志威和陳崇凱擁抱了一下。

「阿威，你家裡的酒不能全都喝光喔，等我把故鄉的這件大事幹完了，回台北來找你喝酒！」

「沒問題，我存一打金門高粱在家等你！」

「好！再見！」

「再見！」

第十八章

每天下午四五點，《民間》雜誌社就開始熱鬧起來了。廣告部和業務部的人跑了一天的客戶，都在這個時候回到辦公室了，到六點才會跟管理部的人一起下班。而負責拍攝的和寫稿的記者也在這個時候開始來上班了，他們通常會待在辦公室到午夜十二點以後。

「喂，你有看今天報紙嗎？」小鍾剛跨進大門，看到走在前面的鄭宏志立刻大聲叫他。

「怎樣？」鄭宏志停步轉身，望著小鍾正用手把甩到胸前的馬尾向後撥了一下，「哈，你這頭髮，幹嗎不剪掉呢？不累贅啊？」

「我問你有沒有看今天的報紙？」

「沒有啊，怎樣？」鄭宏志邊走邊說，「我幹了那麼久的記者以後，就再也不太看報紙了。」

「我知道，我知道，你們這些傢伙，我了解啦。賣命寫的，報社不登，登出來的，都是他媽的言不及義的東西。你們這種抱怨，我聽多了。」小鍾嘻皮笑臉地說，「但是今天的《聯合》、

《中時》有一點不一樣。」

「怎麼不一樣？兩家的老闆都是國民黨的中常委，他們還能搞出什麼不同的花樣？」

「你看看報紙就知道了啦。」小鍾開心地笑著說，「社長桑真的幹了啦！」

「你在講什麼啦？」鄭宏志邊說，邊跨進編輯室，只見劉嘉展和林明德已經在裡面把報紙攤在桌上，正在熱烈地討論。

「《中國時報》這張照片拍得不錯。」劉嘉展用右手指著報紙，圓圓的臉上露出誠懇的笑容，「這是從這個角度，在南仔寮山頂上拍攝的。」他把左手舉到空中說。

「《聯合》這幾張也不賴啊！」林明德瘦長的臉，有點嚴肅，「這是近距離拍的。這些人都不反抗嗎？女人牽著孩子上警車，旁邊的人卻沒動作？還有，還有這些，垃圾堆集在馬路邊發臭的照片……」

「你們在討論今天南仔寮的新聞嗎？」小鍾笑嘻嘻地湊上去，也指著報紙，「我早上看到這幾張照片，興奮死了！這不是蔡大哥常常強調的攝影的力量嗎？這些照片風格，完全就是咱們《民間》的！……」

「宏志，你來看……」林明德跟鄭宏志在雜誌社是兩個好搭檔，鄭宏志寫的文字常常很感人，而林明德拍的照片也都能捕捉他文字所描寫的那種感覺和氛圍。像當年報導優秀的山地青年湯英伸殺人的事件那幾篇報導，就是他們兩人合作的典範。

「這些照片的感覺和調性和嘉展很像，」鄭宏志看了報紙的照片和標題，望著劉嘉展說，「上一期封面文章和照片都是你寫你拍的，已經很精采了，把南仔寮垃圾場的汙染問題，寫得詳細又深入。這一期還是延續這個主題，……」

「蔡大哥，你好！」小鍾突然叫了一聲。

「這麼興奮，在談什麼啊？」蔡惠德站在門外笑笑地問。

「蔡大哥，社長桑真的開幹了！」小鍾興奮地，但明顯有些壓抑地說，「你看，連中時聯合都不得不報了！厲害啊！」

「我就是看了報紙，為這個來找嘉展的，」蔡惠德說，「嘉展，你把資料準備一下，半小時後，大家都到會議室集合。小鍾，你負責去通知，我們一起聽嘉展報告南仔寮的環保抗爭。」

屋外的陽光已經漸漸灰了晦了，暗下去了。雖然已經初春了，沒有陽光的黃昏還是冷颼颼的。屋裡沒有開燈，一片烏黑，只有還沒關閉的會議室大門從人群的縫隙篩進一些零碎的亮光。兩排長型的會議桌，兩邊各擺了十幾張靠背椅，已經坐了八成滿了。劉嘉展把幻燈機放在右邊長桌最前的位置，把幻燈機的高度角度和燈光都已設置完成了。

「人都到齊了嗎？」他問，「蔡大哥呢？」

「這不是蔡大哥的座位嗎？」財務部的吳文娜坐在左邊長桌的第二個位置，拍了拍她前面的椅子說，「這座位是替蔡大哥準備的，茶也替他泡好了。」

「我站這裡就好，」蔡惠德站在門口，他高大魁梧的身體背著光，剛好把會議室的門堵住了，一些許灰黯的亮光從他的縫隙篩進屋裡，他的臉整個是黑的。「就開始吧！」他說。

「好！」嘉展應了一聲，幻燈機的亮光打在白色的牆壁上，「這張跟《中國時報》頭版那張照片類似，都是在南仔寮山頂上以鳥瞰的方式拍攝的，那條排得很長的車陣就是被堵在南仔寮垃圾場外面的垃圾車，進不了垃圾場，因為垃圾場的入口被堵死了。」幻燈機「卡！」地一聲，又換了一張照片。

一群人層層疊疊地坐在垃圾場的入口處，男的女的老的幼的都有，每個人的手臂跟旁邊的人的手臂都緊緊地扣連在一起。「還有下面這幾張，」嘉展說，「人群的前面還設置了一些路障，有連續三層的水泥砌成的大約一兩公尺高的障礙物，除非由推土機和挖土機前導，否則垃圾車是開不進來的。這些水泥障礙物之外，還有一些粗大的樹幹、廢棄的小漁船櫓仔等等。」

幻燈機又「卡」「卡」地換了另外幾張。「這是南仔寮人找來的水泥攪拌車，他們把攪拌車裡的水泥全部都倒在路中央設置路障了。另外這幾張是四個人抬著廢棄的漁船，也拿來做路障了。……下面這幾張就是和《聯合報》二版頭條的照片一樣的，警察押著抗爭的人上警車，你看，他們都像排隊一樣，一個接一個，都不必警察來拖來拉，他們都自動走上警車，而他留下的空位立刻有人補上。甚至，這張，一位年輕的媽媽，右手牽一個，左手還抱一個，也上警車了，……我覺得，我們的社長桑很厲害啊，他在媽祖廟給大家上課，教他們徹底地不抵抗，就是下面這幾張照片，不要去碰警察的身體，絕對絕對不可以抵抗，社長桑告訴大家，法律就不能說我們妨害公務，警察也不能拘留我們，檢察官也不能關押起訴我們，頂多拘留幾個小時吧，沒關係，讓拘留所客滿啦，咱們整個大南仔寮，團結作伙，他們抓我們一個，我們立刻就補上一個，絕對絕對，不讓垃圾車進去，一台都不讓！全基隆市的垃圾沒辦法倒在咱們南仔寮，就會發臭，讓全基隆市的垃圾發臭，基隆人就會抓狂！這就是我們的策略，全台灣的人就會注意到、看到咱們南仔寮人的憤怒和痛苦，……社長桑這樣教育大家，伊真厲害啊……」劉嘉展說。

「這場抗爭進行多久了？」蔡惠德雙手合抱在胸前，大聲問。

「從開始圍堵垃圾場的入口那一天算起，前後有二十一天了。如果包括村民的動員、編組、教育訓練，那就不止了。」劉嘉展說，「社長桑把南仔寮人都軍隊化了，有八個大隊，每個大隊三百人，各分成三個小隊，各設大隊長和小隊長，每天四個大隊分上下午和晚上守在垃圾場的入口，……」

「市政府和市長有什麼反應嗎？」蔡惠德問。

「全基隆市的垃圾都堆集到馬路上了，開始發臭了，市民早已罵開了！都抓狂了啦！這些新聞和照片，兩大報都有登。市政府也不斷派人來找社長桑他們協商，拜託他們不要再這樣啦！……但是，南仔寮人很堅定，就是不准垃圾車再開進南仔寮的垃圾場，……」

「這一期雜誌能如期出刊嗎？」

「我今天會把剛才給大家看的這些照片送印刷廠，文字的部分蔡大哥都看過了，月底出版沒問題。」劉嘉展說。

「兩大報這樣全面報導這件事，明顯是要激起基隆市對南仔寮抗爭的不滿，把全基隆市垃圾發臭怪罪到南仔寮的抗爭上。」蔡惠德沉聲說，「我們要把真正的真相告訴大家，這是無能的政府造成的……」

「報告蔡大哥，我有朋友在基隆市政府環保局工作，聽說他們正在緊急尋求外縣市支援，暫時要把基隆市的垃圾運去其他縣市。另外，他們也加緊宣導垃圾分類和垃圾減量的政策，……」小鍾說。

嘉展突然興奮地大叫，「這就對了！這場抗爭能逼市政府努力去做這些事，這樣就對了啦，……」

「我們要全力支援社長所領導的這場環保抗爭，」蔡惠德仍然雙手抱胸，背著光，像個黑面的門神，沉聲地說。

黑夜已經降臨了，月亮高高地懸在天空，映照在民間雜誌社庭院的樹梢和水池。而同樣的月亮和清冷的月光，同樣地映照在南仔寮的山頂和海邊，以及南仔寮垃圾場入口靜坐的、手臂緊扣著手臂的南仔寮人們的身上。海風「呼咻——呼咻——」地吹，應和著海浪拍擊著礁岩的聲音。「呵——嘩啦——」「呵——嘩啦——」隱隱約約地好像母親在呼喚，「啊——回來——，啊——回來——」這呼喚穿透天地、直達天涯海角。是故鄉的呼喚啊！……

二〇一五年十二月十四日完成初稿
二〇一六年二月七日完成第一次修訂
二〇一六年四月十七日完成第二次修訂
二〇一六年七月十四日完成第三次修訂

後記

王醒之

《呼喚》這一部小說的歷史時間，約莫是指涉從一九七九年美麗島事件到一九八九年之間爸爸所投身的台灣社會。

他一九八四年假釋出獄（美麗島事件受刑）。剛剛回歸社會的那最初幾年，他居齡四十。當時的他，重返家庭，走進他缺席那幾年妻兒老母在板橋重建的「新家」。但母親已在他坐監過程中往生，連妻兒間互動都有點兒漠陌，不知從何在生活中具體迎接這個「新成員」，或許時間感都要重新適應。

重返社會並不簡單。當時的他不知道自己還得熬過一年，之後會被大學同學「收留」，到漁業養殖飼料公司當副總經理，負責培訓業務人員，並且跑遍台灣中南部的養殖漁業。

當時的他，也還不知道兩、三年後蔣經國就會宣布解嚴，報禁、黨禁會隨之開放，然後他會在陳映真的邀請下到《人間》雜誌當社長「整頓社務」[1]；當然，他更不知道自己會加入、又離開工黨、並且以民進黨提名參選基隆市長。

要從商？從教？從文？從政？下一步怎麼走在當時都很茫然。

家與困

坦白說，從爸爸假釋出獄後一直到我就讀大學（一九九〇）前的這六年之間，或許是因為我們各自面對課業壓力與發展困頓的原因，除了少數家庭的事件外，我對他的記憶相當破碎。不過，生活中他對我們兄妹倆照顧最清晰的畫面反而是他甫出獄的頭一年。

出獄後，他沒工作，除了透過拜訪老朋友試圖「自我更生」外，其他時間都在家裡，也很「自由」[2]；或許也有著虧欠／彌補家人的心情，他跟朝九晚五上班的媽媽自然形成了家內的分工，成了我和妹妹的生活照顧者，同時也負擔一些家務。特別是暑假期間，媽媽出門上班後，我和妹妹再加一條小雜種狐狸狗就是他的責任。

他每天最重大的任務就是中餐。不過，他總是煮麵給我們吃。他說那是大滷麵，其實我和妹妹都知道那是剩菜麵。就是前一至三頓存在冰箱裡，那些媽媽煮的、沒吃完、沒臭酸的剩菜，一盤盤撥進鍋裡，然後再加白麵條煮出來的。在沒有微波爐的當年，這是最快速的方法。有時候他還懂得加蛋。因為所有醬汁都匯於一爐，水，於是變成了他唯一的調味料，以防太鹹。所以每次煮完端出來都是一大鼎，有前天晚上的雞肉、沒吃完的滷豆干或已經變成黃褐色的A菜。三個人圍桌稀哩呼嚕吃完，連在桌邊跳繞的狗也一併飽了，坦白說，是不難吃。向來在小處節省的他很得意，會四處說自己如何勤儉持家。這樣一陣子下來，爸爸對我們來說算是「真的」回家了。

但，「好景不常」，暑假某天的中午，無預警的，像是晴天暴雷似的，我和妹妹聽到一聲怒罵從廚房傳來：「**我不幹了！**」。然後就聽到鍋鏟砸進鍋裡的鋃鐺噪音，彷彿鍋子、鏟子們都是刑房裡的刑具。可以想像，在暴怒之前他應該是咬著牙沒出聲，在瓦斯爐和剩菜前面隱忍了良久。

印象中，他最後還是把那頓大滷麵煮完了。儘管一無所知他當時的悲憤，但這件事情偶爾都還會被我們拿出來嘲笑。

一年的大滷麵帶來了我們上下兩代間重圓的效果，且各自彌補了一點政治受難的遺憾，但是家庭照顧顯然對爸爸來說仍是一種「困」。難怪阿嬤在世前常形容爸爸是「五腳仔」（台語），說他在家裡根本待不住。

身為政治犯家屬，或許因為媽媽保護、或許因為體制教育，我和妹妹大抵上是接近於「去政治化」地度過了童年，我們都是到了長大成人之後才各自對那段歷史進行零零星星的各自「補

1《人間》雜誌於一九八五年創刊，彼時爸爸應陳映真邀請擔任社長，去「整頓社務」。據爸爸說，當年《人間》雜誌儘管對社會帶來了巨大的衝擊，但陳映真對於團隊的工作紀律是完全束手無策的。相較於此，他是以之前在飼料公司當管理者的經驗進行社務的整頓。

2 小學、國中時期經常要填寫學生口卡之類的資料或調查，爸爸出獄後，我和妹妹都會填媽媽在台電的職業是「公」，但爸爸那欄總是不知道怎麼勾選，有點困擾，只知道他時間很彈性，是作家。他告訴我們：「就勾自由業吧！」我們問：「還有什麼行業是自由業？」他說：「計程車司機就是自由業啊，因為他們很自由。」

課」。其實這對當時的爸爸來說應該也是頗為困擾的事情，該如何對自己的孩子重新進行「政治教育」？

我在高中時期曾經與爸爸有個在餐桌上發生的爭執至今未忘：八〇年代末，跟所有青少年一個樣，就讀高中、青春期的我開始練習挑戰身邊的各種權威。可能當時爸爸正準備要第一次參選基隆市長，某次全家一起吃晚餐，他在餐桌上隨口說到家裡的電話因為他而被調查局「監聽」，告訴我們說話要小心。我想也沒想，直接表達了不相信、不可能、想太多的態度，並且夥同妹妹用一種半調侃的口吻嘲弄他，影射他有妄想。我見他像被堵了嘴難以解釋，臉色變幻不定，就乘勝追擊更輕佻的說：「**不然，你證明給我看啊！**」他當然無法證明，於是瞬間暴怒，粗了脖子拍桌大吼：「**我說有就是有！**」我和妹妹嚇得噤聲不敢說話。

可想而知，這些生命經驗上的差異與斷裂，不只面對社會主流如此，回到家內還是如此。包括他之前在獄中各種被恐嚇、刑求等經驗，我們兄妹倆更是無從承接。儘管已經出獄了，但爸爸經驗到的仍是隔離、囚禁。

抗與義

在他出獄後，外在各種來自政治上的壓迫仍然沒有停止，必須在對抗中尋求出路，「務實」因此成為他主要的行動標準（這也是他經常掛在嘴邊提醒我的標準）。他真的就是屬於他那個時代壓迫者的產物，當時，分辨反美帝、反日殖、反共產、反台獨……等等的差異對他而言確實不是最首要的事情，如何像雪竹般地在當年的國民黨政治壓迫下活著、等待雪融才是最實際的。[3]

當時我和妹妹並無法了解，他在人生的十字路口上，正徬徨躊躇著什麼。除了勉強從歷史尋

3特別是他在一九八七—八八那兩年他的複雜轉折（如下表），高中時的我渾然不覺，即便到現在我也都沒搞懂的選擇。我只知道那對他來說至今仍是個尚未徹底面對的結。此時此刻從社會運動的立場來看，那接近是個由左到右、由統轉獨、從文化到政治的跳躍性的大變化，溫和一點會用「轉向」來形容，嚴厲一點則會用「背叛」來指責。爸爸自己則是說「務實」。

時間	台灣社會事件	王拓的生命事件
一九八六	民主進步黨成立	
一九八七	開放大陸探親 解嚴	爸爸到人間雜誌社工作：社長 夏潮聯誼會成立，爸爸擔任首任會長
一九八七	十一月工黨成立	黨主席王義雄、祕書長蘇慶黎
一九八八	民進黨設勞工黨部	年初，爸爸帶老兵（政治犯）團訪大陸，首次赴中，同行還有楊祖珺；爸爸以人間雜誌社名義參加海峽兩岸出版界交流
一九八八	五月工黨分裂	
一九八八		十月，爸爸離開人間雜誌社
一九八八		十一月，爸爸受黃信介邀請加入民進黨
一九八九 三月	勞動黨成立	
一九八九	六月，天安門事件	九月，爸爸褫奪公權五年屆滿 爸爸第一次參選基隆市長，落選
一九九一	民進黨通過台獨黨綱	

製表：王醒之

找指引之外，就是回到自身在生存上的各種現實感。當時的爸爸與現在的我年紀相仿，我相信那正是個左、右、統、獨、藍、綠、上、下各種在發展上、價值上的大難題，或許還不涉及認同危機，但從鄉土文學論戰到美麗島事件之後，「民族」vs「人民」的難題確實逐漸成為一九八〇年代台灣社會的重要選擇題，這是在一九七〇年代左翼《夏潮》的他還不曾（被要求）徹底面對的問題；加上他一直有著對經濟自主的發展焦慮（這或許來自他的童年貧窮？來自性別評價？雖然媽媽已表達願意成為家中主要負擔家計的人），他對於現實的考量已經不同於美麗島事件以前的他。

在我的眼裡，他有種「不認輸」的強悍質地鑲嵌在骨髓裡。這一直以來是他生命力／慾力的原型。我不會憑空說那是討海郎之子強悍的基因、海明威筆下人定勝天的氣魄。其實，那就是種對於不公平的對抗、對於資源分配的敏覺，跟《水滸傳》裡劫富濟貧、反抗專制的土匪強盜很像，是種非常原始的求生意志。這跟道德正義平等左右統獨階級上下等價值都不必然有直接的連繫或發展上的關係。起義之人經常是心中有「抗」而無「義」的。起義之「義」，是來自社會的共認、集體的賦予，就算是誤會是錯認，那都還是指抗為義的結果。成功的抗，就是義；失敗，仍只是抗、是亂、是匪、是寇。

或許是為了教育（訓）個性優柔寡斷的我，有一陣子他常在父子對話中這麼形容自己的生存模式：「（台語）**撩落去，路就出來了。**」意思是要有咬牙橫命放手搏的氣魄，就能開疆闢土旱地求生，如果估前惦後永遠突破不了困局。這從他對「最喜歡的詩」的選擇就可以看出來他中壯年時期的生命哲學：朱元璋的《詠雪竹》。**雪壓竹枝低，雖低不著泥。明朝紅日出，依舊與雲**

齊。比「吃得苦中苦，方為人上人」更含蓄些。這是爸爸成功學中重要的篇章，透過自我激勵、自我打氣，在孤獨中求生。這種（反映著他在漁村貧困童年）不認輸與求生的意志，讓他從壓迫中汲取養分，不過，自然也長成七〇年代壓迫者的「對立面／鏡像」。

呼喚與回聲

在這樣的困頓和對抗中，人的生命力不斷地擴張。當擠壓到了一個極致時，對抗也相對強壯，才有可能發生一個不連續性的超脫或跳躍，用更抽高、更寬廣的世界觀去理解應對。暫時茫然的生命，走著走著，道路就不知不覺又重新清晰了起來。翻過一個山頭，又投身一個新風景。從《吶喊》到《呼喚》，第一人稱轉換成了第三人稱，連人名都換了一套系統。這是一個跟原本一樣、但又有點不一樣的新世界。不論這個轉折有多複雜、不論能否有機會使他人理解，爸爸的小說，讓我們彼此陪伴，得以再往前多走一段路。

（本文作者為王拓之子、基隆市議員、社運工作者）

文學叢書 617

呼喚

作　　者　王　拓
總 編 輯　初安民
責任編輯　宋敏菁
美術編輯　黃昶憲　林麗華
校　　對　潘貞仁　宋敏菁　王醒之

發 行 人　張書銘
出　　版　INK 印刻文學生活雜誌出版股份有限公司
新北市中和區建一路249號8樓
電話：02-22281626
傳真：02-22281598
e-mail：ink.book@msa.hinet.net
網　　址　舒讀網http://www.sudu.cc

法律顧問　巨鼎博達法律事務所
施竣中律師
總 代 理　成陽出版股份有限公司
電話：03-3589000（代表號）
傳真：03-3556521
郵政劃撥　19785090 印刻文學生活雜誌出版股份有限公司
印　　刷　海王印刷事業股份有限公司

港澳總經銷　泛華發行代理有限公司
地　　址　香港新界將軍澳工業邨駿昌街7號2樓
電　　話　(852) 2798 2220
傳　　真　(852) 3181 3973
網　　址　www.gccd.com.hk

出版日期　2019年12月　初版
ISBN　978-986-387-325-9

定　價 380 元

國家圖書館出版品預行編目資料

呼喚／王　拓著；
--初版，--新北市中和區：INK印刻文學，
2019. 12 面；14.8 × 21公分.（文學叢書；617）
ISBN 978-986-387-325-9（平裝）
863.57　108018575